加田伶太郎作品集

TakeHiko
FuKunAga

福永武彦

P+D
BOOKS
小学館

目次

序

私が加田伶太郎というペンネームを使って探偵小説の真似ごとのようなものを書いたのは、昭和三十一年から数年間のことにすぎない。加田伶太郎著『完全犯罪』なる一冊の単行本を翌三十二年に上梓したあとは殆ど気力を喪失していたが、それでも惰性であと数篇を書き、やがて綺麗さっぱりこうした類のものから足を洗った。その間の事情についてはこの本の中に収めた『完全犯罪』序文や『素人探偵誕生記』などに見ることが出来る。一言で言えば、私は遊びに厭きたのである。もともと冗談半分に始めたことで、傑作を物しようなどという気は初めからなかった。それに世は社会派推理小説の全盛時代で、私の作物が（私が推理小説という名称よりは探偵小説という名称に固執することでも分る通り）アナクロニズムの域を出なかったことは言うまでもない。私は謂わゆる名探偵もののパロデイを試みようとして、少しばかり真面目に過ぎたようである。しかしもともと高きを狙ったわけではないから、今さら嘆く必要もあるまい。

従って私は加田伶太郎には何の未練もなく、人が忘れるまでもなく自分でも忘れかけていたが、加田伶太郎の全作品を（あまつさえ船田学というペンネームで書いたＳＦまで加えて）一巻に纏めようというとんでもない企画を押しつけられて、つい気が動いたというのは、私の中にお人好しの加田伶太郎がまだ生きていたことの証拠かもしれない。加田も船田も、すべて編輯者にそそのかされて図に乗った結果の産物である。今回の『加田伶太郎全集』が恥の上塗り以外の何ものでもないことは、私とてもちゃんと予見している。

私はこの企画を聞かされてから古い切抜を読み返してみたが、その結果まあまんざらでもないだろうとの結論に達した。素人の遊びとしてはこれはこれで宜しかろう。しかしよく考えてみれば、言語を用いて想像力による作品を書いた以上、私が加田伶太郎を赤の他人扱いするのは筋が通るまい。いくら下手でも、やはり私のペンから生れた以上は責任を逃れることは出来ないだろう。そこで私は福永武彦著『加田伶太郎全集』というおかしな書物を、ここに上梓することにしたのである。一つには加田伶太郎でパロディに失敗したから、今度は全集のパロディで一矢報いようというわけである。

昭和四十五年一月

福永武彦

「完全犯罪」序

友人のために序文を草することは、一般に、快い義務である。先日、友人の加田伶太郎君から電話がかかって、序文を書いてくれと頼まれた時に、僕もまた二つ返事で承諾した。ただ、ひとのいい僕として、少々せっかちに承諾したから、どんな本の序文であるかは聞かなかった。まさか探偵小説集の序文であるとは、夢にも思わなかった。

加田伶太郎君というのは、勿論、本名ではない。その本名を洩らしたなら、読者諸君はきっとあっと驚かれるだろう。従って僕は加田伶太郎として彼と付き合っていたわけではない。彼は某私立大学でフランス語を講じている貧弱な教師である。数冊の訳本と、専門的な二、三の論文とがある。従って僕は、てっきり、フランスの現代小説に関する翻訳か研究かに、序文を書かされるものと思っていた。そういう序文を引き受ける資格が、売れない小説ばかり書いている僕にあると考えるのは、そもそもうぬぼれが過ぎるのかもしれない。が、そこが友情というものだと解釈した。

加田伶太郎君は僕にとって年来の友人である。しかし僕は小説を書くのを業とし、彼は講壇に立って学生たちを煙に巻くのを業としている以上、そうしばしば会うこともない。しかし会ったとなると、僕等が最も多く話題にのぼせるのは、新刊の探偵小説の批評である。これにはわけがある。彼は妙に遠慮深いというか自分勝手というか、僕とは呼吸のあわないところがあって、僕の書いたものについては、決していいとも悪いとも言わない。僕が少し突っ込んで行くと、「心境小説というのは、例えばジュリアン・グリーンの日記の第三巻には……」と来たり、「君の想像力はそれはそれでいいけれども、例えばサルトルの論じるところでは……」と来たり、「根源的不安は認めるが、カフカからサミュエル・ベケットに至るまで……」と来たりして、必ず議論をはぐらかしてしまうのだ。どうもいちいち外国文学の物差《ものさし》でひとの小説を批評されるのは、僕は大嫌いだし、彼のやり口は、それが僕の小説についての批評なのではなく、彼自身の読んだ海彼岸の作品についての感想なのだから、的はずれも甚だしい。そこで、二人とも共通の愛読者である外国の探偵小説を論じる方が、彼にも僕にも無難なので、顔を合せると、ついそっちの方の話題が先に出る。

僕はこれでも、相当数多くの探偵小説を読み漁ったし、また現によく読んでいるつもりだが、とても加田伶太郎君には及ばない。教師という奴は、実に暇があるものだと感心する。彼がハーバート・ブリーンを論じ、ウィリアム・アイリッシュを論じているのを聞けば、その熱心さは、どうもサルトルやベケットを論じるよりも上らしいのだ。ところが彼は忠実な本格派で、いまだにヴァン・ダインやバーナビー・ロスにこだわっているのに、僕はこの頃、本格派以外に対しても寛大になり、ハードボイルドの傑作の方が、二番煎じの本格物よりもましだという主義に変って来たので、しばしば意見が衝突する。何しろ本格派は、アガサ・クリスチイやデイクスン・カーなどの旧人があいかわらず王座を占めているから、マンネリズムは覆いがたい有様で、新人の出る余地がない。本格物の古典的傑作はそれはそれで結構だが、あとに続く作品がいっこう見当らず、だんだんに衰亡に向いつつあるというのが僕の意見だ。彼はそれに対して、妙に文学味を狙ったハードボイルドは、読むにたえないと言う。探偵小説の味は、秀抜なトリックと明快な論理とにあるので、文学の持つカタルシスとは、全く違った性質のカタルシスを要求するものだと主張する。本格物への彼の肩の持ちかたは、僕には少々こっけいだった。何しろ僕は、暇つぶしに読むだけで、本格物が盛えようと衰えようと、知ったことはないからだ。

そこで、これは去年のことだが、加田伶太郎君が初めて『完全犯罪』を書いて、僕にどうだと訊いた時には、遂に奴もそんなにのぼせ上ったかと哀れんだ。彼の言い分たるや、「どうせ探偵小説を読んで暇をつぶす位なら、書いて暇をつぶしても損ではない」という、明快な論理なのだ。なるほど、それに違いはない。加えるに、僕にはこの犯人がとうとう分らなかったから、彼はすこぶる得意だった。「まず十人のうち八人までは、分らないのだ」と鼻をうごめかしているから、僕は「十人のうち五人まで、犯人を当てられるのが本当の傑作なんだぜ」と逆襲してやった。それからついでに、彼の筆法を借りて、「君の作品は動機がごく普通だが、そこに行くと君が枕に引いたベン・レイ・レッドマンの作品の方は、まさにその点に新しみがあって……」とやっつけたから、彼も大いにくさっていた。

さて、加田伶太郎君から序文を頼まれて、彼の作品を端から読まされたが、まさか序文で友人の本の悪口を言うわけにもいくまいから、ここには探偵小説は論じない。ただ通読してみて、何とも著者が甚だしいフィクションを試みた点があるのを、少々素っぱぬくことにしよう。というのは、主人公に名探偵伊丹英典氏が毎度登場するが、これが文化大学古典文学科助教授なのだ。加田君よりはだいぶ偉そうである。僕は、加田君のフランス語の知識だって大したことはあるまいと睨んでいるが、その彼が古典文学などに通じているとは、とうてい信じられない。一度だけ、『ギリシャ詞華集』の中の四行詩を訳して得意になっていたから、「本当に訳したのかね?」と訊いてみたら、「単語を全部字引で引いて、三日ほどかかった」と正直に白状した。そういう調子だから、伊丹英典助教授にそれらしい風格がないのは、やむを得ない次第だろう。

この伊丹英典先生が、何となく著者加田伶太郎氏に似せてあるのは、著者を知る僕としてはすこぶる滑稽である。しかもワトソン役の久木進助手なども、たしかに似た人物が彼の研究室にいて、本人の方は聡明かつ機敏である。小説の中で、この助手が伊丹氏に頤でこき使われるのは、フィクションとはいえ、大層気の毒である。伊丹先生の奥さんもちらちらと登場するが、こちらの方は著者はだいぶ筆を惜しんでいるようだ。今度本ものの奥さんに会ったら、ひとつ感想を訊いてみよう。

加田伶太郎君に推理の才能がないことは、僕が客に行って、「のどが乾いた」と呟いても、ビールの代りに正直に水を出してくれるその親切心からもうかがわれるが、学校の下調べをさぼって探偵小説を愛読するくだりなどは、いちいち正確をきわめている。僕に言わせれば、名探偵たるものは、シャーロック・ホームズでも、フィロ・ヴァンスでも、エルキュール・ポアロでも、誰ひとりとして探偵小説の愛読者ではない。伊丹英典氏がそんな暇つぶしをするというのも、著者がアマチュアのいい証拠であり、かつ伊丹英典氏が名探偵でない完全な心理的証拠なのである。

こういう悪口ばかり言ったのでは、序文の体裁をなさないだろうから、そろそろやめにしよう。先日、加田伶太郎君に会ったら、「この本を出したら、もうトリックのタネが尽きたから、短篇はやめだ」と情ない声で心境を述べた。本格物は行き詰るという僕の持論を、彼が自ら証明してくれたのは、実に愉快千万だ。もっとも、いずれ筆名をあらためて、本格長篇を物すると息まいていた。何でも二人目までは殺すプランが出来たから、今は三人目をどうやって殺そうか考えている、とぶっそうなことを言っていた。しかし彼は、最近はまた、書くよりも読む方が楽でいいという主義に舞い戻っているようだから、この本格長篇とやらは、遂に机上プランの域を出ないだろう。従って『完全犯罪』が、専門以外の彼の唯一冊の本ということになるだろう。名探偵伊丹英典氏も、奥さんに叱られながら、毎晩夜おそくまで、新刊の探偵小説に読み耽ることだろう。ではさよなら。

昭和三十二年十月

福永武彦

完全犯罪

一　完全犯罪

マルセイユを出航して、途中アジアの沿岸に寄港しながら故国へ帰る貨物船大洋丸が、漸く印度洋に差しかかっていた。夕食後、きまって長々とお喋りをする習慣のある四人の人物が、この晩も、それぞれソファに陣取って、コーヒーを啜りながら雑談を交していた。船長と、事務長と、船医と、そしてフランスに三年ほど遊学して、この船で帰朝しつつある古典学者との四人である。

その晩の話題は、暫く前にパリで迷宮入を騒がれた殺人事件の話が口火になって、犯人がずる賢いのか、警察当局が無能なのか、それとも偶然が犯人に幸いしているのかという論争になった。

「パリの警察が無能なんですよ」と事務長がまず極めつけた。「スコットランド・ヤードや日本の警視庁なら、あんなへまはやらんでしょう。何しろ手の打ちかたが遅すぎる」

事務長は、働き盛りの年頃で、陽に焼けた甚だ精力的な風貌をし、貨物船の事務長を勤めるよりも、刑事になった方がよっぽど出世しそうな敏捷な面構えだった。

「いや、これは犯人の方が一枚うわてなのだ」と船長が主張した。「手懸りを少しも残さないというのは天才的な悪党だ」

「どうですかね。手懸りがあっても、見逃すこともありますよ」と事務長。

「いや決してそんなことはない。わざと手懸りを消したに違いない。まずこの犯人は摑まりませんな」

船長はもう頭髪に白いものの多い、おだやかな人柄だったが、犯人が自分の親友ででもあるかのように、摑まらないのが嬉しいという顔をした。

「存外、下らない事件だったらどうします?」とそこへ船医が口を入れた。「偶然が重なり合って、そのため犯人が分らない場合だってあるでしょう」

この船医はまだ三十前で、一座のうち一番年が若く、貨物船を志願して乗船してからもう半年ばかり、毎日せっせと博士論文を執筆していた。貨物船の船医というのは、論文でも書こうというのには、うってつけの、暇のありあまる職業だった。

「時に伊丹先生の御意見はどうです?」と事務長が訊いた。「さっきから何ともおっしゃいませんな」

三人の視線を浴びたのは、三十代の半ばぐらいの、おっとりした、如何にも学者風の男だった。ソファに深々と凭れ、立て続けにシガレットをくゆらし、度の強い眼鏡の奥で、両眼を糸のように細く見開いていた。この伊丹英典《いたみえいてん》という漢方医みたいな名前を持った人物は、年に似合わず古典語の相当の権威だとかいうことで、昼間はケビンに閉じこもって、まるで暗号書のような横文字を読んでいたが、夕食後の雑談ではいつも熱心な座談家で、隅に置けない雑学の知識があった。この時やおら眼を剝くと、太い声で事務長に頷き返した。

「僕もあなたと同じ意見ですよ。それは犯人というのは相当の悪党かもしれない。が、これくらいの事件がまだ解けないようでは、まさに探偵が実力不足なんでしょうね」

「これくらいの事件、とおっしゃいましたね？」若い船医が皮肉を挾んだ。

「僕は新聞をざっと読んだだけで、データが揃っていない。君の論文だって、材料が満足でなければちゃんとした結論には達しないでしょう。データさえ完全に与えられれば、僕にだってきっと解けますよ」

皆はちょっとあっけに取られ、船長なぞは白髪頭を揺すぶって「ふうん」と溜息を洩らした。

「僕が偉そうに言うのには、それだけのわけがあるんです」と、伊丹氏は説明した。「僕なんかの仕事では、古いギリシャの詩や碑文を読まされるんですが、時代が経っているから文章が不完全で、ところどころ抜けていたり、写し間違えたりしていることが多い。そういうのは、直覚と推理とで、不完全な部分を埋めて行くのです。原典批判というものは、まさに推理そのものです。しかしちゃんと材料を揃え、時間をかけてやれば、大抵の不明な箇所は分って来ます。謂わば暗号みたいなもので、人間がつくった以上、解けない暗号というのは現代では殆どないんですからね」

「しかしですな、迷宮入事件というのは一般に多いじゃないですか」と船長が待ち切れないように口を挾んだ。「名探偵が少いということになりますかね」

「それには、初めが大事なのです。何といっても、初めに眼の鋭い人が、見るべきものを全部見ていなければならない。そうやって材料の揃った事件なら、直覚と推理だけで、こんな船の中にいても解決できると思うんですがね」

「迷宮入の事件といえども、そうすると完全犯罪じゃないんですか？」と事務長が訊いた。

「必ずしもそうとは限りませんね。完全犯罪の定義に関しては、ベン・レイ・レッドマンの『完全犯罪』という短篇に出ていますが、犯人が冷静に計算した殺人事件であることが必要なのです。つまりその条件として、第一、殺人であること。第二、それも病的な殺人狂ではなく、そこにちゃんとした動機があること。第三、嫉妬に狂ってかっとなったというような一時的な興奮で殺したのではない、偶然にたよらず、冷静な計画に基いたものでなければならないこと。第四に、これは勿論、絶対に解決されない事件であること。まあこういうんですがね、つまり完全犯罪は一個の芸術作品でなければならん、というわけです」

「これは面白い」と船長が唸った。「するとこのパリの事件は……」

「そうです、まだ完全犯罪を意図したものかどうかは分りません。単純な奴でも偶然がうまく働けば解決がおくれる。しかしまあこれは時間の問題でしょう。ありきたりの、ごく単純そうな事件だから」

それまで黙って考え込んでいた船医が、急に生き生きと眼を輝かせて、伊丹氏に呼び掛けた。

「先生はすると完全犯罪はない、必ず解決できるとおっしゃるんですね？」

「ええ、データさえ満足なら」

「それじゃ僕が一つ問題を出しましょう」

一座の注意が、俄に青年の上に集注した。彼はちょっと顔を赧らめ、思い切ったように話し始めた。

「これは僕自身が渦中に巻き込まれた事件なんです。戦争の始まった年のことで、もう十何年もの昔になります。僕はまだ中学生でした。そしてこの事件は——殺人事件ですが——犯人が分らないまんまで今日に及んでいます。僕は自分でも後で色々調べてみたし、刑事の話も聞きました。もっとも中学の二年生だったから、決して眼の鋭い人とは言えない、観察が鈍いのはやむを得ません。ただ僕は現場にいたんだから。どうです、それを一つ話してみましょうか?」

「君には犯人が分らないんですね」

「誰にも分らなかったんです」

「宜しい、話して下さい」

しかし船医は考え込んだなり、なかなか口を利かなかった。「これは思い出したままに話すというのじゃ、データとして正確を期せないようです。一つ僕がそれを小説風に書いて、明日の晩、朗読することにしたらどうでしょう? その方が客観的になると思うから」

「明日《みようにち》のお愉しみですか?」と事務長が笑った。そして三人とも翌日まで待つことに賛成した。

「但し僕は小説家じゃないから、上手に行かなくとも勘弁して下さいよ」と最後に席を立ちながら、船医が言った。

二の一　英文の脅迫状

安原清が、雁金家に寄宿するようになってからほぼ一年が経っていた。去年の春休みに、彼は田舎の中学から東京の或る私立中学へ転校して来たのだが、彼が雁金家に置いて貰ったのは、雁金家のおばあさんが彼の亡くなった祖父と縁つづきになるので、清の父親が特に頼んだということがあったのかもしれない。父親は田舎の開業医で、息子を東京の学校へ入れ、やはり医者に仕立てるつもりでいた。そして清が雁金家に住むようになってから、少年の新鮮な眼に色々不思議なことが映った。

雁金家の邸宅は、文化住宅地として名高い、郊外電車の或る沿線にあったが、清には最初から取りつきにくい印象を与えた。明治時代の古い洋館で、広々とした庭の中に、どっしりした三階家が如何にも時代がかって控えていた。これは、既に故人になったが、嘗て名船長として知られた雁金有一郎氏の建てた家で、一階には応接室、食堂、居間、その他。二階には寝室や客間が、廊下の左右に並んでいるところは普通の洋館の間取に変らなかったが、更にその上の三階（というより、一種の屋根裏部屋で、大層粗末な代物だが）そこに船室《ケビン》を模した小部屋が二つ、狭い廊下に面して双子のように並んでいた。これは有一郎氏と夫人との私室で、名船長の御自慢の設計だった。有一郎氏は簡易生活ということを口にして、上陸中はこの部屋の小さな丸窓から、表の風景を見下して愉しんでいた。一人娘に養子を貰って引退してからは、死ぬまでこの小部屋を一番好んでいた。

養子の雁金玄吉も、元はやはり船長だったが、五年ほど前に不意にその職をやめ、今は或る貿易会社の社長をしていた。妻はその少し前に病気で亡くなり、二年ばかり以前に新しく夫人を迎えた。そして清が雁金邸へ移って来た時に、このだだっ広い建物に住んでいたのは、当代の雁金玄吉氏と、弓子夫人と、おばあさんと、それに女中との四人きりだった。

三階の二部屋のうち、階段に近い方の、もとおばあさんのいた部屋が、清のための部屋だった。おばあさんはリュウマチで階段の昇り降りが苦しいというので、今は一階の、玄関に一番近い、食堂の隣の部屋に移っていた。勿論、二階には空いた部屋が幾つもあったのだが、清はこの狭い、丸窓が一つしかなく、ベッドの作りつけになった船室《ケビン》が大いに気に入ったので、自分からそこを望んだ。隣の部屋は、養父の死後、玄吉氏が使っていた。

それは薄暗い部屋で、厚い壁から外側にも内側にも五分ぐらいはみ出した鉄の窓枠に、手前側に開く丸い一枚硝子がついているだけ、他に光線のはいるところは何所にもなかった。少年はその硝子戸を開き、そこから首を出して時々新鮮な空気を吸い込んだ。そこは眼のくらめくほど高く、馴れるまでは胸がむかむかした。しかし馴れてしまえば、高い場所に住んでいるというのは気持がよかった。三階の階段の横に、屋根裏に出る直立した鉄の梯子がついていて、夏になって部屋の中が暑くるしいと、清は屋根の上に這い登り、煙突に摑まってあたりの景色を見廻すようになった。田舎育ちでもともと木登りは上手だった。

清が観察したのは、しかし附近の風景ばかりではなかった。

主人の雁金氏は、どこか船乗らしい粗野な感じの残った、意志力の強そうな人物だった。何か言っては豪放な笑い声を立てたが、それが取ってつけたように聞えた。味方にすれば安心だが、敵に廻しては怖るべき人物という感じで、心の底は容易に汲み取れず、はっきり言って清はちっとも好きでなかった。一つには彼が、弓子夫人にひそかに同情していたということがあったせいかもしれない。

弓子夫人は、人が驚くほど美貌の、和服のよく似合う奥さんだった。殆どいつも無口で、蛇にみこまれたように良人の前ではおどおどしていた。どこか秘密めいた、影のような寂しさを漂わせていた。その理由が、次第に清にも分った。夫人には結婚する以前に、本山太郎という恋人がいた。そして今でもその恋人のことが忘れられないらしかった。清は、夫人が時々涙ぐんでいるのを見かけることがあった。

おばあさんは、いつも自分の部屋の安楽椅子に腰を下して、毛糸の編物をしたり、英語の本を読んだりしていた。若い頃には、亡くなった主人と共に外国にいたこともあるとかで、教養も広く、清は英語の分らない箇所はおばあさんに聞きに行くことにしていた。この家の中で、少年がせめて親しくしていたのは、このおばあさん一人だった。足の不自由なおばあさんは、清をつかまえて思い出話をすることを好んだ。清を雁金家に貰うような気持まで、おばあさんにはあるらしかった。

事件の源《みなもと》は、十二月の中旬、主人の雁金氏のところに届いた一通の手紙である。学校から帰った清は、おじさん（と雁金氏を呼んでいた）がその日会社へ出ず、三階の小部屋に閉じこもっているのに気がついた。女中の話では、出がけに手紙が来て、それを見るなり急に気が変ったと言う。夕食の時、雁金氏の顔色は冴えなかった。食後におばあさんが、「どうかしたのかい？」と訊いた。雁金氏は長いことためらい、「実は変なものが来たので」と言いながら、一通の手紙を披露した。

粗末な封筒と便箋、そこに英語の文章が別の紙から一語ずつ切り取られて、貼りつけられていた。おばあさんがそれを読み読み翻訳した。

「最初の警告。汝の罪は汝を待つ。忘れるな」署名はなかった。

「下らない」とおばあさんは吐き出すように言った。「子供のいたずらでしょう」

あくる年の一月になって、皆が忘れかけていた頃また同じ形式の手紙が来た。

「第二の警告。死を以てあがなえ。忘れるな」

おばあさんは「悪い冗談《じようだん》だ」と言って気にも留めなかったが、雁金氏の顔色はますます悪くなり、ひどく落ちつかなくなった。大の男がふるえているのを見るのは、清の眼には少し滑稽だったが、しかし彼にも一種の気味の悪い前兆は感じられた。「心当りはないんですか？」と訊いてみたが、おじさんは鋭い眼差で彼を睨んだだけだった。「いっそ警察へでもそう言いましょうか」と相談しかけた弓子夫人に、主人は重々しく首を横に振った。

二月に新しい脅迫状が来た。

「第三の警告。汝の時刻は刻まれている。祈り、かつ待て」

いずれも一語ずつ切り抜かれた英語が、安物の便箋に貼りつけられていた。主人は蒼ざめた顔で、椅子に凭れたまま、天井を睨んでいた。

「一体、何がほしいというんだろう？」とおばあさんが、やや心配げに訊いた。「ちっとも心当りはないのかね？」

「ないこともないが」と主人は、不承不承に答えて、少年の方を見た。

清はそのあとの説明を聞かずに、三階の自分の部屋へ帰った。あくる日、彼はおばあさんにそのことを尋ねてみた。

「下らないことだよ。マルセイユで大喧嘩をしたことがあると言うのだが。どうせ酔っぱらってのことで、相手が死んだかどうかは知らないんだって。……しかしたかがそれ位のことでね」とおばあさんは首を傾けた。「もっと他に理由があるのかもしれないが」

しかし雁金氏の表情は、身に覚えのあることをはっきり示していた。会社へもあまり出なくなり、三階の船室《ケビン》に鍵を掛けて閉じこもる日が多くなった。そして三月十三日の朝、例の手紙がまた舞い込んだ。

「最後の警告。十三日夜。終り」

二の二　応戦準備

その日、雁金氏は会社へ出掛けて行った。警察へとどけてはいけないと、おばあさんと夫人とに命令し、自分の力だけで、一泡吹かせてやると言い張った。

「大丈夫ですよ、雁金玄吉も男一匹です。こんな怪しげな脅迫におどろいてたまるもんですか」とおばあさんに言った。一度、度胸をきめてしまえば、もう怖いものはないというふうに見えた。

少年はそのことを知らなかったが、夕食の時には、おじさんの連れて来た客が一人、食卓に加わった。別府さんという、清も二三度会ったことのある、雁金氏の会社での秘書だった。二十七、八の、有能そうな、眼の鋭い人物で、語学も達者だし、会社の事務は一人で切り盛りしているという噂だった。その晩の食事に食欲があったのは、少年と別府との二人きりだった。

「なに僕が見張っていれば大丈夫です。こう見えても、僕は柔道二段ですからね」

「英語の手紙が来るくらいだもの、相手がピストルでも持ってたらどうします？」とおばあさんが言った。「どうも、しかし私には、何かの悪戯のような気もします」

「本当に警察にしらせた方がいいんじゃないでしょうか？」と弓子夫人が怖ず怖ずと訊いた。

「もし何でもなければ恥を掻きますね」とおばあさん。

「大丈夫ですよ、僕がついてる。清君も加勢するね」

「勿論。僕だって柔道を習ってるんですからね」

「私もエドガー・ウォーレスやコナン・ドイルを読んだことがあるけど、日本でもこんな脅迫状なんてものがあるんだね」

「ちょっとバタくさいですね」と秘書が引き取った。「もっともうちの会社の取引は大抵外人関係だから、そういう筋のいやがらせかもしれない」

夕食のあと、女中が後片付を済ませてからも、皆はそのまま雑談を続けていた。といっても、雁金氏も夫人も殆ど口を利かず、話は主としておばあさんと別府との間で交された。もうじき九時になるという頃に、主人が重々しく口を開いた。

「警告は夜というんだから、一つ策戦を練っておこう。戸締りは勿論充分に気をつける。そこで私は、三階の清君の隣の部屋にいる。清君は眠いだろうけれど、ドアを明けっ放しにして、下からの階段を見張っていてくれ給え。電燈は点けない。廊下は明るいからね、いいかい？」

「大丈夫です、僕眠くありません」

「弓子は二階の寝室で寝る。一人では怖いかもしれないが、この敵は私が目当なんだから、お前には害は加えない筈だ。だから部屋の電燈は消さないで、お前一人だということがはっきり分るようにする。窓は決して明けてはならん。中からドアに鍵を掛けるのも忘れないこと。いいね？」

「はい」

「別府君は、寝室の前の客間にいて、階段の方に注意してくれ給え。ドアを明けっ放して、部屋の電燈は消しておく。廊下は明るいからね」

「敵を二階におびき寄せる策戦ですね」

「お母さんはいつものようにお部屋でお休み下さい。御心配は要りませんから」

「私は柔道は知らないから、当にされては困るよ」とおばあさんが言った。

「そこでもう九時十分だから、戸締りを調べて、持場につくことにしよう」

「その前に、僕が一つ家の廻りを見て来ましょう。なに、僕だけで大丈夫です」

別府は懐中電燈を手にして、玄関からすたすたと外の暗闇に出て行った。二十分ほどして
「異常はありませんね」と言いながら、食堂へ戻って来た。そこで彼に雁金氏と清とが加わり、今度は家の内部を見て歩いた。正面玄関から、廊下の右側に、手前側から応接間、居間、風呂場、左側に祖母の部屋、食堂、台所と女中部屋、そして廊下の突当りに裏への出口。玄関脇の階段を二階に昇ると、廊下の右側には客用の部屋が三つ、左側に小さな図書室、次が寝室、それに続いて弓子夫人の私室。更に三階に昇ると、昇りつめたところに屋根裏に出る鉄の梯子、片側廊下の手前が清の部屋、次が雁金氏の部屋、奥が物置になっている。そして戸締りが厳重に確かめられ、清が自分の狭い船室《ケビン》に陣取ったのは十時五分前だった。

二の三　不可能な事件

春らしい生暖かい晩だったが、安原清が暗闇の部屋の中で、椅子に腰を下してじっと待っていると、うそ寒さが足許から忍び寄って、膝頭がふるえた。彼は階段の上り口に向いて、部屋の入口に斜めに椅子を構え、時々、腕時計で時間を確かめた。家中はしんと静まり返り、隣の部屋のおじさんも、ことりとも物音を立てなかった。敵はどこから来るのだろう。玄関も裏口もしまっているし、窓という窓はよく確かめたし、とそう考えても、身体中がぞくぞくした。忍術が使えれば、家の中でも自由自在にはいって来られる。インドには古い魔術がある。英語の脅迫状だから、きっと白いターバンのインド人だ。宙に浮き上って、窓から煙のようにはいって来るのかもしれない。

清は丸窓を振り返って見た。ドア以外の唯一の入口。大丈夫、窓の左端についている留金は、ちゃんとしまっている。家の中は物音一つしない。時計は十時半だった。こんなに早くは来ないな、きっと皆が眠くなった明方近くだな、と清は考えた。時間はのろのろと進行した。

ふと、何か異常なものを感じた。何か今までと違った感じ。しかし階段の降り口には明るく電燈が点き、人の昇って来る気配はない。清は椅子から立ち上り、あたりを見廻した。分った。部屋の中が薄ぼんやりと明るくなっているのだ。窓を見た。硝子窓を越して、焚火らしい赤い焔が、庭の端の方で燃えている。その明りが、かすかに、この部屋を彩っている。何だろう。清は窓の側まで行き、硝子に鼻の先をくっつけた。

暗い夜で、ところどころ遠くに燈火がきらめいているが、庭の中の火はそれとは全然違ったものだ。何のために今頃火を燃しているのだろう。あ、火事にする気なのか、そのどさくさに敵が侵入して来るのか。しかしそれにしては火が遠いし、それも大した火の手じゃない。そう考えて清は少し安心した。また前の椅子に戻り、腕時計を見た。十一時五分。

その時だった。彼は隣のおじさんの部屋で、何か重たいものがどさっと倒れた音を聞いた。何だろう。彼はぎょっとなって廊下へ出た。誰もいない。隣の部屋の前で小声で呼んでみた。

「おじさん、おじさん？」

返事はなかった。ドアの把手をつかんだが鍵が懸っていた。彼は悲鳴をあげた。大声に「別府さん、おばさん」と代る代る名前を呼びながら、ドアの把手をがちゃがちゃいわせた。初めに駆けつけたのは別府だった。その暫く後から、真蒼になった弓子夫人が走り寄った。

「ドアが明かないんだよ」と清は泣声で叫んだ。

「よし、ドアをぶち壊そう」

「待って」とその時、夫人が言った。「お母さまのところに鍵がある筈。清さん、行って来て」

清は一階まで転がるように階段を降った。ノックをするのももどかしく、おばあさんの部屋にはいった。

「大変なんだ！　おじさんがどうかしたらしいんだ。おばあさんのところに鍵があるって？」

おばあさんはベッドの上に坐り、手に編棒を持ち毛糸の編物をしていたが、さっと顔色を変えた。

「家じゅうの鍵は、そこの箪笥の右の抽出にはいっているよ。さ、早くお行き。私もあとから行ってみる」

清は鍵束をじゃらじゃらいわせながら、一息に三階まで駆け登った。夫人と別府とは、階段の踊り場で焦々しながら待っていた。

ドアが開くと、廊下の明りが暗い船室《ケビン》の中を照し出した。雁金氏が倒れているのが誰の眼にも映った。別府が直に、天井から下った釣ランプの電燈を点けた。

雁金氏は丸窓の方に足を向け、身体を歪めたまま死んでいた。屈み込んで調べてみても、もう息のないことは明かだった。その右手に、長い、真赤な紐をしっかりと握り締め、紐のあまりは床の上にくねっていた。

「触っちゃいけない。首を締められている」と別府が手を延して叫んだ。

彼は立ち上り、「しかし……」と呟いた。蒼ざめた顔で急いで部屋の中を見廻したが、そこには、竦んで声も出ない少年と、今にも卒倒しそうな夫人とが、いるばかりだった。彼は半開きになった丸窓の側へ寄ったが、そこから犯人が逃げ出し得ないことは、誰の眼にも明かだった。

「信じられない」と別府が唸った。

二の四　坂田刑事の調査

電話によって事件をしらされた所轄の警察署からは、直ちに老練の坂田刑事と小島刑事とが雁金邸に出張し、警視庁からは鑑識課員が時を移さず急行した。翌日の午後、坂田刑事は次のようなメモを見せながら、捜査主任と善後策を相談していた。

1　死因は明かに絞殺による窒息死。死亡推定時間は午後十一時頃。後頭部に打撲傷があるが、これは平べったい板切れで殴られたものか、或いは床に倒れた時に自分で打ったものかの、何れかである。

2　半開きの丸窓の方に足を向け、左半身を下に横向に身体を捩曲げて倒れていた。

3　右手に長さ約四メートルの赤い腰紐様のものを摑む。途中に結び目があり、そこで紐が二重になっているから、明かに絞殺するのに好都合なものだが、この紐は屍体の首筋には巻きついていない。首を締められて後に、この紐を右手に持ち直すことは、どう見ても不可能である。

4　ドアは内部から鍵が懸っていた。鍵は屍体のズボンのポケットにあった。

5　家の中の合鍵は、まとめて一階の雁金梅子未亡人の簞笥の小抽出にある。事件直後、弓子夫人がそのことを思い出して、合鍵によって部屋を明けた。
6　被害者の部屋には一個の丸窓がある。その大きさは大の男が首と片手とを外に出し得る程度である（安原少年なら全身が出るかもしれぬ——要調査）尚この窓の硝子は右手前に引くもので、事件当時、半開きだった。
7　屍体の足許に、約一尺の長さの銀のペイパー・ナイフが落ちていた。
8　室内は整然として、盗難のあとはない。
9　室内に、被害者以外の特に明かな指紋はない。ペイパー・ナイフの柄の部分は、紋様があって指紋検出は不能である。
10　屍体の発見は弓子未亡人、別府正夫（社長秘書）、安原清（同宿の中学生）の三名同時である。
11　建物の周囲にある足跡のうち、別府正夫の靴跡のみが特に顕著である。これは本人が当夜九時半ごろ見廻りせる時のものと言う。
12　庭の端れに焚火のあとがある。英字新聞の燃え残りとベンジンを検出。この付近にも足跡（調査中）が多い。
13　物置小舎の裏に梯子がある。梯子の高さは二階寝室に届く程度である。
14　壁を伝わって三階に登ることは不可能と思われる。
15　被害者の部屋の真上の屋根に、四角い煉瓦づくりの煙突がある（煙突は一階食堂の煖炉のもの。二階寝室の壁、及び三階被害者の部屋の壁を突き抜けている)。但し煙突付近に、特に人の登った形跡はない。

「今のところ、こんなもんですが」とがっかりした声で坂田刑事が言った。

「探偵小説によくある密室という奴かね」と長山主任が皮肉を言った。「まずそのドアだがドアの鍵は完全なのかね?」

「徹底的に調べました。しかしドアを蝶番《つが》いで外すとか、紐をどうとかして鍵を外側から締めるとかいうわけには行かんのです。蝶番いも錠前も細工したあとはないし、鍵はだいいち被害者のポケットの中ですからね」

「しかし合鍵があるんだろう?」

「それはそうです。おばあさんの箪笥の抽出にある。そのことは家の中の者は誰でも知っているんです。夫人だけじゃなく、中学生も知っていたけど、あんまり慌てたのでドアを明ける時には思い出せなかったと言っている。女中も勿論知ってます。しかし合鍵があったって、何しろ被害者の隣の部屋には中学生が見張っているし、二階の廊下には秘書の別府が陣取っています。だから被害者の部屋までこっそり行くわけには行かんでしょう。ドアに細工をするとか何とかいうのでも、音がしたら忽ち聞きつけられますしね」

「それはつまりその連中が犯人でないと仮定しての話さね。その点は後にしよう。ドアの方が駄目なら、問題は丸窓の方だが、そこからは、はいれないんだね?」

「そりゃ駄目です。ただこの硝子窓がぴったり締っていたのじゃないから、そこに細工の余地はあるわけですが」

「一体何で絞殺されたんだ？　君の意見では、凶器はその赤い紐とは思えないというんだろう？」

「いや、もしそれが凶器なら、犯人が被害者の首を締めたあとから、手の方に持ち変えさせたので、死んだ男が自分の力で持ち変えることは不可能だと思うんです。だからひょっとしたら、この赤い紐によく似た、割と柔いもので首を締められたかもしれません。つまり凶器が赤い紐なら、犯人がその部屋にいたことになるし、違うものを使ったのなら、それが消え失せたことになる、というので、どうも変な話ですな」

「屍体を発見した連中のうちに、早いところ細工をした奴はいないのかな？」

「それは無理でしょう。何しろ三人一緒に部屋にはいってるんだから。どうにも分らない」

「そう弱気を出すなよ。ペイパー・ナイフもあるんだろう？　それが細工に使われてるんじゃないか？」

「これが銀で出来ていて、柄にはルビイか何かを塡め込んである大した代物ですよ。これは明かに奥さんの持ち物なんです。被害者の手にしていた紐も、自分の腰紐かもしれないと言っています。ひどく正直なんですがね」

「ふうん。しかしそのペイパー・ナイフで突き殺したわけじゃないのだからな。夫人は一体どう説明しているんだ？」

「ここに連中を訊問した要旨がありますから、抜き読みしてみましょうか。弓子夫人はこう言ってます。

――私は怖くてしかたがないので、主人に言われた通りに寝室のドアに鍵を掛けると、電燈を点けたまま、ベッドの側の椅子に腰を下していました。本でも読もうかと思いましたけど、とても字が眼にはいりません。そのうち、さらさらとかすかな音が聞えて来たのでぞっとしました。何だか蛇でも這っているような。よっぽど怖くなったので、お母さまのとこへ逃げ出そうかと思ったのですけど、そのうち聞えなくなりました。――窓を見ましたか？　――いいえ。でも留金が懸っていました。それからだいぶして、やっと気がしずまった頃、今度は清さんの呼ぶ声が聞えたので、急いで鍵を明けて三階へ昇りました。別府さんと清さんとが主人の部屋の前で……。――そこは宜しい。ペイパー・ナイフにはその時すぐ気がつきましたか？　――はい。――御主人のものですか？　――いいえ、あの私が昔のお友達に頂いたもので、大事にしまってある筈なのに、おかしいなと思いました。――どなたですか、お友達というのは？――本山さんという方です。――それからどうしました？　――怖いのでお母さまのお部屋に置かせて頂きました。お母さまのベッドに寝てもいいと言われたのですけれど、とても眠る気にならず、お母さまが靴下を編んでいらっしゃるのを見ながら、お話をしておりました。……こんなものですが」

「何だい、その蛇みたいな音というのは？　夫人はだいぶ神経過敏だな。その本山というのは分っているのかね？」

「本山太郎、英字新聞の記者です。小島刑事が当ってみてますが、これが昨晩の正確なアリバイがないんです。八時頃自宅を出て、十二時すぎに帰っている。新宿で映画を見て、あとはぶらぶらしていたというだけなんですがね」

「ふん。時に他の連中は何と言ってるんだ？」

「秘書の別府正夫ですが。

――僕は最初から大して本気に心配していたわけじゃありません。庭を見廻っても異常がないし、第一今どき、英語の脅迫状なんて滑稽ですよ。社長が少し被害妄想にかかっているんだと思ってました。しかし来てみたら奥さんがあんまり心配そうなんでね。え、梯子？　物置小舎の？　気がつきません。物置の戸が締っているのを確かめただけで、裏までは廻らなかった。客間へ行ってからはくそ真面目に廊下を睨んでました。詰らん役目を引受けたと思って、憂鬱でした。すると急に清君の声が聞えたものだから……」

「あとはいいだろう」と警部が顔を起した。「その男は会社の方でもしたたか者らしいな。洗ってみたまえ。それから？」

「中学生のは簡単です。これは階段の降り口を見張っていました。誰も昇って来なかったことは確かです」

「待て待て。その中学生は窓から焚火を見たんだったね。その間のことは分らんぞ」

「そうでした。そこにちょっと隙がある、しかし被害者の部屋は鍵がかかっていたんだから」

「ドアの方はいい。しかし屋根の煙突というものがある。それが被害者の部屋の丸窓の真上にあるのなら、そこから細工をしたことも一応は考えられるさ。君は凶器が赤い紐でないとすれば、そいつが消えてなくなっていると言ったけど、その煙突から投げ込んだのじゃないかね。煙突の下は食堂の煖炉だったね？」

「その点はよく調べてみます」

「他の連中は？　どうせ大した証言はないんだろう？」

「簡単明瞭です。梅子未亡人はですね、ずっと自分の部屋で編物をしていた。中学生の叫んだ声はよく聞き取れなかった。中学生が鍵を取りに来たから、自分もそのあと二階まで階段を昇ったが、足が痛むのでまた元へ戻った、とこう言うんです。そのあとはずっと弓子夫人と一緒です」

「さっきの夫人の証言にあった、蛇の這うような音は？」

「聞いた覚えがないと言っています。確かに耳は遠いんでしょうな。しかし気の強そうなおばあさんですよ」

「なるほど。不思議なことに、誰一人あまり悲しんでいるようには見えんね。動機の点をよく調べたまえ。内部はそれだけかい？」

「女中がいますが、これは眠っていて何も知らない。我々が行ってやっと眼が覚めたくらいです」

「そこのところだがね。三階で事件が発見された、そのあと連中はどうしてるんだ？」

「弓子夫人はおばあさんの部屋へ行ったし、秘書と中学生とは、ドアに鍵を掛けて、下の食堂で警察の来るのを待っていたと言ってます。電話を掛けたのは秘書です。従って主任さんのお考えになっているような、一人っきり被害者の側に残った人間はいないんですよ」

「先廻りされたね。そこで今度は外部だが、その脅迫状は調べたね？」

「これが英語なんですね。そこがまたうまく出来ていて、多分英字新聞の単語を切り抜いて貼りつけたもんです。やさしい、ありふれた字ばかり選んである。これが日本の新聞を切り抜くんじゃ手間が大変でしょう。封筒も便箋もざらにある奴で、上書の方も下手くそな、わざとらしい字で、どの手紙も同じ筆跡です。ところ書きが二行、宛名は雁金様、消印は東京市内の新宿とか新橋とか……」

「待った、雁金様というだけだね？　それじゃ主人宛のものかどうか分らんじゃないか？」

「と言っても、他に狙われるような後ろ暗いのはいませんしね」

「さっきの、アリバイの怪しい本山というのは、確か英字新聞の記者だったな？」

「そうです。手紙だけじゃなく、焚火の材料にも英字新聞が使ってあります。しかしそれで本山がくさいということにはならんのです。被害者は貿易会社の社長で、そこには勿論、英字新聞があるし、秘書の別府も英語はぺらぺらだ。それに此所の家の方でも英字新聞を取っていて、おばあさんや中学生も毎日見ているんですからね」

「外人関係の方もよく調べ給え。脅迫状をわざわざ英文にするというのは、単に筆跡を隠すというようだけのことなのかね。上書の方はどうしても日本語なんだから、ちょっと矛盾しているような気がするな。その点、雁金玄吉という被害者の行状を船員時代からよく洗ってみるさ。何か出て来るかもしれない。これはなかなか面倒な事件だぞ」

そう言って長山主任は、刑事をけしかけるように皮肉な笑いを見せた。

二の五　本山太郎の告白

調査が進むにつれて、坂田刑事のメモは更に詳しくなった。
16　雁金夫妻は結婚と同時に、相互を受取人にして生命保険にはいっている。
17　雁金玄吉の素行は悪い。前歴も不明の点が多い（尚調査中）。夫人に対して粗暴な振舞の多かったことは家人全部が認めている。
18　弓子夫人と本山太郎とは嘗て相当の恋仲であった。銀のペイパー・ナイフは当時の贈物である。
19　梅子未亡人は養子玄吉に対して好感を持っていなかった。未亡人の一人娘（被害者の前夫人）の死因をさえ疑っている（これは明らかに心臓障害による病死。）
20　別府正夫（秘書）は社長の眼を掠めて会社の金を私《わたくし》している疑いがある。
21　安原清（中学生）は梅子未亡人が行く行くは養子にするつもりで田舎から引取ったものと思われる。安原は弓子夫人の境遇に同情している。
22　本山太郎が、恋人を奪った雁金玄吉を憎悪していたことは、多くの証人がある。
23　外人関係には未だたぐるべき線が出ない。
「全く、動機のない人間はいないみたいだね」と言って、長山捜査主任が笑った。「笑っちゃ済まないが、夫人も、恋人の本山も、おばあさんも、秘書も、それに中学生の安原まで、一応殺しをやるだけの動機はあるんだからな。そこでどうだった？　例の煙突は？」

「あれは主任さんの思い過しです」と坂田刑事も釣られて笑った。「あの晩は暖かだったので、食堂の煖炉で火は焚いていません。物を燃した形跡はどこにもありません」

「駄目か。一体その煙突というのは、人は通れないかね？」

「無理ですな。煙突も丸窓も、中学生の安原でも無理なようです。これで私の方は行き詰りですよ」

主任が皮肉の一つも言おうとした時に、外部関係を洗っていた小島刑事が、慌しく駆け込んで来た。

「主任さん、本山がとうとう白状する気になりました。此所へ連れて来ます」

「白状するって？」と主任が叫んだ。

「多分間違いなしです。焚火のまわりの靴の足跡が奴のにぴったりだし、それにあの晩の十一時すぎに、電車の駅で顔を見られているんでさ、本山の仕業に間違いありません」

坂田刑事が口惜しそうな顔をしている間に、やや顔色は悪いが元気な足取で本山太郎が連れて来られた。

「ひとつざっくばらんに頼むよ」と主任が愛想よく言った。

「全部言います。実は僕は、今まで弓子さんがやったのじゃないかと心配していたんです。しかしさっき刑事さんが洩らして下さったところじゃ、弓子さんに殺せる筈がないと分ったものだから、僕も安心しました。御存じでしょうが、僕は昔、あの人とずっと親しくしていたんです。ですからあの人の結婚はひどい傷手でした。憎いことは憎いけれど、どうしても諦め切れない、自分でも頭がどうかしたんじゃないかと思った位です。すると例の十三日の夕方、久しぶりに、というよりあの人が結婚してから初めて、弓子さんから速達が来たんです」

「何だって？」と小島刑事が訊いた。「それを持っているのか？」

「待って下さい。大体こういう文面でした。――私はあなたに悪いことをした。私はいまとても虐待されている。逃げることも出来ない。今日の日を覚えているのなら、今夜十一時に私のところに来て助けて頂戴。物置小舎の後ろに梯子があるから、窓から二階の寝室の窓を叩いて下さい。電燈が点いてます。主人は三階ですから見つかる恐れはありません。――大体、こういうんです」

「その手紙は？」と刑事はもう手を差出して催促した。

「その手紙の追伸に、これは証拠になるから必ず焼き捨ててくれとあったので、その通りにしました」

「畜生！」と刑事が叫んだ。

「筆跡はどうだった？」と坂田刑事が側から訊いた。

「弓子さんの手に間違いないと思いました。駅に着いたのが十時半ごろです。それで、色々迷ったあげく、とうとう負けて出掛けて行きました。そっと門をはいって、その物置小舎の方へ行きかけると、庭の奥で火が然えているんです。ぎょっとして側へ行きましたが、誰もいません」

「本当に誰もいなかった？」

「いません。その焚火のほかは真暗です。二階の寝室らしい部屋に、カーテン越しに灯が見えるだけで、他はしんとして寝静まっています。すると我ながら怖くなりました」

「それでどうした？」とせっかちに小島刑事が訊いた。

「急に罠じゃないかという気がして来たんです。あの手紙、本当に弓子さんが書いたんだろうか。少し非常識じゃないか。雁金というのは嫉妬深い人だと聞いていたから、僕をいっぱい食わせるつもりじゃないかしらん。そう考えているうち、急に危険が迫っているような気がしたので、後戻りすることにしました」

「後戻り？　本当に帰ったのか？」

「帰りました。焚火から先へは一歩も行きません。これが正真正銘の話です」

小島刑事は唸った。そこで主任が一つ質問した。

「さっきの手紙の中の、今日の日を覚えているならというのは？」

「三月十三日、僕が昔、弓子さんと愛を誓った日です」と本山は昂然とうそぶいた。

「それが心理的に君を惹き寄せるだけの効果があったわけだな。それを知っているのは誰だろう？」

「弓子さんの他にですか？　さてね、雁金が知っていたかどうか？　しかしあれは悪魔みたいな男だから……」

二の六　悪魔の計画

本山太郎の告白は、しかし事件を少しも好転させなかった。弓子夫人は速達を出した覚えもないし、況んや事件の晩、窓ごしに本山と会ったこともないと固く言い張った。小島刑事は何とか反証をあげてみせると息まいたが、果して本山が梯子を掛け、寝室の窓で二人が会ったとしたところで、三階の雁金氏を殺す方法は見当もつかなかった。

「問題は凶器だな」と長山捜査主任が言った。「もし犯人が部屋へ侵入して、例の赤い紐でやったのでないとすれば、凶器は何か？　それは何所に消えたか？　それから殺人の方法は？……そこだ。もう一度雁金邸を徹底的に捜索したまえ。もし犯人が内部だとすると、凶器はまだどこへも持ち出されていない筈だ」

「凶器といったって、紐が一本ありゃいいんですからね」と情けなさそうに坂田刑事がぼやいた。

「そうさ。しかしそれは殺人の方法と密接に結びついている筈だ。さあ眼を光らせろ」

こうして主任が自ら陣頭に立って、雁金邸のありとあらゆる場所、家人の持物の全部が、もう一度調べ上げられた。そしてその結果、実に意外なものが現れ、それが事件を完全に迷宮に導いてしまった。

即ち、雁金玄吉氏の三階の船室《ケビン》に、巧みにしつらえられた秘密の隠し戸棚があり、そこから、一枚の便箋に書き込まれた次のようなメモが発見された。

計画は完全に進行しつつある。

三月十三日。この日付を知っているのは弓子ひとりの筈だ。英文の脅迫状が実は弓子を狙っていることは、事件まで誰も知らぬ。（従って弓子を脅迫しているのはMということになる）

前日に最後の脅迫状を出しておく。

それを見て、昼前に出掛ける。Mに速達を出す。Bを家に連れて帰る。

弓子は寝室、Bはその向いの部屋、清は私の隣室で階段を見張る。

十一時にMが寝室の窓に来る。弓子が驚く。彼女は何も知らぬ。急いで帰させる。（どんなに声を低めても、後でBが誰かいたと証言するだろう）

丸窓を開き（その真下が、寝室の窓になる）Mのいないのを見澄してかねての紐を垂らす。紐は弓子のもの、結び目をつくり、輪になった部分に、横に弓子のペイパー・ナイフを渡す。そうすると丸い輪が出来る。

紐を垂し、ナイフの部分で寝室の硝子戸を叩く。弓子はMがまた戻って来たのかと思い、窓を開く。紐を持ち上げる。上を見る筈はない。首を出してMを探す。紐を下げ、首に懸け、締める。充分に締めたところで手を放す。弓子は、寝室の中に倒れ、ナイフはその足許か、或いは地面に落ちる。

誰が犯人か？　Mだ。ペイパー・ナイフはMが弓子にやった記念品だし、弓子の首には自分の腰紐が巻きついている。

動機。心変りに対する嫉妬。（脅迫状がそれを証明する。弓子の速達はMの偽筆ということになる。しかし彼は多分焼いてしまうだろう）

これは完全犯罪だ。

二の七　幾つかの疑問

「分ったようで全然分らなくなりましたね」

と坂田刑事が主任に言った。

「そうさ。被害者が加害者で、筋書通りに行っていたとしても、やっぱり我々は困っていたろうよ。しかし、この方がもっと難解だ。本山のいわゆる悪魔が、見事に裏を掻かれているんだからな」

「しかしこのメモで、殺人方法のヒントだけは分りましたね」

「何だ？　説明し給え」

「つまりやっぱり丸窓ですよ。首を出したところを引張る。犯人が部屋へはいれないのなら、それ以外にはない筈だ。ですから屋根の上から、煙突に身体を支えてやったものでしょう」

「支えるというが、自分の身体を煙突にくくりつけでもしなければ、危くて出来ないぜ。それでそのくくりつけた代物とか、首を締めた凶器とかは何所へ行ったね？　このメモのペイパー・ナイフはうまく考えてある、これがなければ輪にはならん。そういった道具も何処へ消えたんだね？」

「そう苛めないで下さいよ」

「屋根に登ることが出来るのは、中学生か秘書かのどっちかだな。中学生が焚火に気を取られた、椅子を動かす音がした、その間に秘書が屋根に登る。中学生がわめいたら、階段の下からでなく上から降りて来るか。もし中学生がやったのなら簡単だ。煙突まで行くのはね。しかし凶器がない。それに焚火という奴がある。あれはどう説明するんだい？」

「ゆるゆる考えます」と刑事は頭を掻いてあやまった。

「この事件はどうも、このままになるような予感がするよ」

と捜査主任は、いたわるように部下を見詰めて言った。

やがて本山太郎は釈放され、事件は主任の予言通り迷宮にはいった。その年の冬、戦争が始まり、捜査もいつか打切られた。翌々年の春、弓子未亡人は情報局に転職した本山太郎と結婚した。別府正夫は応召になり、フィリッピンで戦死した。安原清が高等学校の寮へはいった年に、おばあさんは、清の故郷に疎開し、そこで終戦後に死んだ。留守番の手に託されていた雁金邸は、空襲にあって、完全に焼失した。

こうして古い事件は、謎のままに残された。

三の一　船長の推理

「描写はだいぶ不足ですが、データだけは僕の知っている限り、全部出してあります」と朗読を終って、船医が三人の方に顔を起して言った。「もっとも僕には犯人が分らないので、——多少見当をつけていることはあるんですが——その点、大事なことを見落しているかもしれません。しかし僕はこの坂田刑事という人と後で識り合いになったものだから、知らないことまで色々教えてもらったんですよ」

船医が気楽に喋っている間、聞き手の三人の方は相変らず同じポーズを続けていた。船長は葉巻をくゆらせながら、ソファにふんぞり返っている、事務長は両手で頭を抱えて俯向いている、そして古典学者は、シガレットの火先が指を焦しそうなのにも気がつかずに、眼を閉じたなり身動きもしなかった。

「さあ、御意見を聞かせて下さい」と船医が言った。

最初に声を発したのは船長だった。

「私の考えでは、その犯人というのは」と言って葉巻の灰を落した。

「思わせぶりですね」と船医が笑った。

「……あなたですよ。つまりその中学生だ」

「おどかさないで下さい」

「まあ聞きなさい。あなたは家の中の人間だから、おばあさんのところに合鍵があるのを知っていた。それを夕方までにこっそり抜き取っておいた」

「それで雁金氏のドアをこっそり明けて、部屋の中に忍び込むというんですか?」

「いや、私の推理はしかく簡単じゃない。あなたは鍵は使わん。戸を叩いて、おかしなことがあるとか何とか言えば、相手は中学生だ、雁金氏だって安心してあなたを招じ入れる。そこであなたは、庭で焚火が見える、怪しい奴が庭をうろうろしてる、とでも言うんだな。雁金氏は丸窓から表を眺めるでしょう。その油断を見澄して、あなたは後ろから、その平べったい板切という奴でぶん殴るんです」

「何ですか、その板切《ぎれ》ってのは？」

「そこだ、あとで調べても分らないもの、――私の考えでは机の抽出だと思う」

「奇抜ですね」と船医がひやかした。

「笑いごとではないよ、君。机の抽出というのは、裏返しにすれば立派な厚い板切だ。机のあるところには必ず一緒にあるものだ。あなたは手早くそれを抜き取って、えいと一撃する。倒れたところで赤い紐で首を締め直す。それを今度は右手に持ち変えさせる。抽出をもとへ戻す。ね、こうしておけば、一体何で殺されたんだかちょっと見当もつかんだろう。頭の傷は決して致命傷じゃないんだからな。それからあなたは廊下に出て、かねての合鍵でドアを締める。大声で喚く。下の連中が来てもドアが開かない。そこで本当はドアをぶち壊すところだが、たまたま夫人が合鍵のことを思い出した。あなたはおばあさんのところに合鍵を取りに行って、隠し持った鍵を前からそこにあったように取り繕って、また三階へ戻って来る、とこうです。うまくごまかしましたな？」

船長は快心の笑《えみ》を浮べてふんぞりかえった。

「なるほど、僕が犯人ですか？」と船医が情なさそうに言った。

事務長と古典学者とが同時に首を起した。

「それは甘い」と事務長が叫んだ。「伊丹さんは待って下さい。これは私が反駁します。船長はその焚火というのをどう説明するんです？　焚火があればこそ、雁金氏が窓から覗くんでしょう？　しかるに二階に秘書が見張っている限り、三階から階段を下りて行くことは不可能なんですからね」

「焚火はこれは別ですよ」と船長は平然と答えた。「これは例の本山という男が、夫人からの速達に釣られてやって来た。しかし庭まで来てみると、梯子を掛けて寝室へ行くというのは穏かじゃない。そこで庭で火を焚いて、夫人の方を庭へ呼び出そうと考えたんですな。つまり偶然の暗合ですよ」

「なるほどね。こじつけますね。しかしそんなに沢山の新聞紙をどうして用意して来たんです？　ベンジンも検出されているんですよ。それは船長、決して偶然の暗合じゃない。どうです、伊丹さん？」

「焚火には意味があります」と古典学者は簡潔に答えた。

「それに今の殺しかたは、どうみても中学二年生には無理ですよ」と事務長が気負い立った。

「雁金氏というのは、もと船乗の、つまり我々みたいな頑丈な人間ですからね。油断を見澄してぶん殴るったって、そううまく気絶してくれる筈がありません。この頭の傷というのは、明かに首を締められた後から、床の上にひっくり返った時に出来た傷でしょう。殴ってから締めたんじゃなく、締めた方が先です。まずこれであなたの嫌疑は晴れましたね」と船医に向って頷いた。

船医はやれやれという顔をし、「それじゃ事務長さんの考えを聞きましょう」と言った。

三の二　事務長の推理

「これは首を締めるという点でも、ぶん殴ると同じで、とても女子供に出来ることじゃありませんよ。大の男を締め殺すには大した力が要るんですからな、——もっとも私にも経験はないが」と事務長は注釈を入れた。「従って中学生も、夫人も、おばあさんも駄目、残る二人のうち、本山というのは被害者に近づく方法がないんだから、残るところは秘書の別府です。これが犯人」

船長が口惜しそうな顔を起して、口を入れそうになったので、事務長は早口にあとを続けた。

「焚火が出来るのはこの男だけです。二階にいて、夫人の寝室はしまっているし、一階のおばあさんは耳が遠い。その前に地の利も見ているんだし、足跡の言訳も立つ。しかしその目的は、中学生が焚火に気を取られて、階段の監視がお留守になることです。その隙に素早く屋根の上に登る。そこで、かねて用意したロオプを煙突と自分の身体とに絡ませて、三階の問題の窓のすぐ上のところまで下りて来る」

「ちょっと待ちなさい」と船長がたまりかねて口を入れた。「そのロオプというのは何所から出て来たね？」

「そこですがね」と事務長は得意然と説明を続けた。「私はこの別府という男は、柔道二段だから恐らくスポーツマンで、登山の方にも経験があったに違いないと考えます。登山家なら、長いロオプを巧みに小さく束ねて、鞄の中に入れることも出来る。秘書だから鞄を持って歩いても不思議はないんでね、きっとその日も鞄を持って来ていたんでしょう」

「しかし警察は、当然その中身を調べた筈だが」と船長が言った。

「そこにはもっと妙案があるんですよ。ところでさっきの続きで、三階の窓の上にぶら下っていて、雁金氏が丸窓から首を出すのを待っている。首を出すと、そのロオプのあまりでえいと首を締める。それからロック・クライミングの要領で煙突まで登って行く。そこでロオプを外すと、——ここんとこがみそですが、ワイシャツとズボンの下の、お腹の上にそのロオプをぐるぐると巻きつけたんです。かくて凶器は誰の眼にも見えなくなる。そこで中学生が、おっと失礼、つまりあなたですな、その呼ぶ声が聞えたら、階段を駆け昇ったという顔で、梯子のところから飛び出せばいい。こういう次第ですがね」

「僕は、別府さんが登山家だったかどうかは知りませんねえ」と船医が言った。

「そんなに手早く、ロオプを腹に巻きつけられるもんかね？」と船長が疑い深い表情で言った。

「伊丹さん、如何です？」と事務長がやや心配そうに尋ねた。

「少し無理でしょうね」と古典学者が答えた。

「焚火で少年が窓の外に気を取られた、それは偶然ですからね、しかし仮にそこがうまく行ったとしても、秘書が煙突からぶら下った時にも、少年の方はまだ窓の外に気を取られているかもしれません。少年は窓から首を出さなかったようだが、もし注意深くさえあれば大の男が壁にぶら下ってすぐ隣の窓で雁金氏の首を締めているのに気がついたかもしれない。とすれば、この冒険は少々危険が大きすぎると思いませんか？」

「それは、しかし人一人殺そうと思うぐらいなら」

「自分も死刑になってもいいんですか？　いや、少くともロオプを用意して来るぐらいなら、もっと慎重であるべきでしょう」

「僕は焚火のほかには何も気がつきませんでした」と船医が言った。

「私は、あらゆる犯人は危険を冒すものだと考えますがね」と事務長が諦め切れないように言った。

「実は僕にもちょっと考えがあるんです」と船医が伊丹氏に話し掛けた。「もっとも僕のも、だいぶ冒険を必要とするんですが」

「じゃ、それを聞きましょう」と古典学者が言った。

三の三　船医の推理

「僕はおばさんが、つまり弓子夫人が、かねてから危険に勘づいていたんじゃないかと思います。雁金様という宛名の脅迫状、中身は英語ですが、実に曖昧な文句なんですね。ひょっとしたら自分が狙われているんじゃないかと思ったでしょう。とすると、誰が自分を狙うのか、本山氏か主人のどっちかです。ところが本山という人はそんなことをする人じゃない、ところが雁金氏というのは怖い人物だ、結婚しても本心が分らない。びくびくしているうち、最後の三月十三日の脅迫状で、完全に自分の主人が、どういう方法でだかは分らないけれど、自分を殺そうとしていることに気がついたと思うんです」

「なるほど、それは可能なことでしょうね」と伊丹氏。

「そこで弓子夫人は、本山氏に速達を出した。それはきっとひどく切実な、必死の呼び掛けだったでしょう。従って、本山氏のところに、本当の弓子夫人の手紙と、偽筆の雁金氏の手紙と、二通行ったと思うんです。両方読めば、本山氏だってこれは一大事だと思うに違いない。そこで、偽筆の手紙の十一時というのより、ずっと早く、恐らく秘書が庭を見廻った直後に、夫人の寝室に梯子を掛けて登ったものと思います。これは本山氏のアリバイがはっきりしていない点からも説明がつくんです。八時に自宅を出て、十時半ごろ、つまり映画がはねてから雁金邸に行ったと証言しているけど、この映画を見ている時間というのはおかしい。その時はもう雁金邸に行っていたんだと考えます」

「アリバイを気にするとは、だいぶ探偵小説の専門家ですね」と伊丹氏が笑った。

「で、才子佳人はどうしました?」

「そこなんですがね。まず本山氏が、登って来た梯子を宙に持ち上げる。夫人は腰紐を使って、その梯子を窓にくくりつける。これは大事業だし、つまり大冒険なんですが、この時はまだ焚火はしてないんですから、僕が気のつく筈はない。何しろ表は真暗なんです。そうやって二階から梯子を掛ければ、三階の丸窓の下まで行く。本山氏が手に紐を持ってそこを登る。雁金氏が窓から首を出したところで、手にした紐で首を締める。この紐というのは、雁金氏の右手にあったのとは別のものです。雁金氏は丸窓に首を凭れたまま絶命する。そこで本山氏は、その紐を相手の首に巻きつけたまま梯子を下りて来る。二人がかりで梯子を窓から解き地面まで下す。そこで本山氏は、梯子をまた物置小舎の裏へ戻しておきます」

「焚火は?」と船長が訊いた。

「それには大いに意味があるんです。弓子夫人の手紙と雁金氏の偽筆の手紙、これを焼くんですよ。もっとも偽筆の方は焼かなくてもいいわけだが、慌てたんでしょうね。古新聞と一緒に火をつける。それから本山氏は逃げ出す。そこで僕が焚火に気がつくわけですが、とにかく暫くして、本山氏が遠くへ行ってから、雁金氏の首に巻きついている紐の端を、弓子夫人がぐいと引張る。雁金氏の身体はその勢いで床の上に倒れ、夫人は紐を引いて、それを手繰り寄せる。僕が物音を聞いて隣の部屋に駆けつける、――しかしその時には、雁金氏の首には凶器は見当らないんです」

「考えましたな」と船長が言った。「つまり共犯ですな」

「もっともこれは、今度思いついたんですよ。昔からこういう疑いを持っていたわけじゃない」

「その焚火は弱いと思うな」と事務長が批判した。「手紙を犯行の直後に庭で焼くというのは、さして必要がないでしょう？」

「しかし持ったままで摑まったら、忽ち一大事でしょう。弓子夫人まで罪におとすんだから」

「梯子がうまく二階から三階に掛けられますかなあ」と船長が言った。「伊丹さんはどうお考えです？」

「そうですね、ロック・クライミングも梯子も、やってやれないことはないでしょうが、その場合、雁金氏が窓からうまく首を出すと、どうして保証されているんですか？」

「それは」と船医が答えた。「雁金氏は弓子夫人の動静を狙っているのだから、当然、首を出して様子を見るでしょう」

「しかし雁金氏が窓から夫人を狙うとどうして分ります？」

「それは例の殺人計画が……」

「しかし夫人はそれを知らないんでしょう？　そこが問題ですよ。夫人は怖がっている、それは宜しい、しかしどういう方法で殺されるのかは知らない。知ってれば簡単なんです。上から紐が垂れた時に、人殺しと怒鳴ればいい、それも予め秘書にでも頼んで証人になってもらえばいい。いっそ警察に密告して張り込んでもらってもいいでしょう。確かなことは、夫人は自分の殺される方法を知らなかった。従って雁金氏が確実に、ちょうどうまい時機に、窓から首を出すかどうかも知らなかった。だから上からでも下からでも、とにかく三階の窓に近づくことは犯人にとって危険この上もないんですよ」

「さあ分りませんな」と事務長が陽気に叫んだ。「そろそろ真打《しんうち》の意見を聞きたいものですね。名探偵伊丹英典先生によれば、犯人は誰ですか？」

そこで一座の視線は、古典学者の上に集注した。

三の四　伊丹英典氏の推理

伊丹氏は、眼鏡の奥で眼玉を剝き、おもむろに、という言葉がこの場合に如何にもふさわしいように、口を開いた。

「データは満足すべきものです。特に雁金氏の殺人計画のメモまである上はね。従って犯人も明瞭。つまり他の人が犯人ということはあり得ません」

「じゃ犯人は一人ですね？」と船医が若々しい声を挟んだ。

「さっき事務長さんが、大の男を殺すのは女子供では出来ない、また外部からは近づけない、従って秘書であると結論されましたね。この消去法は、肉体的な力を基準にしての判断ですが、これはポイントを間違えている。消去法はいいんですが、大事なポイントがね」

「何です、それは？」と事務長が食ってかかった。

「合鍵と、焚火と、殺人メモです。但し合鍵の方は、隠し戸棚やメモとも関係があるから、焚火とメモ、この二つがポイントだと言えるでしょうよ。まず焚火ですが、その正確な意味をあなたがたは考えていない。しかしまず、消去法で行けば、焚火のために庭へ出ることの不可能なのは、まず弓子夫人、これは秘書が廊下を見張っていた。次に中学生、これも同じ理由、この二人です。但しこの二人も、弓子夫人は窓から、中学生は屋根の上から、紐を垂して伝わって下りれば不可能ではない。が、それほどの必要がこの二人にあるとは思えない。何しろまた元まで攀じ上るのは、大変な労力ですからね。従って残る三人は、本山と、秘書と、おばあさんですね。おばあさんはリュウマチで、歩くのは不自由だろうけれど、歩けないとは言われていないのだから、これまた怪しいわけです。次は雁金氏のメモです。大事なことは、この事件は本来は弓子夫人が被害者たるべき筈だったのが、そうじゃなくなった点、つまり犯人は、雁金氏の計画を知っていた、そのメモを読んでいた、という点です。なぜかと言えば、その晩の配置、秘書は二階とか夫人は寝室とかを決めたのは、当の雁金氏で、それもやっと九時頃でしょう。もし秘書と中学生とは食堂で見張ってくれと言われたのなら、この二人には何も出来ない。船長さんの推理も事務長さんの推理も、二人が別々にいればこそ可能なのだが、別々だというのは、九時までは分らなかった筈です。大体その雁金氏が三階の船室《ケビン》に行ったのだって、ひょっとしたら二階の寝室で奥さんと一緒にいると、言い出したかもしれないんです。ところが実際は、雁金氏は、自分の考えた通りに皆を配置した。それを夜の九時前に確実に知っていた人物だけが、雁金氏を殺す計画を立てることが出来た。そこで合鍵が問題になるんです。この合鍵の存在は外部の人間には分らない、知っているのは弓子夫人、おばあさん、中学生の三人です。焚火の三人と合鍵の三人とに共通の人物は――」

「おばあさん!」と船医が叫んだ。

「そこがくさいと思った」と船長と事務長とが殆ど同時に叫んだ。

「くさいだけじゃ駄目ですよ」と言って、微笑しながら伊丹氏は煙草を吐き出した。

「そこでこの三人は、雁金氏の留守中に、合鍵を使って、雁金氏の船室《ケビン》にはいり込むことが出来た。しかし肝心のメモは隠し戸棚の中にあったんですね。最初、警察で調べたのに容易に気のつかなかった場所です。そんなものがあることを知っていたのは、恐らくはこの建物の設計者だけでしょう、でなければ設計者と最も親しかった人、つまりおばあさんですね」

「雁金氏はその場所が危険だとは考えなかったのだろうか?」と船長が訊いた。

「雁金氏は自分で秘密を発見したので、頭の悪い連中には、分らないと高をくくったんでしょうね。それにおばあさんの存在は、盲点だったでしょう。犯罪者の持つ虚栄心とか、自負心とかいうものも働いているだろうし。ところで一歩をしりぞいて、合鍵を使い得る人物は、誰でもこのメモを見つけ出すことが出来たと仮定します。しかし、もし中学生が発見したとすれば、どうでしょう。恐らくは弓子夫人と相談するでしょう。この中学生は夫人が好きだったらしいから」と伊丹氏は船医を横眼で睨みながら、「しかしどんなに義侠心があっても、雁金氏を殺すほどの計画を自分だけで立てるとは思われない。次にもし弓子夫人がメモを見たとすれば、さっきも言ったように、良人の殺人未遂の現場を摑まえることが出来るんだから、殺すほどの必要はない。心理的に言っても、おばあさんだけに動機があるんです。おばあさんは自分の一人娘が養子に殺されたと妄信している。弓子夫人を愛しているし、夫人と本山氏との昔の恋愛に対しても同情を持っている。恐らくはこの二人に済まないことをしたという気があって、ここで二人の代りに養子を殺すのが正当防衛だと考えたんじゃないんですかね。誰にも相談する必要がないのは、このおばあさんだけです」

「僕にはどうも信じられない」と船医が言った。「どういう方法を使ったんです？」

「英文の脅迫状というのが事の初めですね。おばあさんはそれを馬鹿にしていた。ところが三月十三日の脅迫状で、何かあると勘づいたんでしょう。雁金氏の態度に納得の行かぬものがある。そこで雁金氏がその日の昼間外出した留守に、合鍵を持って養子の部屋へ行く。メモを見つけ出す。意外なことに驚いて、そこで計画を立てたわけです。え、一体何をしたと思いますか？」

「分りませんね」と船医はあやまった。

「おばあさんは、しょっちゅう編物をしていたんですね。それから船室《ケビン》の丸窓というのは、鉄の窓枠が壁の外側にも内側にも、五分ぐらいはみ出しているんでしたね。その外側のはみ出た部分に、毛糸を一回り巻きつけ、あまりを重しをつけて下に垂したんですよ。それ位なら、外から壁を見ても気がつかれないでしょう。で、部屋へ戻って、上から垂れた二本の毛糸を部屋の窓にくくりつけた。おばあさんの部屋は食堂の隣だから、毛糸は斜になっているわけです。それから夕食までに、二分とか五分とかぐらい幅のある紐のようなものを、毛糸で一心に編んだのです。そうして夜になる。皆が部屋へ引き取ったのは十時頃ですか。おばあさんは、窓にくくってある毛糸の端に、まず二分ぐらいの毛糸の編紐、それから五分ぐらいの編紐、というふうに順々にくくりつけて、そろそろと手繰り寄せる。それが弓子夫人の聞いた、蛇の這うような音です。よく脱獄の手段に、縄梯子などを手繰り寄せるやりかたですよ。最後には、立派な殺人用の武器になっています。そこで十時半すぎ、というのが、雁金氏のメモによって『Mが寝室の窓に来るのが十一時』だと知っているのだから、それに先廻って、玄関から、秘書の靴をはいて庭へ出掛ける。英字新聞をかためて、ベンジンを垂して、火をつける。部屋へ戻って、電燈を消す。本山氏の証言の中に、二階の寝室以外は真暗だったとありますね。ところがおばあさんは、明るい部屋でずっと編物をしていた筈なんですよ。なぜこの時だけ電燈を消したか、——おばあさんは窓を明けて、こっそり三階を見ながら窓際にいたのだから、自分の影が庭にうつるのを心配したんです。そこで焚火の意味ですが、一つには本山氏に危険を警告している。来れば罠なのだが、それを本山氏にしらせる方法が他にない以上、これはうまい考えでしょう、火というものは誰でも怖いんだから。第二に雁金氏を不安にさせる。雁金氏は時計を見ながら、手には例のペイパー・ナイフを細工した赤い紐を持って、待っているわけです。しかし本山氏も来ないし、下の寝室の窓も開かない、庭では火が燃えている。そこで窓から首を出して様子を確かめようとする。心理的に見て、完全に窓から首を出すでしょう。第三に、焚火の仄明りが、雁金氏が首を出したかどうかをおばあさんに見せるわけですね。そこでおばあさんは編紐を引くんですが、そこにも細工が一つある。三階と一階と、同じ平面上でただ編紐を引いたって、窓枠に掛けた編紐がうまくすっぽり外れるとは限らない。それでおばあさんは、まず一本の編紐を窓のところに固定させる、そしてもう一本の紐の方は、把手のついた水差の、その把手の部分に通して、やはり窓にくくっておく。水差でなくても、把手のある一寸重いものなら何でもいい、花瓶でもいいんです。それを手にして三階を見ている。雁金氏が完全に首を出した時に、その水差を、空に向けて、——なるべく壁から離れるような方向に、えいと投げる、と同時に、その編紐を引張ります。そうするとこの編紐は、少しでも壁から庭の方向へ引張られさえすれば、窓枠からするっと外れて、そこで雁金氏の首が見事にしまるわけです。ところで雁金氏は、様子を見るために首は外に出ていても、手の方は、例の赤い紐を持ったまま、窓の内側にあるんだから、何とか首を戻して、手で編紐を摑み取ろうとするでしょう。従っておばあさんは編紐を一本だけしっかり握っていれば、紐はおばあさんの非力でも、被害者自身の力で締ることになりますね。やがておばあさんは手をゆるめる。水差は、その頃はもう、編紐を伝わって手のところまで戻って来ている。そこで窓にくくってある編紐を二本ともほどき、水差を床に置き、片方の編紐を一心に手繰り寄せれば、雁金氏は船室《ケビン》の中にばったりと倒れる。編紐が全部手許に戻れば、おばあさんはそれを端からほぐして、たまにします。そうすれば、そいつは単なる、弱々しい毛糸にすぎなくて、凶暴な殺人道具とは誰にも思えないでしょう。で、おばあさんは弓子夫人を相手に、その晩じゅう、靴下を編んでいたという次第です。

——以上が僕の推理ですが、このおばあさんのやりかたはフェアだと思いますね。人に罪を着せようとはしていない。問題の雁金氏の殺人メモ、機会はいくらでもあるのだから、これを消してさえおけば全くの完全犯罪だったんです。しかしおばあさんはそうしなかった。それは犯罪者の虚栄心というより、本山氏を助けるためだったんでしょうね。本山氏にはアリバイがないし、偽の手紙も焼いてしまった、危険な情況です。しかし雁金氏の殺人計画が警察に分れば、本山氏が関係のないことは明かなんですからね。おばあさんは自分の危険を冒してまでも、本山氏と、その愛する弓子夫人とを一緒にしてやりたかったんでしょう。従ってこれは、尊敬するに足りる犯人だと僕は思うんですよ」

そう言って伊丹英典氏は、茫然たる船医の表情を、同情深く見守った。

幽霊事件

一　雨の夜の訪問者

文化大学古典文学科助教授の伊丹英典《いたみえいてん》氏には、夕食後、寝ころがって探偵小説を読む癖があった。それも明日の講義準備で特別忙しくて、字引と取り組んで難しい調べ物をしなければならないような晩に限って、悠々と腕を枕に新刊の探偵本に読み耽るのだ。

「あなた、明日の学校の下調べは大丈夫なの？」と奥さんが訊いた。

「待て待て。いま犯人のめぼしがついたところだ。僕の見るところでは——」

その時、玄関に客の訪れる声がした。

「何だ、この雨の中を。今晩はひどく忙しいのに」とだいぶ不機嫌な顔つきになると、伊丹氏は読みかけの本に栞《しおり》をはさみ、聴耳を立てた。玄関で奥さんの応対している声に、雨音が強く混った。十月の初めで、時雨にしては雨脚が強かった。

「あなた、助手の久木さんよ」と奥さんが戸を開いて言った。

「何の用だろう？」と呟きながら、伊丹氏は玄関まで出て来ると、「何をもじもじしているんだ？　早く上れよ」と声を掛けた。

古典文学研究室の久木助手は、狭い玄関に首だけ突っ込んで、

「先生、実は連れがあるんです」と言った。

「いいから早く上り給え。濡れただろう?」

「それほどでもありません。君、遠慮しないことにしようや」

そして助手のあとから、若い娘がおずおずとはいって来た。

机の前に若い二人を坐らせながら、伊丹氏は、こいつは僕の一番苦手の恋愛相談かな、と考えていた。若い娘は、見るからに蒼ざめた、血の気のない唇の色をしていた。膝の上に置いた両手が、ハンカチを握ったまま小刻みに顫えていた。

「この人は英文科の女子学生です。大山ひとみさん」

「僕は識らないな」と伊丹氏は冷静に言った。

「あたし、英語がやっとなのです。とてもギリシャ語までは廻りませんので、先生のお講義には出ておりませんの」

「この人はアルバイトが忙しいんです」と側から久木がいたわるように言った。

「ところで僕も忙しいんだよ」と伊丹氏はますます冷静な声を出した。「明日の講義のために、これからギリシャ詞華集を三頁ばかり読まなくちゃならないからね。一つ用件を聞かせてくれ給え」

その時、お茶を持ってはいって来た奥さんが、「あら、あんなことを」というふうに笑ったが、若い二人は顔を見合せて何か相談していたから、その含み笑いの持つ意味には気がつかなかった。

「あたしから言います。先生にお願いがあるんです」と大山ひとみは眼を大きく見開いて伊丹氏を見詰めた。拳をつくって、ぎゅっと握りしめていた。

「初めのところからお話しすると、あたしの父は、大山康三といって、五年間刑務所に入れられてやっと出て来たばかりなのです。その事件というのは、人殺しなのです。それがとても不思議な事件でした。父は黒田土地という大きな土地ブローカーの業務主任をつとめていました。この会社の持主は、黒田作兵衛という人で、この人は実権は握っていながら、表面はあたしの父に任せきりだったらしいんです。あたしは、父が不正なことや冷酷なことをする人だとは夢にも考えませんけれど、大きな土地のことでごたごたが起って、相手の斉藤さんという、土地を取り上げられてしまった人が、物凄く怒ったらしいんです。父に言わせると、それは社長が直接取引したことで、父は何にも知らなかったんだそうです。

「六年前の或る晩、最後的な交渉を、青山にある黒田作兵衛の家で、弁護士と三人でやることになり、父はそこへ出掛けて行きました。こちら側がインチキなことは分っていたので、会社の事務所でやるのは具合が悪かったんでしょうね。ところが、肝心の社長はいず、弁護士も来ない。何でも黒田作兵衛は直に帰るから、二階の自分の書斎で待つようにと伝言して外出したらしいんです。しかし斉藤さんが早目に来てしまい、父が応対しているうちに、その斉藤さんという人がかんかんに怒って、テーブルの上の硝子の灰皿を投げつけようとしたんですって。父が抱き取めようとするうちに、二人とも引っくり返って、斉藤さんが気絶したらしいんです。

「そこからがおかしいんです。父はさっそく二階から下に飛んで下り、女中に介抱に行くように命じ、自分は電話で医者を呼びました。顫えている女中を連れて、もう一度二階に戻ってみると、斉藤さんは硝子の灰皿で頭を砕かれて、死んでいるのです。完全に死んでいたそうです」

「なるほど」と段々に引き入れられながら、伊丹氏が口を入れた。「誰かそこに隠れていたわけだな？」

「ところがどんなに探しても、誰もいなかったって言います。一番怪しいのは、当然その黒田作兵衛なんです。黒田なら動機もあるんです。ところがその黒田には、完全なアリバイがあったんです。どこかのバアでお酒を飲んでいて、黒田その人に間違いっこないっていう証人が沢山いるんです。バアの女給だけじゃなく、お客までいたんですから」

「時間に帰って来なかったのは？」

「女給に引き留められた上に、腕時計が少しおくれていたそうです。とにかく父が呆然としていると、やはり約束の時間におくれて、会社のかかりつけの吉備という弁護士が来て、父に正当防衛だから心配は要らないと慰めたそうですが、正当防衛どころか、父は全然無実なんです。それから直に医者が来る、警察が来る、黒田作兵衛が帰って来る」

「なるほど、これはもう少しデータが揃えば、割と簡単な事件じゃないかな」と伊丹氏は、物を考える時の癖で、近視眼の眼鏡の底で、糸のように細く両眼を見開いた。

「先生、今晩お伺いしたのは、お得意の推理のためじゃないんですよ」と助手が言った。「それも何れはお願いしますが、大山さんの心配しているのは、現在の父のことなんです。」

「そうなんです、先生。あたしが心配しているのは、現在の父のことなんです。父は五年間も刑務所に行って、すっかり年を取って出て来ました。吉備弁護士が、結局はちっとも父のためになるような弁護をしてくれなかったんで、正当防衛にはならなかったんです。会社のやっていた不正行為も、みんな父のせいにされました。それで父は、黒田作兵衛と弁護士とを、とても怨んでいるんです。それが、あたし達、母とあたしとの心配のたねなんです」

「それは怨むのが当然みたいだが」

「今晩、父はその二人と、どこかで会う約束をしたんです。五年のかたをつけてやる、と父は言ってました。昨日今日、黙って考え込んでばかりいて、とても怖いんです。あたし達、必死になって留めたんですが、夕方、振り切って出掛けました。あたし、きっと黒田の家へ行ったと思うんです」

「そこでね、先生」と久木が引き取った。「これから黒田の家へ一緒に行ってほしいんですよ」

「僕がかい？」と伊丹氏はびっくりして叫んだ。

「もしこの人のお父さんが黒田の家にいたら、お母さんが病気だとか何とか言って、連れ戻そうというんです。いや、その辺は僕がやります。ただね、文化大学助教授と一緒に行けば、ほら権威があるでしょう？　僕だけじゃ玄関払いですよ」

「君の護衛みたいなもんか」と伊丹氏は笑った。

「あたし怖いんです」と思いあまった声で大山ひとみが呟いた。「あたし、父があの人たちに乱暴をするとは思いません。でも父は、まるで気が狂ったようなところもあるんです。それにあたし、あの黒田の家というのが無気味でしかたがないんです。あそこには罠があるような気がします。先生に、それを見抜いていただきたいんです」

「今は八時五分か」と伊丹氏は言った。「僕は君、机の上の推理専門だからね。実戦の方は駄目だぜ」

そう言って、伊丹英典氏は立ち上り、「仕度をして来る」と言い残して部屋を出た。

「先生はフェミニストだから、きっと引き受けるって言っただろう?」と助手が女子学生にささやいた。

伊丹氏と助手とが、一緒に行くと言ってきかない大山ひとみを自宅に帰して、青山のしんとした通りを車で来た時に、雨は一層烈しく降りしきっていた。助手は迷わずに、黒田作兵衛の邸の前で車をとめた。締め切った門の側のくぐり戸は、少し開いていた。二人は砂利を敷いた道を通って、洋風の玄関の前まで行った。そこには外燈が明るく点いていた。広い庭には樹木が重なり合い、邸の内も外も、何の気配もなく雨の中に静まり返っていた。

助手が呼鈴を押した。

雨の音に混って、遠くで呼鈴の鳴っているのが幽かに聞えた。

「これでその大山さんというのが来ていなければ、君、変なもんだよ」と伊丹氏はあたりを見廻しながら言った。

助手はもう一度、ゆっくりと呼鈴を押したが、誰も現われて来なかった。

「変だな」と助手は呟いた。彼は玄関の握りに手を掛けて押してみた。すると戸は自然に開いた。

「鍵が差し込んだままになってる。どうです、はいってみますか?」

「不法侵入か」と伊丹氏は傘をたたみながら、臆病そうな顔をした。腕時計は八時四十五分を指していた。

二　表面の事実

ふさは黒田作兵衛の家に三年ごし勤めていて、主人の気質はよく心得ていた。もう四十を過ぎて、今迄に何軒もの家の女中をして来たから、家事を取りしきることに関しては老練そのものだったが、ここの家ほど何もかも任され切りのところは今迄になかった。主人の黒田は、毎月一定の額をふさに手渡し、それがどういうふうに使われようと、文句一つ言わなかった。広い邸の中に、主人とふさと、それにもう一人の若い女中がいるだけで、それも事件の起った晩には、この若い女中が暫く前にやめて、まだ代りが来ていなかったから、唯の二人きりだった。

ふさは早く代りの女中が来ればいいと考えていた。話相手もなく、怖くもあった。

主人の黒田は全くの変人だった。大抵は家の中の、二階の書斎に閉じこもったきりで客も少なく、外出することも稀だった。年は五十に近く、やもめで、親戚などもあるのかどうか、ふさには分らなかった。およそひっそりと、閉じ籠って暮していた。ふさにとっては随分と楽な勤めだったが、この主人にはどこやら気味の悪いところがあった。

その晩、下の食堂で、いつもの通り五時半ごろ夕食を済ませた黒田は、二階の書斎に帰って行ったが、ふさが自分も食事を終り、お勝手で洗い物をしているところに、廊下から声を掛けた。見れば主人は、外出の仕度をしてレインコートを着ていた。（二階の書斎に続いて寝室があり、そこに洋服箪笥があったから、黒田はいつも一人で身仕舞をした。）

「私は用があって出掛ける。先に寝ていてもいいよ」と黒田は玄関の方に歩いて行きながら、言った。「それから、電話は二階の方に切り換えてあるが、出なくてもいい。どうせこんな晩だ、何所からも掛って来はしないだろう」

黒田はそれだけ言うと、追い掛けるように飛んで来て靴を出すふさに、構わなくてもいいと言うように手を振り、雨傘を受け取って出て行った。

ふさは気楽な気分になってお勝手に戻り、洗い物を済ませ、自分の部屋にしりぞいた。主人が夜になってぷいと出掛けることは、今迄にも度々あった。そういう時は、先に寝てもいいことになっていた。

ふさは自分の部屋の小型ラジオのスイッチを入れると、縫物を始めた。「話の泉」がちょうど終った時に、廊下にあるベルが鳴った。それは玄関と、二階の書斎との兼用になっていて、主人が呼ぶ時には、短く三度鳴る筈だった。今のは一度だけだったし、二階から呼ばれる筈はなかったから、ふさは直に玄関に出た。鍵を明けてみると、客は馴染の吉備弁護士だった。

「御主人はおいでかね?」

弁護士はぽとぽと雫の垂れる雨傘を左手に持ち、早くもレインコートのボタンを外しながら訊いた。

「お留守なんですよ。六時すぎごろお出掛けになりました」ふさは弁護士のツイードの洒落た合服を見ながら、答えた。

弁護士はレインコートを壁に掛け、靴を脱いでスリッパをはくと、ハンカチを取り出して濡れた禿げ頭を拭いた。赤い靴下をはいていた。

「それじゃもう帰って来るだろう。僕は勝手に上り込んで待つとしよう。あとでもう一人客があるから、僕のところに通しておくれ」

吉備弁護士は、下の応接間の方に行かないで、階段を昇った。

「御主人の部屋で待つことにする。お茶は要らないよ」

それだけ言うと、さっさと二階へ消えた。

主人のところを訪れる客は数えるほどだったから、ふさは吉備弁護士には度々顔を合せていた。年輩は主人と同じ位なのに、若づくりで、いつも派手なネクタイを締めていたが、でもあの禿げ頭ではぶち壊しだと考えて、普段からおかしかった。気も若くて、ふさにまでよく冗談を言ってからかった。

ふさは女中部屋に帰り、ラジオの続きを聞き始めたが、お茶を出したものかどうかと気を揉んだ。それから、もう一人客があると言われたのを思い出し、台所に立って行った。ガス台に薬罐を掛けて暫くすると、またベルが鳴った。

「どなたさまで？」と鍵を明けてふさは訊いた。

その見知らぬ客は痩せた、蒼白い顔をしていた。鋭い、突き刺すような眼でふさを見た。

「黒田さんはお出でですか？」と客は嗄れた声で訊いた。「大山です。約束した筈なのに、すっぽかして来ないんだから」

ふさには何のことか分らなかったが、弁護士の言ったのはこの人だろうと思った。

「主人はいま留守ですけど、弁護士さんがお待ちでございます」

「なに、留守？」

客はちょっとどきっとしたようだったが、「吉備が来てる？」と訊き直して、直に足許の濡れた靴と、傘立の濡れた傘とを見た。そして自分の傘もそこへ放り込むと、もう靴を脱ぎ掛けた。レインコートは着たままだった。

「お二階の書斎でございます」とふさは言った。

客はまた、ためらうようにふさの顔を見たが、思い切ったように、大急ぎで自分から階段を昇って行った。ふさは一寸あっけに取られた。あのお客さんは、案内も待たずに、どうしてこの家の様子をよく知っているのだろう、と考えた。

台所ではお湯が煮立っている筈だった。ふさは玄関に鍵を掛けると、台所の方を先にすることにした。紅茶の仕度をし、せっかく放送中の歌謡曲を、聞きそこなうのを残念に思いながら、仕度を終った。茶碗をお盆に載せ、廊下を階段の下まで来た。

その時、さっきの客が一目散に階段を駈け下りて来た。ふさはその客を狂人ではないかと疑った。ふさがそこに立っているのに、物も言わず、玄関まで一走りに走った。そそくさと靴をはき、傘を手に取ると、もう表へ飛び出していた。玄関の開いた戸の間から、小止みもなく降り続く雨が外燈にちらっと見えた。

ふさが立っていたのは、階段の横手の電話の前だった。そこの小机の上に、ふさはお盆を置いた。あたりはしんとして、二階からは何の物音も聞えて来なかった。弁護士さんはどうしたのだろう、とふさは考えた。次第に、わけの分らない恐怖が彼女を捉え始めた。足ががくがくした。それでも気を取り直して、手摺に摑まりながら、二階へと昇った。書斎のドアは開いていた。

ふさは恐る恐る中を覗いて、思わず壁に凭れかかった。さっきの吉備弁護士が、隣の寝室との間の開いたドアを足にし、部屋の中央を頭にして、長々と倒れていた。何よりも怖いのは、その禿げた頭が無慚に打ち割られていることだった。すぐ横に、かねて主人の机の上にあった鉄の大きな文鎮が、血まみれになって転がっていた。

ふさは入口のドアに取り縋ったまま、気を喪いそうだった。書斎の中は電燈の光が無気味なほど明るく、隣の寝室に通じる開いたドアの間から、暗闇がぽっかり覗いていた。誰かがそこに隠れていて、ふさにも一撃を喰わせそうな気がした。

その時、下のベルが鳴った。それは長く尾を引いた。

ふさは、御主人のお帰りだと思った。しかしよく考えてみると、主人なら鍵を持っているのだから、黙ってはいって来る筈だ。それに一度しか鳴らない。誰だろう？　しかし誰でもよかった。とにかく誰か来てくれれば、少しは顫えもとまるだろう。

ふさはゆっくりと手摺に摑まって階段を下りた。玄関を明けたが、そこには誰もいなかった。暗い庭の中を雨がどしゃ降りに降っていた。

気の迷いだったのかしら、とふさは思った。とにかく警察に電話を掛けなければ。ふさは階段の横の電話のところまで行った。何番なのだろう？　とにかく、早く、誰かに来てもらわなくては。

その時、全身凍りつくような恐ろしい事が起った。玄関から一人の男が、いつのまにかはいって来た。禿げた頭が血まみれのまま、ゆっくりとふさの方に近づいた。吉備弁護士、——間違いもなく、それは二階で死んでいる筈の弁護士だった。ふさは「きゃっ」と叫んだ。しかし弁護士はふさには気がつかないように、音もなく階段を昇って行った。ふさは化石のようになって、赤い靴下が一段ずつ昇って行くのを見ていた。弁護士は二階の廊下に消えた。

ふさはいつまでも、小机に凭れかかって顫えていた。あたしは頭がどうかしたのかしら、と思った。電話を掛けなければ、と気を取り直しても、手は麻痺したように動かなかった。どれほど時間が経っただろう。

その時、また気持の悪いベルの音が、長く尾を引いて鳴り響いた。ふさにとって、その時が恐怖の絶頂だった。小机に取り縋ったまま、ふさは奈落の底に沈み込んで行く自分を感じた。おびやかすように、ベルが遠くで鳴っていた。

三の一　事件の発見

「先生、あそこに誰か倒れている」と玄関の中にはいって、久木助手が鋭い声で叫んだ。その指の先が、ロビイの階段の横手を指していた。

「弱ったな、僕は実戦の方は駄目なんだと言っただろう」弱音を吐きながら、伊丹氏は靴を脱いで中へ飛び込んだ。

小机や、お盆や、紅茶茶碗が床の上に引っくり返っている中に、中年の女が俯向きに身を屈めて倒れていた。

「大丈夫、気を喪っているだけだ」と伊丹氏は腕に触ってみて言った。

二人が懸命に揺ぶってみても、女は正気に復らなかった。二人は顔を見合せた。

「こういう時にはどうすればいいのかな？」と心細そうに伊丹氏が訊いた。

「しかし殺人事件でなくてよかったですね」と助手が冗談を言った。「お勝手に行ってハンカチでも搾って来ましょう」

「めったに動かない方がいいぜ。何となく様子が変だ。こういう時は、一緒に行動した方が安全だよ。他には誰もいないのかしらん？」

二人はそろそろと廊下を歩き、女中部屋でラジオが鳴っているのを覗いてみて、そこに気絶した女を運んだ。お勝手から水を運んで来た。

その女はやっと眼を開くと、何とも言えぬ恐怖に凍りついた顔をした。二人のいるのを怪しむより、もっと気を取られていることがあるらしかった。口をかすかに動かした。

「何だって？」と伊丹氏はその口に耳をつけて訊き返した。

「二階に……」

それだけ言うと、女はまた気を喪った。

「これは医者を呼ばなきゃ、とても手に負えないよ」と伊丹氏は助手に向かって手を振った。

「二階と言いましたね？」

「うん。問題は二階にあるらしいな」

二人は電話で医者を呼ぶ前に、まず二階に昇ることにした。二階の右手に、ドアの明けっ放しの部屋があり、二人は同時にそこから顔を入れて中を覗き、思わず声を発した。禿げ頭を無慚に殴りつけられた血まみれの男が、俯向きに倒れていた。そのすぐ側に、大きな鉄の文鎮がころがっていた。死んでいることは、此所から見ても明らかだった。

その部屋は正面に硝子窓があり、その前に抽出のたくさんついた机と廻転椅子とがあった。その手前に接客用のテーブルと椅子三脚、その一つは転がって、その側に死んだ男の片腕が延びていた。部屋の右側と左側とは作りつけの本箱になって、左手の本箱の中央に、隣室に行くドアがあった。ドアは開き放しで、向うの部屋は真暗だった。男の足はそのドアの方を向いていた。

「飛んだところに舞い込んだね」と伊丹氏は蒼い顔をして言った。

二人は階下に降り、警察に電話をかけた。ついでに医者も連れて来てくれるように頼んだ。九時五分すぎだった。

二人は女中部屋で女中の介抱をしたが、聞き出したのは譫言《うわごと》のような、いくつかの単語だけだった。「幽霊」というのが一番多かった。「弁護士さん」「赤い靴下」などというのもあった。

九時二十五分に、青山署の一行が到着した。先頭に立った杉山刑事というのは、如何にもすばしこそうな、頭の鋭い感じの人で、伊丹氏と助手とをさっそく下の応接間に閉じこめた。

「一つ説明して下さい。ここの家とどういうお識合ですか?」

この場にいる二人が、黒田作兵衛と何の関係も無いと分ると、刑事は当然の疑問を持った。文化大学古典文学科助教授の肩書も、大して役に立たなかった。窮場を救ったのは、助手の久木の方だった。

「僕の父は、実は麴町署の署長なんですが」と久木が言った。「親父に聞いてくれれば、怪しくないことは分りますよ」

「何だい、君のお父さんはこっちの方面の人か？　つまり君はエラリー・クイーンか？」と伊丹氏は一息吐いて言った。「大山さんが君に相談を持ち掛けたのはそのためだね？」

「それは誰です？」と鋭く杉山刑事が訊いた。

そこで二人は交々《こもごも》、この家に来るに至った顚末を物語った。その間に、警視庁の鑑識課員も到着し、二階の殺人現場が調査された。話を聞き終ると、杉山刑事は二人を応接間に残して部屋を出て行った。

暫くして久木助手は刑事に呼び出された。電話口で話している助手の声が、伊丹氏のところまでかすかに聞えた。助手がにこにこして部屋に帰って来た。

「先生、飛んだ災難でしたね」と久木が言った。「大丈夫です、親父が証明してくれました。僕が先生のことを名探偵だと推薦したから、首を突っ込んでもいいという許可を貰えそうですよ」

「エラリー・クイーン君、僕は机の上だけだということを忘れないでくれよ」

そこに杉山刑事が、前より愛想のいい顔になってはいって来た。

「これは簡単な事件らしいですよ。犯人は大山康三という、さっきお話のあった男ですな。慌てて間違えたらしく、玄関の傘立にそいつの傘がある」

二人は顔を見合せた。伊丹氏は大山ひとみの蒼ざめた表情を思い出した。伊丹氏が口をきこうとした時に、ドアが開いて、若い巡査が顔を出した。

「何だ？　この人たちは大丈夫だ。何か分ったのか？」と杉山刑事が急いで言った。

「医者が手当をしたので、女中が少し喋ったんですが、それが変なんですよ。幽霊のことばかり言うんです」

「馬鹿な。よし己が行って――」

そこに、「どうしたんです、この騒ぎは？」と言いながら、地味な服を着た、神経質そうな、五十がらみの男が、巡査に附き添われて現われた。少し白い物の混った髪を、ハンカチで拭っている。明らかに酒気を帯びていた。応接間にいる連中を、怯えたように眺め廻した。

「誰だ、この人は？」と刑事が訊いた。

「私はここの家の主人ですよ、黒田作兵衛です」

「何？　じゃ上の男は誰だ？」

「上でどうかしたんですか？」とますます怯えたように、その男は叫んだ。

「行ってみよう。来て下さい」

この機を逸せずに、伊丹氏と助手とは、後からくっついて二階へ昇った。

「これは吉備だ。吉備平治といって、私の相談役の弁護士です」

部屋にはいるなり、黒田はけたたましい驚きの声を発した。

「着ているものに、その名前のマークがついてるよ」と鑑識課員が言った。

「大山の奴がやったんだ」と倒れかかるように椅子に坐りながら、黒田が叫んだ。「この次は私だ、私の狙われる番だ」

黒田が喚いている間に、伊丹氏は、「一寸見せて下さい」と杉山刑事に会釈して、次の部屋にはいった。そこには今は電燈が点いていて、部屋の右手の窓の前に寝台と小机、左手の壁に洋服箪笥が二つ並んでいた。はいると、突当りにまたドアがあり、そのドアも明いていたが、そこは狭い浴室になっていた。やはり右手に、小さな窓があり、壁には他にはドアがなかった。つまり書斎にはいった人間は、書斎のドア以外には窓より他に出られるところがなかった。

伊丹氏は浴室の窓に近寄ってしげしげと見た。指紋の検査をしたと見えて、白い紛が窓枠にくっついていた。それは下から上に持ち上げる式の硝子戸で、ひどく重かった。伊丹氏は渾身の力を奮ってそれを上げ、首を出して覗いてみた。そこはちょうど建物の角になっていて、樋《とい》がすぐ横のところを、烈しい雨音を響かせながら、上から下に伝わっていた。

伊丹氏はもっともらしい顔をして書斎に戻り、それから一行はまた応接間に引上げた。

三の二　黒田の話

「一つ黒田さんに説明を伺いましょう」と杉山刑事がきびきびした声で言った。

「私は何も知らんのです」と今は酔も醒めた顔で、黒田作兵衛は話を始めた。「犯人は大山に違いありません。この男は前に私の会社で使っていたのだが、お顧客さんを殺して、五年ほど刑務所にぶち込まれた。これが私と吉備弁護士とを大層怨んでいました。大山が罪を犯したのは会社の業務上の行きがかりからで、私や弁護士に責任があるわけではありませんが、本人にしてみれば何とか理窟があるんでしょう。この男が三日ほど前に出所して、我々に会見を申し込んで来たのです。

「そこで私は吉備と相談して、とにかく会って話を極めることにしました。うちはこの通り不用心ですから、銀座通りから一つ京橋寄りの横町にある、日の丸ビヤホールで、三人が会う約束をしました。人のたくさんいる所の方が安全ですからな。え、さよう、電話で取り極めました。時間は七時、場所もちゃんと教えました。

「そこで今晩、六時すぎでしたか、少し早目に家を出て、車を拾って銀座まで行ったんですが、約束の時間にはまだ少し早い。それとどうも大山に素面《しらふ》で会うのには、こっちの胆っ玉が太くないんでね。そこで日の丸ビヤホールの手前にある、何とかいう、ええと葡萄の、ほら、そうそうアレキサンドリアというバアへはいって一杯やりました。どうも気が進まないし、陰気な雨は降ってるしで、女給を相手にいい加減飲んで、出たのが七時を二十分くらい過ぎてましたが、大急ぎでビヤホールへ駈けつけると、大山もいないし、吉備もいないんですよ。向うが遅刻したんだと思って、そこらにいた客とビールを飲んでいるうちに、段々に気が強くなりましたがね。これはてっきり八時と約束したのを、私がぼんやりして一時間ほど早く来たのかと思いましたが、それが八時になってもまだ来ない。そこで吉備の家へ電話を掛けました。

「吉備の細君というのは、今の歳《とし》でも人形みたいに大人しい女ですが、私が怒って電話したもんですから、びくびくしてましたよ。確かに七時までに日の丸ビヤホールへ廻ると言って、夕方家を出たという話でした。それでまた、そこに腰を据えてしまったようですな」

「お宅の方に二人とも来てるんじゃないかとは、考えなかったんですか?」と刑事が訊いた。

「吉備の家へ掛けたあとで、こっちへも掛けたんですが、誰も出なかったんで」

「女中さんがいた筈でしょう?」

「それが電話を二階へ切り換えたままにして行ったので、ふさには聞えなかったんでしょうな」

「宜しい。それからどうしました?」

「それからまた飲みましたよ。九時過ぎまでいましたか。そのあと、さっきのアレキサンドリアですか、そのバアでまた飲み直して、それから車を拾って帰って来ました」

「そのビヤホールの方ですが、あなたがそこにいたという証明をしてくれる人がありますか？」と刑事が穏かに訊いた。

「そうですねえ、知らない人ばかりだから。待てよ」急に黒田は洋服のポケットを探り始めた。「ひょっとすると」

黒田はようやく内ポケットの財布の中から、一枚の名刺を取り出した。「思い出しましたよ。何だかいい機嫌になって、名刺を交換したような気がしたもんだから。多分この人ですな」

手渡した名刺には、或る商事会社の調査課という肩書のある名刺が、刷り込まれていた。

「結構です」と刑事は言った。

その時、さっきの若い巡査が来て、杉山刑事に何かささやいた。刑事はうなずいた。

「黒田さん、お宅の女中さんはどうも具合悪いようだから、病院に連れて行きますよ」

「え、ふさもやられたんですか？」

「いやいや、ショックで変になっただけですがね、どうも言うことが穏かじゃない。本当に気が違ったら困りますからね」

黒田は頷き、それからぶるっと身顫いした。

「私も実は怖いんですよ。あの大山という男は、前にも凶暴な人殺しをやっているんですからな。どうでしょう、そこのお二人さんに、今晩うちに泊って行って頂けないでしょうか？」

「僕は駄目だ」と伊丹英典氏は我に復ったという顔をした。「明日の講義を忘れていた。まだ下調べも済んでやしない」

「僕も駄目です」と助手が言った。「ひとみさんに報告に行かなくちゃ。しかし困ったことになっちまったな」

「それじゃ警察のかたに、ぜひどなたか泊って下さい。とてもこれじゃ寝られません」黒田は卑屈なほど頭を下げて頼んだ。

「勿論警戒させますよ」と杉山刑事は無愛想に言い放った。

三の三　捜査会議

翌日の午後、青山署で行われた捜査会議の席上に、どうやって心証をよくしたものか、伊丹英典氏が陪席していた。

小林捜査主任が、初めに伊丹氏から、屍体の発見に至る顚末を所望した。ついで杉山刑事が、女中のふさの証言を紹介した。その奇怪な内容に、一座が眼に見えて動揺した。

「ゆうべ女中の言うことがあまり取りとめがないものですから、警察病院に入院させました。今朝になって、すっかり正気なところで繰返させたんですが、言うことはちっとも変らない。確かに弁護士が血まみれになって玄関に現われ、二階に消えたと言うんですがね」

「その時はまだ生きていたと言うわけかね?」と主任が口を挾んだ。「大山は、何に驚いたか分らないが、とにかく部屋から飛び出した。弁護士は表でやられて、二階の書斎まで歩いて行って死んだ。こうなるか？」

「それじゃ凶器が書斎にあったのが変ですよ」と杉山刑事が言った。「その点犯人が大山である以外に説明はつかないんです。何しろ鉄の文鎮には、明らかに大山と覚しい指紋があるんだから」

「大山の行方はまだ分らないんだね？」

「張り込ませてありますから、もう直です」

「主人の黒田のアリバイは？」

「それは私が調べました」と竹内というのっぽの刑事が声を上げた。「大体文句無しです。六時四十分頃から七時二十分頃まで、アレキサンドリアというバアにいる。八時の時報のちょっと後、とこれはひどく正確なんですが、弁護士の細君が黒田からの電話を聞いている。たしかにビヤホールからの電話らしい雑音が、一緒に聞えていたと言うんです。この細君はラジオを聞いていたんで、その歌謡曲でも一緒に聞えたんじゃないかと問いただしてみたんですが、完全に、人ががやがや喋ったり騒いだりしているのが遠くで聞えていたと言ってます。それから例の名刺の主人公ですが、これは停年に間近そうな実直な親父で、黒田のことをよく覚えていました。黒田から写真をもらって持って行ったんですが、間違い無いそうです。ずっと一緒で意気投合したと言っています。ビヤホールを出て、バアに一緒にはいろうと言われたのを、振り切って帰ったんだそうです。アレキサンドリアの店の前で、二人で入れ入らないと騒いでいるのを、バアの女給が見ています。そのバアに、黒田がまた九時四十分頃までいたことは確かです」

「うますぎるようだな。そのビヤホールを出た方はいいとして、二人が意気投合し出した方の時間が分らないかな」

「そうなんです。何しろビヤホールですからね、何とかしようと思えばどうにでもなる。ただ場所が銀座と青山とではね」

「車は？」と主任が訊いた。

「そこの伊丹さんとお連れの人とが乗った車は分りました」と二人が答えた。「それから大山らしい男が、銀座から黒田の家の前まで乗った車も分りました。これが八時十分くらいです。今のところそれだけです」

「どんなに急いでも十分はかかるな」と主任が呟いた。

その時、伊丹英典氏が、眼鏡の底の両眼を見開いて声を掛けた。

「口を出しちゃ失礼かもしれませんが、もしアリバイを作るとしたら自動車は問題外でしょう。銀座から青山一丁目まで、地下鉄の方が早い位だし、黒田氏の家は、地下鉄の駅からすぐですからね」

「確かにそうですね」と主任は頷いた。「しかし黒田じゃなさそうだな。死亡推定時間は、大体八時から八時半。これは夕食の時間がはっきりしているから、動かないと。すると黒田が意気投合していた頃になるか。それから指紋は?」

「凶器以外は被害者のものと黒田のものばかりです」と別の一人が答えた。「ここに一覧表があります」

「これで見ると、殺された弁護士もあっちこっち触っているね。主人の留守中に家探しでもしたんじゃないか?」

「吉備平治というのは、札つきの悪徳弁護士です。何をたくらんでいたのか、分ったもんじゃありません」

主任は頷いて一座の顔を見廻した。

「そこで問題はやはり幽霊か。どういうことだい、これは?」

「私は女中の錯覚だと思いますな」と竹内刑事が言った。「これは大山の犯行で万事説明がつくんです。だいいち幽霊だとしたら、なぜ書斎の方から出て来て、玄関に行かなかったんです。殺された男の魂が、自分の肉体の方に帰って行くのはちっと変だ」

「それに足があるしな、赤い靴下なんかはいて」と一人が言った。

「足があるから、誰かが化けていたのかもしれん」と杉山刑事が言った。「みんなそう笑うなよ。あの女中は嘘は言わない。主人思いの女中だよ」

「しかし二階に上ったら逃げられないんだ、そいつは」と竹内刑事が反対した。「廊下の左手の客用の寝室はみんな掛金が下りていた。右手は、書斎にしか出入口がない。書斎と寝室の開き窓には掛金が下りていた。奥の浴室の戸は上げ戸だが、こいつは重くてとっさの間に上るような代物じゃない。だいいち二階だしね」

その時、伊丹氏がまた目瞬きをして、口を開いた。

「失礼ですが、あの窓からなら逃げられますよ。樋《とい》がすぐ側にあるし、上げ戸が重いといっても、予め戸を明けておけば、おろす方は簡単なんです。樋につかまっていても出来るでしょう」

「しかし何のために逃げるんです、その幽霊は？」と竹内刑事が逆襲した。「幽霊なんて錯覚以外にはありませんよ」

伊丹氏は頷いた。「確かに、そこが問題です。もしこの幽霊が錯覚でないとしたら、何のために現われたか？」こう呟いた時の伊丹氏は、まさに教壇に立つ古典文学科助教授の風格だった。しかし聞いているのは学生ではなかったから、この科白《せりふ》に感心した者は一人もなかった。

「大山康三を早くあげることだ。そうすれば錯覚かどうか簡単に分る」と小林主任が締めくくるように言った。

三の四　ふさとの一問一答

その翌日の昼、伊丹英典氏は久木助手を連れて、警察病院に女中のふさを見舞った。ふさは最初に自分を介抱してくれた人たちだと聞いて、たいそう恐縮した。そこで伊丹氏は、次のような質問をした。

「あなたがいなければ御主人はさぞお困りでしょうね？　見舞に見えましたか？」

「いいえ。家政婦をやとったから心配しないでゆっくりするようにと、お電話がありました。でも私、もう大丈夫です」

「あの御主人はなかなか変った人ですね。奥さんがなくなられてからだいぶ独り暮しが長いのでしょうね？」

「そのようですわ。何でも御自分でなさいます。私はせいぜい、お食事の方をつくってさしあげる位のものです」

「そういう人は、おしゃれなものですよ。きっと、散髪なんかにはしょっちゅう行かれるんでしょうね？」

「さあ。おしゃれと言えば、殺された弁護士さんの方でしたわ。御主人がいつとこ屋さんに行かれるのか、格別、気がついたことはありませんけれど」

そう言って、ふさは不思議そうな様子をした。伊丹氏は少し笑った。

「これはつい脱線しました。ところで肝心の一昨夜のことですがね、あなたはラジオはずっと聞いていたんですね？」

「あの、台所でお茶の仕度をしている時は別ですけど」

「二階の書斎で、電話のベルが鳴ったのは聞かなかった？」

「聞きません。書斎のドアを締めれば何も聞えないんです」

「ラジオは他にはありませんか？」

「書斎にございます、蓄音機と一緒になったのが。でも御主人はあまりお聞きにならないようです」

「これは大事なことなんですが、おとつい御主人の出掛ける前、つまり夕食の前に客はありませんでしたか？」

困ったように考え込んでいたふさは、急に眼を輝かせた。

「そうでした。夕食前に、春日探偵社の社長が来ました。でも直に帰りました。御主人はお客と一緒に食事をなさることはありませんから、私、安心して仕度をしませんでした」

「それはどういう人？」

「私もよくは知りません。この社長と、その手下の石原という男は、時々来るんです。御主人が内緒の御用を言いつけるんでしょうね？　おとつい来たのは社長の春日だけでした」

「帰りは見送ったの？」

「たしか夕食の仕度をしていると、御主人が廊下から、客は帰った、用があるから食事を早くしてくれ、とお言いでした」

「時に、話は違うけど、御主人の身寄の人を誰か知っていますか？」

「いいえ、本当におひとりきりで、御親類とかお友達とかは無いようでした。弁護士さんとだって、仲が良いとは言えないと思いますわ」

「ありがとう。詰らないことばかり訊いて、さぞ疲れたでしょう」

伊丹氏は、助手を促して病室を出ると、電話で杉山刑事を呼び出して、何やら長い間相談をしていた。それから久木助手を振り返って、「君、大山さんが摑まったそうだ。行ってみよう」と言った。

車の中で、助手はこのニュースに悲観し切っていたが、伊丹氏は平気だった。

「エラリー・クイーン君、元気を出すさ。僕は大山さんがつかまったんで安心したよ」

「どうしてです？　ひどいことを言いますね。僕はひとみさんが気の毒で」

「我が国の警察網は水も洩らさないからな。もし大山さんが逃げ廻っていると、もっと恐ろしいことになる筈なのさ」

「僕には分りませんね。先生にはもう分っているんですか？」

「大体はね。君これでも見てよく考えるさ」

伊丹氏がそう言って助手に渡したのは、この事件の時間表だった。今迄に分った事実が正確に並べられ、ふさから聞いた、春日探偵社社長の訪問まで、いつのまにか記入されていた。

四・三〇頃―黒田家に春日探偵社社長来る。
五・〇〇頃―春日、用を終って帰る。
五・三〇頃―黒田、夕食。
六・一〇―黒田、外出する。
六・四〇―黒田、バア・アレキサンドリアにはいる。
七・〇〇―約束の時間。
七・二〇―黒田、おくれて日の丸ビヤホールへ行く。
八・〇〇―黒田、吉備夫人に電話。
八・〇〇―黒田家に吉備来る。二階へ行く。
八・一〇頃―黒田家に客（大山）来る。
八・一五頃―客、あわただしく帰る。
八・二〇頃―玄関のベル。
八・二三頃―吉備（の幽霊）、玄関より二階へ。
八・四五―伊丹、助手、黒田宅へ到着。
九・一〇頃―黒田、日の丸ビヤホールからアレキサンドリアへ行く。
九・二五―警官、現場へ到着。
一〇・〇〇―黒田、帰宅。

三の五　大山の話

青山署に着いて、伊丹氏は犯人と目される大山康三の陳述を聞いた。それはごく簡単で、警察当局の予期したようなものではなかった。

「私は七時に銀座の日の丸ビヤホールへ行きました。五分くらい前でした。そこで眼を皿のようにして待っていたんですが、黒田も来ないし、吉備も来ない。七時四十分頃、黒田の家へ電話を掛けたが誰も出ません。吉備の方は、確かにそこへ行った筈だという奥さんの返事でした。八時まで待って、とうとう黒田の家に押しかける気になりました。我ながら馬鹿でした。

「行ってみると、主人は留守、その代り吉備が書斎に待っていると聞いて、まっすぐ書斎に行きました。ところが誰もいないのです。おまけにその部屋は、昔、私が斉藤さんと応対してひどい目に会った、曰く附の部屋なのです。だんだんに気味が悪くなりました。それでつい隣の部屋との境のドアを明けて、誰かいないかどうか、様子を見ようと思いました。

「ドアを明けたとたんに、人間の身体がどさっと倒れかかって来ました。夢中になって抱きとめると、その重みで私まで倒れかかりました。見ればそれが、吉備でした。私がはっと気がついた時に、ほんとに無意識に、鉄の文鎮を床から拾い上げていました。吉備は脳天に一撃を喰って死んでいます。隣の部屋は真暗で誰もいません。私はぞっとして逃げ出しました。やられた、また罠に掛けられた、そう思っても、一体誰が信用してくれるでしょう。泡をくって逃げたのはそのためです。決して私が殺したわけじゃありません」

四　裏面の事実

昨日と同じメンバーの捜査会議が開かれ、大山の陳述が嘘か本当かというので議論が続いている間、伊丹英典氏は眼を閉じてじっと考え込んでいた。そこに若い巡査が、杉山刑事を呼びに来た。伊丹氏は眼を開き、杉山刑事の合図に応え、一緒に部屋を出て行った。再び現われた時に、蓄音器と一枚のレコードとを手に持っていた。

「ちょっと途中ですが、これを聞いて下さい」と伊丹氏は言って、そのレコードを掛け始めた。フランス語のシャンソンが陽気に響き出した。小林主任が何か言い出しそうになるのを、伊丹は手真似でとめた。歌が途切れると、がやがやと騒ぐ人の声、かすかな音楽、笑い声、如何にも酒場の雰囲気を示した情景が長々と続いた。それからまた歌が始まったが、伊丹氏は針を止めて、話し出した。

「これは黒田氏の書斎にあったレコードのうちの一枚です。杉山さんに頼んで持って来てもらったものです。このレコードの歌が終ったところに、小さな赤い点がついています。どうですか、この部分を掛けながら電話に出れば、ビヤホールにいるみたいに聞えるでしょう？　がやがやするだけでフランス語かどうか分りませんからね。僕はフランスでこのレコードを聞いたことがあるので、ひょっとしたらと思ったんですが、案のじょうあそこにありました」

「そうか、じゃ犯人は黒田だ」と杉山刑事が叫んだ。「他のアリバイはどうにでも動く」

「しかし幽霊は？」と竹内刑事が反対した。

「あれは一体何のつもりなんだ？」

「そこです」と伊丹氏は勢いよく言った。「あの幽霊がこの事件の鍵なんです。黒田は決して犯人じゃありません」

「え、じゃ一体誰だ？」と一同は驚いて叫んだ。

「幽霊の現われることの必要は、どの点にあったのでしょう？　それは女中をおどかしてパニック状態にするため、それだけですよ。女中は予定通り半気違いになった。いや、犯人にとってもっと有難いことに、病院に連れこまれた」

「どうも分らん。さっさと説明して下さい」と小林主任が苛立たしげに叫んだ。

「失礼しました。つまり女中だけが黒田をその人と認めることが出来る。あなたがたも、私も、黒田氏とは初対面でしょう？　本物かどうか、誰がわかるんです？　つまりあれは贋物だったんですよ。あれは吉備弁護士の変装です。殺されたのは黒田氏で、犯人は弁護士」

「そんな馬鹿な。指紋も、写真も、それにあの禿げ頭があるし」

「指紋は、殺された黒田の指紋ですよ、だから当然、家探しでもしたみたいに何処にでもついていた。吉備の方も、それをごまかすために、自分でもあっちこっちに触っておいたでしょう。これは、吉備の持ち物から指紋を取れば直に分ります。写真というのも、化けている吉備がよこした写真だから、本物じゃなくて、自分の変装を撮したものです。禿げ頭というのは、この黒田はもともと禿なんですよ、いつも鬘《かつら》をかぶっていたんですね。吉備はそれを知っていて、そこから策略をめぐらしたんでしょう」

一座がざわついているところに、主任に電話が掛って来た。主任は弱ったような顔をして、伊丹氏に言った。

「伊丹さん、黒田、じゃない吉備か、あれがずらかりました。どうもそのレコード押収がまずかった。一度先に相談してもらいたかったですな」

「急いだもんですから、私がやらせました」と杉山刑事が弁解した。

「証拠が一つくらい無いと話にならないと思いましてね」と伊丹氏は恐縮して小さくなった。

「指紋の方でもよかったんだが、弁護士の家へ指紋を取りに行っても、やっぱり逃げたでしょう。しかし大丈夫です。杉山さん、大丈夫でしょうね?」

「銀座裏の春日探偵社には張り込ませてあるし、社員の石原には尾行がついています」

「それなら安心だから、まあ僕の説明を聞いて下さい。吉備はどうせ逃げられませんよ。ところでこの弁護士は、典型的な悪人なんです。春日探偵社をこっそり経営して、石原という男を使って、ゆすりを働いていた。探偵社の社長は彼の一人二役です。こいつが、弁護士の方が借金だらけになったので、黒田の財産を横取りして身をくらまそうと考えたんです。

「黒田は変人で、係累もない。黒田が家に閉じこもるようになったのは、大山さんの事件が起ってからですが、あれは黒田が犯人だからずっと寝覚が悪かったでしょう。あの時のアリバイも吉備の目論んだことに違いありません。ところが大山さんが刑務所を出て、脛に傷持つ黒田は、弁護士に相談した。そこでこっそり話をしようというので、吉備は探偵社の社長になって、おとついの夕方、出掛けて行きました。二人で待ち伏せるとか何とか言って、黒田に客は帰ったと女中に言わせ、一人で食事にやり、書斎に戻ったところを殴り倒したんです。しかし黒田はまだ完全に死んではいなかったでしょう。それから手提鞄の中に用意して来た自分の、つまり弁護士の服を着せ、相手のを着込む。今まで着ていたのは、洋服箪笥に掛けておけばいい。それから相手の鬘を取ってかぶる。それから外出する。この時、なるべく女中の顔を見ないようにしている。

「バアとビヤホールとは簡単です。何しろこの変装はそう手が込んでいるわけじゃない。大山さんは、黒田を非常によく識っている筈だから、頭の毛を延した吉備の顔なら、黒田とも思わないし、吉備とも思わない。その上で全然知らん顔をして、大山さんに気がつかれないように用心する。大山さんが、電話を掛けに立ったので、ビヤホールを抜けて、春日探偵社に行く。これは、その店のほんの裏通りです。そこで吉備弁護士の素顔になり、黒田に着せたのと同じような洋服を着込んで、地下鉄で黒田家へ行く。書斎にはいって、直に声色を使って、自分の細君に電話を掛ける。レコードは、背中へでも入れて持って行ったんでしょうね。但し、この細君は何も知らないんです。吉備はきっとこの細君が厭になって、捨てる気だったんでしょう。それから隣室に隠れる。半殺しの黒田をドアに立て掛け、大山さんが明けると、文鎮と一緒に前に押し倒す。この文鎮は、何も大山さんが摑まなくったって、犯人が指紋を拭き取ったことになるから、平気なんですよ。それから、大山さんが逃げ出したところで、今度は手袋をした手で、確実に黒田を殴り殺す。

「それから例の幽霊です。簡単に頭に絵具をつけただけで、おどろかすには充分です。女中の来るのを待っていて、寝室からベルを鳴らす。これは玄関のベルと同じところで鳴ります。あらかじめ明けておいた浴室の窓から、樋を伝わって下り、玄関に廻る。そこで玄関からは幽霊としてはいり、同じようにして逃げ出す。レインハットをかぶって絵具を塗った頭を隠し、地下鉄で探偵社へ行き、また黒田に変装して、今度はビヤホールです。アリバイ工作を済ませて、堂々と家へ帰って来る。

「そこで黒田としてそれらしく振舞うわけです。一番あぶない女中は、幽霊を見て頭が変になっているから、初めのうちは気がつかないでしょう。他には顔を識った者はいない。そこで証拠品を片づけたり、黒田の財布を盗んだり出来る筈です。

「しかしこいつは長くは続かない。一番危いのは、自分の細君がこの死体は違うと言うかも知れない。しかし、気の弱い細君らしいし、予め暗示でも与えておけば、頭を割られた死体の顔なんか見ないでしょうね。彼は子分の石原を自宅に張り込ませて、ばれたら電話で連絡するように決めてあったのでしょう。一方、彼は探偵社の機能をフルに働かせて、大山さんを探していたに違いない。僕が心配したのはその点ですが、もし大山さんを殺して、その死体に自分の着ている物を着せ、容易に分らない処に埋めてしまえば、いつまでも、犯人が行方不明というので迷宮になる。どっちにしても、彼はいずれは身を隠して、春日探偵社社長という顔をするつもりだったのでしょう。ただ、一寸早くばれすぎましたがね」

「言われてみれば、そうらしいな」と杉山刑事が負け惜しみを言った。「しかし実に大胆ですね」

「大胆というより、単純なんですよ。あんまり単純すぎるので人が気がつかない。一人二役といったって、ごまかしたのは殆ど禿げ頭の点だけですからね。これが初めから兄弟とか、瓜二つとかいうのなら、誰でももしやと思いますからね。以上の僕の推理に変なところがあったら言って下さい」

五　伊丹英典氏の嘆き

犯人が摑まり、伊丹英典氏の推理に間違いのないことが分ったその晩、助手の久木は大山ひとみと共に伊丹氏を自宅に訪ねた。

「先生、一体いつ分ったんです？」と助手は訊いた。

「何だい、今度はガラッ八の役かね、クイーン君？」と伊丹氏はからかった。「それはこのお嬢さんの話を僕が聞いていたからさ。この人のお父さんの時も、同じようなアリバイがあった。その時も恐らく、吉備が黒田に化けてアリバイを作ったんだろう。

何しろこの二人は、年輩といい体格といい、その顔つきまで割りと似ているのだ。ただ明かに違うのは吉備が禿げ頭という点だ。だから鬘《かつら》さえかぶれば、たやすく黒田に化けられる。この方は簡単だ。そこで逆に、黒田が吉備に化けることはできないかと考えてみた。そのためには、絶対的に、黒田が禿げ頭の必要がある。もしも黒田が禿げ頭なら、死体も黒田かもしれないということになる。そこで僕はあの女中に、御主人は散髪によく行くかと、訊いてみたんだ。女中は、そういうことに気がついたことはないと言った。しかし散髪に行って帰って来れば、うちの中の者なら、誰だって気がつくのが当然だろう。散髪に行く必要がないというのは、禿げ頭の証拠さ。そこで仮に、禿げ頭の死体が黒田だとすると、僕等の見ていた黒田は誰だろう？　この黒田には怪しい点が一つある。外出する際に、電話を二階に切り換えて出掛けている。何のためにそんなことをしたのだろう？　普通なら、留守の間の電話は、女中が聞くようにしておくものさ。これは、電話でアリバイをつくるためと、大山さんが電話した時に、誰も返事に出ないためだ。そこで、一番大事な、なぜ幽霊が出たかという問題になるんだ。これは、黒田が明かに女中を恐れていたことの証拠だ。ergo《エルゴ》 黒田は黒田に非ず、さ」

「だいぶ講義じみて来ましたね」と助手が笑った。

「本当に有難うございました」と大山ひとみが嬉しげに礼を言った。

「君等は嬉しいだろうが、僕はまだこれから、ギリシャ詞華集を三頁調べなければならない。教師というのは辛いもんだ」

そこにお茶を持ってはいって来た奥さんは、腰を上げかけた若い二人を、笑って押し止めた。

「まだ平気なんですのよ。どうせ読みかけの探偵小説を終らなければ、勉強にかかる筈はないんですから」

「余計なことを言うなよ」と伊丹氏は言った。

温室事件

一　温室のある家

　文化大学古典文学研究室で、助教授の伊丹英典《いたみえいてん》氏が近日中に伊豆に旅行に行くと言い出したのは、卒業予定者の口述試験が終って、教授や助手たちがやれやれと一息入れた時だった。

「僕はどうも試験は苦手だ。学生がへまなことを言うと、こっちの方がはらはらする」

「探偵の方が楽ですか？」と皮肉な質問をしたのは、助手の久木進だった。

「とんでもない。僕は実行派じゃないから。遊び半分の机上の推理でなくちゃ、それこそおっかなびっくりさ。いつかの幽霊事件の時には、胆を冷やしたよ」

「いや、なかなか颯爽たるものだったという話じゃないか」こう口を入れたのは、お洒落な中年紳士の薄木《うすき》教授だった。

「誰に聞きました？」

「ワトソン博士だよ」

　伊丹氏がそこで、眼鏡の底から久木助手の方を睨んだので、助手は慌てて別のことを喋り始めた。

「先生、春休みに伊豆にいらっしゃるのなら、宇久須《うぐす》にお寄りになりませんか。僕はずっと行ってますから」

「君はどうして？」

「木村っていう、大学を僕と同期に出た奴が、宇久須の漆原《うるしばら》さんという家で家庭教師をやってるんです。僕はそいつのところへ行く約束なんです」

「それは君はいいだろうけれど、僕が訪ねて行くのはおかしいだろう。家庭教師の、その友達の、その先生じゃ縁が遠すぎる」

「姉の、子供の、叔父さんの、母親の、連れあいの、子供か」と一息に薄木教授が言った。

「何です、そりゃ一体？」と助手がびっくりして訊き返した。

「伊丹君、どうだいこういう推理は？」

伊丹英典氏は苦笑し、「それはつまり自分のことでしょう」と答えた。

そこで一同は笑い出し、久木助手の勧誘もそれきりになってしまった。

しかし春休みに、奥さんを連れて骨休めに伊豆に出掛けた伊丹氏は、結局、久木助手のすすめ通り、漆原家に立ち寄った。奥さんが、知らない人のお宅に伺うのは厭だと言い出したものだから、土肥の宿屋に残して一人で行くことにした。無精な伊丹氏にそれだけの決心をさせた原因は、久木助手がたまたま洩らした次の言葉だった。

「漆原さんというのは、昔は貴族の家柄でしてね、その御主人は三年ほど前に亡くなっているんですが、なかなかのディレッタントだったらしいんです。書斎にはギリシャやラテンの珍本が沢山ありますね。ホメロスの注釈本なんか、それは珍しいのがありますよ」

愛妻家の伊丹氏が単身で乗り込むに至ったのは、黴くさい書物の誘惑に他ならなかった。

伊丹氏は土肥からバスで宇久須へ来た。漆原家は土地ではよほど有名らしくて、道を訊くと誰もが二つ返事で教えてくれた。その家は峻しい道を登りつめた丘の上にあるらしかった。息を切らしながら少しずつ高みに登ると、春の日射《ひざし》を浴びた海が一望のうちに見えた。

坂の途中で思わず一息入れているところに、スェーターにスラックス姿の若い女が、大きなシェパードの鎖を握って、飛ぶように駈け下りて来た。連れているのは殆ど人間ほどもある巨大な犬で、伊丹氏を認めると、足をゆるめ、耳を立てて、警戒するようにこちらを見た。

「ノー、アキレス！」

若い女は一声そう叫ぶと、犬の鎖を引張って走り去った。まるでアマゾンだな、とその後ろ姿を見送りながら、伊丹氏は考えた。長い黒髪が風に靡いて光っていた。

漆原家まではそこからすぐだった。相当に古い建物だったが、堂々たる威容の西洋館で、広い庭がそれを取り巻いていた。

女中に案内されて応接間に通されると、待つ間もなくドアが開いて、子供がひとり遠慮なく部屋にはいって来た。

「今日は」とその子が言った。「時に、僕の手の中に何があるか分る？」

子供は右手で握り拳をつくって、それを伊丹氏の前につきつけた。

「さてね、何だろう？」

「小父さんは伊丹先生だろう？　久木さんが名探偵だと宣伝してたけど、この位のことも分らないの？」

文化大学助教授は苦笑した。

「君の名前は何て言うんだい？」

「僕は弓雄さ。今度六年生になるんだ」

「木村君が教えてるというのは君だね。それともまだお兄さんがいるの？」

「兄さんなんかいない。大きなお姉さんがいるだけさ。木村さんが僕を教えるって言うけど、僕が教えてあげることだってあるんだぜ。木登りとか、自転車とか」

「君は運動が好きで、勉強は嫌いというわけか。お父さんは——」

つい口が滑って、急いでごまかしの言葉を考えているうちに、少年は平気な顔で答えていた。

「パパは死んだよ。でも蟹山さんがいるけど、うるさいのはお姉さんなんだよ」

その時ドアが明いて、地味な洋装をした、三十七、八の美しい夫人が現われた。

「まあ、弓雄ちゃんは何をしてるの？　早く木村さんたちにおしらせしていらっしゃい。本当に失礼いたしました」

夫人が座をすすめている間に、少年はドアのところから伊丹氏に声を掛けた。

「ほら小父さん。これだよ」

ぱっと手の中の物を投げつけた。それは伊丹氏の胸にぶつかって、テーブルの上に転り落ちた。見れば小さな甲虫だったが、その背中は綺麗な赤い縞模様になっていた。

「本当にいたずらでして」と困ったように夫人が言った。

やがて少年と一緒に木村と久木とが現われた。木村はやや神経質そうな、大人しい青年で、これではしょっちゅう我儘坊やにしてやられるだろうと、伊丹氏は内心大いに同情した。夫人は挨拶して部屋をしりぞき、伊丹氏は二人の青年に案内されて、書斎で古い蔵書を調べた。そして時間の経つのを忘れてしまった。

夕食をすすめられ、断り切れなくなった伊丹氏は、夕食前のひと時を庭に出た。久木助手が案内顔でついて来た。広い庭園の中から、夕暮の海がきらきら光るのが見えた。奥まった木立の奥の芝生の中に、大きな温室があり、その硝子にも夕陽が反射していた。

「これは、亡くなった漆原さんが、趣味で建てたものなのです」と助手が説明した。「色んな変った栽培をやっていたそうです。きっと黒いチューリップでもつくる気だったんでしょう」

「あの蔵書には恐れ入ったよ」とまだ書斎での興奮が醒めやらぬ面持で、助教授が言った。

「あれに較べれば、うちの研究室なんかまるで子供だましだ。よほど教養の高い人だったんだろうね」

「香代子さんてお嬢さんも、僕等よりはだいぶ頭が上らしい」と久木が白状した。

「君等は二人がかりでやられるわけか」

「しかし本の方は読む人があっても、この温室の方は荒れ放題ですからね。惜しいもんだ」

「君が園芸にまで興味があるとは知らなかったよ」

「そういうわけでもないんですが」と助手は頭を掻いた。

夕食に、伊丹氏は夫人から家族の人たちに紹介された。来る途中の坂で出会ったのが、令嬢の香代子だった。にこりともせずにいるのが、如何にも貴族的な、冷たい感じを与えた。遠村氏という、五十代の、実業家らしい紳士は、たまたま週末を遊びに来ていた香代子の伯父だった。ここの家とはひどく親しいらしいが、話のしかたで、この人が香代子ひとりに血のつながった伯父で、里子未亡人と香代子とは実の親子でないことが分って来た。食事中に弓雄が悪戯《いたずら》をすると、母親は軽くたしなめるだけだったが、香代子の方は厳しく叱った。年も離れすぎていたし、ほんとの姉弟でないことは顔立を見るまでもなかったが、弟の方は母親以上に、この姉になついているように見えた。

一座で最も異様な人物は、皆から蟹山さんと呼ばれている、四十代の眼のぎょろりとした男だった。一家の事務を取りしきっていることは、言葉の端からもうかがわれたが、しかし単なる使用人風情ではないようだった。口は重く、遠村氏が気さくに喋るのといい対照をなしていた。夕食の間に、遠村氏のほかはあまり口を利かなかった。

食後のコーヒーの時に、遠村氏が客をもてなすつもりか、伊丹氏の最も苦手の話題を持ち出して来た。

「伊丹先生は推理の大家だと久木さんにお聞きしましたが、いや失礼、御専門のギリシャ文学の方はもちろん大家でおいででしょうが、——私などが考えると、完全犯罪というのは……」

伊丹氏は、このお喋りめという眼つきで久木助手を睨んでいた。助手の方は困ったようにもじもじしていた。

「……つまり証拠が見つからなかった場合は、探偵たるものどうするわけですか？」

「現場に証拠が残っていないというんですか？」と伊丹氏はしぶしぶ口を開いた。

「そうですよ。完全に証拠を湮滅《いんめつ》してあれば」

「その完全にというのが問題でしょう。必ずどこかに手抜かりがある筈だから、それを見抜けば探偵の勝ということになりませんか？」

「しかしもし完全に証拠がなければ？」と遠村氏は食い下った。

「そういう時には、犯人のやった方法を再現してみるんでしょうね」

「現場を再構成するというのは」と不意に香代子が口を挟んだ。「名探偵がよく試みる方法ですが、二度と再構成できないような場合だって、あるんじゃないでしょうか？」

「どんな場合？」

伊丹氏が問い返しても、香代子は答えなかった。うっすらとした微笑がその唇に浮んだ。

「証拠がなければ、犯人が分ってもどうにもなりませんわね」と、今度は、里子夫人までが話し出した。

「どうも皆さんがたは、随分鋭いんですね？」と伊丹氏はたじたじとなって笑い出した。

「犯人が分っているのなら、探偵がトリックをしかける以外にはないでしょうね？」

「伊丹先生もそんな卑劣なことをなさるんですか？」と香代子が訊いた。

「卑劣ですか。あなたはそうおっしゃるが、犯人の方は一層卑劣でしょう。僕はフェアでないことは嫌いですが、トリックを弄しなければならないほどの犯人には出会ったことがありません」

話題はそれから、内外の推理小説の論評に移った。この一家は、誰もが相当のファンだった。夜があまり遅くならないうちに、伊丹氏は電話で車を呼んで、泊って行けと皆が引き止めるのを振り切って、奥さんの待っている土肥の宿屋に帰った。

その翌日から、伊丹夫妻はのんきに伊豆を旅行して、数日後に東京に戻った。その次の日、久木助手から次のような長文の電報が来た。

「漆原家ニ殺人事件起ツタ。大至急オ出デ願イタシ。完全犯罪ナリ。久木進」

二の一　密室殺人

「そそっかしい奴だ。誰が殺されたのかも書いてないんだから」と急いで支度をしながら、伊丹英典氏は呟いた。

「きっとわざとでしょう。当てて御覧なさいというんじゃないかしら？」と奥さんが鞄の中に身回品を入れながら、それに答えた。

「遊びごとじゃないんだからね。いくら久木でもそんな余裕はないだろう。あの漆原という家は、僕の印象では、誰もが変に秘密めいたものを持っていた。まっとうなのは、週末を遊びに来ていた遠村という紳士だけだ。もっとも久木は別としてね」

「他にはどんなかたがいらっしゃるの？」

「まず里子夫人、何となく翳のある、暗示にかかりそうな性格の人だ。しかし一度暗示にかかってしまえば、ひどく強気になるかもしれない。綺麗だし、頭もいい。次が子供の弓雄君、小学校の六年になるにしては、少し子供っぽすぎるようだ。その姉の香代子さん。これは先妻の子だ。そう美しいというのじゃないが、プライドが高く、貴族的な、付き合いにくいお嬢さんだ。頭は凄く切れる。その伯父さんに当るのが遠村氏。これは家族として暮しているわけじゃないから、数えなくてもいい。次に蟹山という正体不明の人物。執事にしちゃ偉すぎるし、陰気な、何を考えているのか分らない人物だ。と言えば、家庭教師の木村君も、だんまり屋で何を考えているのか分らないな。恋愛でもしているのかな」

「それで皆さん全部？」

「もう一人は久木さ。これは、殺されたんじゃないことだけは確かだ」

奥さんは話を聞くのに夢中になっていて、御亭主が靴下を裏返しにはいたのにも気がつかなかった。伊丹氏はそのまま修善寺に急行し、そこから車を駆って宇久須に赴いた。漆原家の玄関にいた警官が、応接間に伊丹氏を案内した。そこには若い私服の刑事と久木助手とが、陰気に話をしていた。

「私は山崎という者です。実は困った事件が起りまして、この久木さんからあなたのことをうかがったものですから、非公式に御知恵を借りたいと思いましてね。それに、先日この家にお見えになったそうですから」

「お役に立てばいいんですが」と伊丹氏は謙遜した。「何しろ僕は五里霧中で、誰が殺されたのかも知らないんですから」

「いま説明します」と刑事はてきぱきと口を利いた。「今朝、食事に一同が食堂に集まったところ、蟹山という男だけが現われないので、奥さんが女中をやって呼ばせた。すると部屋にいない、寝た形跡もないということが分ったのです。そこで皆が心配して探し廻ったところ、温室の中に……」

「温室ですって？　あんなところでね。誰が見つけたんです？」

「ここの子供です。温室の中で蟹山さんが死んでいる、殺されている。そう大声で叫んだので、一同慌てて集まった。硝子張ですから、蟹山が死んでいることは外からも一目瞭然です。ところが入口は内側からしまっていて、中にはいることが出来ない。そこで家族が駐在に電話し、駐在から土肥警察に電話があって、私が出向いて来た次第です。そこで私が硝子を切って手を突込んでその戸を明け、現場を調べました。すると、こういうことは探偵小説以外にはあまりお目にかからないんですが、犯人の逃げ口というものがないんですよ」

「密室ですか?」と伊丹氏が勢いよく叫んで身体を乗り出した。

「密室なんてものはあり得ないから、戸閉りが完全かどうか、そこが問題点ですが。つまりこういうわけです。入口の内側には、挿し込み式の錠が下りていた。入口はそこ一つです。蟹山は入口から五六歩はいった花壇の間に、俯向になって、背中を短刀で刺されて倒れていた。その右手に、しまった天窓の紐の端を固く握りしめている。問題はこの天窓ですが、温度の調節のために、下から紐を引いて、硝子張の四角な天窓が上にずれて開くようになっています。しかしこの紐は、被害者がいっぱいに張り詰めたのを手にしているんですから、殺した男が天窓を開いて出て行くことは出来ない。そして被害者の身体を、あとから動かしたという形跡もないのです」

「なるほど。他に手懸りは?」

「他にも何も、手懸りは皆無ですよ。背中を刺した短刀は、書斎にあった筈の亡くなった主人の持物ですが、指紋はついていない。蟹山の指紋のついている懐中電燈が、温室の中に転っていただけです。死亡時間は解剖の結果を待たなければ正確じゃありませんが、大体昨夜の七時から九時頃でしょう。一体犯人は何所から逃げ出したか、まさか犯人が、三年前に死んだ漆原さんの幽霊だというわけもないしね」

山崎刑事は弱ったように呟いた。

「その被害者に、殺されるだけの理由があるのですか?」

「その点は、目下調査中です」

「それじゃ、暗くならないうちに、温室だけでも見せて下さい」と伊丹氏は言った。

二の二　赤い甲虫

この前に来た時とほぼ同じ時間で、夕暮に近い太陽が、丘の向うの海の表と温室の硝子の屋根とを、赤く染めていた。伊丹氏は刑事と助手とに連れられて、温室の入口の前に佇んだ。

「此所は母屋からは見えませんね?」と伊丹氏は振り返りながら、訊いた。

「見えません。だいたいこの辺にはあまり人が来ないようです。中もすっかり放ったらかしで、主人が死んでから鍵を掛けたままだったそうです」

伊丹氏は問題の入口に近づいた。

「その鍵は?」と訊いた。

「以前は書斎にあったと言うんですが、事件以来紛失したきりです」

「硝子を切って明けたと聞きましたが、またはいってみたんですか?」

「元通りに直して、よく研究してみました」

硝子の引戸を引いて、三人は中へはいった。すぐに三段ほどの段を下ると、左右に花床が、地面と同じ高さで続いているが、スチームも通っていず、中央に熱帯樹の大きな鉢が並んでいるだけで、如何にも荒れ果てた感じだった。伊丹氏は階段の途中に立ち止ると、また入口の戸を閉めて、錠の具合を調べ始めた。鉄製の挿し込み式のもので、挿し込んだあとで捻《ひね》るようになっている。

「これは勿論、捻ってあったんでしょうね？」

「そこは充分調べました。とにかく内部から、人間の手で掛ける以外には、どうしても掛けようがありません」

「一体なぜ、内側からこんな錠が掛るようになっているんだろう？」と伊丹氏は独り言を洩らした。

答えたのは久木助手だった。

「これは亡くなった漆原さんのしたことなんです。何でも、人から邪魔されないで、此所に閉じこもって、栽培の研究をしたり、本を読んだりしていたらしいんですよ。向うに机や腰掛もあるし、ちゃんとスタンドもついています」

山崎刑事は段の下から、少しせっかちに二人を呼んだ。

「此所が屍体のあった場所です。早くしないと暗くなりますよ」

「その点ですがね」と伊丹氏は近寄って来て訊いた。「これで見ると、天井に三箇所も電灯があるが、それはどこで点けるんですか？」

「あの入口の横にスイッチがあります」

「なるほど。で、今朝は?」

「そうだ、点いていました」と助手が答えた。

「そう言えば、今は消えていますね」

「あれは指紋の検査をした時に消したんです」と刑事が言った。

「勿論、温室は普段は真暗なわけですね。昨晩は点いていた。一晩中ね。そのスイッチの指紋はどうでした?」

「蟹山らしいのがあります。それより此所ですよ、奴が倒れていたのは。手に持っていたのはこの紐です」

片方の硝子屋根に四角な窓があり、紐を引くとその窓が上にずりあがって開くようになっていた。蟹山はいっぱいに引きしぼったその紐を手に持って、ちょうど窓の下あたりに俯向に倒れていたわけだ。

「短刀が刺し込んだままなので、出血は殆どありません。場所は後ろから心臓の部分を刺しています」

「即死ですか?」

「報告を待たなければ分りませんが、多分暫く息はあったでしょう。地面を掻きむしったあとがあります」

「もし犯人が出て行くとすれば、この天窓以外にはないわけですね？」

「そうなんですよ。ところがそこはしまっていた。屍体が紐を握って番をしていたんですからね」

「それはそうだ」

伊丹氏は温室の中をせっかちに歩き廻って、奥の机の方まで行ってみたりしたが、虫眼鏡を取り出すほどの科学的探偵でもないので、その調査は頗る簡単に済んでしまった。ただ一度だけ、氏は横手の硝子の上から、何か小さな物を摑んで、煙草の箱の中にしまった。刑事は先に立って歩いていたので、それには気がつかなかった。薄暗くなりかけた温室を出ると、三人は母屋の方に戻った。

巡査を張番に残して、山崎刑事がひとまず署に報告に帰ったあとで、夕食になった。この前の時から一人欠けた陰気な食卓で、微笑と軽口とを失っていないのは遠村氏だけだった。

「わざわざ御苦労さまです」と遠村氏が言った。「とんだことになりましたなあ」

「あなたも事件のために駈けつけてお出でになったんですか？」と伊丹氏が訊いた。

「それが昨晩来たんですよ。知らぬが仏とは言いながら、わざわざ渦中に飛び込んだようなものです」

食事が沈黙のうちに終り、食後のコーヒーになっても誰もはかばかしく口を利かなかった。

この前僕が来た時の話題は、と伊丹氏は考えた。証拠のない犯罪という問題だった。その時は、今此所にいる連中が、全部揃っていた筈だ。今も、誰もがむっつりと黙り込んだまま、そのことを思い出しているのだろう。証拠のない犯罪。偶然の暗合か、それとも僕への挑戦なのか。

「お部屋は二階に取ってございますから」と里子夫人が言った。「お疲れでしたら、いつでもどうぞ」

「君の部屋はどこ？」と伊丹氏は二階に昇りながら、案内について来た久木助手に訊いた。

「僕と木村とは離れです」

「僕等はていよく追っぱらわれたようだね。あとで親族会議でも開くのかな？」

寝台の置いてあるさっぱりした洋室に通って、「さて色々教えてもらおうか」と伊丹氏が言った。

「一体、僕を呼ぶことにしたのは誰だい？」

「それは僕です。だって先生、僕の睨んだところでは、この事件はいつぞや先生のいらした晩の、完全犯罪の話題から出ているんですよ。違いますか？」

「君もそう思うかい？」

「勿論です。そう思ったので先生に電報を打ったのです。つまりこれは、犯人の僕に対する挑戦だと」

「しかし誰かに相談はしたのだろう？」

「刑事に先生のことをよく説明しました。それから奥さんと香代子さんとにも諒解を求めました」

「これは確かに、怖るべき知的な犯罪だよ、それは認める。この前僕が来た時に、もし僕が泊ることにしていたら、事件はその晩のうちに起ったかもしれない。しかし単なる挑戦というだけで、人一人を殺せるものじゃない。そこには深刻な動機がある筈だ。そしてその動機は、決して一夜漬けの代物じゃない。ただ、アリバイをつくるという工作が必要だから、いつでもというわけには行かなかったのだ。これは犯人が、練りに練った方法を、百パーセントの自信を持って試みたものだよ」

「先生だいぶ弱気なようですが、ちっとは手懸りが摑めたんですか？」と心配そうに助手が訊いた。

「まだよく考えてからのことさ」

「さっき温室で、何かをそっと隠しましたね？」

「さすがにエラリー・クイーン君は眼が高いね。これだ」

伊丹氏はおもむろに、ポケットから煙草の箱を取り出した。中から小さな赤い甲虫が這い出して来た。

「これがどうしたんです？」

「いや、これが温室の中の硝子の上にいたというだけのことだよ」

伊丹氏はまたさっさと、甲虫を箱に入れてポケットにしまい込んだ。「今度は一つ、昨晩のことを、君の知っているだけ教えてくれ給え」と頼んだ。

二の三　事件の夜

夕食が終ったのは六時半少し過ぎだった。食堂の隣の部屋のソファにそれぞれ陣取って、皆は三十分くらい雑談を交していた。

「弓雄ちゃんは、今日はまだ全然勉強がしてないのでしょう？」と里子夫人が言った。「木村さんに早く見ていただいて、済んだらお休みなさい」

「ママ寝る前に来てくれる？」

「ええ行きますよ」

木村が少年と共に二階の子供部屋に上って行った。

「私はちょっと用があるので、村まで行って来ます」と蟹山が言って、部屋を出て行った。それと同時に里子夫人も二階の自分の部屋へ引き上げた。残ったのは久木と香代子との二人だった。

「さあ久木さん、今晩は一つ推理競争をしましょう。伊丹先生のお弟子さんの腕ぶりを拝見しなくちゃ」と香代子が言って、一冊の英語の本を持って来た。「私は六十頁まで読みました。面白そうよ」

それは輸入されたばかりの新刊の探偵小説だった。香代子はその本を気前よく二つに引き割いた。

「私が読んだ分だけあなたに回します。全部で三百頁だから、だいたい二百五十頁までは大丈夫ね」

「香代子さん、あとの方をめくって見ちゃいけませんよ」と久木が注意した。

「私は卑怯なことはしません。でも、あなたが心配なら」と軽蔑したように言いながら、最後の五十頁をまた破り取ると、煖炉の台の上に載せた。「さあ始めましょう」

それが七時十五分頃だったろう。二人とも同じところまで読んで、犯人の当てっこをするという競争だった。そこで久木は一頁から、香代子は六十一頁から読み始めた。確かに興味津々たる探偵小説で、時々英語の辞書を引くのがもどかしかった。香代子は途中で座を立って、久木のためにウィスキイを、自分にはブランディを持って来た。二人は夢中で読み耽った。

二階では、木村が少年のためにおさらいをしていた。隣の部屋で、里子夫人は手紙を書いていた。八時少し過ぎに、夫人は子供部屋にはいり、弓雄ちゃんを寝かしつけた。しかし少年は木村に話の続きをせがんだので、木村はそのまま部屋に残った。夫人は自分の部屋に帰った。

九時に、下で探偵小説を読み耽っている二人のところに、まず木村が下りて来た。木村はウィスキイに手を出して、何か考えごとをしていた。暫くして里子夫人もそこへ来た。それと殆ど同時に、恐らく九時十分ごろに、遠村氏が東京から到着した。修善寺から自動車で来たと言った。(その点は運転手が証言したが、車が漆原家に着いた時間は、九時頃というだけで正確ではなかった。門から玄関までかなり離れていて、運転手は遠村氏が玄関にはいるの見とどけたわけではない。）

一同は十時半頃までお喋りをしていた。里子夫人と香代子とは、二階のそれぞれの寝室に引き取った。残りの連中は蟹山の帰りを待って十一時過ぎまで雑談をしていたが、待ち切れずに、遠村氏は一階の客間に、木村と久木とは離れに寝に行った。蟹山の寝室は一階の奥にあった。女中二人は八時頃から、自分たちの部屋でラジオを聞いていた。

　そして蟹山は遂に帰って来なかった。

二の四　実験と会話

「分ったことをお教えしておきましょう」と次の日の午後、山崎刑事が伊丹氏に言った。

「蟹山の死亡時間は、大体夜の八時半前後、まず八時から九時の間です。即死じゃありません。刺されてから五分や十分位は、息があったようです。そこでこの男の足取ですが、確かに村へ下りて行って、役場の書記の家を訪ねている。八時ごろ帰ったと書記が証言しています。他にも客が来ていて、この書記のアリバイは確実です。従って蟹山は八時半ごろ漆原家に戻り、まっすぐ家にあがらずに庭の方に廻ったと見える。懐中電燈で照しながら、温室の戸を明けて中にはいったということになります。何か怪しいこと、例えば温室の電燈が点いていることを発見したのか――」

「それとも約束があったのか、ですね?」と伊丹氏が口を入れた。「しかし門から玄関に歩いて来る途中からは、温室の電燈は点いていても見えないのだから、どうも誰かと約束があったと見た方がいいようですね。どうして鍵を持っていたか、ということもある。ところで、蟹山というのはどういう人物です?」

「これは死んだ漆原氏が、若い頃からよく識っていた男らしい。戦争中に此所に疎開した時に、腕利きで重宝だというので呼んで、それからずっと支配人格で、家族なみに暮しています。独身で、以前の経歴はよく分っていないが、遠村さんも一目置いている位で、やり手だったんでしょうね。村の連中なんかにも評判はよくないし、敵も多そうなのでやっかいですよ。目下調査しています」

「外に敵が多いとしたら、内にもありそうですね」と伊丹氏は言った。

「ところでこれから、温室でちょっとした実験をやりますから」

刑事は伊丹氏を温室に連れ出した。そこには二人の若い警官が、彼等の来るのを待っていた。

「何が始まるんです?」伊丹氏は面白そうに尋ねた。

二人の警官は温室の内と外とに分れて、中の一人が熱帯樹の幹に丈夫な紐を結びつけ、天窓を通して表へ垂らした。表の一人がそれを引張り、中のは裸足《はだし》になってその紐をよじ登ったが、それはひどく登りにくそうだった。

「これじゃ、あとから紐を解くことが出来ないでしょう」と伊丹氏が注意した。「木の幹に紐を巻きつけて、二重にした紐を外へ出すんですよ。そうすれば、あとから片方の紐を引張れば、全部手許へ戻って来る」

「そうでしたね。しかし一体、天窓へ登れるものかどうか、それを実験してみたいと思いましてね」

「被害者があとから天窓を閉めたという点は、どうですか？」

「その問題は後廻しです」

警官はやっと紐のてっぺんに達し、そこから鉄枠に手を掛け、苦心さんたんの末、器械体操の要領で硝子屋根の上に出た。

「よし、そこで天窓を閉めてみろ。待て待て、指紋はどうだ？」

警官は長い間かかって、白い紛末を蒔いて硝子の上を調べていたが、「無いようです」と答えた。それから彼は、上にあがっている天窓を、両手で少しずつ下へずらした。

「閉められるな」と刑事が言った。

その時、物凄い大音響が起り、屋根の上の警官が天窓の硝子を紛みじんに砕いてしまった。片足の重みが、つい硝子の上に懸ったものだろう。危いところで身体を支えたが、そのはずみで硝子がまたぱりぱりと破れた。

「もういい。外側へ降りてくれ」と刑事が不機嫌な声で叫んだ。

その警官が紐を伝わって降りて行く間に、笑い声が聞えたので、山崎刑事は怒ったように伊丹氏の方を振り向いた。しかし笑ったのは伊丹氏ではなかった。弓雄ちゃんがいつの間にか温室のわきに現われて、警官の大活躍を笑いながら眺めていたのだ。

「これで分ったことは」と伊丹氏は気落した刑事に話し掛けた。「紐を使うとすれば、外側でその端を誰かが持っている必要があること。第二に、よほど身体のしなやかな、目方の軽い者でなければ、屋根には登れないこと――」

「女か子供ですな」と刑事は、硝子戸の外の弓雄ちゃんの方を見ながら、言った。

「それから、こういう方法では、天窓のしまったわけが分らないということです」

実験の続きを見ようともせずに、伊丹氏は外に出て、子供の方に歩いて行った。

「弓雄君、僕はいいものを持ってるぜ。当てて御覧」

そう言いながら、ポケットから煙草の箱を取り出した。

「何だピースじゃないか」

「と思うだろう。別の物さ。もう少し向うに行こう。これはちょいとばかり秘密なんだからね」

少年は気をよくして、温室の見えなくなるあたりまで伊丹氏にくっついて来た。

「どうだい、分るかい?」と伊丹氏は歩きながら訊いた。

「かさこそ音がしてる」と箱を耳許に持って行って、弓雄ちゃんが言った。「分った、甲虫だろう？」

「うまい、当った」

「何所で摑まえたの？」と掌の上で赤い甲虫を遊ばせながら、不思議そうに訊いた。「いつか僕が先生にぶつけた奴？　あいついつの間にか逃げちゃったから」

「珍しいのかい。これ？」

「そうさ。これ伊豆の特産らしいんだ。昼はなかなかいないんだよ。夜になって、電燈の光を目掛けて飛んで来る奴を摑まえるんだ」

「君がほしいのならあげるよ」と伊丹氏はばかに気前のよいところを見せた。

二人が尚も歩いて行くうち、伊丹氏は足を止めて、「これは凄い」と呟いた。犬小舎の前で、大きなシェパードが首を起して、二人の方を見た。

「アキレスって言うんだよ。大丈夫、吠えないから」

しかし少年は、犬の側に近づいて行こうともせず、口笛を吹いた。犬は鎖につながれたまま、尻尾ひとつ振らなかった。

「むずかしい名前の犬だね」

「パパがつけたんだ。でもこいつはお姉さんの犬なんだよ。とても悧巧《りこう》だから」

「芸をするかい？」と言って、側に近寄ろうとした伊丹氏は、少年に腕を摑んで引き戻された。

「危いよ、喰いつかれるよ。悧巧だといっても、馴れているのはお姉さんだけさ。お姉さんが

『アタック！（攻撃せよ）』とか、『ジャンプ！（跳べ）』とか言えば、言われた通りにする。とても賢いんだ」

「弓雄君じゃ駄目なの？」

「僕にもまあ馴れている方だけど、命令は出来ないや。他の人はみんな駄目、側に行けばそれこそ喰いつかれる。あの蟹山さんなんか、きっとよっぽど犬嫌いなんだろう、蒼くなって顫えていたもんだよ」

少年はおかしそうに思い出し笑いをした。

「君は蟹山さんは嫌いだったの？」

「大嫌いさ。ママを泣かせるような奴は大嫌いだよ」

伊丹氏が詳しく訊こうと思う間もなく、

「あ、ママだ」と叫んで走り出した。里子夫人が庭の中から現われ、「お八つですよ」と呼んだ。少年が先に走って行ったあとから、二人は並んで母屋の方に向かった。当り障りのない会話が続いたあとで、伊丹氏が不意に夫人に訊いた。

「非常に失礼な質問ですが、あの蟹山という男は、前々から奥さんに失礼なことを申し出ていたんじゃないんですか？　例えば、自分と結婚してくれとか何とか？」

夫人はかすかに、「いいえ、そんなこと」と呟いた。その顔はさっと赤くなり、それから蒼く沈んで、足がよろめくようだった。

「失礼しました」と伊丹氏は丁寧に挨拶した。

食堂で一同がお八つを食べている間、伊丹氏は香代子に、漆原家の家柄のことや、亡くなった父親のことなどを質問した。香代子は得意そうに、平安朝に溯るという家系のことや、蔵書家としても趣味人としても一流だった父親のことを喋った。この、やがてそろそろ三十に近い娘が、自分の家柄を誇るあまりに、つい結婚もせずにこの年まで過してしまったことも、それで分った。漆原香代子に匹敵する男性は、なるほど、容易にいる筈もなかった。そして家庭教師の木村は、話の途中から次第に顔色を悪くした。

「時に、おとといの晩の、久木君との競争の探偵小説はどうなりました?」と伊丹氏は、訊いた。

「あれっきりですの。本物の事件が起ってしまったんじゃ、生じっかな探偵小説なんか――」

「何頁までお読みでした?」

「たしか……二百十頁ぐらいでしたかしら?」

「三番目の事件が起って、娘が毒殺されそうになるところですか?」

「あら、もうお読みになりましたの? いいえ、その事件はまだですわ」

二人はそれから、その探偵小説の原作者について、おのおの造詣のあるところを見せ合った。久木が口を出す余裕もないほどに。

二の五　アリバイの検査

その翌日になると、山崎刑事は一層機嫌の悪い顔で漆原家に現われた。

「さっぱり見当がつかなくて」と伊丹氏と久木助手を相手にこぼし出した。「外部関係では、容疑者らしいものは見当りません」

「犯人が内部にいることは確実ですよ。蟹山がなぜ温室に行ったかを考えただけでも」と伊丹氏が答えた。

「内部と言えば、里子夫人に、香代子さんに、遠村氏に、木村君か――」

「まだまだ、弓雄ちゃんもいるし、この久木君だって」

「先生、冗談じゃない」と助手は蒼くなった。

「僕と香代子さんとは、相互にアリバイがあるんですよ」

「家族の人たちにも色々訊問してみたけど、誰でも何かを隠しているらしくて、思うような材料も得られないし」と刑事がぼやいた。

「動機の点はどうでした？」

「あの蟹山というのが、したたか者だったことだけは分りました。此所の主人が生きていた頃はよかったんだろうが、死んでからは独断専行です。遠村さんはのんきな人だから気に留めていないようだが、他の連中はだいぶ嫌っていたに違いない」

「つまり漆原家の癌ですね。その病状が次第にひろがった、奥さんや香代子さんにも手を出そうとした、とこう考えることは出来ませんか？」

刑事はぎくっとなったようだった。

「そうかもしれない、どうも何だか隠しているようです。しかし、それは二人のうちのどっちでしょう？」

「奥さんの方が性格的に弱いから、蟹山が狙うとしたら奥さんの方でしょうね。香代子さんはプライドが高いから、相手にしないでしょう」

「そう言えば」と久木が口を入れた。「僕はあの男が、ばかに奥さんに高圧的な物の言いかたをするのを見て、変だなと思ったことがありますよ。その時の奥さんは、まるで、蛇にみこまれた蛙みたいだった」

「すると夫人が怪しいのか」と刑事が呟いた。

「そうは行かない。というのは、もし蟹山が奥さんを脅迫していることが、他の人たちにも分ったとしたなら、それは漆原家の家柄の問題として、香代子さんにも、遠村さんにも、大事件なのです。それから木村君や久木君のような純情多感な青年にとっても、か弱い女性のために一肌脱ぐだけの決心を、起させるかもしれない。ましてや、証拠のない犯罪という誘惑が、お預けみたいに前に出ているんですからね」

「何ですそれは？」

刑事の質問に、伊丹氏が詳しくいつぞやの晩の会話を説明した。刑事は弱ったように唸り声を発した。

「先生、分ったことがあったら僕等にも教えて下さいよ」と助手が助太刀した。「そのために先生に来ていただいたんですから」

「うん。いいだろう」と伊丹氏は気軽に答えた。「最初にアリバイのことだけど、これはみんな怪しいのだ。兇行時間を八時半前後とすると、二階の二人が下りて来たのは九時ごろだし、それも別々だ。奥さんが子供部屋に行ったあとで、子供は直《じき》に寝たかもしれないから、木村君の証明はない。弓雄君は寝つきのいい子供だよ。奥さんの方も、自分の部屋にいた筈だというだけだ。一方、下で探偵小説を読んでいた二人も、面白い本を読むというのは、心理的に時間が早く経つから、相手が中座していなかった時間を、割に短く感じたに違いない」

「しかし、香代子さんはずっと一緒でしたよ」

「君の飲んだウィスキイは何所から現われたんだい？」

「そうか。でも、それはほんのちょっとの間です」

「いいかい、例えば将棋を指していて相手が中座すれば、早く来ないかと思って待っているから、その時間は心理的に長いのだ。二人が探偵小説を読んでいるというのは相手のいない将棋と同じことで、君はひとりきり物語の中に没頭しているから、その時間は短いと感じるのだよ。

それに、ここに証拠が一つある」

「何です?」

「君は一頁から読み出して百五十頁まで読んだと言ったね。その同じ時間に、香代子さんは六十一頁から読み出して、君と同じ分量の二百十頁まで行っていないのだ。君は辞書を使っていたし、あの人は使わない。英語は君よりよっぽど出来るのに」

「どうして分ったんです、そんなこと?」

「二百十頁のへんだけ先に読んで、ちょっと香代子さんに質問したのさ。それはとにかく、アリバイはこういうわけで誰でも怪しいのだ。遠村氏の場合だけ、九時に到着という運転手の証言があるから、まあ安全だろうが」

「そう怪しいのばかりじゃどうにもならない」と山崎刑事が嘆息した。「あの温室からどうやって逃げ出せるのか、それがまず分らなくちゃ」

「先生、どうなんです?」と助手が名探偵の名誉を疑うような、情なさそうな顔で見た。

「方法も分っているし、従って犯人も分っている」と伊丹氏がずばりと言った。

聞いていた二人があっけに取られた瞬間に、伊丹氏は渋い顔をして付け足した。「ただ、証拠がない。完全に」

「現場を再現すると、先生この前おっしゃったんじゃありませんか?」

「それが再現できないのだ、まさにね」

「は、早く、犯人を教えて下さいよ」と刑事がどもりながら叫んだ。

「証拠がないんだから」と伊丹氏は繰返した。

「そういう時は、犯人をトリックに掛けるんじゃなかったんですか?」と助手がまた訊いた。

「そのトリックだが」と言って、伊丹氏は渋っていた。「とにかく晩まで待って下さい」と最後に刑事に向って言った。


夕食は、山崎刑事も一緒に招ばれたせいか、昨晩以上にひっそりしていた。伊丹氏は全く食欲がないようだった。食後にも、誰一人くつろいだ様子を見せる者はなく、遠村氏さえ葉巻ばかりくゆらせていた。伊丹氏は眼を細く閉じ、ソファに凭れ、煙草が指を焦すのも忘れて放心のていだった。山崎刑事がたまりかねたように、ぽんとその肩を叩いたので、慌てて眼を開くと、「では、やってみましょう」と言った。

二の六　心理的方法

弓雄ちゃんだけが勉強のために引き上げて、部屋に残ったのは、里子夫人、香代子、遠村氏、木村、久木、山崎刑事、それに伊丹氏だった。六人を相手に、伊丹氏はゆっくりと話を始めた。

「これは非常によく考え抜かれた、巧みな密室犯罪です。なるほど証拠もありません。その点、僕はいさぎよく帽子を脱ぐことにします。僕の負です。とは言うものの、むざむざ負けたのでは、伊丹英典たるものの名折ですから、僕が決してぼんやりしていたわけじゃないことを、負け惜しみじゃなく、言っておきましょう。今までに僕も犯人に対する攻撃を試みて、犯人の方法を実はすっかり探り出したつもりです。そこで、攻撃を中休みして、目下犯人の出ようを待っている次第です。

「さて、温室の入口は、内側からしまっていた。この点は細工の余地がありません。紐をくっつけて天窓の外に出し、外から紐を引いて錠をしめることも不可能です。従って、残るのは天窓の出口だけです。もし中に犯人がいて、この天窓から逃げたのなら、それはごく身軽な人物で、しかも表に共犯者がいた場合に限られます。しかしそれじゃ、被害者がなぜあとから天窓の紐を引張ったのか、そこの説明が不充分ですね。そこでこうした物理的方法じゃ駄目だということが分ります。残るのは心理的方法です。その一つは、被害者が犯人をかばおうとしている場合、もう一つは、被害者が自分から戸をしめた場合です。僕はこれ以上説明しませんが、犯人には、——此所においでの犯人には、僕がその方法をよく知っていることが、これだけでお分りだと思います。ただ一つ、この密室は、単なる物理的方法によるものではないけれども、共犯者を必要とした、このことを申し上げておきます。

「では、僕は何を待っているのか？　まず、犯人の頭脳に僕は心から感服します。それも普通、犯人という者は、誰かに嫌疑を掛けさせるように細工をする。しかしこの事件では、そういう小細工の形跡がない。非常にフェアに行われている。つまり当局をして五里霧中にさせることだけに目的がある。密室にしたのも、犯人が自分の智力を誇っているからです。

「しかしここで僕に言わせて下さい。蟹山は確かに憎むべき人物、漆原家に傷をつけようとした人物かもしれません。しかし殺人というのは、更に憎むべき行為です。どのような動機があったにしても、密室とか、証拠のない犯罪とか、要するにそれは死を弄んだことになります。犯人がそのことに思い当らなかった筈はありません。僕が山崎刑事に話さずに、こうして待っている気持を考えて下さい。時間は刻まれています。犯人の頭脳の方は実に大したものでした。ではその良心の方はどうでしょうか？　共犯者というものもあります。証拠がないと言っても、卑劣なトリックを使えば、逮捕する方法もないわけじゃありません。そこで僕は犯人に、ここで正義に向って、見事なジャンプをしてもらいたいのです。Dixi《ディクシ》」

こう言って、伊丹氏は一同に軽く頭を下げた。

三の一　第二の事件

山崎刑事は、久木助手と共に伊丹氏の部屋にはいると、さっそく食ってかかった。

「あれは一体どういうことです？　まさかあなたが、あんなことを言い出すとは思わなかった」

「いけませんでしたか？　あれが僕の、犯人に対する心理的トリックなんだけど」

「あれが？　どこがです？」

「僕は犯人の性格を研究してみたのです。その結果、フェアに、堂々とぶつかる、正直にこっちの負を認める、しかし実は話の裏で、犯人にもう駄目だと観念させる、そういう手を試みたのです」

「一体、その犯人というのは誰です？」とじらされるのは御免だという声で、刑事が悲痛な叫びをあげた。

伊丹氏は答えようとしなかった。そこで久木助手が代って質問した。

「先生のさっきの話、一体何を狙ったんです。どの点に話の裏とやらがあったんです？　先生は必ず共犯者がいるとおっしゃったけれど、今度は犯人が、その共犯者を狙うかもしれないじゃありませんか？」

伊丹氏は依然として無言だった。

「そういう恐れもある。もっと警戒を厳重にしなくちゃ」と刑事が言った。

「大体こういう事件は、大抵単独犯なんじゃないんですか？」と助手が訊いた。

「一人だけでは、あの密室は出来ないんだよ」と伊丹氏は答えた。

「共犯と言えば、大抵の組合せは出来るわけですね。奥さんと香代子さん、香代子さんと木村、木村と奥さん、そう、この二人なんかどっちも二階にいたんだから。それに弓雄君、あの子だって他の三人の誰とでも仲がいいんだから。身も軽いし」

「子供が寝たことは木村君の証言がある」と刑事が言った。

「しかし木村は部屋を出たかもしれない。あれは悧巧な子だから、寝たふりをして木村を騙したかもしれないでしょう。或いは二階にいた三人が、全部ぐるかもしれない」

「もし犯人が後くされをなくすために、共犯者を狙うとすれば——こいつは心配になって来た。もう少し応援を呼びましょう」

山崎刑事はそう言うなり、いきなり部屋を飛び出して、階下の電話のところへ走った。電話で応援を頼んでから、食堂の隣の部屋をのぞくと、さっき多勢いたところに、遠村氏がひとり、葉巻をくゆらせているだけだった。

「おや、皆さんは?」と刑事が訊いた。

「木村君は弓雄の勉強を見るとか言っていたが。香代子たちも二階にあがったんでしょう」

刑事は急いで階段を昇り、子供部屋を明けてみたが、そこには誰もいなかった。香代子の部屋をノックしたが、応答はなかった。里子夫人の部屋からも返事がなかった。伊丹氏と助手が、廊下へ顔を出した。

「誰もいないんです。どうしたんだろう?」

刑事は緊張した表情で二人の顔を見た。

その時だった。鈍い銃声が響いて来た。刑事は短い叫び声を洩らした。

「しまった」

「庭だ。温室だ」と伊丹氏が叫んだ。

三人は階段を駈け下り、そこで遠村氏と一緒になった。四人は真暗な庭の中を、温室の方向を目掛けて走った。温室の電燈が点いているのが見え、更に近づくと、中にある机の上のスタンドの灯までが、硝子ごしに見えた。その机に上半身を凭れて、香代子が俯向きになっていた。

「や、内側から錠が下りている」と刑事が叫んだ。そして猶予なく、拳で硝子を打ち割り、手を中へ突込んで錠を明けた。戸を引くと、刑事は中へ踊り込んだ。伊丹氏があとに続いた。机の上に、スタンドの灯に照されて、香代子の黒い髪が散っていた。腰掛の右手の足許に、ピストルが落ちていた。刑事はだらりと垂れた右手の脈を取って、「駄目だ」と呟いた。側にいた伊丹氏は、その時振り向いて、入口の方に声を掛けた。

「はいらないで下さい、皆さん」

そこには里子夫人と木村と弓雄ちゃんの姿が見えた。伊丹氏の眼は、同時に、硝子の破れたままの天窓を認めた。実験の時に巡査が踏み破ったのが、まだそのままに残っていた。

「これはあなたの責任ですよ」と刑事は怖い顔をして、伊丹氏を睨んだ。

三の二　残された場所

「香代子さんが共犯者だったのか?」と助手が言った。「犯人がその口をふさいだわけですね？」

「しかしどうやって、犯人がピストルを撃ったと君は思うんだい？」と伊丹氏が訊いた。

「犯人は香代子さんのすぐ側に立って、悠々とピストルを取り出して、ずどんとやったのかい？」

「そうとしか思われないじゃありませんか」

二階の伊丹氏の部屋で、二人が話しているところに、山崎刑事ががっかりして帰って来た。

「御苦労さま。何か見つかりましたか？」と伊丹氏が訊いた。

「あのピストルは、亡くなった主人の持物だそうです。ああいうものがあるとは知らなかった。至近距離から、耳の横を撃っています。しかし犯人の奴、どうしてそんなすぐ側から、気がつかれずにピストルを撃てたんだろう？」

「今も、僕がそう言ったところです。結論は極めて簡単じゃありませんか？」

「自殺ですか？　そうも思えるけれど、しかしそれなら遺書ぐらい残しそうなものですからね」

「他に怪しい点でもありますか？」

「木村君は子供を見に二階に昇ったら、いないので離れへ出掛けたと言うんです。奥さんも子供を探していた。子供の方は、一人で勉強するのに飽きて庭へ出てみた。三人とも、突然の銃声に驚いて、別々に駈けつけたと言うんだから」

「またアリバイですか。どうも最初の密室事件で、先入観がありすぎるんじゃありませんか?」

「先生は自殺説ですか?」と助手が訊いた。「するとこの前の犯人は?」

「勿論、香代子さんだよ」

「それならますます、遺書がありそうなものなのに」

「温室の中は充分に調べました」と刑事が口惜しげに叫んだ。「居間と書斎とを、これから徹底的に調べます」

三人が応援の巡査たちと綿密な捜査をして、結局何一つ見つからないことが分ったのは、もう晩方に近かった。みんなすっかりくたびれこんで、物を言うのも大儀そうだった。

「やはり他殺だ」と刑事がぽつりと言った。

「そんな筈はない」と伊丹氏は固執した。

沈黙のあとで、久木助手が不意に尋ねた。

「先生、もしも香代子さんが犯人なら、それは犯人のうちの一人ということなんでしょう? 先生はあんなに共犯者がいるとおっしゃったんだから。そのもう一人の犯人の方は、放っといてもいいんですか?」

伊丹氏はそれを聞いても、暫く黙っていた。それから急に笑い出した。「うまい、まさにそこだよ。どうしてまたそこを忘れたんだろう?」

「何所です?」と刑事が飛び上って叫んだ。

「残された場所が一つある。共犯者のところだ」

「一体誰なんです？」

「分らないかい？　犬だよ」

三人が犬小舎の前まで行った時には、夜はもう明けかけていた。伊丹氏は他の二人を押しとどめた。

「鎖から離してあるから、近づくのは危険だ。弓雄君を呼んで来たまえ。僕等には手が出せない」

寝ぼけてまだ眼をこすっている少年を、助手が連れて来ると、伊丹氏が側へ行って話し掛けた。

「君にお願いがあるんだよ。一つアキレスを小舎から誘い出してくれないか？」

「お姉さんでなければ駄目だよ」と少年は答えた。

「それをぜひ君に頼みたいのだ。温室の方へなら、君とでも行くと思うよ。ためしてみてくれよ」

少年は気安く、「じゃやってみよう」と言った。彼は犬小舎の前に近寄ると、

「アキレス、カム（来れ！）」と命じた。そしてぱっと温室のある方向へ駈け出した。

犬はさっと緊張し、反射的にあとを追って走った。矢のように早く、見る見るうちに少年を追い越して姿を消した。

「山崎さん、さあ大急ぎで」

刑事は素早く犬小舎へ半身を入れて、懐中電燈で中を探った。犬が戻って来はしないかと、見ている二人は気が気ではなかった。刑事が中から這い出すと、戦利品として手套と、封筒と、そして鍵とが手に摑まれていた。

「ありましたよ」と刑事は嬉しそうな声で言った。封筒は二通で、一通は伊丹英典氏あて、一通は里子夫人あてだった。どちらにも犬の歯型がついていた。

「早く中にはいろう。アキレスに見つかると大変だ」と伊丹氏はせきたてた。

伊丹氏あての手紙の内容は、ごく短かった。

「伊丹先生。

「あなたのお話で、私の計画がすっかり見破られたことが分りました。証拠はない筈ですから、私はもっと知らない顔をすることも出来ます。しかし、万一にも司直の手に捕えられることを考えれば、それは私のプライドが許しません。私は決して蟹山を殺したことを後悔して、死ぬわけではございません。漆原家の一人として、私には人を殺す勇気も、自分を殺す勇気も、共にあることを示したいのです。私はアキレスと一緒に、最後のジャンプをします。それではさようなら。漆原香代子」

三の三　伊丹英典氏の説明

「さっぱり分らないんですよ、僕には」と帰りの汽車の中で、久木助手が白状した。「一体どういうトリックだったんです？」

「トリックもだけど、動機がまず普通じゃないね」と伊丹氏は話し始めた。「これは里子夫人と、香代子さんとの、性格の違いというものを念頭に置く必要があるのだ。里子夫人は、なよなよとした、意志の弱い、黄昏のバラといったような美人だ。蟹山が打込んだのも無理はない。そう言えば僕は勘違いをしていたけど、君の友達の木村君は、香代子さんじゃなくて、奥さんの方が好きだったらしいね。彼も蟹山のことは知っていただろうし、香代子さんも知っていた。それに香代子さんは、里子夫人が気が弱くて、蟹山の強引さに負けるかもしれないということも、知っていたのだ。

「ところで香代子さんの方は、我の強い、家柄というものを何よりも大事にする、謂わば古風な、封建的なお嬢さんだ。あれだけの頭をもってしても、蟹山ごとき使用人が、漆原家の未亡人と誼《よし》みを通じることなどは許せなかった。このままで行けば、二人はひょっとしたら結婚するかもしれない。とすれば、それは漆原家に対する侮辱、亡くなった父親をも、彼女自身をも、侮辱するものだ。その動機は、決して、単なる里子夫人に対する同情なんかじゃないのだ。蟹山を殺すことは何よりも彼女自身のためなのだ。

「事件の晩、蟹山が誰かと約束して、八時半に温室に行ったことは確かだ。温室は不断は鍵が掛っていて、その鍵は書斎にあった筈だ。多分香代子さんが、蟹山に温室の前で会おうとでも言ったのだろう。蟹山にしてみれば、ひょっとしたら香代子さんが自分に気があるのかと考えたかもしれないし、このチャンスに、彼女を自分の味方にしようと思ったのかもしれない。とにかく彼は、懐中電燈を手に、温室の前で待っていた。すると香代子さんが来て、鍵で温室の戸を明けると、はいって中のスイッチを点けろと命じたのだろう。

「蟹山はスイッチを捻った。そして初めて温室の奥に、あの巨大な犬が、自分を睨んでいることに気がついた。犬嫌いな彼は震え上って階段を入口の方へ戻ろうとする。そこには香代子さんがいて、犬にアタック（攻撃せよ）を命じている。蟹山が戸を明けようとしても、いつの間にか外から鍵が下りている。彼はしかたなしに、敵意をみなぎらせた犬と向かい合うわけだ。ここで犬が跳びついたのでは、その場に犬がいたことの証拠が残る。だから香代子さんは、ウエイト（待て）！　と命じたに違いない。

「犬を予め温室の中に入れて待たせておくこと、吠えないように命じて、自分の来るまで待たせておくこと、それから、天窓を明けておくこと、この二つが事前の工作だった。実に簡単なことだよ。そこで、今、蟹山は戸口に背中を見せているのだから、そっと戸を明けて、短刀で背中を刺す。と同時に、犬にジャンプ（跳べ）！　と命じる。犬は日頃訓練されているから、天窓から一息に跳び出すと、香代子さんの許に走って来る。

「背中の傷は即死するほどじゃない。蟹山の注意は犬にだけ集注している。彼は背中に傷を負わされたことを知っても、自分の強敵は犬だと思っている。犬がいなくなったのでほっとするが、硝子張の温室だから、犬が入口の方へ廻ったのが見える。そこで慌てて入口に内側から錠を掛ける。すると香代子さんは、犬を連れて、横手の、天窓の下の方へと廻って行くから、蟹山は最後の息をふりしぼって、危険な天窓の紐をしめる。というより、自分の身体の重みで、紐を引張りながら倒れるわけだ。つまり密室を構成するものは、被害者の心理的要素、その犬に対する恐怖心なのだ。それを見すまして、香代子さんは手套を外し、犬に戻れと合図すれば、犬は手套をくわえて自分の犬小舎に帰る。あとになって、温室の鍵も犬小舎に放り込んでおけば、誰も犬小舎には近づかないし、それに犬小舎は一種の盲点になっているから安全なわけだ。まあ、こういうふうなことだったのだろう」

「なるほどね。そうすると、いつか先生が大事にしまっていたあの甲虫、あれはどういう意味なんです？」

「あれは、天窓が開かれていたという証拠さ。あの温室は、長い間、鍵が掛ったままでいたから、甲虫はあの晩はいり込んだに違いない。それも、灯りが点いていて、かつ天窓が明いていた時間、そういう時があったことが分るのだ。珍しい甲虫らしくて、灯りを目掛けて飛んで来ると弓雄君に教わったからね」

「つまり犬というのが、密室のための心理的方法というわけですか？」

「他の方法ではどうしても駄目さ。蟹山が犯人をかばっているとは、あの死にぎわから見ても考えられないし、何と言っても蟹山の手の中に、絶対的な天窓の紐があったのだからね。温室が硝子張だということも、心理的に見て重大なポイントだ。そして、アキレスが香代子さんの命令しか聞かない以上、他人では現場を再構成できない点が、犯人の最も天才的な着想だよ」

久木助手は頷いて、次の質問にかかった。

「それで次の事件は？」

「あれは簡単だ。香代子さんは自殺するつもりで、お父さんの好きだった温室の中の机の上で、遺書を書いた。アキレスを殺してから自分も死ぬつもりでいたのだが、犬にピストルを向けることが出来なかった。あれでやさしい心もある人だ。そこで、気が変って自分だけ死んだ。ピストルが足許に落ちた。

「犬はその音に驚き、二通の遺書を、いつぞやの二つの手套と同じように口にくわえて、硝子の破れた天窓から外に跳び出した。そのまま真直に犬小舎へ戻って行った。つまりピストルの音を、いつもの帰れという合図と間違えたんだ」

「先生には、香代子さんが自殺することが分っていたんですか？」

「多分ね」と言って、伊丹氏は顔を曇らせた。「僕みたいな人間は、ただ推理的才能が少しばかりあるだけで、人に石をぶつけることは出来ない。探偵としたら全く失格さ。香代子さんの罪は憎むが、あの人を警察の手に渡すだけの勇気がない。勿論、あの場合は証拠もなかった。そこで一か八かで、ああいうスピーチをしてみたんだ。

「あの時の話は、証拠のない犯人に対する方法として、僕の考えた一番簡単な、しかし一番確実な、心理的方法なのだ。先天的犯罪者に対しては無効だろうが、香代子さんみたいな人には一番利く筈だ。つまり相手のプライドに訴える。頭脳を誇っている相手に、こっちの頭脳を示して、かなわないという気を起させるのだ」

「しかし先生は、自分の負だとおっしゃったでしょう？　あれ謙遜ですか？」

「犯人の頭脳的プライドを一応満足させてから、しかしやっぱりもう駄目だと向うに思わせるのさ。自首してくれればもっとよかった。しかし、あの人は自首するような性格じゃないね」

「しかしあれだけで、死ぬ気になったというのが分らないな。もっと頑張れそうなものなのに」と助手は不思議そうに呟いた。「先生の話はしごく曖昧なもので、あの人を犯人だと、はっきり指しているわけじゃなかったでしょう？」

「僕は話の中で、犯人への攻撃を試みた結果、目下は出ようを待っているところだと言っただろう？　最後に、正義に向かってジャンプしてくれと頼んだ。つまり三つの言葉、アタック、ウエイト、ジャンプ、——これが密室構成の鍵なのだ。それを僕はさりげなく自分の話の中に入れた。香代子さんがそれに気がつかなかった筈はないのだ。僕があの人に、探偵小説を何頁まで読んだかと訊いた時に、僕の攻撃は始まっていたわけさ」

「頭のいい人だったけれどなあ」と助手が呟いた。

「エラリー・クイーン君をアリバイの道具に使うくらいだから、大したものだ」と伊丹氏はやっと持前の悪口を吐いた。「しかし家とか、家柄とか、そんな過去の亡霊に取りつかれないでいる君の方が、頭は悪くてもしあわせだよ」

この事件の数ヵ月後に、家庭教師の木村君から伊丹英典氏のところに手紙が届いた。その最後に、アキレスがどんなにすすめても何も食べようとせず、遂に衰えて死んだと報告されていた。

失踪事件

一の一　消え失せた大学生

春の新学期が始まったばかりで、古典文学科の研究室はまだひっそりしていた。夕暮に近い生暖い光線が硝子窓から差し込んで来る中に、助教授の伊丹英典《いたみえいてん》氏は、午後の講義を終って、今や悠然と研究室の肱掛椅子に凭れ、煙草の煙の立ち昇るのにまかせていた。その前の椅子では助手の久木進がさっきから思案に暮れた面持で、しきりと冷たいお茶を飲んでいた。とうとうたまりかねて口を利いた。

「先生──」

伊丹氏はおもむろに眼を開き、煙草の灰を落し、「やあ君か」と言った。

「やあ君かもないもんです。僕さっきから、先生が眼を覚ますのを待ってたんですよ」

「眠っていたわけじゃないさ。久木君はこういうことは出来るかね、巻煙草に火を点けて、最初の一服をやったら眼をつぶるんだ。それでぎりぎりの、指先が焦げる前に眼を明ける。この短い時間に精神が集中すると、実に驚くべき沢山のことが考えられるものだよ」

「途中で火が消えたらどうなんです？」

「近頃は専売公社もいい品物を作るようになったから、まずその心配はないさ。時に何の話だったっけ？」

久木助手はがっかりしたように、掌で膝を叩いた。

「先生、それはこれからなんですよ。ぜひ先生に、その、精神を集中していただきたいことが出来ちまったんです。それで先生の半睡眠的集中思考を、不本意ながら妨げたというわけです」

「半睡眠的集中思考か。君も皮肉がうまくなって来たな。こんな春めいた夕暮に、むずかしい議論は御免だよ」

「先生の本職の方じゃありません。例の推理の方です」と助手は真剣そのものの顔つきで、伊丹氏の方に膝を寄せた。

「椅子から落っこちるなよ。宜しい、聞かせ給え。一体何ごとなんだね？」

そこで久木助手が、次のような話を始めた。

「今度四年になった学生で、瀬戸君というのがいるんです。御存じでしょう。それが春休みに、どうやら行方不明になっちまったらしいのです」

「瀬戸君というのは、背の高い、痩せぎすの、――うん、知ってる、それで？」

「瀬戸君はお兄さんと一緒に下宿していて、両親はありません。割に気楽な身分です。兄さんの方は或る商事会社に勤めていて、時々出張で九州なんかへ出掛けるので、弟の生活に対してはあまり干渉はしていないんですが、その兄さんが昨晩僕のところに相談に来ましてね。今日、瀬戸君と同じクラスの連中にも色々聞いてみたんですが、誰にも心当りがつかないのです」

「一つもう少し詳しく頼む」と伊丹氏は煙草に火を点けて、眼をつぶった。

「三週間ばかし前のことです。瀬戸君は伊豆方面に、一人で旅行に行くと兄さんに申し出て、約一週間の予定で出発しました。乗物は使わず、歩いて廻るつもりだったらしく、レインハットにレインコート、リュック一つ持って、所持金はたいしてなかったそうです。しかしもともと旅行好きで、今迄にも盛んに徒歩旅行を試みているので、兄さんは全然心配しないで気軽に別れたらしいのです。修善寺からの絵ハガキで、伊東から此所まで来たが、明日は山越えをするという便りがついています。僕も見ましたけれど、間違いなく彼の手で、消印も修善寺で四月の三日です。ところが彼の兄さんは十日から九州へ出張で出たんですが、弟の方はそれ迄に戻っても来ないし、便りもない。しかし大して心配もしないで、留守の間に帰って来ているだろう位に考えて、出張からは一昨日の十八日に帰って来たそうですが、弟の消息は依然として全然なしと分って、急に心配になったんですよ。どうです、変じゃありませんか?」

「変も変だが、取りとめのない話だな。兄さんは一体、どう解釈してるんだい?」

「蒼くなっていて、解釈どころじゃありませんよ。もともとは、二人とものん気な兄弟らしいんだけど、こんな事は今迄になかったし、想像もつかないと兄さんは言うんです。それはそうでしょう。三週間近いのに最初の絵ハガキ一本きりなんですからね」

「君はクラスの連中に会ったと言ったけれど、そっちから何か分った?」

「伊豆の踊子を地で行くんだと言ってたそうですよ。だから天城山を下田に向かって歩く気だったことは確かです。まさか小説を地で行って、本当に旅芸人と一緒に旅行している筈もないでしょう」

「君ほどロマンチックな青年じゃなさそうだね、瀬戸君は」と伊丹氏は釘を刺した。「それとも何か恋愛事件でもあるのかい？」

「多分なさそうです」そして急いで付け足した。「僕もありません」

伊丹氏は眼鏡の奥から薄眼を開いて助手の表情を確かめ、

「要するに平凡な何ということもない学生が、旅行の途中で行方不明になった、原因として特に思い当るものは何一つない、こういうんだね？」

「そうです。金だってせいぜい三千円くらいしか持ってないし、殺されるほどの怨みを受ける人柄でもないし、身をくらます事情もないし、要するにわけが分からないんですよ」

「ふうん」と助教授は腕を組んで唸った。「なるほどね。それで兄さんというのは警察へ届けたのかい？」

「届けました。しかし伊豆方面で、このところそういった事件は何もないんです。変屍体も発見されてないし、遺留品もないし」

「絵ハガキだけを頼りに、伊豆方面ときめてかかるのは少々乱暴じゃないかな」

「伊豆は確かですよ。それに僕は死んでるんじゃないという意見です」

「なるほど、ワトソン君も一家言あるようになったね。で、その根拠は？」

「勘です」と蚊の鳴くような声で助手は答えた。

「勘なんて非科学的なことを言っちゃ駄目だ」と伊丹氏はたしなめてから、「とは言うものの、科学的知識の乏しい点では、僕も人後に落ちないがね。ただ僕は君と違って――」

「半睡眠的思考ですか?」と助手がやり返した。

「いやいや、僕にあるのは、第一に分析力、第二に想像力、第三に論理力と来るんだ」

「いや先生の腕前は分っています。まず分析の方からやってみて下さい」

「何しろ材料不足だからね、そう簡単には問屋がおろさない。しかし物の筋だけは言えるね。

「第一に、本人の意志によって消え失せた場合。これには自殺と失踪とが考えられる。人に知られないように自殺するとなれば、山奥で首をくくるとか、船の中から海に飛び込むとか、容易に死体の分らないことだってあろうじゃないか。失踪の方は、意識して身をくらます気なら、予め金を別に用意して、伊豆とは全く違った方向に逃げ出しさえすれば、この頃の世の中なら当分は隠れていられるさ。しかしどっちにしても、人生観的な充分の動機が必要だ。それに性格とか人柄とかいうこともあるだろう。だから瀬戸君の兄さんにでも会って、平常のことなんかよく聞いてみなくちゃ、何とも言えない。

「第二には過失による死亡も考えられる。山に登って崖から落ちて死ぬ。そこへは誰も近づかないとすれば、容易に屍体は発見されないさ。古井戸に落ち込むとか、昔の防空壕にはいって寝たら、崩れて入口がふさがるとか、一人きりで野宿などをする旅行なら、そんな危険だってあるわけだ。しかし天城くらいの山では、まず大丈夫だろう。これが底無し沼なんかのある沼沢地方なら、帽子一つ残らないで消えることもある。但し、日本にはこんな怖いのはなさそうだ。

「第三に本人の意志が失われて連絡がつかない場合。その最たるものはショックによる記憶喪失さ。崖から落ちて頭を打った、今までのことは忘れてしまった、――となると手紙だって来やしないさ。しかし警察が調べればきっと分る筈だからね。持ち物を調べれば、住所氏名の知れそうなものがあるにきまっているんだから。その他にも意志が失われる場合、というより、自分で意志を捨てた場合がある。さっきの君の伊豆の踊子だ。けれど、どんな素晴らしい踊子を発見して夢中になったところで、浦島太郎じゃあるまいし、同じ日本にいるのなら兄貴にハガキの一枚くらいは出すだろうよ。友達だっているんだしね。

「第四に本人の意志が阻害されて、思い通りにならない場合。これは例えば、旅先で怪我をしたとか病気になったとかいうこともあるが、よっぽどの熱病ででもない限り、自宅へ通知してくれと言えない筈はないだろうし、本人が口を利けなくても看護している人が当然、代って一筆するか警察に届けるかするだろう。とすれば、ここでいよいよ犯罪の匂いがして来るのだが、意志が通じないのは他人が強制しているから、つまり不法監禁されているから、ということになるわけだ。どうだい、以上四つのどれかだろう?」

久木助手は頷いた。

「確かにそのどれかですよ。しかし、そのどれかをきめることが問題なんです」と不満そうに言った。

「このソフィスト先生、と言いたげな顔をしているね。久木君、この分析のうちの一つを採るためには、瀬戸君の兄さんに会うとか、警察の報告を聞かせてもらうとか、そうしたデータが必要なのさ」

「ありがたい。今晩その兄さんのところへ行ってくれますか」と久木助手は椅子から跳び上って叫んだ。

一の二　瀬戸英次の人柄

伊丹英典氏はゆっくりと手にした日記帳の頁をめくって行った。その側には久木助手が、湧き上って来る好奇心と戦いながら、覗き込まないように遠慮していた。その正面の机の向うに、サラリーマン風の青年が、きちんとした洋服姿のまま、かしこまって伊丹氏の手許を見詰めていた。

「なるほど、特に深刻な問題は見当らないようですね」と伊丹氏は言った。「一番がっかりしているのは此所のところだな。――今日の伊丹先生の試験は全く失敗した。どうしてこんな人の悪い問題を出すんだろう。すっかり自信をなくした。――この程度では死ぬ気にはならないね」

「それだったら学生はみんな、集団自殺でもしなくちゃ。先生の試験はいつでもからいんだから」と助手が批判した。

「試験では大して心配した様子もありませんでした」と二人を見守っていた青年が、声を明るくして注釈した。「休みに旅行に行くのを愉しみにして、けろりとしたものでした」

「日記帳は旅行には持って行かないんですか？」

「それはかさばるからやめたんでしょうね。英次は小型の手帳を持って行った筈です」

「明日から伊豆に行くという、この三月三十一日付で終っているのを見れば、きっとそんなとでしょう。熱心につけている人なら、少々かさばってもリュックにいれるだろうけれど、大して熱のはいった日記とも見えない。もし意識的にごまかすつもりで書いたのでなければ、この日記の示すところは確実です」

「確実？」と相手は訊き直した。

「つまり恋愛もない、兄弟喧嘩もない、深刻な煩悶もない、病気も、経済的問題も、すべて自殺したり身をくらましたりするに足りるだけの理由は、此所には見当らないということです」

「それは大丈夫です」と兄も主張した。「英次は何でも僕に相談してくれましたから、苦しんでいたら僕には分ります。僕等は両親がないので、とても仲が良いんです。遺産が少しありますし、伯父たちが羽ぶりがいいので、経済的に心配なことはありません」

「古典文学科というのは、就職のパーセンテージが殆どゼロです」と伊丹先生が関係のないことを口にした。

瀬戸謙一は頷き返し、「弟には好きなだけ学問をやらせるつもりです」と言った。「才能があればの話ですが」

「先生、さっきごまかすとか何とかおっしゃいましたが、その日記におかしいところでも？」と助手が訊いた。

「いや、日記の方は何も変じゃない。とても素直な、悪く言えば平凡な、大学生の日記さ。心の苦しみを隠して日記をつけるほどの、創作的才能は彼には無さそうだ。とするとね――」

兄の方も助手の方も、二人ながら心配そうに伊丹氏を見詰めた。

「警察の方どうなりました？」と暫く考えてから、伊丹氏が尋ねた。

「四月二日に、修善寺のうさぎ屋という宿屋に泊っています。その次の日に、湯ケ野で小学校の宿直室に小使さんに頼んで泊めてもらっています。そこまでなんです、分ったのは、英次はもともと、宿屋へ泊る気なんかあまりないんです。なるべく安く上げると言ってね。学校とか、お寺とか、公会堂とか、それに百姓家なんかに頼み込んで泊るのが得意なんです。暖かければ野宿でも平気な奴です。修善寺で宿屋に泊った方が例外みたいなものです。従って警察でも、なかなか調べがつかないんじゃないでしょうか」

「つまり英次君は、人に気さくに物の頼める、冒険的な、やや向う見ずな、ヴァガボンドのわけですね。なるほど、それでいて緻密な頭脳を持っているし、軽はずみなことをする筈もない。筆不精なんですか？」

「いや、今まで旅行中は、きっとちょくちょくハガキをよこしたものです。日記もつけるし、僕よりよっぽど几帳面です」

「湯ケ野へ出たんなら、下田へ向かったことは確実ですね」と助手が訊いた。

「どうかなあ、湯ケ野はどっちへも出られる便利なところだから、今井浜へも下田へも、それに山越えをすれば松崎にだって出られる筈だ。瀬戸さん、一体英次君のプランはどういうんでした？」

「天城を越えて、それから西海岸をゆっくり歩くとか言ってました。しかし気粉れな奴ですから」

「山の中へはいったかもしれないわけですね？」

「山登りをする気はなかったようです。海岸線を歩くつもりだとはっきり言いました」

「湯ケ野で消えたと――？」そう言ったなり、伊丹氏は考え込んだ。

「僕は明日、そこの小学校に行って小使さんに確かめてみるつもりです。どっちの方向へ向かったか――」と瀬戸謙一が言った。

「明日ですか。しかしそれは警察の手で調べがつくでしょう」

「僕は自分で探してみなければ、気が済まないのです」

「僕も一緒に行きます」と助手が口を添えた。

「僕にもう少し考えさせて下さい」と伊丹氏は呟いた。

二の一　伊丹英典氏の想像力

「一体、先生何を考えるんです？」と伊丹氏の家までくっついて来た久木進は、不満そうに尋ねた。

「現地に出掛けて、足跡を辿ることの方がこの場合一層実証的でしょう」

「また難解な事件ですの？」とお茶を運んで来た奥さんが、にこにこして訊いた。「お忙しいのね」

「うちの学生が一人、行方不明になりましてね」と助手が説明した。「先生の試験のむずかしかったことも、ひょっとすると関係があるんです」

「あら、だから私が試験で学生さんを苛めちゃ可哀想だって、あんなに注意したでしょう？」

伊丹氏は威厳をとりつくろった。

「余計な話をしちゃ困る。それとは全然関係がないんだ。久木君、冗談じゃないぜ」

「はあ」と助手は小さくなった。

「僕たちは夕がた、この失踪事件を分析して四つの場合を考えた。それから瀬戸君の兄さんに会って、話を聞いたり日記を見せてもらったりした結果、問題をもっと絞れるようになったと思うんだ。一つそれを検討してみようじゃないか」

「聞かして下さい」と助手は答えた。

「聞かせるほどのものはありはしない。自明のことばかりさ。第一の、本人の意志によって行方をくらましたというのには、動機が不足だ。況んや自殺するほどの動機はない。瀬戸君は気のいい、割に楽天的な、はきはきした性格だ。陰気に考え込むたちじゃない。日記にだって作為のあとはないし。そこで第二の、過失による死亡、これは何とも言えないけど、場所が伊豆で、海岸線を徒歩旅行するつもりなら、危いこともないだろうし、だいいち、相当に頭のいい学生で、一人旅なんだから、危険なところには足を踏み込まないと考えていいね。従って記憶を喪失するほどに怪我をしたなんてことは、ちょっと不自然だ。怪我をしたとか、病気になったとかいうことは、勿論あり得るが、問題は、なぜ連絡がないかという点だ、確かに日記で見ても、彼は大してロマンチックじゃないよ。ガールフレンドと音楽会に行くより、音楽喫茶で安くあげようとするぐらいの、ちゃっかりしたところもあるし、だから旅先でどんな恋愛をしたとしても、兄さんにうんとも言って来ないのは不思議だね。とすると、最後の、犯罪的な匂い、つまり他人に強制されて動けないという想像が、一番妥当になって来るのだ」

「まるでお講義ね」と奥さんが側からひやかした。

「君は黙ってい給え」と伊丹氏は軽くたしなめた。「そこで、分析力の次は想像力を用いなければならないのだが、一体、瀬戸君みたいな大学生を監禁して、どんな得があるだろう？　格別スパイ事件の主役になる柄でもないし、大金持というわけでもない。ギャングが身代金を請求するわけでもなく、お家騒動で落し胤の若様というのでもないだろう。これが女の子なら、たとえ顔はまずくても誘拐ということも考えられるが、相手が逞しげな大学生ではね。さっきの兄さんは真面目そうなサラリーマンで、親戚もしっかりしているらしいし、身うちや友人などが犯罪をたくらむといったケースじゃない。要するにどう見ても他人が不法監禁したとしか思われないんだが、さてそれにふさわしい動機はとなると、さっぱり思い当らないのだ」

「まさか殺されたんじゃないでしょうね？」と助手が蒼くなって訊いた。

「だって警察があるじゃありませんか」と奥さんが言った。「殺されたのなら直に分るでしょう？」

「君は単純すぎるんだよ」と伊丹氏は細君を一言で片づけた。「そもそも殺すほどの動機というのがうまく見当るかね、久木君？　風采の上らない大学生だぜ。金なんか持ってる筈もないし、旅先で怨みを買うとも思えない。僕はね。彼はもちろん生きてると思うよ。そこでだ、なぜ彼は知らぬ他人から、それも旅先で、監禁され放しになっているか、ここのところに想像力を働かさなくちゃならないのだ」

「試験よりよっぽどむずかしいや」と久木助手は溜息を吐いた。

「一つビールでも飲んで考えよう」と伊丹氏は言った。

「眠くなりますわよ」と奥さんは予言して、それでも支度を始めた。

「僕は今晩中に、あらゆる場合を考えてみる。それが想像力だ」

「僕は現地に行って尋ね廻った方が早いと思いますね」と助手が反対した。

「せめて瀬戸君から、例えば新聞の活字を切り抜いて貼りつけた手紙でも来れば、推理を働かす余地があるんだがな」

「何です、新聞の活字てのは？」

「手許に字を書く道具がない時には、古新聞から必要な活字を一字ずつ破いてさ、飯粒で紙に貼りつけるんだ。窓の前に椿の木あり、その向うに富士山と海、なんて具合にね、そうすれば――」

「最も平凡な探偵小説ですわよ」と奥さんがビールの栓を抜いてお酌をしながら、ひやかした。

「ついでに手紙の中から砂を一粒見つけ出して、この砂は沼津の海岸以外にはない、と言うんでしょう？」

「そんな非科学的な。いくらシャーロック・ホームズでもそんなわけには行くもんか。僕はせめて、材料が何かあればと言ってるんだ」

「夫婦喧嘩は止めて下さい」と助手はビールを大急ぎで飲みほすと中にはいった。「それで先生の想像力はどう働いたんです？」

「一体、犯人はどういう得をするか、そこが問題なのだ。何しろ不法監禁というのは相当に重い罪だからね。どうしても充分な動機づけがなければ、簡単に出来ることじゃない。例えば、こういった場合がある。南米あたりから、凄い金持の伯父さんが暫く日本見物に帰国した。甥に会いたがっているし、会えば相当の金をくれることが眼に見えている。ところがその青年が病気で死んだ。或いは行方が知れなくなった。はたの者が気を揉んでいるところに、たまたま旅行中の大学生が、そっくりと言っていいほど似ている。そこで替玉に使おうという気になる」

「しかし、先生――」

「君の反対は分るよ。この話の弱点は、なぜ犯人が話し合いで行かなかったかという点だ。ちゃんと礼を出すからと言って頼めば済むことだ。しかしそうすると、断わられた時に自分たちの悪事がばれてしまう」

「僕の疑問はですね」と助手はビールを飲み飲み質問した。「仮に瀬戸君をそういう目的で監禁したとしても、いざその伯父さんが現われた時に、彼が自分は違うと言えばそれまででしょう。話の辻褄だって合わないだろうし」

「その点は、僕は犯人が彼を文字通り眠らせておくのだろうと思うよ。つまり食事を与える場合に、常に睡眠剤を盛って、しょっちゅううとうとするようにさせておく。彼を病人扱い、或いは狂人扱いするわけだ。屈強の大学生を監禁するのなら、そうでもしなくちゃとても三週間は隠せないよ。とすれば、南米の伯父さんは病気の甥を見舞って、一層不憫にも思うだろう」

「じゃ先生は、この事件に医者が関係してると考えるわけですね？」

「医者、或いは医学的知識のある者が一枚加わらなくちゃ、暴力だけで監禁することは不可能だろう。狂人病院なんてのは舞台には絶好なんだが、それだけの動機が出て来ないんでね」

「一体、犯人が眼をつけた初めは、どういう具合に想像すればいいんですか？」

「瀬戸君は、宿屋に限らず何所にでも、どんな家にでも、泊る気があった。そこで運悪く安達原《あだちがはら》に宿を取ったのかもしれない。また途中で病気になった、或いは怪我をした、というのかもしれない。とにかく泊った家で何かが起った。馴れない土地を夜まで歩くとは思われないし、犯人の方でも昼間から大の男をさらう筈もないし。しかし一体何が起ったんだろうね？」

「先生は南米伯父さん説ですか？」

「いやいや、あれは単なる一例さ。君はどうだい？」と伊丹氏は水を向けた。

「彼を泊めた家にマルコ・ポーロの書いたものが残っていて、彼はそれを読まされている、というのはどうです？　その本にはジパングの伊豆半島に金鉱があると——」

「全く古典学者的・非現実的想像力だね」と伊丹氏は思わず笑った。

「私も考えたんだけど」とそれまでひっそりしていた奥さんが、口を挟んだ。

「その泊ったお家に少し気の変なお嬢さんがいて、看病してもらっているうちに、学生さんの方も気が変になった、というのはどう？」

「精神病は伝染しないんだ。どうも君はロマンチックでいけない」

「駄目かしら？」と奥さんは言った。

「駄目だ。そこで真面目な話、監禁して得られる利益というのは、身代金請求でもなく、身代りでもないとしたなら、例えばこういうのがある。瀬戸君を半睡状態にしておき、犯人が予定した殺人事件を行う。その時、瀬戸君が自分が犯罪を犯したような錯覚を持つように仕組む。誰かが短刀を部屋に置いて行く、それでドアをこじあけ、逃げようとすると見つかって格闘になる、気がつくと相手はその短刀で死んでいる。こういう羽目なれば、瀬戸君は行方をくらまさざるを得ないし、犯人にはアリバイがある――」

「瀬戸君なら自首して出ますよ」と助手が注意した。

「そうだろうね。そこが弱い。いや何と言っても、なぜ三週間も監禁しておくのか、この時間的経過というところが問題だ」

「もう殺されているのなら別だけど」と助手はまた蒼くなって、ビールの酔も醒めはてたという顔をした。

「問題は想像力なんだ」と伊丹氏は力説した。

「なぜか、そこにどんな場合がありうるか、それを僕が思いつきさえしたら」

そう言って、助教授はしきりに煙草をくゆらせた。

二の二　伊丹英典氏の活動

あくる日の昼ごろ、久木助手が助教授の家を訪問すると、伊丹氏は朝早くから外出して留守だった。

「それじゃ先生は、何か思いつかれたんですね？」と助手は嬉しそうに奥さんに尋ねた。

「そうらしいんですの。昨晩あなたがお帰りになってから一時間ぐらいも書斎にいましたかしら。分った、って叫んで、飛んで出て来て、直に目覚しを掛けて寝てしまいましたわ。うちの主人は、それはよく眠るんですのよ」

「睡眠的思考ですね」

「なにそれ？」

「悪口です。時に何所に行かれたんですか？　僕は瀬戸君の兄さんと湯ケ野に出掛ける手筈なんですが」

「行先は分らないの。名探偵は秘密主義を尊ぶんですって。でもお昼までにはきっと一度は戻るって言ってました」

久木助手がどうしたものかと考え込んでいるうちに、伊丹氏は風のように舞い戻った。

「来てるね」と言って、「君に頼みが出来たから、飯を食ってから一緒に来てくれないか」

「どんな御用です」

「君のお父さんは今でも麹町署の署長さんだろう？　お父さんから僕を警視庁に紹介してもらいたいんだ。急ぐんだよ。どうしても調査してみたいことがあるし、僕個人では調査の出来ないところもあるんでね」

「僕は伊豆へ出掛けるんですが」と助手は渋った。「瀬戸君の兄さんとも約束してあるし」

「しかし君、湯ケ野に行ったって大したことは分らないよ。伊豆だって広いんだから、君たちが聞き廻るくらいのことは、警察の方がよっぽど確かさ。今から三週間も前に、レインコートを着てリュックを持った大学生を見なかったかなんて、君たちが聞いて廻ったって、誰も覚えてなんかいるものかね」

「でも、泊ったのなら覚えているでしょう？」

「そこだよ。湯ケ野の次に泊ったとこがあるのなら、何とか聞き込みがありそうなものだ。それがないんだから。とにかく漫然と探すわけには行かない。はっきりと一地点を目指して出掛けるのでなくちゃ」

「そんなにうまく行くんですか？」と助手がびっくりして訊いた。

奥さんの支度した昼食を認《したた》めると、先生と助手とは一緒に家を出て車を拾った。

「要するに」と伊丹氏は言った。「僕の想像が当るかどうかは、これからの調査にかかっているのだ。これはつまり当てずっぽうなんだが、他に妥当な解釈がなければ、それでやってみる他はない。君のお父さんともよく相談してみるよ」

「僕はどうするんです？」と助手は不服そうに尋ねた。

「君は僕をお父さんに紹介してくれたら、瀬戸君の兄さんに会って、出掛けるのを待つように言ってくれ給え。僕も一緒に出掛けるから」

「先生は今日じゅうにその一地点とやらが分るつもりなんですか？」

「午後じゅうにね。出来たら夕方にでも出発したい。一体なぜ三週間も監禁したまま待っているのだろう。瀬戸君には生命の危険があって、それが一日一日と迫って来ているような気がする。もし僕の想像が当っていれば大変なことになるんだ」

しかし先生はいっこうその先を聞かせてくれなかったから、久木助手は大いに不満だった。自動車は麴町署に着き、助手は父親に先生を紹介した。伊丹英典氏は助手に向かって、さっさとさよならを言った。

久木助手は瀬戸謙一に会いに行き、警察の調査も格別進展していないことを知った。行方不明の大学生の消息は、湯ケ野の小学校でぱったりと途絶えていた。ただ、より詳しい報告によって、瀬戸君が下田街道へ向かったことが明らかになった。たとえ彼等が湯ケ野へ行ったところで、それ以上のことは分らないだろう。それでも謙一氏は、一刻も早く行きたがったので、助手は引き留めるのに一苦労し、もしこれで伊丹先生の想像力が貧困だったら、無駄足を踏むだけかもしれないと心配した。

「僕が九州出張の間、放っといたのが悪いんです」と謙一氏は愚痴をこぼした。「もっと早く僕が手を打っておけばね」

「伊丹先生は生存説です。僕も大丈夫だと思います。そんなに嘆くと、まるで瀬戸君が死んだみたいですよ」

「こういう中ぶらりんな心配は厭ですね」

二人は伊丹氏を待っている間に、地図や時間表などをもう一度調べ直した。やきもきしているところに、六時に東京駅に来るように、伊丹氏から電報が届いた。

三人は六時半の伊東行の電車に乗り込んだ。伊丹氏はさっそく伊豆半島の地図をひろげた。

「結局、一地点というのは分ったんですか?」と久木助手が側から訊いた。「僕たちは何所へ行くんです?」

「これから下田まで行く。伊東から自動車で行けば十一時前には着くだろう」

「下田が問題の場所ですか?」

「いや、下田の警察と連絡が取ってあるんだ。君のお父さんのお蔭でいろいろ助かったよ。電話を使わせてもらえたし、下田の警察もとても好意的だ」

「文化大学助教授の肩書のせいでしょう?」

「なに大学の教師なんて、そういう点じゃ何の役にも立たないさ。君のお父さん、ひいてはエラリー・クイーン君のお陰だ」

「先生はいやに楽観的に構えているけど、成算はあるんですか？　下田の何所だか分っているんですか？」

「問題の地点は下田より西なんだ。自転車で三十分くらいのところだ」

「どうして自転車なんです？」と助手は眼を丸くして訊いた。

「とにかくこの地図を見たまえ」と伊丹氏は言った。「瀬戸君は徒歩旅行を試みて、最初の日は伊東から歩き出して修善寺まで行った。これが三〇キロ位。次に修善寺から湯ケ野までが三五キロ位かな。だいたい一日行程はこんなものだ。ところが湯ケ野の小学校を出た時間は、小使さんの話では十時頃だって言うんだよ。つまりいつもよりちょっと遅いんだね。するとこの日は行程が短いことになる。湯ケ野と下田はだいたい二〇キロだ。しかし彼は下田のようなごみごみした町には泊らないだろう。とすれば、もう少し西の方になる」

「それが先生の推理なんですか？」と助手が訊いた。

「いやいや、推理は分析力・想像力・論理力に基くものさ。全く別の方法によってこの地点が出て来るんだが、それが今の歩行距離と一致するんだよ」

「もしも泊った場所が警察にも分らないで、次の日も歩いていれば、今の計算じゃ全然駄目です」

「そうだよ」と伊丹氏は平然と答えた。「その点も考えてある」

「生きているんでしょうね」とそれまで黙って二人のやりとりを聞いていた瀬戸謙一が、心配そうに尋ねた。

「大丈夫でしょう。もしそれが今晩でさえなければ」と伊丹氏は謎のような口を利き、「今から心配しても始まりません。本でも読みましょう」

そしてさっさとポケットから小型本を取り出して頁を開いた。助手が覗くと、それは新刊の探偵小説だった。その間に、電車は夜の闇の中を稲妻のように走った。

三　瀬戸英次の奇怪な体験

瀬戸英次が下田の町を後にしたのは、午後ももうだいぶ遅い時分だった。下田で宿を取ればよかったのだが、宿屋泊りは主義に反したし、あくる日は石廊崎でゆっくりする予定だったので、とにかく石廊崎の方向へと歩き始めた。地図を見て、せめて途中の鯉名あたりまでは、日の暮れないうちに行くことが出来ると計算した。

天城越えで山ばかり見ていたので、早く海辺に出て、静かな波音を聞いて眠りたいと思っていた。しかし彼が歩いて行くバス道路は、海岸からずっと山の方に寄っていて、埃っぽい畑の中を単調に続いていた。吉佐見という部落まで来た時に、彼は決心して、バス道路を離れ、左手の、海岸線に出る近道を通って鯉名へ行くことにした。地図で見ると、途中にお寺があるようだから、何ならそこに泊めてもらおうと考えた。夕暮時が近づいて、段々畑の間にある百姓家から、幾筋ものどやかな煙が上っていた。英次はせっせと歩いた。

この近道は、山の中を突っ切るようになっていたから、暫く行くと人家は全く見えなくなり、一人旅らしい心細い気持が、春めいた空気の中で彼を感傷的にした。

その日、湯ケ野で出発がおくれたのが、そもそも到着の時間を間違えた原因だった。必ず午後の四時までには目的地に着いて、宿を物色するのが彼の立前だったのに、今朝は少し身体がだるくて、つい時間をおくらせた。どうも天城峠で汗をかいて風邪を引いたらしい、と彼は考えた。

彼は道の端に腰を下して、額の汗を拭った。今日もまた生暖くて、山道を歩くと汗ばむほどの陽気だった。空は夕映に明るく輝いていたが、足許はもう薄暗かった。彼はもう一度、地図をひろげて調べた。その時、道の向うから女が一人来た。

「何所へ行くんですの？」とぶっきらぼうに訊いた。

英次は、自分がよっぽど思案に暮れたような顔をしているのかと、おかしくなった。女の顔は蔭になってよく見えなかったが、きつそうな、四十に近い、とげとげしい表情で、声もその顔に似つかわしかった。

「鯉名まで行きたいんですが、あとどの位でしょう？」

女は怪しむように英次を見、「この道を行ったんじゃ日が暮れます」と答えた。

「弱ったな」と英次は嘆息した。「この辺に泊るところはありませんかね？」

「鯉名にお識り合いでも？」

「いいや、そういうわけじゃないんです。一人で旅行しているんで、なるべく金のかからないところに泊るつもりなんです」

女は頷いて、「とにかく家へでも来て御覧なさい」と言った。

見掛けと違って親切な人だ、と英次は考え、自分の運のいいのを悦んだ。彼は女の後から山道を降って行った。足許は既に真暗で、案内がなければとても歩けそうにないほど急な降り道だった。

「海岸の方なんですよ」と断りを言った。

「僕はぜひ海の見えるところに泊りたいと思っていたんです」

しかし女は返事もせずに道を急いだ。やがて古風な屋敷の横に出た。田舎者らしい、のっそりした爺さんが入口に立っていた。

「お客さんだよ」と女は言った。

英次はその大きな建物が、しんと静まり返っているのを不思議に思った。通された部屋に一人坐っていると、人声も聞えず、波音もしなかった。暫くして、さっきの女がお茶の道具を手にして現われた。

「主人はもうじき帰って来ます。お構いは出来ませんが、部屋はいくらでもありますから、泊るだけならどうぞ」

不愛想にそれだけ言うと、また部屋を出て行った。英次はしかたなしに、足を延ばして畳の上に寝ころがり、それから手帳に今日の分の日記をつけ始めた。不意に戸が開いて、背の高い、口髭のある、素早く眼の光る男が、ずかずかと英次の側まで来て坐った。

「家内に聞きました。私は滝村と言います。まあ楽になさい。旅行ですか、いいですなあ若い人は。のんきなものだな」

その男は立て続けに用もないことを喋った。年の頃は英次には鑑定がつかなかったが、細君よりも幾らか若い感じだった。時々、部屋の中をあちこち見廻す癖があった。しかしこの八畳間はがらんとして、古ぼけた横額が欄間に懸り、床の間にありきたりの山水図がぶら下っているだけだった。男は英次に色んな質問をしたが、それは取りとめのない感じで、英次は頭の悪い田舎者だと相手を判断した。

「お兄さんが、そうですか、商事会社というのは景気がいいんでしょうな、ボーナスが凄いというじゃありませんか。ああ出張ばかりね、しかたありませんな。何と言っても学生時代が一番いい、さよう私も……」

しかし不思議なほど、男は自分のことは喋らなかった。英次が知り得たのは、滝村が毎日下田へ通うこと、細君と爺さんと一緒に、この昔からの家に住んでいること、そして爺さんというのは身体は頑健だが、唖で頭も少し変だということ、そんな詰らない話ばかりだった。

やがて女が食事を運んで来た。土地のものらしい焼肴や貝の煮付が出たが、食事の間も、男はひっきりなしに断片的なことを喋り、ちらちらと眼を動かした。女の方は黙り込んでいた。変な夫婦だと英次は思ったが、どうせ今晩一晩泊るだけのことだから、大して好奇心も起らなかった。それに喋るのもだるいほど、ばかに熱ぽかった。風呂に誘われた時にも、あまり気が進まなかった。

「昨日少し風邪を引いたらしいんです」

「なに若い人は、一風呂浴びればよくなりますよ。遠慮は御無用。こっちへどうぞ」

男はそう言って、手を引張らんばかりにして暗い廊下へ彼を案内した。風呂場は古風な五右衛門風呂だった。湯加減は少しぬるかったが、彼はそれで我慢した。

風呂から上ると、薄暗い廊下にまるで待ち構えていたように女がいたのにはびっくりした。

女は彼を二階へと連れて行った。

「梯子が急ですから用心して下さい」

それは真直に昇る、文字通りの梯子だった。昇り切ったところが、上蓋のようになっていて、その黒ずんだ板は手で押した時に軋った。

女は二階の端の部屋にはいり、電燈を点けた。押入からさっさと蒲団を出して敷いた。英次は女の素早い手付を感心して眺めていた。

「便所は二階の奥にあります。電燈は点いていますから」そう事務的に言うと、「ゆっくりお休みなさい」と挨拶して部屋を出て行った。

軋る音がして上蓋が動き、梯子を下りる気配がした。その後はもう物音一つ聞えて来なかった。遠くでかすかに波の音がしたが、あたりは恐ろしい程静かだった。英次は日記の残りをつけ終ると、急いで床にはいった。どうも風邪気味だと呟いた。

眼が覚めると部屋の中は薄暗く、足許に腰高窓があり、そこの障子に縦縞になって光が射していた。起き上ると、ずきずきする程頭痛がして、完全に熱のあるのが分った。障子を明け、雨戸を繰ると、驚いたことに窓には鉄の棒が縦横に張ってあった。すぐ前に風呂場の煙突があり、僅ばかりの空地の向うは崖になって、一面に樹が茂っていた。朝日が樹の梢に射していたから、この窓は西向きに違いない、と考えた。

雨戸を明ける音を聞きつけたものだろうか、不意に襖を明けて女が現われた。英次の顔色を見ると心配そうな、意外なほど母性的な表情をした。

「熱があるんじゃありませんか？」と訊いた。

英次は大丈夫だと言って、女と一緒に真直な梯子を伝って下におりた。彼は女に給仕してもらって朝食を認めたが、食慾は全くと言っていいほどなかった。宿の主人も唖の爺さんも、姿を見せなかった。

「今日はうちで寝ておいでなさい」と女はすすめた。「急ぐ旅でないのなら、無理は毒ですよ。気兼は要りませんから」

「大したことはないと思うんです」

「でもね。今晩主人が戻って来たら診てくれますよ。今朝はもう出てしまったので」

「御主人はお医者さんなんですか？」とびっくりして訊き直した。

「あら、言いませんでしたか？　下田の病院に勤めているんです。だから、安心ですよ」

好意に甘えたというより、旅行を続ける気でも身体が言うことをきかなかったので、英次はまた二階に戻ったが、梯子を昇る体力さえなくなりかけていた。彼は兄に宛ててハガキを一枚書き、それから眠ってしまった。

「風邪を引きましたかね」

英次が眼を開いた時に、口髭のある顔がすぐ前で笑っていた。

「御迷惑をお掛けして」そう言いながら、起き上ろうとする英次を制して、男は蒲団の側に胡坐をかき、「どれ診てあげましょう」と言って、検温をし、脈を測り、口の中を調べた。

「好い歯をしてますね」と自分も白い歯を見せながら言った。

「歯だけはとてもいいんです。歯医者にかかったことはないんですから」

「その代り扁桃腺は悪いですな」

男は打診を済ませると、首をひねった。聴診器は持っていなかった。「もう一度」と言って、また口を開かせた。

「多分、ただの風邪だと思いますがね、しかし肺炎にでもなったら困るから、暫く寝ていなさい。取りあえず家にある薬をあげます。明日、病院から注射の道具を持って来ます」

「このハガキを、済みませんが速達で出しといて下さい。明日で結構ですから」

「いいですとも」

その晩も、彼は食慾がなかった。眠りも浅くて、ひどく寝汗を搔いた。何だか少しずつ心細くなって行った。

次の日の昼も同じような具合だった。女は時々彼の様子を見に来て世話を焼いた。見掛けによらない心のやさしい女だ、と彼はまた感心した。その晩は男が注射をしてくれた。そのあと、彼の側に遅くまで付き添って、例によって勝手な話ばかりしていた。英次は、兄が九州に出張に出掛ける十日迄には、帰京する必要があることを相手に伝えた。それ迄には癒りますよ、と男は簡単に引き受けた。

それから二日ほど寝ると、どうやら肺炎にもならずに済んだらしくて、熱っぽい感じもしなくなった。それが四月八日だった。その晩、彼は注射をしに来た男に、明日はどうしても東京に帰るからといって、礼を述べた。

「随分親切にしていただいて、申訳なく思っています」

「こんなことは何でもありませんや」と男は笑っていた。「しかし大丈夫ですかね。もう少し大事を取った方がいいんだが」

「ありがとう。奥さんにもすっかりお世話になって」

きつい顔をした女は、夕食を運んで来ただけで、彼の話相手にはならずにさっさと引き上げた。男はいつものきょろきょろする癖が、一層烈しくなっていた。

あくる日、彼は猛烈な頭痛がして眼を覚ました。枕許の水を飲むと、またぐっすりと眠った。その辺から、彼の意識は次第に溷濁してしまい、昼と夜との区別もつかなくなった。

「大丈夫ですか?」と男が心配そうに覗き込んでいた。「どうしたんでしょう、凄く眠くて」と英次はそれだけ答えた。

「変ですねえ。一種の脳膜炎みたいなものかな。実はこの地方には病源不明の風土病があるんですがね、それにやられたのかしらん」

「御迷惑ばかりお掛けして」

英次はしょっちゅう眠ったり覚めたりしていたが、覚めた時でもはっきりした思考のつながりを持つことが出来なかった。兄さんに連絡しなければとか、学校が始まるとか、ここの夫婦は実に親切だとか、そんなことを繰返し考えていた。兄との連絡はついていると、女が受け合ってくれた。

「昨日の晩、あんたが眠っている時に兄さんが見えましたよ」と女が言った。

「え、会いたいな、いますか?」と英次は床の上に起き上って尋ねた。

「それが忙しいとかで、今朝早く帰られてね。また見えるそうです。これがお見舞の果物。一つお上んなさい」

そして彼が食事をしている間じゅう、女は、無理に帰ろうとしないで、此所に静養している方がいいという兄の意見を、伝えてくれた。彼は食事を終るとまた眠った。眠くて眠くてしかたがなかった。

英次がふと気を取り直したのは、彼に聞えて来た遠い波の音だった。それを久しぶりに聞いたというのも、今迄ずっと具合の悪かった証拠のようだった。彼は寝床の上に起き直り、頭を揺すぶってみた。乏しい光を放つ小さな裸電球、雨戸のしまった腰高窓、枕許の食事の支度、コップの水、——彼はふらふらする足取で便所へ行った。あたりはしんとして、風の音が樹々をざわめかせていた。彼はまた蒲団に戻り、コップの水を飲もうとし、それからその手を下へ置いた。思考力が少しずつ返って来た。どうしてこんなにいつも眠いのだろう。なぜ、いつまでもこうなのだろう？

彼はコップの水を見詰めていた。兄さんはなぜ僕に会わずに帰ってしまったのか、病気のことにはいつも人一倍神経質な兄さんが？　病人の僕を、東京へ連れ戻そうとしないのもおかしい。せめて置手紙でも残して行く筈なのに。それに今日は一体、四月の何日なのだろう。

腕時計は止っていた。彼はまたコップの水を見詰めた。異常なほど眠い。不自然に眠い。ひょっとしたら？　しかしここの夫婦みたいに親切な人たちは、都会ではちょっと見当らないだろう。見ず知らずの人間を、こうして幾日も泊めて、病気の世話をしてくれるなんて。やっぱり僕は病気なのだ。脳膜炎？　風土病？　しかしそれなら専門医に診てもらわなくちゃ。滝村さんみたいな田舎医者じゃ分りっこない。

とにかく眠らないことだ、と彼は決心した。彼は食事をし、薬包紙に包んであった頓服薬をコップの水で飲んだ。しかし蒲団にはいると、いつのまにかまた眠ってしまった。

その次に眼を開いた時に、意識が再びこの不思議な眠気に集中した。なぜ眠ったんだろう？ 波の音がごく遠くでしていた。窓には縦縞の光線が洩れていた。電燈は点いたままだった。枕許の食事の支度、コップの水。ひょっとしたら？ コップの透明な水。彼はそれを見詰め、霊感の閃くように何か仕掛けがあるんじゃないかと考え出した。とにかく、人間こんなに眠れるものじゃない。彼はよろよろと立ち上ると、コップの水も、薬も、お盆の上の食事も、全部便所に行って捨てて来た。それから決して眠らない決心で、蒲団の中にもぐり込んだ。跫音がそっと近づいた時には、彼は眠っているふりをしていた。

「どうだ？」と男の声がした。

「よく眠ってる。御飯も食べたらしいし、お茶も呑んでる」

「注射は止めにしとくか」

「そうね、大丈夫らしい」

跫音が消えてなくなってから、英次は今の会話の意味を考えた。大丈夫らしい——何が大丈夫なのか、病気の方か、眠らす方か？ しかし確かなことは、今や彼が眠くならないことだった。とにかく明日になってよく調べてみるつもりで、本気で眠ろうと思っても、かえって眼が冴えるばかりだった。

翌日、彼はそっと起きて、二階の中を調べて廻った。どの部屋も真暗で、閉め切った雨戸はびくともしなかった。便所の窓にも鉄格子がはいっていて、そこから下の空地に、啞の爺さんが薪割りをしているのが見えたが、鉈を振り下すその表情には、一種の殺気のようなものが滲んでいた。ここの細君は、あの爺さんは気が狂っていて、知らない人には危害を加えるからあんたを二階に泊めるのだと、いつか彼に説明したことがあった。彼はその言葉を思い出し、夫婦の方も気が違っているのじゃないかと考えた。すると奇妙なほど脚が顫え始めた。彼は踊場に行き、重い上蓋を少し持ち上げて下を覗いてみた。梯子はなかった。梯子は取り外しが利くものらしかった。そして見下すと、下までは物凄く遠かった。

彼は蒲団に戻り、奇妙な悪寒と戦った。確かに僕は此所に監禁されているらしい。一刻も早く逃げ出さなくちゃ大変だ。しかしよく考えると、どうも逃げられそうな自信がなかった。踊場から飛び下りることも、鉄格子を外すことも、無理だった。病気のあとだし、この二日間食事を摂っていないので、体力が全然ついていなかった。しかし本当に危険が迫っているのだろうか。逃げ出して訴えたところで、あの夫婦は親切に介抱しただけだと言えるじゃないか。梯子は？　あれも、啞の爺さんを上らせないための細工かもしれない。鉄格子は？　あれは僕が来る前からあったのだ。むかし気違いかなんかを入れておいた、座敷牢の名残なのかもしれぬ。とすると？

夜になって風音が烈しく響く中を、また跫音が忍んで来た。

「眠っているな」

「そうらしい。よく眠ること」

「今日は注射をしておこう。昨日はしなかったから」

「それよか早く決心しなさい。どうするの、もういいんでしょう？　風もあるし」

風？　何のことだろう、と英次は考えた。注射をされればまた眠らされるのだ。彼は眼の覚めたふりをして、身動きした。

「僕は注射はもう厭だ」と呟いた。

男はぎょっとした様子だった。しかし女の方は進み寄って英次の腕を抑えつけた。

「駄目よ。早くよくなりたいんでしょう?」

女の腕には驚くべき力があって、寝ている英次にはとても抵抗できなかった。二の腕がちくっと刺され、「ほら済んだ」という女の声が次第に意識の中を遠ざかって行った。

四の一　解決

「どうでした、僕の予想は?」

下田警察署に自動車を乗りつけると、署長室に飛び込んだ伊丹英典氏は、自己紹介ももどかしそうに叫んだ。

「滝村歯科の方は留守番が泊っているだけで、異常はありません」と署長は落ちついて答えた。

「自宅の方には三人ほど張り込んでいます。もう連絡が来る頃です」

「じゃ、やっぱり瀬戸君はそこにいたんですね？　もう助け出したんですか？」

「いやそれがね、監禁してるんだかしてないんだか、何しろ漠然とした嫌疑ですからね、踏み込ませるのは暗くなるまで待たせているんです。現行犯で掴まえられれば、これに越したことはありませんからな」

「しかしそれは危険が伴う。それにもし僕の間違だったら、他の方にも当ってみなけりゃならないんだから」と伊丹氏はやっきとなって叫んだ。

「大丈夫です。任せておきなさい。この時間まで報告に戻って来ないところを見ると、一人も手が放せないほどの事情、つまりあなたの予想通り、犯人は今晩やる気らしいですな」

「とにかく、僕等はそこへ行ってみたい。こうしちゃいられません」

「私もあなた等を待っていたんですよ。応援が要るかもしれんし」

そこで一行は急いで自動車に乗り込み、夜の街道を飛ばした。フロントガラスを睨んでいた伊丹氏が急に「あれは？」と叫んだ。左手の空がかすかに赤らんで、火の粉らしいものの飛ぶのが見えた。「やったな！」と若い刑事が叫んだ。自動車がはいれない細い道を、一行は車から下りて、懐中電燈の光を頼りに転るように走った。火事はますます近くなり、木立が影絵のように浮び上った。刑事たちは身軽に先を走っていた。急にその一人が立ち止ったかと思うと、

「どうしたんだ？」と叫んだ。それは署長の声だった。道の側にもう一つ黒い影が立っていた。

「助けたか？」と署長が訊いた。

「学生は無事です。女は摑まえたんですが、滝村はどうやら逃したらしいです。それで精いっぱいで、とても火事までは消せませんや」

すぐ眼の前で、大きな建物が完全に燃え上っていた。囲りの樹木が火のついた木の葉をふるい落した。謙一氏が真先に、道側に横になっている弟を見つけ出した。

「英次！」と叫んで飛びついて行った。刑事たちは茫然と火の手を眺めていた。風が吹きつけるたびに、斜めになった焰が一行の方に舞い下りた。

「引き上げよう」と署長が言った。「早いところ滝村の手配もしなくちゃならん」

失踪していた大学生は、兄と久木助手とに抱き上げられても、まだ昏々と眠っていた。刑事の一人が、山道を歩きながら署長に報告した。

「暗くなったら、直に滝村が自転車を飛ばせて帰って来ましてね。どうも夫婦で盛んに相談をしているので、これはやるかなと思いました。風呂場の囲りに、うまい具合に古新聞や薪が積んであるし、風も強いしでね、いつ踏み込もうかと見張っていたんですが、とにかく二階の様子が先だと思って、窓に這い上ってみるとこれが鉄格子でしてね。骨を折りましたよ。中にはいると、確かに学生はいたんですが、ぐっすり眠っているんでさ。担いで下におりるには梯子段が外してある。うろうろして窓から出ようとしている時に、女の奴が風呂場に火をつけましてね。滝村は海岸の方から先にずらかったらしいんです。火の廻りの早いこと驚くばかりで、すんでで私も、学生と一緒に焼き殺されるところでしたよ。桑原々々。我々がもう一足おそければ、滝村の思う壺だったんですな」

四の二　伊丹英典氏の閃き

瀬戸兄弟を下田の病院に残して、翌朝東京へ戻る汽車の中で、久木助手はしきりに伊丹氏を責め立てていた。

「一体、どうやって分ったんです？　何しろ今度の事件は、材料たるや皆無なんですからね。単なるインスピレーションで当てたんですか？」

「何でも閃きということが大事だ」と伊丹氏は、前に助手の勘を非科学的だと攻撃したことなんかけろりと忘れて、にこにこ顔で答えた。「しかしいくら閃いても推理力がなければね」

「推理すなわち閃きでしょう？」

「推理とは、すなわち分析力・想像力・論理力さ。昨日そう言っただろう？　分析力の結果、他人による不法監禁というケースを選んだ。想像力の結果——」

「そこだ。そこを聞かせて下さい」

「つまり、なぜ見も知らぬ男を監禁するのか、その理由をあれこれと想像するうち、一つ閃いたことがある。生命保険という代ものだ。もし金に困った奴が、自分が死んだということにして、例えばその保険金を細君が取るように手続きして行方をくらます。あとでこっそり細君と一緒になる。それには自分の身代りになって死ぬ男が必要だ。もし或る男が旅行中に失踪して、そのほとぼりが醒めてしまえば、死んだ男が実は失踪した男だとは、気がつかれないで済むだろう。特に、それが火事で黒焦げになった死体の場合にはね」

「ほとぼりを醒ますために、三週間も監禁しておいたんですか？」

「失踪っていうものは、暫く時間が経てば、もうどこか遠くへ行っちまったような気がして来るものだ。それと、犯人は初めからその気で監禁したんじゃなく、瀬戸君は最初、病気か何かで看病してもらったんだと思う。湯ケ野を出たのが十時すぎだというのが、几帳面な彼としては少し変なんだ。すると犯人は、飛んだ機会が与えられて、毎日、機会を摑もうか止そうかと思案していたことになる。それに生命保険を掛けて直に死んだんじゃ疑われるだろうし、火事のための準備もあるだろう。それやこれやで日が経ったんだね。ゆうべみたいに西風が吹くという条件もあるしね」

「で先生はどういう手を打ったんです？」

「待て待て。そこで火事で焼け死んだ場合に、いくら黒焦げ死体でも、精密な検査をすれば誰だか正体が分る筈だ。たとえいい加減な検査でも、ここにどうしても第一番に鑑定される箇所がある。それは歯さ。むし歯とか義歯というのは、隠しようがない。だから歯医者なら、この身代り死体に予め細工が出来るから、一番くさいわけだ。その点をパスして、特に怪しむべき状況が他になければ、大抵は本人で済んじまうものだ。従ってこの犯人は、瀬戸君の失踪した四月四日以後、生命保険に加入した者で、歯医者か、それでなくても薬に縁の深い者、という論理になる。これは昨日も言ったように、監禁には眠り薬が必要だというポイントからね。

「次に大事なのは、瀬戸君が徒歩旅行するという前提に立って、湯ケ野からの距離を測定することさ。これは話したね。泊った場所が警察にも分らないことだってあるから、僕は更にその次の日の行程までも一応は考えてみたさ。

「それで昨日、僕は警視庁の紹介をもらって、片端から生命保険の会社を歩き、下田を中心にする西海岸地方で、四月四日以降に多額の保険金を掛けた者を探した。歯科医の名簿や、病院の名簿も調べた。骨の折れる仕事だったよ。するとやっと、この滝村という小さな歯科医が、四月九日に契約したことが分った。下田警察に電話したら、滝村の自宅はちょうど瀬戸君の歩行距離にある。そこで警察に事情を明かして援助を求めたというわけだ」

「なるほどね」と助手は感心し、それから少し首をひねった。「先生の腕前を疑うわけじゃありませんが、今度のは、推理とか閃きとか言うより、どうも先生の運が良かったと言った方が本当のようですね」

「運が良いと言えばね」と伊丹氏は助手の耳にささやいた。「僕等より一足先に、刑事が瀬戸君を助けてくれたことさ。何しろ僕は机上推理の専門でごく腕っ節が弱いから、悪人と格闘したり、火事場に飛び込んだりするのは、荷が勝ちすぎているんだ」

そして皮肉な言葉を探している助手の方をちらりと横眼で見て、伊丹先生はポケットから取り出した探偵小説の中に急いで首を突っ込んだ。

電話事件

一の一　遠藤氏の話

その晩客が来た時に、水上刑事は自宅の茶の間で畳の上に引繰り返り、のんびりとラジオを聞いていた。子供たちは、小さいのは母親が付き添って寝床に就いていたし、中学生の総領は隣の部屋で机に向かって明日の予習をしていた。「お父さん、ラジオが大きすぎて勉強が出来ないぜ」と子供が文句を言った。「たまに己がのんびりしている時ぐらい我慢をしろ」と父親は答え、落語の放送に聴耳を立てて大声で笑った。「ちぇ、気が散って駄目だ」中学生はそう言って隣の部屋から出て来ると、自分も父親の真似をして、畳の上に腕枕をして横になった。

客の訪れる声がしたのはその時だった。

母親は小さい子と一緒に寝てしまったらしいので、中学生が玄関に出て行き、名刺を手に戻って来た。小さな声で「遠藤君のお父さんだよ」と報告した。その名刺には或る電気器具会社の専務理事の肩書の付いた、遠藤三郎という名前がしるされていた。それは息子の通っている芸文中学のPTA会長だったから、水上刑事も総会の席上で一二度顔を合せたことがあった。何の用だろうと、訝しげな表情で起き直ると、薄暗い電燈の点いた玄関まで出て行った。

「お休みのところを失礼しました。私は遠藤と申しまして、ほんのお近くに住んでおる者です」

客は中年の、かっぷくのいい紳士で、刑事が日頃扱い馴れている種類の連中とは、人柄が違っていた。しかし何となくおどおどしたところがあり、これは仕事向きの用件だなと、刑事は直観的に気がついた。しかし何げなく挨拶を交した。

「お宅の坊ちゃんのことは、うちの息子からよくお噂を聞いています。とにかくお上りになって下さい。狭いところですが」

「いや、……そうですね」と客は暫く考え込んでから、「決してお宅では具合が悪いというわけじゃないのですが、もしお差支えなければちょっとお出まし下さいませんでしょうか」

「どちらへですか」

「いや厚かましいお願いで申訳ない次第ですが、私の宅までお運び願えませんか。ほんの一町ほどで。そのほうが実は安全なような気がしますもので」

「そうですか。では支度をして来ますから」

　水上刑事は暇な晩はゆっくりラジオでも聞いてくつろぐに越したことはなかった。それなのに乞われるままに出掛ける気になったのは、客が如何にも人品卑しからず見えたのと、不安そうに表通りの方の気配をうかがっているその態度に、不吉な予感のようなものを覚えたからだった。刑事が表に出て来た時に、遠藤氏は道の少し先の暗い塀の側に、ぴったりとくっついて待っていた。刑事の姿を見るや、もう急ぎ足に歩き始めていた。遠藤氏の家の在り場所はかねて刑事も知っていたが、広い庭をめぐらした大きな邸宅だった。遠藤氏はその門をくぐって相手を招じ入れると、自分で玄関の戸を開き、豪奢な客間に案内した。そのままドアから出て行ったから、刑事は客間の中を見廻し、グランドピアノや、本箱や、飾り棚や、壁に懸けた油絵などを眺め廻していた。遠藤氏はやがて盆を手に持って部屋に戻って来た。

「わざと女中を呼ばないことにしました。変にお思いになると困りますが、あなたにお会いしたことを人に知られたくないものですから」

遠藤氏はそう弁解しながら、遠慮がちな微笑を見せた。盆の上には洋酒の瓶や、水差や、グラスなどが載っていた。「長らくやもめ暮しをしていると、こういうことが器用になります」確かに洋酒を注ぐその手先は巧みだった。しかし水上刑事は、主人の手がかすかに顫えているのを見逃さなかった。

「お宅の坊っちゃんはよくお出来になるらしくて結構ですね」と当り障りのない話題から始めた。「うちのは遊んでばかりいまして」

「どんなもんですか。私は忙しいし、母親が亡くなってからは、うちのなかは女中まかせですから。何と言っても母親のいない子供は不幸です」

そのしみじみとした声音に、ひょっとしたら子供の不始末でも相談したいのかな、近頃は中学生も隅に置けないから、と刑事は考えた。それだからうちの坊主のいるところでは話すのが厭だったのかな。しかし、遠藤氏の息子は級長をつとめて、成績でも操行でもずば抜けてすぐれていることは、いつも子供から聞かされていた。つい二三日前にも、「遠藤君たら、自分で電蓄をつくったんだってさ。今度はテレビをつくるそうだよ」と聞かされたものだ。「お前も一つやってみろよ」とひやかしたばかりに、息子から「部分品を揃えるのに僕のお小遣じゃ一年ためたって足りっこないよ」と逆襲された。刑事はそのことをほほえましい気持で思い出した。た。その間に、相手の方はしきりとグラスを傾けていた。酒でも入れなければ話し出せないとでもいったように、黙り込んで、手にしたグラスを口の方へ運んだ。それから、漸く思い切ったように話し始めた。

「これは正式に警察のかたにお話しするというのではなくて、ただ御相談するということにしておいて下さい。実は話の半分は非常に言いにくいことなのです。そして後の半分は、証拠もないし、なかなか人に信じてもらえないことだろうと思うのです。私も決心するまでにだいぶ考えました。そしてあなたなら、きっと聞いて頂ける、聞いて正当に判断して頂けると見込んだわけです。話というのは、……後の半分の方から先に言いますと、実は私は脅迫を受けているのです。それも夜おそく、電話で脅迫して来るのです。そういうような例を、何か他にお聞きになったことはありませんか？」

遠藤氏は顔を起して刑事の方を見上げた。

「とにかくもっと詳しく話してみて下さい」

「私は二階に自分の寝室があって、夜は電話をその方に切り換えておきます。初めにその電話が掛って来たのは、もう一月ばかり前、先月の十五日でしたが、夜中過ぎにベルが鳴り始めました。私は何の気なしに受話器を耳に当てました。全然知らない声で、それも含み声と言いますか、わざと押し殺したような声で、私の名前を言います。そうだと答えると、それから気味の悪いことを告げ始めました」

遠藤氏はそこでまた口を閉じ、グラスの中身を一息に咽喉に流し込むと、更に洋酒の瓶を傾けて注いだ。その顔色は以前よりも一層神経質に青ざめ、唇の端がぴくぴくと引きつっていた。

水上刑事は自分もグラスを取り上げ、無言で相手を促した。

「その電話は、こう言って私を脅迫するのです。その点が実は申しにくいところなのですが、中学の校長の宮本先生、あの人の奥さんと私とが、その親しくしているのは宜しくない。それはお前の身のためにならない、とこう警告して、もしこのことが明るみに出れば中学の評判はめちゃめちゃになり、お前も、校長も、校長の奥さんも、取りかえしのつかないことになる、こう言うのです。これだけでは何だか親切な忠告のように聞えますが、それが深夜で、あたりが寝しずまってしんとした中で寝室で一人で聞かされたとなると、思わずぞっとするほど恐ろしいものです。況んや……」と言ったなり黙り込んだ。

「況んや？　それが真実を告げているからですか？」と刑事は相手を促した。

遠藤氏は一層話しにくそうになり、テーブルの上に置いたグラスを見詰めたまま、掌で頬を撫でた。

「そうなのです。校長の奥さん、三重子さんというのは、もう十何年か前の戦争中に、ちょうど女学生で、私の会社に挺身隊で来ていました。初めのうちは綺麗な女学生というだけのことだったのですが、そのうちに二人とも真剣な変愛をするようになりました。私の方は結婚していましたし、あの頃の時世ですから、長続きのする筈もありません。私はあの人が淡々しい初恋の対象に私を選んだものと考えて、終戦後行方が知れなくなってからは、段々に忘れて来ていたのです。ところがどういう偶然か、半年ほど前に、三重子さんが私がPTA会長をつとめている中学校の校長夫人だということが分りましてね。あの人は決して幸福な家庭を営んでいるとは言えないようです。お子さんもありませんしね。それで私の方も、家内が三年ほど前に亡くなってからは、息子と二人で暮しているものですから、ついお互いの気持が惹き合って、……校長の宮本さんに悪いということは、二人とも身に沁みているのですが」

「それで、秘密にお逢いになっていたわけですね？」

「絶対に人には分らないようにしていたつもりです。お互いに電話を掛けるのも遠慮して、ただあの人が表の公衆電話から私の会社の方へ時々電話で連絡する、それでしめし合せて小さなホテルなどで逢っていたので、誰にも知られている筈はないと、まあ私たちは考えていたわけです。もっとも、三重子さんは私の息子のタダシが好きで、うちに訪ねて来ることもありますが、それはこの部屋で息子も加えて話をするだけですし、人が怪しむようなことは全然ない筈です。どうしてこのことが人に洩れたのか、全く領けません」

「しかし秘密というものは、完全に守られることはむずかしいでしょう。その奥さんの方は大丈夫なんですか？」

「それは勿論です。絶対に人に知られないようにしていた筈です。私もあなたにお話しするのがこれが初めてです。電話の脅迫も、決して人に告げてはならない、三重子さんにも告げてはならぬ、というのでした」

「ほう、すると奥さんの方は電話のことは御存じないわけですか？」

「いや、電話は今迄に三度ほどありましてね、最初の時は、何だか顫え上ってしまって三重子さんと連絡しないままに五日ほど過ぎたんですが、また夜中に脅迫の電話があったものですから、翌日の二十一日の晩、タダシに会いに来るという名目で、三重子さんに此所に来てもらいました。息子が電蓄を作り上げて、音色のいいところを聞いてもらいたいとかねがね言っていたものですから、それを聞きに来るという口実がありましてね。何しろ表で会うよりかえって安全な気がしたので、レコードを聞いたあとで、この部屋で相談しました。私が脅迫の電話のことを話したら、あの人はすっかり怯えてしまいましてね、私も言うんじゃなかったと後悔しました。あの人の方は、そういうふうな脅迫は受けていないと言っていました。二人で相談したといったところで、どうすることも出来ないのです。相手が誰だかも分らないし、相手の出ようも分らないんですから」

「つまりそこが問題の点ですが、一体その電話は何を要求しているんです？　恐喝なんでしょう、勿論？」

「それが、今迄のところ何一つ要求して来ないのです。金をよこせとか何とか言われるとかえって気楽なような気もしますが、何とも言わないのは一層気味の悪いものです。自分はこういう事実を知っているぞ、とおどかすだけなのです。それが一昨日の電話では、更に新しい内容が加わりまして、ＰＴＡの会計事務に不正がある、お前もその不正に一役買っている、とこう告げるのです。御承知のように、中学では体育館の建設に大口の寄付を求めて、その会計は副会長の佐藤さんと、教頭の江馬先生とがおやりになっています。私は詳しいことは知りませんが、不正などがある筈はないと思います。しかし三重子さんとのことが頗る正確なんですから、こっちの方も或いは本当かしらんとつい心配になりましてね。私としては、会計に不正があるということの方には、何等恐れる筋はないのです。問題はかかって三重子さんと私との関係の方なのです」

「なるほど、私生活と公生活との両方で脅迫して来る、どっちにしても、中学としては大いに問題なわけですね」

「そうなんですよ、私が心配なのは、これが表に出れば、息子がどう思うだろうと、いや息子だけじゃなく、あなたのお子さんを初め純真な中学生たちにはひどいショックでしょうからね。私は充分に後悔しました。三重子さんにも、もうこれ以上逢うことは出来ないと申しておきました。しかし電話の主は、何にも要求しないで、じりじりと私をおびやかして最後には明るみに出してしまう腹なんじゃないでしょうか。何かこう復讐されているという気がするんですが」

「誰にです？　心当りがおありなんですか？」と刑事は訊いた。

遠藤氏はそれには答えなかった。黙ってグラスを乾した。

「あなたが言いにくい、とすれば、私の考えでは宮本校長ということになりますね」と刑事が説明した。「校長は奥さんの行状を知った。そしてあなたを遠ざけるために電話でおどかした。とすれば、目的は大体果せたわけだから、この上の要求はないことになります」

「しかし証拠は何一つないんですよ」と遠藤氏は口を挟んだ。「電話の主は、間延びのした、重くるしい、何とも分りにくい男の声なのです。それもこっちの言うことに答えたりなんかはしない、一方的に通告するだけです。言うだけのことを言って、ぷつんと電話が切れる。ぞっとするようなものです」

「しかし、三回目の電話の、その寄付金のことがもしも出まかせであるとすれば、校長の奥さんのことも出まかせのわけでしょう。つまり証拠がなくて掛って来る電話なら、そう恐れるには及ばないじゃありませんか」

「それが証拠があるのです」と相手は声を顫わせて答えた。「最初と二回目の時は、私もそこまでは考えなかったのですが、次第に、何を証拠にそんなことを言うのかと気がついて、反駁するつもりでいました。それを見抜いたように、一昨々日の電話は、お前にのっぴきのならない証拠を聞かせてやると言ったかと思うと、不意に私と三重子さんとの話が受話器から聞え始めたのです。つまりいつのまにか、我々の話をテープレコーダーに入れて、再生しているのです。その内容は、二人が……深い仲であることを明らかに証拠立てるものでした。間違いなく私たち二人の声でした」

「その話をしたのは、いつのことか分りますか？」

「それがどうも。いつでも同じようなことばかり話し合っているものでしてね。ただ、どうしてテープに収めることが出来たのか、まるで見当もつきません。何しろ二人だけで、こっそりとホテルなんかで逢っているんですから、とても予めそんな機械を部屋の中に用意することなんか、出来る筈もないのです。しかし脅迫する相手は、現にそのテープを握っているのですから、こっちは手も足も出ません。こういう状況なのですが」

刑事は考え込んだまま、暫くは物を言わなかった。

「むずかしい事件ですね。相手が分らないし、相手を突きとめる手段もない。しかも目下のところ、何の要求も持ち出して来ない。他にも脅迫を受けている人がいれば、そこから手口を摑めるんでしょうが」

「そこです。私だけでもこれだけ打撃を受けているのですから、もし他にも被害者がいるのなら、これは由々しいことです。やりかたが実に卑劣です。何とかぜひ、この電話の主を見つけて頂きたいのです」

「分りました。しかしあなたは正式に警察に訴えられるわけじゃないんですね？」

「出来れば内密に調べていただきたいのです。中学の子供たちが聞いたらと思うとねえ。ほんの冗談ごとで済めば、これに越したことはありません」

「いや、もっと深刻なものでしょうね」と刑事は答えた。「どこまで内密に済ませられるか。何しろテープレコーダーに取ってあるというのが、悪質です。しかし、それがこっちの唯一の手懸りとも言えるのです。あなた等の行ったホテルというのを教えて下さい。問題は、相手にそこまであなたたちを先廻りすることが出来るかどうか、という点です」

刑事はホテルの場所（それも一箇所だけではなかった）を聞き、調査を約束して帰ることにした。主人が自分で玄関まで見送ったが、その顔色は依然として冴えなかった。何か言い残したことがあるような印象を、その時水上刑事は受けた。

一の二　宮本校長の話

三日ほど経ってから、水上刑事は伊丹英典《いたみえいてん》氏の許を訪問した。それというのも、刑事は久木署長にこの事件を報告したのだが、うまい結論が出なかった。ホテルの方の調査はやってみたが、その部屋の中に、予めマイクを持ち込むことはどうしても不可能だった。ホテルの経営者や使用人にも、疑わしい節はなかった。その方面でこれという手懸りも得られず、署長と水上刑事とが考えあぐんだ末に、(1)遠藤氏が虚偽の申立てをしているか（しかし、その理由は？）、

⑵宮本校長の夫人が自分でテープレコーダーを持参したか（これも理由が薄弱だが）、⑶校長が人を頼んで夫人のあとをつけさせ、ホテルの隣室にでも忍ばせたか、この三つ位の見通ししか出なかった。とにかくこうなっては、校長とその夫人とに当ってみる他はなく、それには刑事が行けば表沙汰になってしまうので、久木署長が、彼の息子が文化大学の古典文学科の助手をつとめている関係から、助教授の伊丹英典氏に助太刀を頼むことにした。

伊丹氏は水上刑事から事情を聞くと、情なさそうに首を振った。

「僕には荷が勝ちすぎていますよ。データが集まって来てから考えるのなら、何とか考えようもありますが、これだけじゃ見当もつかない。大体その遠藤さんというPTAの会長は、なるべく人には知られたくないんでしょう。僕にまで秘密を洩らしてもいいんですか？」

「それは既に諒解を得ています。一度遠藤さんにも会ってみてほしいのです。私はその話が嘘だとは思わなかった。本当に顫《ふる》え上っている様子でした。しかし、まず校長の方に、ぜひ会ってみて下さい。遠藤氏はどうも校長を疑っているんじゃないか、それをはっきりと言い出せなかったんじゃないか、こう私は考えるんです。もしこの校長が、遠藤氏を脅迫しているのなら、筋は通るんですよ。遠藤氏をおどかして細君から遠ざける。会計に不正があるというのも、PTAの会長をやめさせるためだとすればね。私立探偵にでもしょっちゅう細君を尾行させておけば、ホテルの隣室ぐらいから、うまく細工してテープに話声を取れないこともない。外部を固める方は私共でやりますから、直接にぶつかる方を、ぜひ伊丹先生にお願いしたいのです。

これは署長からくれぐれもお頼みするように言われて来ました。何しろ相手が中学の校長ですから、公けに乗り込むわけにはいかないんでしてね」

「そりゃ僕も頼まれれば、厭とは言いませんが」と伊丹氏はしぶしぶ承知した。「しかし大して自信はありませんねえ」

その翌日は日曜日だったが、伊丹英典氏は芸文中学の構内にある校長の官舎に、宮本校長を訪ねた。それは古びた二階家で、壁には蔦が絡んでいた。玄関で女中に来意を告げると、応接間に案内されて暫く待たされた。やがて現れた宮本校長は、威風堂々たる感じのする、豪胆そうな人物だった。伊丹氏はかねがね、芸文中学がスパルタ教育で名高く、それもこの校長の人格識見に基くものだということを知っていた。教育の方でも行政の方でも、やり手として評判が高かった。「何か教育上の御意見をお求めですか?」と校長は話し始めた。「私の中学では、しつけということをやかましく申しています。何としても筋骨が通っていなければ、大きくなってから人間として役に立ちません。中学というのは、小学校と高等学校との間にあって、人間の基礎を固める大切な時期です。決して甘やかすだけでも、詰め込み主義の教育でもいけない。のびのびと、しかし規律を以てしつける必要があります。或る場合には、愛の鞭も必要になって来ます……」

これは困ったことになったと、伊丹氏は拝聴しながら考えた。こういう人物にめったなことは切り出せない。といって、策略を弄するほどの知恵もない。そこで率直に口を利いた。

「お話の腰を折るようですが、僕は教育上の問題で伺ったわけじゃないのです。実は全く別のことをお尋ねにあがったんですが、それが大層言い出しにくいことで。もしお気に障ったら勘弁して下さい。実はですね。最近、このあたりに電話でつまらないことを脅迫して来る事件が起りましてね、それが先生のお宅と関係があるんじゃないかと、こう考えたものですから出向いて来ました。もしそのことで何か御存じのことがあれば……」

「ひょっとすると、あなたは遠藤さんに頼まれて来ましたな？」と校長は、すかさず言った。

「まあそれに近いところですが、お心当りがおありですか？」

「心当りも何も、私自身がその電話で苦しめられているのです。待てよ、遠藤さんのところにも電話が掛って来るんですって？」

「というより、先生のところにも掛るんですか？」と伊丹氏は勢いのいい声で訊き直した。

「こいつは思ってもみませんでした」

「いや、そうなんです。これは不思議だ、私はてっきり、遠藤さんが私を脅迫しているものとばかり思っていましたよ。遠藤さんがなんでまた脅迫される必要があるのかな」

「詳しいことを話して頂けませんか？」

「宜しい。これは私としても名折ですから決して人には言わないつもりでいたことですが、実は二週間前の日曜の夜おそくに、電話が掛って来ました。それが私の家内が、人もあろうにＰＴＡの会長と密会しているという飛んでもないことを教えてくれましてね。ばかばかしい。私は直に電話を切ろうとしたんですが、証拠を聞かせると言って、すぐにテープに吹き込んだ私の家内の声と遠藤さんの声とが、受話器から聞えて来たのには驚きました。文字通り寝耳に水でした。確かに二人の会話たるや、唯の間柄とは思われない代物です。電話がぽつんと切れてしまってからも、私は一晩中悶々としましたよ」

「奥さんにお話しになったんですか？」

「いや、家内とはもう久しく冷戦状態でしてね、私は二階に書斎と寝室とを持ち、電話も二階に切換えるようにしています。つまり同じ家の中で別居しているようなものです。これはまあ性格が合わないという奴で、あれも身持ちだけはいい筈だと信じて来ました。前に、別れ話を持ち出されたこともあるんですが、私は絶対に別れてはやらんつもりです。私は夫婦というものは、結婚した以上それだけの責任があるという主義なのです。たとえ二人が間違って結婚したとしても、簡単に別れれば済むというものじゃないでしょう。とにかく、電話の目的とするところが、家内の不身持を私に告げて、私に家内を離縁させようとしているのだと、私は考えました。そこで私は、電話のことは一切知らん顔をすることにきめたのです」

「なるほど。あなたはその声が遠藤さんだとお考えになるんですね？」

「いや、声そのものは誰とも正体の分らない声でした。変に間延びのした、濁った声で、決してこっちの言ったことに返事はしない、一方的に通告して来るだけです」

「電話の内容はそのことだけでしたか？」

「いや、それが」と、急に宮本校長は表情を翳らせて言い澱んだ。「その一週間あとにまた電話が掛って来ましてね、体育館の建設資金のことで、役員の間に不正が行われているのを知っている筈だ、とこう怪しからない事実を告げるのです。私もこれは信じかねた。PTA関係では副会長の佐藤さん、学校関係では教頭の江馬君がその係ですから、私は翌日、江馬君を呼んで訊いてみたが、勿論そんなことはないと否定しました。しかしその時の電話は、どっちにしてもお前の身分は長続きはしない、家内のことも会計の不正も、いずれは明らかになるだろうと、予言してくれました。といって、じたばたしようにも手がないじゃありませんか」

「電話は二度ほど掛って来たんですね？」

「さよう、このところは掛りません、先週と先々週の月曜です」

「するとそのどっちも、特に先生に何かを要求するというんではなかったんですね、ただおどかしたというだけですね？」

「そういうところです。私は最初あなたが、遠藤さんの代りに要求に見えたのかと思いましたよ」と校長はずけずけ言った。

「僕はそんなに人相が悪いですかね」と伊丹氏は笑い出した。「何か他にお気づきになったことはありませんか？　どんなことでも、つまり電話のことでもそれ以外でも」

「そうですな」

校長は考え込んだ表情で伊丹氏を見詰めた。

「あなたを信用するとして、一つ合点のいかないことがありましたがね。或いは全然意味がないのかもしれない。こういうことです。一昨日の八日のことです、つまり私が教頭の江馬君を呼んで話を聞いてから三日あとのことですが、江馬君が校長室の私のところに所用でやって来て、帰りに厳重に包装した紙包みを置いて行ったのです。これを預って頂きます、と言いましてね。中身は何だ？　と私は訊いたのですが、ただ預っておいて頂けばいい、と言うので、机の抽出にしまっておきました。昨日、学校でその抽出を明けてみたら、ものの見事になくなっていましてね。江馬君に、昨日の包みは君が持って行ったのか？　と訊いてみると、黙って頷いていましたから、私もそれ以上追求はしなかった。しかしよく考えてみると、江馬君が何のつもりでそんなことをしたのか、気にはかかりますね。明日にでも確かめておきましょう」

「ありがとうございました。どうも僕には、この電話の事件はさっぱり意味が分りません。少し調べてみるつもりでいたんですが、もっとデータが出ない限り五里霧中です。何か新しいことが分ったら教えて下さい」

「私はあまり気にはしておらんが、何とか突きとめたいものです」と校長も同意した。

「私の家内は歳も私よりだいぶ若いし、子供もないしするからつい気が迷ったんでしょうが、そういつまでも夢を見てもいないでしょう。私もそろそろ停戦協定を申し込もうかと思っているところですよ」

校長は磊落な笑い声を洩らしたが、その声音には多少の苦味が混っていた。

一の三　江馬教頭の話

校長の夫人は、伊丹英典氏が辞去する時にも現われて来なかったから、伊丹氏は心残りのまま官舎を後にした。夫人はこの次でもいいだろう、と考えた。今や気にかかっているのは教頭の江馬先生だった。この人物も、どうも電話事件にひっかかりがあるらしい。伊丹氏は、芸文中学の正門を出ると、近くの煙草屋で電話帳を借り、江馬先生の自宅に電話があることを確めた。そして番地を頼りに（その家は、遠藤氏の家とは方向が逆だったが、やはり中学の近くだった）訪ねて行った。

不審そうに名刺を見ている江馬先生は、校長の豪傑じみたのとは反対に、神経質そうな、気の弱い感じの人物だった。伊丹氏は単刀直入に説明した。

「僕はその名刺の肩書でお訪ねしたわけじゃないんです。もっと酔興な、おせっかいじみた用事なのです。実は、この近所で、既に二人ほど、誰だか分らない声の主から、電話で脅迫されている人がいましてね、それを僕が頼まれて調べているのですが、先生もそういう被害を蒙っていらっしゃるのではないでしょうか？」

相手の顔色が、さっと変ったのは確かだった。

「その二人というのは誰ですか？」と反対に訊いた。「私はいっこう脅迫なんか受けていませんが」

「夜中に掛って来るらしいんですがね、その電話は」

「さあ、私は全然そんなことは」

「そうですか」と伊丹氏はあっさり切り上げた。「話は変りますが、先生は一昨日ごろ、宮本校長に何かお預けになったそうですね。それが何だったのかお洩らし願えませんか？」

「飛んでもない。あれは校長にお渡ししたのです。どっちにしてもあなたとは関係がない。私はこんな馬鹿げた質問などされる覚えはありません。お引き取りになって下さい」

江馬氏は無愛想に立ち上って、客を玄関に送り出した。しかしその態度には、立っているのも辛そうなほどの不安と懸念とが隠されていた。薄気味悪そうに、挨拶して出て行く伊丹氏を見送っていた。

二の一　事件の発展

その翌日の十月十一日は、伊丹英典氏にとってひどく多忙な月曜日だった。午後の講義時間中に宮本校長から電話が掛って来た。三時に講義を終ってから、伊丹氏は急いで校長に電話した。

「やあ伊丹先生ですか、実は昨晩また例の電話がありましてね。もしもし、聞えますか、あまり大きな声も出せませんのでね」しかし宮本氏の声は、決して小さいとは言えなかった。「いよいよ敵は奥の手を出しましたよ。何だと思います？　この前お話しした教頭の江馬君、あれから預った紙包みというのがあったでしょう、ほら私が机の抽出にしまっておいた――。あれは江馬君が不正の事実を揉み消すために、私に渡した賂《まいない》だとこう電話が言うんですがね。どうも言いがかりも甚だしい。それを私が取ったなどとね。私はそんなことは知らん。机の抽出からいつのまにか消えたのは確かだが、私は指一本触れはしない。それで先程江馬君を呼んで訊いてみたのですが、彼も知らないの一点張です。中身は金ではないし、校長にお渡ししろと言われたから渡したまでだと言うのです。誰に言われたのかは、本人は隠していますが、例の電話に間違いありませんな。どうも江馬君は、私のことを疑っている模様です。電話の方も、私がそれを取ったものと勝手に認めています。私も教育者として心外に耐えんから、警察に訴えて黒白を明かにしようと思うのですが、あなたの御意見は如何です？」

宮本校長はよほど憤慨しているらしく、ひどい大声で怒鳴り立てた。

「それで江馬先生は、その中身が何であるかは言い出しそうもないんですね？」と伊丹氏は訊いた。

「言わずとも分っているという様子ですがね。私にはさっぱり分らん。ただ江馬君は相当に怯えていますな」

「そうですか、それじゃとにかく僕に任せて下さい。あまり大っぴらになるのも良し悪しですから、僕がもう少し調べます」

「宜しい。私も最初はあなたを疑っておったが、こうなると万事お任せします。ところで、更に一段と奇怪なことがあるのですよ。やはり昨晩の電話が告げたことですが、今日の五時にPTA会長の遠藤さんが校長室に来て、私に紙包みを渡すそうです。私にそれを机の抽出に入れておけという命令なんですがね、私がわけを訊いても、この電話の奴は一切返答しませんからな。ただ敵は、この前も取ったように、今度も私が取るものと思っているらしい、そんな不届きな」

「まあそう怒らないで下さい。それは誰かが取りに来るということでしょう。かえって相手の方が罠に掛りに来るわけだから、こっちは充分手を打つことが出来ますよ。安心していて下さい。誰にもおっしゃらないで、一つ芝居をやって下さい」

「誰にも言いませんとも」

宮本校長は勢いよくそう言って、電話を切った。

伊丹氏はすぐさま警察署の水上刑事を電話に呼んだ。刑事は留守で、よければこちらへお越し願いたいという久木署長の返事だった。昨日の校長や教頭との会見の顚末、今日の電話など、打合せすることが沢山あったので、伊丹氏はさっそく車を飛ばすことにした。

伊丹氏が署に着くのと同時ぐらいに、水上刑事が出先から戻って来た。伊丹氏が簡単に説明を終えると、刑事が代って話し出した。

「私は遠藤さんに呼ばれて今そこから帰って来たんですが、遠藤さんにも、昨晩おそく電話が掛って来たらしいのです。今迄は一度も要求らしい要求をしていなかったのが、今度こそはっきりした要求です。三十五万円紙に包んで、今日の五時に校長室に宮本校長を訪ね、預ってくれと言って渡せ、こういう命令だそうです。一体これはどういうことなんです？」

「遠藤氏にとってみれば、それ位は大した金額でもないでしょうね」と伊丹氏が注釈した。

「三十五万円か、どうして何となく半ぱなんでしょうねえ」

「遠藤氏はそれで出掛ける気だね？」と署長は刑事に訊いた。「伊丹先生もおっしゃったが、これで獲物が引掛れば簡単だ。校長は言われた通りに机の抽出にしまうだろうから、今晩は一つあたりを張らせておくさ」

「しかし、校長が嘘を吐いているとすれば、つまり校長が電話の主だとすれば、ちょろまかすのは簡単ですからね。私はその金を机にしまうところを確認しておきますよ。とにかく私は五時に間に合うように出掛けます」

　そう言って水上刑事は急いで立ち上った。

「一緒に行きましょう。校長が学校にいる間に、僕は奥さんに会ってみよう」と伊丹氏も言った。

　伊丹氏が校長の官舎を訪れた時に、玄関に現れたのは昨日と同じ女中だった。先生はまだ学校の方だと言われて、それでは奥さんにお目にかかりたいと申し入れた。しかし応接間で待たされている間に、伊丹氏は次第に、夫人に切り出す勇気が自分にはなさそうだと気がついた。遠藤という人にまだ会ってもいないのに、あなたは遠藤さんと恋愛関係がありますか、などと無遠慮に尋ねられるものだろうか。良人との間がうまく行っているかどうか、そんなことも訊き出せる筈がないし。大体、僕は美しい女性には気が弱いんだから、と伊丹氏は心の中で呟いた。

三重子夫人が応接間に現われた時に、伊丹氏は自分の予想が全く当ったことを悟った。夫人はもう三十をとうに過ぎている筈だが、落ちついた、そして若々しい魅力を持っていた。しずかな声と、瞳をきらりと光らせる情熱的な眼差とが、相互に矛盾し合っていた。驚くほどの美貌と言ってもよかった。肝心の点に触れないとなると、話の材料がまるで見当らなかったから、伊丹氏は進退きわまってしまった。

「こういうところにお住まいでは、運動場で生徒たちが騒いでいるのがうるさくはありませんか?」

表から聞えて来る子供等の叫び声に耳を澄ませながら、伊丹氏は如何にも場ふさぎといった感じで訊いてみた。

「いいえ、ちっとも。わたくしあれを聞いていますと、気が紛れまして。それに子供たちが好きですから」

「子供といっても、中学生ぐらいが一番むずかしいんでしょうね。宮本先生は専門家だから宜しいが奥さんは」

「でもわたくしの方が人気があるかもしれませんわ」と夫人はにっこり笑った。「たくはやかましくて、子供たちには怖いのでしょうね。わたくしは愛情を以て迎えてあげれば、どんな子でもなつくと思うのですが、たくは優しい顔なんか見せるものじゃないという主義なんですの。わたくしとは主義が違いますのよ」

「奥さんは何か先生のお手伝いでもなさっていらっしゃるのですか？」

「いいえ、手伝いなんて。わたくしはただ遊んであげるだけです。子供たちはよく此所に参りますわ」

無邪気そうに言った。伊丹氏はますます勝手が悪くなった。

「ちょっと先生にお会いしたい用事があってお寄りしたのですが、お帰りが遅いようですからこれで失礼します」と唐突に言った。

「他にも用があるものですから」

「あら、学校におりますのに」

「内密なことなので、此所でお会いした方がいいと思いましてね」

それを聞いて、夫人の顔色が少し変ったようだった。

官舎を辞して自分の家へ帰りながら、伊丹氏はどうも分らない、と呟いた。三重子夫人の印象を整理してみても、確かに聡明で、感受性の強そうな女性というだけで、心の奥底は分らなかった。良人との間が面白くないとすれば、それを人に隠すだけの才覚はあるだろうし、恋愛をすれば、それも目立たぬようにやってのけられるだろう。しかしそれほど良人を憎んでいるとも見えないし、遠藤氏との恋愛に一切を賭けているとも見えない。その冷静な美貌は謎のような印象だった。

二の二　夜

水上刑事は遠藤氏が学校に着いた時には、既に校長室の隣の応接室に陣取って、様子をうかがっていた。遠藤氏が校長室にはいると、廊下に忍び出て、中の話声に耳を澄ませた。二人の会談は直に済み、遠藤氏は部屋を出て来ると、そこにいる刑事に黙礼したまま帰って行った。暫くして校長が出て行くのを応接室に隠れてやり過すと、刑事は急いで校長室にはいってみた。真先に机に近寄って抽出を明けてみると、紙包みが無造作に投げ入れられていた。その抽出を注意深く締め、自分の指紋を拭き取ってから、刑事は窓を調べた。窓には錠が下りてなく、外からも自由に明け閉めが出来た。実に明けっ放しの、誰でもはいれる部屋だった。のんきなものだ、と刑事は考えた。

七時すぎに若い刑事が二人、応接に来た。水上刑事は一人を隣の応接室に、一人を窓をうかがう外の木立の中に、隠した。あたりはもう暗くなって、小使部屋と宿直室とに灯が点いているほかは、廊下に薄暗い電燈があるばかりだった。

手配を済ませてから、水上刑事は食事をしに自宅に戻った。何だか馬鹿馬鹿しい事件のような気がして、ゆっくりラジオでも聞いてくつろぎたいと思った。細君は例によって小さい子供と一緒に寝床にはいっていたので、中学生の息子に給仕をさせながら、一人で晩い夕食を認《したた》めた。

「今晩は何か面白い番組でもあるのかい?」と息子に訊いた。

「お父さんむきのはもう終ったよ。九時からいい音楽があるんだ。お気の毒さま」

「ラジオばかり聞いてないで少しは勉強しろよ」

水上刑事が重い腰を上げてまた仕事に出掛けようとした時に、夕刻中学の校門で別れた伊丹英典氏がステッキを突いて玄関に現れた。

「おや散歩ですか?」と刑事は愛想のいい微笑を見せた。

「あなたのところに様子を尋ねに来たと言いたいところですが、実はお宅の息子さんとちょっと話をしたくてね」

「うちの坊主とですか?」

「芸文中学の生徒さんでしょう? 何しろデータが不足だから」と声を小さくして「先生がたの評判でも聞くつもりです」

水上刑事は道の方へ伊丹氏を誘い寄せると、ひそひそ声で囁いた。

「先生、私はこれから校長室へ張り込みに行くんですが、この事件は段々に要領を得なくなって来ましたよ。一体誰かしら現れる見込みがありますかね？」

「僕には分らない。僕も御同様、五里霧中なんです。そこでお宅の息子さんとお喋りをして、藁でも摑めないかと思うんですがね」

「私は今晩は無駄骨のような気がします」

刑事はそう言って出掛けて行き、伊丹氏はその留守宅にあがり込んで、中学生をつかまえて雑談を始めた。刑事の息子は馴れて来ると何でも喋り始めた。

「校長先生はね、ラッパっていう渾名なんだよ、声が大きくてね、お説教が好きで、怒るとそりゃ怖いんだ。そこに行くとナメクジの方が、ナメクジってのは江馬先生さ、ナメの方が僕等には近づき易いよ。しかしあいつは点が辛くて陰険でいけない。どっちかっていえば、校長先生はみんな尊敬してるんじゃないかしら。ナメの方はあんまり人気がないね。一番人気があるのは、もっと若い英語の先生で……」

それから立て続けに、先生がたの渾名と信望とを一覧表にして教えてくれた。

「君は校長先生の奥さんは知っているかい？」と伊丹氏が水を向けた。

「知ってるとも、僕等は女神って渾名をつけているんだ。優しくて素晴らしい人さ。僕たちは時々奥さんのところに行って、レコードやテープで名曲を聞かせてもらうんだ。女神はピアノがそりゃうまいんだよ。僕たちの仲間はしょっちゅう遊びに行くんだ」

「仲間ってのは、それじゃ音楽部とかなんとか言うようなもの？」

「うん、林田君とか西君とか遠藤君とか、必ずしも音楽部ってわけじゃない。六人ぐらいいるけど、要するに仲良しさ。僕等の仲間では女神があこがれの的だから、騎士同盟っていう名で団結しているんだ。けれど、女神はバザーの時や運動会の時にはみんなの前に顔を出すから、学校中でとても人気があるのさ。ただ僕たちの仲間は、特別に拝謁できるのさ」

「綺麗な人かい？」

「勿論さ、ラッパなんかには勿体ないよ。ラッパは無神経だから、女神とは気が合わないな、きっと」

伊丹氏はそれから何げなくPTA会長のことを訊いたが、中学生は友達の父親というだけで、詳しいことは知らなかった。伊丹氏はいい加減でさよならを言い、ステッキを振りながら帰って行った。息子は九時になるとラジオの前に引繰り返って、音楽を聞いていた。そして父親の方は、芸文中学の講内で、虫の音に囲まれて校長室の窓をじっと睨みつけながら、犯人の現れるのを待っていた。

二の三　伊丹英典氏の分析

翌日の午後、伊丹英典氏は署長室で久木署長と水上刑事を相手にしていた。

「駄目でしたよ、先生。結局くたびれ儲けでした。どうもそういう予感がしていたんだが」と刑事が情なさそうに言った。

「それでどうしました？　昼の間あの部屋を監視するのは一層大変でしょう？」

「遠藤氏に行ってもらって、校長からあの金は取り返してもらうことにしました。やむを得ません。三十五万円の金を、誰でもはいれる部屋の中に何日も放っとくわけにはいきませんからね。これで折角の計画も失敗というわけですが、どうも犯人に分ってしまったような気がしますよ、こっちが罠を張ったことが」

「或いは犯人が、それを承知で、見せかけだけの芝居をしたのかもしれない」と署長が言った。

「これはまるで、えたいの知れない事件ですなあ」と刑事が嘆息した。「電話で脅迫する、そんなことは誰にだって出来るんですからね。体育館の建築資金に不正があるという噂が立っていれば、それをたねに、おどかしの電話を掛けるぐらいのことは誰だってわけはないです。何しろ肝心の電話の声というのを、我々は聞いてないんだから、まるで雲を摑むようなものだ。それに昨日までは、はっきり恐喝というわけでもなかったんだし」

「誰でも出来ると言っても、会長と校長夫人との声をテープに取ったという代物がある以上、そう簡単にはいきませんよ」と伊丹氏が反対した。

「寧ろ、中学に関係のある人たちだけが被害者なのから考えて、電話の犯人は、遠藤氏、宮本校長、三重子夫人、第三の男、江馬教頭と、殆どこれだけの範囲内に搾られているんじゃないんですか。そこで、会長と三重子夫人との変愛関係という線と、会計に不正があるという線と、どっちに脅迫者の重点があるかを考えてみましょう。もしも後者だとすれば、ＰＴＡの他の役員たちも脅迫されているかもしれないし、こっちの方はどこまでひろがっているか、江馬氏だって否定する位だから、被害者を見つけることさえ困難です。しかし会長の私生活の方は、会長と校長との二人だけの問題だし、どっちも電話のあったことを認めているし、その鍵が三重子夫人にあることは確かだと思う。この方の線がどうも重要なようです。僕はここに、分っただけの日付を表にして書き抜いておきましたが、私生活の方が、いつもまず問題になっている。これだけでは脅迫としては弱いから、後から会計の方をやや当てずっぽうに持ち出して来たんじゃないんですか」

そう言って伊丹氏は一枚の紙片を、二人の前へひろげた。

九月十五日（水）―遠藤氏への電話、私生活の暴露。

九月二十日（月）―第二回目。右に同じ内容。

九月二十一日（火）―遠藤氏、三重子夫人と自宅で会い、協議。

九月二十七日（月）―校長への電話。夫人の行状。テープ録音。

十月四日（月）―校長への電話、第二回目。会計の不正。

同　日―遠藤氏への電話、第三回目。会計の不正、及び証拠のテープ録音。

十月五日（火）―校長、江馬教頭に真偽をただす。否定。

十月七日（木）―遠藤氏、水上刑事に事情を明す。

同　日（？）江馬教頭への電話。校長に紙包を渡すよう指令（？）

十月八日（金）―教頭、紙包みを校長に渡す。内容不明。

十月十日（日）―伊丹、校長に事情を聞く。紙包みは九日紛失。教頭を訪ねたるも得るところなし。

同　日―遠藤氏への電話。第四回目。三十五万円の包みを校長に渡すよう指令。

同　日―校長への電話、教頭より預りたる紙包みを着服せりと言う。遠藤氏より金を受け取るよう指令。

十月十二日（火）―犯人現れず、包みは遠藤氏に戻る。


「この最後の今日のところは、今書き入れたばかりです」と伊丹氏が説明した。「そこで一つ一つ当ってみましょう。まず遠藤氏が、水上さんに全然嘘を吐いたとする。つまり自分のところには電話なんか掛って来なかったのに、自分もまた被害者だと思わせるための策略に、出たらめを言ったとする。とすれば、テープレコーダーは自分で細工すればいいのだから、極めて簡単ですし、目的としては、校長を脅迫して夫人と離婚させ、ついでに校長の職を辞職させてしまおうということになります。会計の不正の方は、たとえ事実無根でもちっとも構わない。この場合には、三重子夫人と共謀ということも考えられます。そこで校長だけを脅迫したのでは疑われるから、ついでに教頭も脅迫する。もっと他の人にも電話したかもしれません。しかしこの場合の弱点は、校長をおどかす材料として、自分の私生活を含めて三重子夫人の行状をあばくのは、ちょっと的はずれの感じがすることです。それに宮本校長は太っ腹の人ですから、こんなことでは動じない。その心理的測定をあやまっている。夫人が共謀しているとすれば、もっと他の策に出たでしょう。この犯人は、どうも宮本校長をよく知っていないと、そう考えられるところがある。

「次に宮本校長が犯人、と仮定してみましょう。僕が訪ねて行ったので、やむなく自分も被害者だと告白する。目的は、自分の奥さんから遠藤氏を遠ざけること。この目的は簡単に達せられたが、自分に嫌疑がかかるのを恐れて、今度は教頭を会計のことでおびやかす。最後の三十五万円は全くのお芝居。とこういうふうに考えてみると、例のテープレコーダーが問題になって来ます。どうやってそれをホテルに持ち込んだか。私立探偵をやとったか。それにしても、二人が何所に行くかを尾行しながら、うまく先廻りしてテープに取るような芸当は、なかなか出来そうにもない。

「さっき第三の男と言いましたが、次に三重子夫人にもう一人恋人がいたとします。これが本物の恋人で、夫人は良人からも別れ、遠藤氏とも手を切って、行く行くは一緒になろうとしている。とすれば、この男が、三重子夫人と相談してきめた場所に、予め器械を用意して、そこに三重子夫人が遠藤氏を連れて行けばいい。この場合には金が必要だから、教頭や遠藤氏から金を取ろうとした動機も分る。ただそういう人物が、調べてもいっこうに現れて来ないし、三重子夫人の人柄も、男を端から手玉に取るような悪女とは思われない。

「江馬教頭はと言えば、もしこの人が本当に会計に穴を明けていれば、遠藤氏から金を取る気になるだろうけど、校長からはどうですか? たとえ校長を失脚させる気でいたとしても、自分の方も穴を明けた当事者だから、一緒に失脚するでしょう。何より、教頭がテープに録音する方法がみつからない。

「そこで、何といっても、このテープに収めた恋人同士の会話という奴が、問題の中心です。誰にその機会があったか。校長か会長かのどっちかが嘘を吐いているのかもしれない。しかし二人とも同じ嘘を吐く筈はないから、そのテープは現実に存在するものと思われます。これさえ見つかれば、事は簡単に落着するんですがね」

伊丹氏はそれだけ喋って、くたびれたように口を結んだ。

「今迄のところでは、第三の男も見つからないし、校長の頼んだ秘密探偵とやらも見つかりませんよ」と署長が答えた。

「近頃はテープレコーダーも普及したから、校長だって持っていないとは言えない。遠藤氏の会社はラジオやテレビを作っているようだから、テープレコーダー位はお手の物でしょう」と刑事も言った。

「三重子夫人は音楽ファンだから、名曲のテープを色々持っているらしいですよ」と伊丹氏も補足した。

「こんなことを幾ら喋っても始まらない。一体、伊丹先生は目鼻がおつきなんですか?」と署長が肉迫した。

伊丹氏は渋い顔をしたまま、答えなかった。

「踏み込んでそのテープを抑えればいい」と刑事が口を入れた。

「むやみと調べるわけにもいかないでしょう」と伊丹氏は言った。「それにもう音を消してしまったかもしれないし」

「どうしたもんだ?」と署長がせっかちな声で歎いた。

「昨晩、犯人は金を取りに来なかった、それは我々が手を回したことを勘づいたからでしょう。とすれば、今晩あたりまた電話が掛って来るんじゃありませんか?」と刑事が言った。「それを何とか傍受するほかはありませんな」

「しかし、掛けて来る方の奴が問題なんですよ」

「遠藤氏か宮本校長かのどっちかですよ。片っ方に電話が掛って来れば、犯人は残った一人だ」

「いや、その推定にはさっきも言ったように、まだぴったり来ない点があるんです。とにかくもう少し確かめたいことがある。水上さん、恐れ入りますが遠藤さんのところへ僕を連れて行ってくれませんか?」

「いいですとも」

「今晩、僕がお宅に誘いに行きます。それまでに少し頭を冷して考えてみなくちゃ」と伊丹氏は眉間に皺を寄せて言った。

二の四　疑問点

それは数日前に、水上刑事が遠藤氏から初めて話を聞いた豪奢な応接室だった。この前と同じように、テーブルの上に洋酒や水差やグラスが置いてあった。刑事が伊丹氏を紹介したあとで、伊丹氏は鋭い眼を相手に向けながら、口を切った。

「僕は名探偵でも何でもないのです。ただ当時者であるあなたよりも冷静な立場に立てるだけに、あなたが疑問としなかったところに、疑問を感じているのかもしれません。それに僕の知識は、水上さんからのまた聞きですから、不確かなところもあるかもしれない。そこで少し質問をさせて頂きたいのですが？」

「どうぞ何でも訊いて下さい」そう言うと、遠藤氏は神経質にグラスを口許に運んだ。

「第一に、その掛って来る電話は、室内のものか公衆電話のものか、分りませんでしたか？　自動車のクラクソンとか、時計のチクタクとか、何か思い出せることはありませんか？」

遠藤氏は首をひねっていたが、「分りませんね」と答えた。「とにかく、相手の声以外の物音はしなかったようです」

「その声は、押し殺したような、濁った、男の声でしたね、その上、間延びのした？　しかもあなたに返事することがなく、一方的に通告して来た。それは証拠だと言って聞えて来たテープ録音と同様に、やはりテープに吹き込んだ声じゃなかったんでしょうか？」

遠藤氏の顔色が変った。刑事もかすかに声をあげた。

「つまり電話の内容はあらかじめ用意されていたというわけです。だから自分の声を隠すのに、犯人は充分に準備をして、これなら大丈夫、人には分らないというところで、それを電話に掛けて流した、とそうは思いませんか？」

「そのようです」と遠藤氏は答えた。

「第二に、例の証拠だと言って聞えて来たテープのことですが、その内容は、……ちょっと言いにくいんですが、決してなまめかしい性質のものじゃなかったでしょう？　もっと真剣な、必死の、追いつめられた恋愛といったものだったでしょう？　そこのところが、この前のお話では曖昧のようでした」

「その通りです」と溜息を吐きながら、遠藤氏が答えた。「三重子さんが今でも私を愛してくれていると言い、私も同じように誓ったわけです。どんなことがあっても、必ず愛し合おうと誓い合っていました。ただ、それがいつのことだったのか、どうしてもはっきり思い出せないので」

「テープというのは、好きなように編集できるのですから、話の途中を少しずつ飛ばしてつないだ奴を聞かされれば、感じが違って、正確に記憶を再現できないものです。しかしこういうことは言えるでしょう？　そのテープの内容は、恋に酔った表現というよりも、もっと苦しげな、切実な内容のものだったと」

「そうですね」

「つまりホテルで録音されたものでなくてもいい、電話の脅迫があってから後のものでもいいと？」

遠藤氏の顔付が一段と暗く沈んだ。その顔を伊丹氏はじっと見つめていた。

「僕はこれだけ確かめたかったのです。これでお終いです。水上さん、行きましょう」

そして刑事が何か言いたげに口を動かしているうちに、伊丹氏はもう立ち上っていた。そしてさっさと玄関の方に歩き出した。刑事もしかたなしに従ったが、遠藤氏は自動人形のようにあとにくっついて来た。伊丹氏が別れを告げたのにも、ただ頷くばかりだった。

表に出ると、水上刑事は猛然と食ってかかった。

「先生、あの最後のはどういう意味です？　私には、さっぱり分らない。遠藤氏はひどく参っていたようだが、あの人が犯人なんですか？　それにしては辻褄が合わないじゃありませんか？」

伊丹氏は悲しげな声を出した。

「僕はもう手を引きますよ、僕の手には負えないから。ただね、電話の脅迫はもうありません、それは受け合います。署長に、明日そう言っておいて下さい。遠藤さんにもそう言っておけばよかった」

三の一　破局

翌日、寝坊の伊丹英典氏は水上刑事に寝込を襲われて、遠藤三郎氏が昨晩、服毒自殺をしたことを告げられた。それを聞いた瞬間に、伊丹氏は何とも言えない悔恨に充ちた表情をした。

「そうか、そうですか」

「一体これはどうしたことなんです？　もしや他殺じゃないかと、今さかんに調べています。しかし閉め切った部屋の中だし、短いながら遺書もありましてね」

「どういうものでした？」

「それが抽象的なものでね、或る女性を愛していたが、それが不可能であることが分ったから死ぬ、というんです。考えられますか、五十に近い人間が失恋自殺をするなんて」

「それだけですか？」

「宮本校長がお厭でなければ、息子の教育を見てやってくれ、というのもありました。電話のことは一行もなし。昨晩、先生のなさった質問で、覚悟をきめたとしか思われませんよ。それとも夜中に、また電話が掛って来て、手ひどく脅迫されたのかもしれない」

「署長はどう考えているんです？」

「署長も分らなくて、先生を呼んで来いという命令なんです。一つお出掛けになって、謎解きをして下さい」

「いや僕は午後は講義があるし」と伊丹氏は愛想のない声を出した。「それに事件は終ったんだから、それでいいじゃありませんか。幸いにして刑事事件にはならなかった。体育館の建設資金の方も、決して不正なんかありませんよ」

確かに、奇怪な電話はもう掛らなくなった。遠藤三郎の死は自殺ということにきまり、盛大な葬儀が営まれた。息子の中学生は宮本校長の官舎に引き取られたが、校長と夫人との間の冷戦も、これをしおに調停の域に達したようだった。江馬教頭も元気になり、二学期の試験にはまた辛い点をつけた。水上刑事と大きい方の息子とは、夜になると仲よく茶の間に寝転んでラジオを聞いた。

そして忌わしい深夜の電話事件も、次第に人々の記憶から薄れてしまった。

三の二　伊丹英典氏の説明

「先生、あれは結局どういうことだったんですか？」と久木進助手が、伊丹助教授に質問した。

「それは君のお父さんに訊くさ」

「親父もさっぱり分らないらしい。非公式に僕にだけ教えて下さい。親父には洩らさないから」

「それじゃ説明しようか。もう少し僕が早く気がつけばよかった、そうすれば遠藤氏も死ななかっただろう。事件が大きくなりすぎたから、遠藤氏としては責任を感じて、自決するほかにはなかったのだろうね。

「問題はあのテープに取った録音だ。その内容の話というのはホテルでなくても、遠藤氏と三重子夫人とが会った場所でなら、何所ででもいいわけだ。とすれば、遠藤氏の息子のところに、三重子夫人が訪ねて来ることが再々あったのだから、その時かもしれない。と考えれば、例の脅迫の電話が二回目にあったあくる日、九月二十一日に、遠藤氏は三重子夫人を自宅に呼んで、レコードを聞いたあとで、二人きりで相談している。その時に録音されたものかもしれないと考えると、例の電話が九月二十一日の以前には、このテープを決して利用しなかったことが意味を持って来る。それからまたこういうこともある。遠藤氏が水上刑事を呼んで話をした。その時、遠藤氏は校長を疑っているような素振を見せた。すると江馬教頭が紙包を校長に頂けて、それが紛失するということが起る。これは校長に更に嫌疑を掛けるためだ。もう一つ、水上刑事が十月十一日に、やはり遠藤氏から三十五万円を校長に渡せという電話のことで出掛けて行く。そうすると刑事の裏を掻いて犯人はその晩現れない。つまり遠藤氏の応接間で話したことは、全部犯人に筒抜けになっている。それは、部屋の中にマイクが隠してあるということだ。そんな細工をするのは、タダシ君という息子の中学生しかいないじゃないか」

「すると犯人は」と久木助手がびっくりして叫んだ。

「そうさ。この事件は全体に渡って非常に子供っぽいのだ。そこに特徴がある。それに僕に興味があるのは、その動機さ。それは少年期の心理状態を、いささかデフォルメして完全に表現していると思う。この中学生には何人かの仲間がいた。水上刑事の息子さんもその一人だ。この連中は音楽が好きで、校長夫人と親しくなり、よくそこに遊びに行った。中でもタダシ君は電蓄を自分で作るくらいの音楽マニヤで、夫人の方でもレコードを聞きに遠藤家に出掛けるようになった。勿論、その父親に会う目的もあってのことだけどね。この中学生の仲間は『騎士同盟』という名前をつけて、夫人を女神として崇めていた。その仲間の中で、タダシ君だけは、病的なほど夫人に恋をしたのだ。従って、彼にとっては宮本校長は憎んでもあきたらない人物だった。結婚しているだけでも怪しからないのに、夫人を虐待していると考えていたろうからね。

「ところで彼はラジオとか電蓄とかに興味のある少年で、面白半分に応接間に隠しマイクを据えた。自分の部屋でこっそりそれを聞くようになった。父親はPTA会長だから、学校関係の客が来た時などに話を盗み聞いて、体育館の資金を教頭がくすねているらしい噂を耳にした。このニュースは仲間の誰かが告げたのかもしれない。もとより事実かどうかは分らないが、子供らしい正義感を燃したに違いない。そのうちにこの隠しマイクが、飛んでもない事実を彼に暴露してしまった。三重子夫人がたまたま父親と一緒の時に、この二人がどういう関係であるかを口にしてしまったのだ。

「タダシ君の母親は数年前に亡くなっている。その記憶は神聖だったろうから、遠藤氏は子供の眼に、母親を裏切ることと、女神を奪うこととの、二重の裏切をしたように見えた。彼は父親を憎んで、自分の声をテープに入れてためしてみたあげく、父親を脅迫して女神から遠ざけようと考えたのだ。こういう異常心理は実に飛んでもない結果を招くものだ。彼は恐らく夜おそく家を抜け出して、勝手を知った中学校の校舎の中にある電話を使ったに違いない。そこからテープに吹き込んだ脅迫、というよりも警告を、父親に聞かせた。

「これが意外に成功して、父親が蒼くなったのが分ったので、もう一度やってみた。三重子夫人が次の日に来て父親と話しているのを隠しマイクで録音した。今や証拠まで揃ったわけだ。そうすると、今度はこれをたねに校長をおどかす気になった。校長もかねて女神の敵だと思っていたのだからね。しかし校長は太っ腹で、父親ほどびくつかない。そこで次に、例の体育館のことがあるから、教頭をおどかしてみた。あの紙包みの中にあったのは、多分、会計の帳簿だろうと思うよ。それを校長に渡すように命じた。校長は何のことか分らないから机の抽出にしまった。それを夜、忍び込んで取って来たのだろう。教頭はてっきり校長がしたことだと思い、破れかぶれの気持でいただろう。この江馬さんという人は、競輪だか競馬だかは知らないが、どう魔がさしたものか、確かに三十五万円の穴を明けていたのだ。それをタダシ君は帳簿で調べて、ちょうどそれだけの額を、父親から取ってやろうと思った。それもなるべく安全なように、一度校長に渡させてから取る気でいた。しかし刑事が張り込んでいることが分ったから、やめてはしまったが、恐らく帳簿と金とは無条件に教頭にやるつもりでいたのだろう。このナメクジという教頭は、生徒にはあまり人気がないらしいが、タダシ君にとっては敵じゃないのだ。おどかすのが面白かっただけで、父親や校長とは種類が違う。こっちの二人は愛する女神の敵だからね。つまりタダシ君は、自分が正義の遂行者だと考えていたのだと思う。こういう気持は、空想家の少年にはよくあるものだよ。

「ところで僕は遠藤氏を訪ねて、二つばかり質問をした。それは隠しマイクを通してタダシ君にも聞えただろう。僕は彼がばれたことを知って、この上はもう悪戯をしない筈だと考えた。父親はうすうす気がついても、まさかこれほどまで責任を取るとは思わなかった。それが僕の誤算だった。遠藤氏にははっきり犯人が分り、自分の責任も分ったのだ。それからどういうことがあったのだろう。遠藤氏は黙って死んだのか、それとも息子を責めて死んだのか。遠藤氏にとっては、三重子夫人との恋愛もどうにもならないものだったし、息子をどう処置するかということもあるし、死ぬほかはない気持に落ち込んだのだろう。気の毒なことをしたよ。ただ、これは父親の命令か、息子が後から自発的にそうしたのかは分らないが、校長から戻された三十五万円と帳簿とは、こっそり教頭のところへ送り届けられた筈だと思う。建築資金に不正があるという噂も、いつのまにか消えてしまったからね。

「こういうことだった。犯人が分ったとたんに、僕が手を引きたくなった気持も無理はないだろう。考えてみると、探偵なんてものは実に厭なものだ、調べて行くうちに何に突き当るか分らない。僕は探偵趣味の方はそろそろ廃業するつもりだよ」

伊丹英典氏はそう言って、深い溜息を洩らした。

眠りの誘惑

1　夢の始まり

それは一つの夢のような印象だった。といって、直《すぐ》に覚めてしまうような夢、どんな複雑な内容を持っていても、とにかく覚めてしまえば「一つの」夢として納得の出来るような、そんな簡単な夢の印象ではない。私が赤沼さんのお宅に暮すようになってからの、この数カ月間の生活が、そっくり、非常に長い、そして決して覚めることのない、一つながりの不可解な夢のような気がする。「さあ眠るんだよ。そら、目蓋が重たくなった。身体中がしびれて来た。ほら、もう眠ってしまった……」そう言っている赤沼さんの声が、私の耳にいつでも響いている。子供の頃、私は、魔法に掛けられて、百年もの間、森の中でこんこんと眠り続けたお姫さまの話を、読んだことがある。しかし百年が過ぎて王子さまが助けに来ると、魔法は解け、眠りが覚めて、お姫さまは再び幸福になるのが、お伽噺の常識だった。しかし私には、現在見つづけているこの悪夢が、いつか覚めるだろうとは思われない。今度の不幸な事件は、決定的に、私を悪夢の中に包みこんでしまった。しかし私は、少し先を急ぎすぎたようだ。

お断りしておくけど、お伽噺を持ち出したからといって、私がお姫さまでないのは勿論のこと。私は鳥飼元子といって、今年の春、私立文化大学の英文科を卒業した。そして国立の大学の大学院の試験を受けたのだけれど、見事にすべってしまったので、ここ一年（プラス・アルファ）は高等浪人というところだった。すると秋ぐちになって、母校の主任教授から、こういう就職口があるから、その気があれば推薦してあげるという手紙をもらった。それは普通の就職口とは少し違っていて、個人からの申込だった。条件が同封されていたが、それも少々変っていた。

a・英語ノヨク出来ル文学士（女性）。優シク家庭的ナ人。

b・仕事ハ犯罪学・怪談・催眠術・心霊学ナドニ関スル私ノ蔵書ノ整理。

c・住込ノコト。土曜日曜ハ自由。週給五千円。期間未定。

d・家族ハ次ノ如シ。

大作。主人。会社重役。

ゆかり。妻。

ユリ子。娘。中学二年。

うた。祖母。

他に、ばあや。女中、運転手、庭師。

私はこの赤沼大作という、お金がありあまって蔵書整理に文学士をやとうような身分の人と、私みたいな怠け者の卒業生との取り合せがおかしくて、くすくす笑った。英語の力だって大したことはないし、仕事は本を見てれば済むことらしいが、その本も、あんまり私には縁のなさそうな代物ばかり、しかし週給五千円というのは、とても魅力があったから（週給なんて計算は、きっと外国で暮したことのある人だな)、私がふらふらと勤める気になったとしても、無理はないだろう。そこから、私の奇怪な夢が始まったのだ。

2　催眠術

「さあユリ子、眠るんだよ、目蓋が重たくなって来た。身体中がしびれて来た。そら、だんだんに眠って行くよ。パパの声が遠くなる。お前はもう眠ってしまった……」

私はびっくりして、さっきから息を呑みこんだまま、この場の光景を眺めていた。夕食を終って(それは私が赤沼さんのお宅に住むようになった、その最初の晩だった)、家族は食堂に隣り合った居間の方へ移った。家族といっても、病気がちの老夫人は離れの自分の部屋で食事を取るとかで、この夕食には顔を見せなかったから、従って先生(私は赤沼さんをそう呼ぶことにきめた。赤沼さんも、先生と呼ばれるのは満更でもないようだった)、奥さん、ユリ子さん、私、そしてお客さまの富田さんという紳士、この五人が、それぞれ長椅子や肱掛椅子に座を占めた。女中が飲物を運んで来て、先生は富田さんと洋酒のグラスを取り、私たち女性軍は紅茶を飲んだが、奥さんだけはその茶碗にたっぷりブランディを加えた。私が不思議に思ったのは、先生が私に学校のこととか、勉強のことだとか、私の家庭の様子などをぽつぽつと尋ねている間、奥さんは外国のヴォーグ雑誌を膝の上にひろげたまま、一言も発しないことだった。

そんなことってあるかしら。「優シク家庭的ナ人」という条件で求められた以上、そこのお宅の奥さんが初めからこんなに冷たいのでは、先が思いやられるというものだ。もっとも奥さんは、時々、私がへまな返事をした時など、鋭い視線を私にちらりと向けた。しかしそれだけだった。

私の雇い主であるこの赤沼大作氏という「会社重役」は、確かに裕福な実業家というよりも、どこかの大学の先生のように見えた。穏かな微笑を浮べて、ゆっくり口を利くのだが、何となく語尾に厳しい詰問的な調子がある。そして口許はにこにこしていても、眼が暗く濁っていて、しかも眼窠《がんか》が深く落ちくぼんでいる。度の強い近視の眼鏡が、その表情を隠してはいたが、私は一種の冷血動物、――爬虫類めいた印象を受けた。大学の語学の万年教授なんかに、よくこうしたタイプの、意地の悪い先生がいるものだ。しかし赤沼先生が、決して私に意地悪く当ったわけではない。先生は私に色んな質問をしたあとで、自ら趣味と称するところの犯罪学や心霊学や催眠術の話をし始め、時々お客の富田さんに相槌を求めたが、このお客さんの方は、初めから終りまで、そうとか、うんとか言うほか、殆ど口を利かなかった。一人娘のユリ子さんも、これまた雑誌に顔を埋めて、一度も顔を起さなかった。何となく気づまりな雰囲気だった。するとI不意に、先生が私を驚かすようなことを言い、それが私の悪夢を開いたのだった。

「そうだ、催眠術というのは、実験してお見せするに限る。鳥飼さん、あなたまだ催眠術なるものは見たことがないでしょう。私が一つお目に掛けよう。私では少し役不足だが（そう言って、客の方を向いてにやりと笑った。それから微笑が拭うように掻き消されると）ユリ子、顔を起しなさい」

びっくりして雑誌から顔をあげたユリ子さんの、その時の表情を、私は恐怖と不安だと思った。しかしそれはもっと複雑なもの、例えば父親に対する甘えとか、新しいお客さん（つまり私のこと）に対する強がりとか、急に舞台に出されることになったニューフェースの驚きとか、そんな色んなものを含んでいたのかもしれない。それはひどく小柄な、まだ小学生かと間違えられそうな子で、或る私立の中学の二年生だった。髪を長くお下げに結って、顔色は白いのを通り越して蒼ざめて見えた。

「ユリ子、立ちなさい」

ユリ子さんはひどくゆっくりと、読みかけの雑誌を伏せてテーブルの上に置き、立ち上った。父親の方を向いて、じっと待っていた。その時、奥さんが初めて声を掛けた。

「あなた、そういうことはなさらない方がいいんじゃありませんか？」

それは気持の悪いほど低い、しかしよく透る声だった。しかも奥さんは、その間も、両膝の上にひろげた大判のヴォーグ雑誌に眼を落したままだった。

「なに座興だ。鳥飼さんにちょっと見てもらうだけだ」とせかせかした調子で言うと、先生は別人のような鋭い眼付になって、娘の方を睨んだ。

「ユリ子、さあ眠ろう。眠るんだよ。そら、目蓋が重たくなって来た……」

私は急に、眼に見えない怪物にしっかと身体をおさえつけられてしまったかのように、ユリ子さんの姿から眼を離せなくなった。声を掛ける余地も余裕もなかった。先生はのろのろと、繰返して、暗示（と言うのか命令と言うのか）を与えた。ユリ子さんの方は、次第に顔の表情を仮面のように生気のないものに変えた。しかし、果してどこから、催眠術にかかって本当に眠ってしまったものか、私には分らなかった。

「お前はもう眠ってしまった。お前はパパの言うことは何でも聞く。眼が覚めた時にはもう思い出さない。いいね、眼が覚めても、自分が何をしたかは覚えていない。分ったね？」

「分った」とユリ子さんは答えた。立ったまま両手はだらんと脇に垂れている。それは大きなお人形のようだった。

「お坐り」

彼女は元の椅子に坐った。

「雑誌を読んで御覧。そう、読みかけのところから」

彼女はひどく子供っぽい棒読みで、朗読を始めた。それは探偵小説の雑誌らしかった。

「もういい。雑誌を閉じて、テーブルにお置き」

彼女は言われた通りにした。

「今度はお話をしよう。お前は鳥飼さんをどう思う？」

私はびくっとした。が、ユリ子さんは素早く答えていた。

「まだよく知らない。でも好き」

「どうして？」

「綺麗だから」

私は赧《あか》くなった。

「じゃ、ママも好きだね、ママも綺麗だろう？」

「よしなさい」と、その時鋭く、奥さんが叫んだ。

「ママも好き」と母親の声にはまるで無頓着に、ユリ子さんは答えた。

「鳥飼さんと仲良くするんだよ。お姉さんみたいに、よく言うことを聞くんだよ」

「うん。でもあたし、お姉さんいない。お母さんもいない」

「余計なことは言わないで。今度は、……氷がなくなったから、お勝手に行って冷蔵庫から角氷を持っておいで。ほら、これに」

先生は自分の前の氷皿を見せ、ユリ子さんはゆっくり歩いて皿を手に取るとドアの方へ歩き出した。私は憑かれたように、その後ろ姿を見ていた。あれは本当に眠っているのだろうか。

急にドアがぱたんと開いた。そしてぽっかり開いた空間に、黒いガウンを着た、上品な老夫人が小人のように立っていた。銀髪が、光線を受けてきらきら光ったが、しかしその眼の色ほどの鋭い光ではなかった。部屋の中をじろりと見、ついで突き刺すような眼差で、ドアの方、つまり自分の方に歩み寄って来る少女の顔を見詰めた。

「何としたことです?」と掠《かす》れた声で叫んだ。

しかしユリ子さんは、まるで無頓着に、手に氷皿を持ったまま、するりと老人の傍らを抜けると、ドアを出て行った。

「おばあさん、いいんですか、出歩いても?」と先生が物怖じしたような声で訊いた。

老夫人は部屋の中にはいって来たが、壁の前に立ったまま、じっと私の方を見た。小柄な身体つきだが、しゃんとしていて、病身のように見えるのはその異様なまでの痩せかた、そして蒼い澱んだ皮膚の色ばかりだった。私はなぜか、ぞっと背筋が寒くなった。

「私は、今日新しい娘さんが来たとハツから聞いたので、顔を見に来たのだが……」

「あらわたくし、お食事のあとで、御挨拶にうかがおうと思っておりましたのに」と私は慌てて立ち上った。

老夫人は首を振って頷き、それから鋭く、「大作、これは何としたことです?」とさっきと同じ言葉を繰返した。

「まあお掛けなさい。疲れますよ」

「私はこういうことは認めません。ユリを道具に使うなんてもっての他です。お前は自分から地獄の方に歩み寄っているのですよ」

「まあまあ、おばあさん、何もそんな……」

その時、ドアからユリ子さんが戻って来た。氷皿を捧げ持つようにして、ゆっくりとテーブルに向かった。

「やめなさい。すぐ止めなさい」

そう言い捨てると、老夫人はすっとドアから消えた。黒いガウンが鳥の羽のように羽ばたき、次いでドアがしまった。先生は溜息を吐いた。

「ユリ子、もとの椅子にお帰り。これでもうお終いだ。さあ眼が覚めて行く。みんな前の通りだ。眠っていた間のことはみんな忘れてしまった。そら、眼が明く。そら、覚めた」

ユリ子さんは、首をうなだれて聞いていたが、やや暫くして顔を起した。笑っていた。

「あら、あたし居眠りしたのかしら？」

「もうお休みの時間ですよ！」と奥さんが言った。

「あたしどこまで読んだのか、忘れてしまった」

ユリ子さんはテーブルの雑誌を取って、ぱらぱらとめくった。先生はグラスの中に角氷を入れた。そして私は、何とも言えず気持が悪かった。眠った、といっても、ユリ子さんの眼は開いていたのだ。雑誌も読み、氷皿も、おばあさんも、その眼で見た筈なのだ。そしてすっかり忘れてしまっている。

何より私が奇妙に感じたのは、私の知っている家庭というものと、この赤沼さん一家とが、まるで違うことだった。これはまるで他人どうしの集まりだった。そして本当の他人であるお客の富田さんは、この間じゅう一言も口を出さなかった。

3　図書室にて

私があくる朝、赤沼さんに連れられて図書室にはいった時に、私はその蔵書の量の素晴らしさに、すっかりびっくりした。何しろ私の母校の英文研究室なんか、足許にも及ばないほどの分量なのだ。大きな、天井の高い洋館の、その天井まで見上げるばかりの棚が重なり、それが、北側の窓と、書斎に通じるドアとをのぞいて、この広い図書室の四面を埋めている。私はすっかり嬉しくなった。

「これみんな先生がお集めになったんですか?」と思わず尋ねた。

「いや私ばかりというわけでもない。富田君が集めてくれたのもある。それに、本という奴は、集め出すとひとりでに集まるものでね」

「素敵ですわ。図書館みたいですわ」

赤沼さんは、先生らしい、というより、この時はお金持らしい磊落《らいらく》な笑いかたをした。

「当分は、どんな本があるか見ておいて下さい。馴染むのが一番だから。私はこれから会社の方に出ます」

私は本の方に夢中になって、上《うわ》の空で聞いていたから、先生がお出掛けになるのに、玄関まで見送りにも行かなかったらしい。確かに、私のような文学士を夢中にさせるだけの、途方も

れ《ママ》

ない蔵書だった。私の眼は、英文学関係の本棚のあたりに、吸いついたなり離れなかったけれども、そこには他にも実に雑多な書籍が並び、日本語、英語、ドイツ語、フランス語などの本が入り混っていた。整理のついているのも、いないのもあった。内容に至っても種々雑多で、文学、哲学、歴史、社会などのまともな本と並んで、例えば「十八世紀フランス犯罪史」とか「英国中世の日常生活」とか、奇妙な表題のものが少なくなかった。これを分類整理するのは一仕事だと、私は嬉しいような憂鬱なような、一種の酔心地を感じてきょときょとしていた。

「朝早くから精が出ますね」

その声で、私は思わず飛び上ったが、ドアを明けてはいって来たのは、ゆうべのお客の富田さんだった。この人はお泊りだったのか、と私は少し驚いた。それに今朝は見違えるほど愛想がよく、その声が耳に快いテノールなのも、驚くたねだった。

「はい」と私は大人しく返事をした。

富田さんは椅子に坐って、私にも坐るようにすすめた。

「ゆうべは僕は口を利かなかったから、あなたは僕が誰だか知らないでしょう。名前は御存じかな。富田譲次、ペンネームは富田常山、何だか日本画家みたいな名前だが、このペンネーム、というより雅号は、特別の場合にだけ使うんです。本職は弁護士、いま赤沼さんの田舎の土地のことで係争が持ち上っているので、ずっと泊りこんでいます。しかし僕は趣味の方が本職より有名なんですよ。富田常山というのは催眠術の方の名前です」

この人も催眠術か、と私はあきれた。この人はどう見ても、立派な紳士で、弁護士という職業にふさわしい、よく切れそうな、知的な表情をしていた。年の頃は私より十くらい上だろう、何しろ男の人の年齢は分りにくい。昨晩の、気味の悪い印象とはまるで違っていた。しかし催眠術の大家とはね。

「催眠術といっても、馬鹿にしたものではありませんよ」と忽ち私の気持を見抜かれて、私は思わず赧くなった。「これは人間の心理の未知の部分に深くメスを入れるものです。人間は他の動物と違って、意識的に、更に言えば意志的に行動する。脳が命令し、身体がそれに従う。しかし、しばしば人間は、無意識的にも行動するものです。例えば夢遊病というようなものもある。無意識的な犯罪を、健全な人間が犯すこともある。群集心理、ファッシズムのように、個人を越えた力が働くこともある。それは個人の一人一人が、一種の催眠術にかかったと考えることも出来ます。誰が、どうやって掛けたのか。催眠術とは気がつかずに、我々はしょっちゅうその危険に曝されているのです。しかし一方、適切に用いれば、精神障害とか、異常神経とか、発作性ヒステリイとかを、催眠術で治癒することも出来ないことじゃありません」

私は相手の雄弁なのに、ぽかんとした。すると相手は忽ち話を変えて、

「僕が昨晩だんまりでいたのに、今あんまり喋るのであきれているのでしょう」と言った。この人は読心術も出来るのかしら。「昨晩はわざと黙っていました。それはね、赤沼さんがきっと催眠術の実験をするだろうと思ったからですよ、あなたに見せるためにね。ところがもしも

僕が出しゃばると、術がかからないかもしれないから、大人しくしていたんです」

「でもなぜですの？」

「赤沼さんはまだあまり上手《うま》くない。かかるのは、せいぜい奥さんかユリちゃん位のものです。ところが僕は誰にだって掛けられる。もしも僕がその気になったら、赤沼さんの術を破ることも出来るのです」

「富田さんが先生の先生なんですのね？」

「僕は催眠術の原理的研究をしているので、格別、赤沼さんに手を取って教えるわけじゃありません。それに僕の目下の研究は、無意識的催眠術、心霊操縦という奴です」

「何ですの、それ？」

「さあ眠りますよ、なんてことは言わないで、いつのまにか相手を催眠状態にすることです。相手を自分の無意識的影響下に置いて、いわば心霊的に操縦しようというんですがね」

「だったら本人の意志もあるわけでしょう？　自分が厭だと思ったらしないでしょう？」

「そこが研究の研究たるところですよ。しかし絶対的心服というのは、或る場合には、親子とか、夫婦とか、上役と使用人とかに、見られないことじゃない。それをもっと自由に、他人に対しても押し及ぼせないだろうか、というのが僕の研究なのです」

「だってそれだったら、どんな女のひとでもわけなく恋人に出来るわけですのね？」

「ほらもうそういう冗談が出るというのが、あなたが催眠的効果によって、僕に好意を持ち出した証拠ですよ」
そして富田さんは嘲るような微笑を浮べた。

4　離れにて

昼の間は私の天下だった。ユリ子さんは学校へ行く、先生は会社へ出る、奥さんも（何所へだか知らないが）お出掛けになる、富田さんも事務所へ出勤する。従って家の中に残っているのは、女中さんたちをのぞけば、図書室に私、離れにおばあさん、この二人きりだった。といっても、ユリ子さんはしばしば仮病を使って学校を休んだし、先生も半日、図書室で私の指図をして、午後からゴルフへ出掛けることもあった。富田さんは全く気ままで、勤めには行ったり行かなかったりだった。先生がゴルフ狂とすれば、富田さんはカメラ狂で、しょっちゅうカメラをいじっていた。何でも心霊写真というのに凝っているとの御自慢なのだが、私が見せてもらったのは、どれも薄ぼんやりした、ピンぼけのような写真ばかりだった。何が写っているのだか見当もつきやしない。しかし普通の写真、つまり芸術写真の方は仲々大した腕前で、見事な風景や人物（その中には奥さんをモデルにしたのもあった）を見せてもらうのは、大いに愉しみだった。これも私が「好意を持ち出した証拠」なのかもしれない。

ところで一般に言えば、昼の間は私はひとりきりだった。私は図書室の中で、大いに本に

「馴染ん」だ。初めのうちは、自分の専門の英文学の方に、つい手が出たものだが、そのうちに探偵小説、犯罪実話などに、すっかり病みつきになってしまった。赤沼先生も、至って寛大で、私が仕事もしないで（といって、私に与えられた仕事の性質が、実はあんまりはっきりしていなかった）通俗な物語の類に読み耽るのを、咎めることもなかった。

本を読むのに飽きると、私は庭の中を散歩して、時々は離れにおばあさんを訪ねた。庭と簡単に言ったが、これが大したもの。蔵書の量からだって、赤沼大作氏の財力は想像にあまりあるが、物凄く大きな邸宅を取り囲んだ庭の広さは、林や池や花畑などを含んで、どこが境なのか私には見当もつかなかった。この家は東京の郊外の、既に充分に開けた町のはずれにあったが、敷地内に、武蔵野の面影を残したこんな広い自然公園があるなんて、あきれたものだ。めったに出歩くと迷子になりそうで、私はユリ子さんと一緒でなければ、あまり遠くまでは行かないことにしていた。

離れというのは、母屋から百メートルばかり離れた、茶室風の建物で、母屋が完全な洋風の建築なのと、著しい対照をなしていた。おばあさんは病気がちということだったが、ただ身体をいたわっているだけの感じで、いつ訪ねても、床に就いていたためしはなかった。ユリ子さんのばあやだったので、今でもばあやと呼ばれているハツさんと共に、離れの中でひっそりと暮していた。

おばあさんは、最初の晩には黒いガウンのせいで、私には小人か魔女か、とにかく妖精物語《フエアリ・テール》の中の人物のように印象づけられたが、よく見ると、分りのよい、親切な老人だった。時々、厳しい、癇の強そうな表情が現われた。しかしいつもは、穏かな、物静かな人柄で、いっそ悲しげにさえ見えた。特にユリ子さんのことを話す時などに、そうした影が濃くなった。

「あれはかわいそうな子でね」とおばあさんは言った。「小さい時から神経過敏で、身体の成長もおくれているし、何よりも母親が亡くなったのが、あれの精神に障害を与えているんでしょうよ。ゆかりは本当の母親じゃありません。ユリの母親は三年ほど前に亡くなりました。それからどうも、ユリはあんな変な子になってしまって。大作が催眠術を使って精神障害を治療するなどと言っていますが、何の素人の生兵法《なまびょうほう》、ろくなことはありません。私はあんなものは大嫌いです。富田などという、弁護士だか、いかさま師だか分らない男の、詰らない講釈にかぶれて、うちを下宿の代りにしてやっていますが、酔狂なことです。ユリに大事なのは愛情ですよ。あなたはまだ若いけど、お分りになるでしょう、何でも愛情が第一です。大作は構ってやらず、構うとすれば催眠術の実験材料、ゆかりの方は、これは先妻の娘には全く無関心です。ですから鳥飼さん、私はあの子のためにあなたを頼りにしているのですよ。ただあなたが、長く続けばいいけど」

私はおばあさんのしんみりした話に、ちょっとばかし感激したから、「宜しければ、私の方はいつまででも」と言い切った。何しろ週給五千円のくちだもの。が、それと同時に、赤沼さんの条件の中にあった「期間未定」というのを思い出して、首筋がすうっとした。「あなたはいい人らしいから、やめてもらいたくありませんよ」とおばあさんは繰返した。

私はハツさんとも馴染になったから、後に、二人きりの時に、彼女に訊いてみた。

「ねえ、私の前にも、私みたいに御主人の本の整理にやとわれた女の人がいたの？」

「はい。二人ほどございましたけど」

「くびになったの？」

「いいえ、その人たちの方でおよしになりました、長くは続きませんでした」

「どうしてかしら？」

「さあどうしてでしょう、存じませんけど」

私は、その理由をおばあさんに訊いてみる気にならなかった。そして先生や富田さんに訊くことも、どうしてかやはり憚られた。

5　落人池

ユリ子さんと私とは、直《じき》に仲良しになった。人なつこい、可愛い子なのだ。中学校の二年生というのは、Sなんてことにあこがれる、無邪気で愉しい時代ではないかしら。ユリ子さんは全然無口な時（例えば、奥さんが同席している時、つまり食堂や居間にいる時）と、ひどくお喋りになって、こっちが一言も口を出せない時と、極端なくらい違った。子供らしい感傷癖

(「あたしには秘密があるのよ、暗い秘密があるの、悲しいわ」)、率直さ(「鳥飼さん、ボーイフレンドいないの? あたしが見つけてあげましょうか」)、野蛮さ(「あたし雨の中を裸で飛んで歩くの大好き、でもこれ、子供の時のことよ」)、臆病さ(「あたし馬鹿みたいに怖がりなの。夜ひとりで寝るのが、そりゃ怖いの。でも今度は鳥飼さんがお隣の部屋にいらっしゃるから、少し安心だわ」)、つまりおばあさんの言う通り、愛情が不足していることの証拠なのだ。

ユリ子さんが仮病を使った日、それでなければ夕食前のひと時、私たちはよく庭の中を散歩した。彼女はすこぶる地理に通じていて、私の先に立って案内した。ただ一度だけ、林の中を抜けて、その向うにある池のほとりに出ようとした時に、彼女は林の中に立ちどまったなり、動こうとしなかった。

「あたし行かないわ」

「あらどうして? 私は前に一人で行ってみたことがあるけど、お池はとても素敵よ、ロマンチックで」

「でも、あたしは行けないわ」

二度目の、「行けない」という表現が、何ということもなく私に禁忌《タブー》という言葉を、そして催眠術による暗示ということを、思い浮べさせた。私はやや執拗に訊いた。

「なぜなの、ユリ子さん?」

彼女は黙ってしまったなり、その場を動かなかった。どうして私は、その時、急に意地悪く

なったのだろう。（心理学的に解釈すれば、最初の晩の催眠術実験への、無意識的抵抗だったに違いない）

「じゃ此所で待ってて。私ひとりで行って来る」と言って、私はさっさと歩き出した。ほんの五六歩行ったところで、私の背中の方で、ユリ子さんがわっと大声で泣き出した。まさか泣くなんて、私は夢にも思っていなかったから、大急ぎで戻ると、心から謝った。もっとも、我儘なお嬢さんに対する反発のようなものと、自分の身分に対する慌ただしい反省とが、同情の中に少しばかり混っていたけれども。

「あたし、行けないの。お池でママが、本当のママが……」と彼女は泣きじゃくった。

「え、何ですって？」

「ママはお池に落ちて死んだのよ、夜……」

私はびっくりし、今度はしん底から、同情心が湧き上った。「御免なさいね、私ちっとも知らなかったものだから」と、小柄な身体を抱きしめるようにして、謝った。やっと涙が収まると、ユリ子さんはやや早口に喋り出した。

「とても昔からあるお池なんですって。あたしはママが死んでから、怖いから行ったことはないけど、その前は、ママと一緒によく散歩に行ったわ。変な名前だけど、落人池《おちゅうどいけ》っていうのよ。何でも平家の落武者が、十人ほど、お池のほとりで切腹したり、身を沈めたりしたんですって。それとも、平家じゃなくて武田の残党だったかな？　あたし小さい時に、ママからお話を聞いたんだけど、もう忘れてしまった。池のふちに、小さなお宮が祀ってあるでしょう？　縁起が悪い場所なんだって。でもママはロマンチックだったから、よく一人で行ったらしい。でも、何もよる夜中に行かなくてもね。きっと暗くてよく見えなかったのね。まだ三年にしかならない。それから今のママが来た。今のママは、あたしの本当のママのお友達で、昔からよく泊りがけで遊びに来ていたわ。あたしその頃は好きな人だと思っていたけど、急にあたしのママになるなんて、変じゃない？　あたし納得が行かないわ。本当は、あたしの心の底にそっと隠している、怖い怖い秘密があるの。考えるだけでも怖い。あたしそれを、誰にも言えないの。悲しいわ」

　私はそこで、ユリ子さんを連れて引き返したが、時々は一人で、落人池に散歩に行ってみた。林の影が水面に落ちた、ひっそりした池だった。鳥の声のほかは物音ひとつ聞えなかった。ユリ子さんのママは、なぜ、夜なのに此所に来て、池に落ちたのだろうと私は考えた。或る時、不意にかさこそいう足音が聞え、縁起の悪い場所で縁起の悪いことを考えていた矢先なので、びくっとしたことがある。見れば富田さんが、大きな望遠レンズをつけたカメラを持って、池のそばを歩いていた。鳥の生態写真でも写すのだろうか。私はなぜともなく、そっと身を隠した。確かに、私は富田さんに好意を持っていたが、富田さんは落武者のように、その時自分の足音にも気を配っているようだった。

6　夜の不安

従って私の生活は、すこぶる単調を極めた。図書室での仕事といっても、与えられたのは、カードを作って蔵書を分類するだけのこと。それも心霊学や催眠術に関係した本は、富田さんが既にあらかた整理していた。ただその他に、探偵小説や犯罪実話の中で、心霊学、催眠術、夢中遊行、二重人格、などに関した条項があれば、それを書き抜くことを赤沼先生から命じられていたが、この方は読む本ごとに出て来るというわけでもないので、要するに私は、本のページをめくっていさえすればいい気楽な身分だった。

しかしいつのまにか、私が探偵小説のファンになり、更に悪いことに、変に気味の悪い予感のようなものを感じ始めたというのも、これは濫読の酬いというものだったろうか。殺人や犯罪の物語が頭の中にいっぱいになって、この大きな建物、他人行儀な家族、広すぎる庭、それがだんだんに不気味に感じられ、特に夜になると、怖くてぞくぞくした。私は本来が楽天的な、明るい性質の娘なのだが、どうもユリ子さんの神経質が私にもうつったらしい。しかも私が怖がるのには、多少の理由があった。

この家で、私は二階に自分の部屋を与えられていた。前にも言ったように、天井の高い、大きすぎるほどの洋館で、ロビイから二階へ絨毯を敷いた階段があり、このロビイは吹き抜けになって、古風なシャンデリアが天井から下っていた。階段を昇りつめると、廊下の左右に、南側と北側とに分れて、幾つもの部屋があった。左側は、その北側が御夫婦の寝室で、中央にバスルームを置いて、三部屋つづきになっていたが、奇妙なことに、今では先生だけがここに寝ていて、奥さんはお向かいの、南側の部屋二つを、寝室と居間とにしていた。階段を昇った右側は、南側に私の部屋、ユリ子さんの部屋、もとのおばあさんの部屋（現在は空室）と並び、北側は、向かい合って、三つの空室が並んでいた。しかしその隣りの廊下のはずれに、私とユリ子さんとの使うトイレ兼用の浴室があり、その向かい、つまり、もとのおばあさんの部屋の隣りに、小さなドアがあって、鉄の非常階段が戸外へ通じていた。ここを下りて行けば、おばあさんのいる離れに一番近い。何でも、おばあさんが洋間の生活では疲れるというので、近くに和風の離れを建てて、両方で好きなように暮すことにしたのだそうだが、この頃では、おばあさんはすっかり離れに住みついてしまっている。この二階の非常ドアは、いつでも挿込錠が内側から下りていた。

二階が家族の専用の部屋ばかりなので、泊り客の富田さんは、一階の左側の端にある、お客専用の寝室をあてがわれていた。一階には、台所、食堂、居間が、ロビーの左側に、図書室と書斎、それに応接間が右側にあった。

こんなことを詳しく書くのも、夜になると、如何に家の中がひっそりするかを分ってもらいたいからなのだ。沢山の空室、洋風の厚い壁と鍵のかかるドア、一人ずつの別々の生活、そして周囲の広い庭。ドアに鍵が掛けるのは安全感を与えてくれるが、それも夜中にトイレに行く時には、折角の鍵を明けて、廊下の端まで行かなければならない。シャンデリアは、半分以上も燭台の灯が消えて、変に薄ぼんやりした光を投げている。どのドアも、ひっそりと静まり返っている。これではユリ子さんではないけど、臆病にならざるを得ない。

そのユリ子さんが、夜、一人で外を歩いているのを見た時の、私の驚きといったらなかった。たまたま私はトイレに行き、浴室の正面の非常ドアが、少しばかり明いているのに気がつき、踊場に出てみた。踊場といっても、鉄の板を組み合せたごく狭い場所で、すぐに傾斜の急な、梯子ふうの非常階段になっている。その晩は明るい月夜だった。そして私は、庭の中を歩いている人影に気がつき、それがユリ子さんであることを認めた。私はぞっと寒気を覚え、急いで自分の部屋に帰ったが、それは月光を浴びたユリ子さんの歩きかたが、機械仕掛のロボットのように、まるで生気がなかったからだ。夢遊病じゃないかしら、と私は思った（濫読の弊害がそろそろ現われて来た）。あくる日、私はさりげなくユリ子さんに尋ねてみたが、彼女は眼を丸くして否定した。

奥さんが別の部屋に寝るというのも、御夫婦の続き部屋があるにしては、奇妙なことに違いなかったが、先生が自分の寝室に鍵を掛けているのを発見したのも、私にはどうも納得が行かなかった。外国風の習慣とはそんなものかもしれないが、女ではあるまいし、大の男がいちいち鍵を掛けるのは変じゃないかしら。それは私が図書室で、寝てから読むための本を物色していた時に、急な電話が先生に掛って来て、呼びに行った時だった。先生はまだお休みではなかったが、ゆっくり鍵を回し、ドアの間から私の顔をじっと見詰めた。何だか怖い顔だった。

ところで私は女中さんたちとも近付きになり、女中さんは口さがないものだから、御夫婦の間が円満でないことを訊きもしないのに教えてくれた。先生が鍵を掛けて寝ることは、女中さんたちも知っていた。まるで別居みたいなもの。大体ゆかり夫人とは、ユリ子さんのママが生きていた頃からのお付合で、その人が亡くなったあとすぐに結婚したらしいのに、もうこんなに熱が褪めたというのも変だ（但し私は未経験だから、夫婦の間のことはよく知らない）。先生の性格の中に偏執狂的なものがあることは、途方もない本の集めかたからでも分る位だから、奥さんが厭がる理由も何かあるのだろう。女中さんの一人は、口を滑らせて、奥さんと富田さんとの仲が怪しいと言ったが、私は聞き流した。私は先生には生理的な嫌悪感を覚えるが、まさか奥さんだって、同じ家の中で、富田さんとどうこういうことはないだろうと思う。

私が先生に嫌悪感を覚えるのは、そもそもの初めの晩の、ユリ子さんを使った催眠術の実験の時からだが、それが決定的になったのは、先生が、事もあろうに、私をまで実験材料にしようとしたからだ。夜になって、ちょうど私たち二人が図書室に籠っていた時に、先生は猫撫声で切り出した。

「どうです、ちょっとためしてみませんか？」

「厭ですわ」と私は言下に断った。

「何んでもないんですよ。それに人にもよるから、催眠術に必ず掛るときまってもいないし。あなたは理性的なお人らしいから多分掛らんかもしれない」

「富田さんは誰でも掛けられると言っておいででした。私はお断りです」

「何も毛嫌いすることはないんだが、まあ強いてとは言いません。悪く思わないで下さい」

相手のその下手に出た様子が、この話は打切りではないことを私に教えた。私の前任者が長続きしなかったというのも、つまりこのせいなのだ。週給五千円も、気楽な仕事も、つまりはこれが目的なのだ。催眠術の実験材料。人間の意志力の剝奪。言ってみれば、人権蹂躪じゃないの。私はやたらに憤慨し、それから急に怖くなった。もしも私の意識が、そして意志が、他人によって支配されてしまったとしたら、私はどうして自分に責任が持てよう。知らない間に、私は何をしでかすだろう。

私はそれから、毎晩、自分の寝室の鍵を入念に調べてからでなければ、眠れなかった。眠ってしまうのが怖かった。知らないうちに暗示が与えられ、それに従って寝衣姿の私が、そっと部屋から出て行く？　……おお厭だ。しかしどんなに決心しても、私は若くて、眠りの誘惑に打克つことは出来なかった。

7　挑戦

私の来た最初の晩と同じように、夕食後のまだ早い時刻に、食堂に隣り合った居間の中に、先生、奥さん、ユリ子さん、富田さん、そして私がくつろいでいた。窓の外では昼から雨が降り続いていた。「赤沼さん」と富田さんが呼び掛けた。「今晩お出掛けにならないのなら、僕に小林君を貸してくれませんか?」小林君というのはお抱えの運転手で、それはつまり自動車を意味していた。「町のクラブで、今晩八時から、会があるものですから」

「いいとも、何の会?」

「催眠術ですよ、もちろん。僕の講演と会員の実験」

奥さんが、例によって膝にひろげた雑誌から、ちらっと眼を起した。

「君は近頃、いっこう催眠術の話をしないが、私の眼のとどかぬところでは、相変らずダボラを吹いているのかね?」

そう言った先生の口調が冷笑的なのに、私はひやっとした。

「ダボラじゃありません。赤沼さんみたいな初心者には、僕の理論は高尚すぎるんでね」

「私はもう初心者じゃない」と先生は息まいた。

「赤沼さんに出来るのは、睡眠中の暗示だけでしょう。覚醒後の暗示を与えられないうちは、まだ素人なんですよ」

「それはどういうこと？」と奥さんが口を入れた。

「或る人に催眠術を掛けて、暗示を与えてから覚醒させます。本人は何を命令されたのか、すっかり忘れている。しかし暗示は、潜在意識の中に保存されて、あとで実行されるわけです」

「そんなこと位は、私だって出来る」と先生が叫んだ。

「出来る筈がありませんね」

「宜しい。よく言った。それなら君の挑戦を受け入れよう。ユリ子、ちょっと食堂へ行っていなさい」

赤沼先生の偏執狂的な性格が、まざまざと現われた。ユリ子さんが食堂へ姿を消すと、先生は富田さんに待ち兼ねたように訊いた。

「何か君に注文があれば、それを私がユリ子に命令しよう」

「そうですね。ユリちゃんは臆病だから、夜中に落人池に行くというのではどうです？」

「いけないわ」と私はもうたまらなくなって叫んだ。「そんな非人間的なこと」

「大丈夫ですよ。ユリちゃんは行きやしない、赤沼さんの暗示になんか掛りはしません」と優しい声で、富田さんが私をなだめた。

「今に分るさ」と先生が冷たく言った。「ではそうしよう。鳥飼さん、ユリ子を呼んで来て下さい」

私は不承不承に（これも週給五千円のうちだから）食堂のドアをノックした。ユリ子さんはまた居間に戻った。「ユリ子、さあ眠ろう。眠るんだよ」そして例の忌わしい儀式が始まった。

ユリ子さんが完全に睡眠状態になると（しかし眼は見開いたまま。それは何度見ても気味が悪かった）、先生がゆっくりと暗示を与えた。

「ユリ子、お前はいつものようにお風呂にはいったら寝なさい、そして直に眠る。夜中に眼を覚ます。それから落人池に行き、お宮に……そう、お前の腕時計を置いて来なさい。それが行った証拠だ。何も怖いことはない。いいね、怖くはないのだから言われた通りにする。帰って来て眠る。明日の朝眼を覚ましても池に行ったことは忘れている、腕時計がなぜなくなったかは分らない。分ったね、言って御覧」

「あたしはお風呂にはいって、それから寝る」と単調な声でユリ子さんは復誦した。「夜中に眼を覚ます。落人池に行き、お宮に腕時計を置いて来る。あたしは怖くない。明日の朝はみんな忘れている」

「そうだ。それに私が今言ったこともすっかり忘れてしまう。何を命令されたのか、覚えていないのだよ、いいね？」

「分ったわ」

ユリ子さんは、眼が覚めてからも暫くぼんやりしていた。眉に皺を寄せて「頭が痛い」と言った。そして部屋の中には、気詰りな沈黙が訪れた。

それが七時少し過ぎだった。二十分に、富田さんが「それじゃ僕は出掛けます」と言って、立ち去った。ユリ子さんは二階の自分の部屋に引き取った。赤沼さん御夫婦と私だけが居間に残り、奥さんが、「渋いお茶でも入れましょうか」と言った。私はその時、この奥さんでも家庭的なところがあるのだなと、少しばかり感心したのを覚えている。それほど先生は神経を尖らせていて、奥さんの入れてくれたお茶も、殆ど気に留めていない様子だった。その間に、ばあやのハツさんがドアに現われ、丁寧に先生を呼んだ。先生は気軽にドアの外に出て行き、奥さんは冷たい眼でそっちを睨んだが、これはばあやの権威が、この家の中で重んじられていることの、一つの証拠だったのだろう。先生は直に戻って来たが、お茶はその間にすっかり冷めてしまった。私は挨拶をして立ち上った。

「鳥飼さん、ユリ子のことは放っといて下さい。あなたに関係のないことですから」

私は先生のその命令を、「はい」と返事だけはして、ロビイから二階の自分の部屋へと階段を昇って行ったが、心中は穏かでなかった。あんな可愛いお嬢さんに、よくもあんな無慈悲なことが命令できるものだ、それも自分の娘なのに。

私は自分の部屋にはいり、落ちつかなくて時計を見た。九時。私は支度をして、廊下へ出、浴室へ行った。お風呂から出た時は九時半を過ぎていた。何でもこの浴室は、おばあさんのために、あとから改造して作ったものだそうだ。私は、もとおばあさんが住んでいたという部屋の前を通り、次のユリ子さんの部屋の前で立ち止った。もう寝たかしら。何だか不安になって、私はそっとノックしてみた。ドアは直に開き、ユリ子さんが顔を覗かせた。

「あら、まだ起きていたの？」と私は訊いた。

「ええ、あたし何だか怖いの。いやあな気がするの」

「でももうじき十時よ。お風呂はどうして？」

「お風呂もまだ。鳥飼さんは？」

「私は今済ませました」

「あたし鳥飼さんと一緒にはいればよかった」

赤沼先生の暗示も、まだいっこう利いていないようだな、と私は考え、おかしいような、嬉しいような気がして来た。

「大丈夫よ、ユリ子さん」

私は彼女とベッドの上に並び、彼女が机の抽出しから出して来たウィスキイ・ボンボンを食べ、暫くお喋りをした。「さあ、お風呂にはいってお休みなさい。ぐっすり眠ればいいのよ」と私はけしかけた。眠りさえすれば、朝まで一息に眠り続けるだろう。何と言っても、まだ子供なのだもの。

「じゃ、そうする」

そこでユリ子さんは浴室へ行き、私は自分の部屋に戻って、ベッドに横になり、読みさしの探偵小説を開いた。そして、私は少しずつまた不安になり始めた。ユリ子さんは本当に大丈夫かしら。富田さんの言った通り、覚醒後の暗示なんてことは、先生の催眠術では手にあまるのかしら。私の不安を助長するように、窓の外はひどい吹き降りだった。私は、もしも私が本当にユリ子さんのためを思っているのなら、今晩一晩、彼女についていてあげるべきなのだ、と考えた。「関係のない」ことかもしれないが、それがヒューマニズムというものだ。そこで私は起きて隣りの部屋へ行こうと思ったが、不意に猛烈な眠気が、私を枕の上に倒してしまった。

……私はふと眼を覚ました。枕許のスタンドは点いたまま、時計は十二時少し前だった。どうして眠ったのだろう、まるで強力な睡眠剤でも飲まされたみたいに。それから、眠る前に感じていた不安が、いきなり胸を締めつけた。私は飛び起き、ガウンを引掛け、急いでドアの鍵を明けて廊下に出ると、隣りのユリ子さんのドアをそっと開いてみた。そのドアには鍵が掛っていなかったから(いつでも。鍵をかける習慣があるのは、先生、奥さん、そして私だった)私はするりと部屋の中にはいり、電燈を点けた。

ほっと安心した。ユリ子さんはベッドの中ですやすやと眠っている。私は近寄って蒲団を直してやった。そして機械的に手を差し入れて、彼女の左の手頸に腕時計を探った。すべすべした皮膚の上に何もつけていないことが分った時の、私の驚きといったら。ユリ子さんはやっぱり暗示通りに、落人池に行ったのだろうか。私は彼女の部屋の中を急いで見廻したが、濡れた服も、レインコートも、靴も、傘も、とにかく濡れているものは何一つなかった。私は洋服簞笥の中まで調べてみて、少しばかり安心した。私が探し廻っている間じゅう、ユリ子さんは平和な寝息を立てていた。

私は廊下に出た。なぜともなく廊下の端の、非常ドアのところまで行ってみた。挿込錠は掛っていたが、手前の廊下のところが雨水に濡れていた。これはドアが開いて、雨が吹き込んだ証拠ではないだろうか。私は錠を外して踊場へ顔を出してみたが、外は真暗で、一面に篠つく雨だった。ユリ子さんは暗示に掛って、本当にドアを明けて出て行ったのか。しかし何も濡れたものがないのだから、きっと私の思い過しだったのだろう。腕時計は、どこか私の気のつかなかった場所に、ユリ子さんが外して置いてあるのだろう。

私がとやかく考えている間に、玄関に自動車のはいって来る音がした。それが夜中の十二時だった。

8　死

翌朝は暴風のような騒ぎだった。赤沼大作氏は、私が夜中に首を出して覗いてみた、非常階段の真下に、冷たくなって発見された。雨はまだ降っていたから、文字通り冷たくなっていたわけ(こんな軽口を言うなんて、私は本当に悪い——死者の霊の安らかならんことを)。離れから、朝の食事の用向きで歩いて来たばあやのハツさんが、倒れている御主人に気がつき、すぐさまお医者と警察とを呼んだ。遺骸の側には、洋傘と懐中電燈とが落ち、掛けていた眼鏡のガラスは四散し、石だたみで頭を強打したものらしいが、血はすっかり洗い流されていた。階段の、踊場にかかる最後の段の上に、明らかに靴の滑った跡があった。絶命時間は、十時から十二時の間、多分十一時過ぎぐらい。先生の腕にあった時計が、それに符合するように、十一時十分を指して止っていた。

私たちは、みんな警察から調べられた。私は、この家に来てから探偵小説のファンになったせいだろうけれど、好奇心を働かせて、みんなのアリバイを蒐集した。それは簡単なものだった。

おばあさん。十時に離れで就寝。朝まで何も知らない。

ハツ。少し遅く就寝。この二人はお年寄だから問題外。

奥さん。九時に二階に昇り、十時までに御主人の部屋の隣りの浴室で入浴。それから自分の部屋に戻り、お化粧して就寝。朝まで何も知らない。入浴の前後にも、御主人と殆ど口を利かなかった。いらいらしているような様子だった。

富田さん。七時三十分、車で外出。催眠術の会場に七時四十分着。八時より九時まで講演。十時まで会員の実演を見る。そのあと懇親会。十一時五十分、車で出発。十二時帰宅。そのまま就寝。直に眠る。

小林運転手。右を裏書する。彼自身は、馴染の喫茶店にいた。

ユリ子さん。十時入浴。十時半就寝。直に眠る。

私。九時入浴。十時就寝。直に眠る。

女中さんたちは問題外。

警察の人たちは、何等かの鈍器を使用して、赤沼さんを殴打した人間がいるのではないかと考えたらしいが、調査が進むにつれて、頭の傷痕の具合や、傘をさしていたことや、階段の滑った跡などから見て、結局は事故ということに落ちついた。要するに、雨のために鉄の階段がつるつるしていたので、足を滑らせて石だたみに落ちたという結論。何とも探偵小説的ならざる結論だが、現実というのはそんなものなんだろう。

そして盛大な葬儀が営まれた。

9　二つの意見

誰にでも（富田さんをのぞいて）チャンスがあった。しかし動機があるだろうか。私はもうこの家には用のない人間だったが（「あなたに関係のないことです」と先生が言ったのは、その前の晩のことではなかったかしら）、ユリ子さんがばかに私になついてしまったので、辞職のことを言い出せないでいた。その間に、疑問が次から次と起った。なぜ先生は、雨の中を、表に出て行ったのだろう。なぜ富田さんのアリバイは完全なのだろう。なぜ私は眠ったのだろう。あの催眠術の挑戦には、どんな意味があったのだろう。エトセトラ。しかし動機は？　警察は簡単に考えて、動機の点までは追求しようとしなかった。でも赤沼家には莫大な財産があるのだし、前の奥さんは三年前に池に落ちて亡くなったというのだし。

しかし私が真先に気にしたのは、ユリ子さんがあの晩、落人池に行ったかどうかという点だった。不幸のあったその日の晩（あんなにみんなが天手古舞している最中に）、私はユリ子さんが自分の部屋にいるところを、お悔みがてら訪ねた。そして彼女が少しも泣いたような顔をしていないのには、少々びっくりした。

「ユリ子さん、あなたゆうべ寝てからのこと、何も覚えていないの？」

「あたし、お風呂にはいって朝までぐっすり寝たわ」

「落人池には行かなかった？」

「落人池ですって？　行くものですか。あんなところ昼だって行ったことがないのに」

暗示に掛って出掛けたのなら、こういう返事も当然なのだ。私は矛先を変えた。

「ユリ子さん、腕時計を持ってる？」

「もちろん」

勢い込んだ質問が、あんまり簡単に肯定されたので、私が二の句を継げないでいると、彼女はセーターの袖をまくって時計を見せてくれた。

「でも、ゆうべはしていなかったでしょう？」

「あら、鳥飼さんどうして御存じなの？」

「夜中にあなたのお部屋に来て、ちょっと腕に触ってみたの」

「あらあら」

ユリ子さんは急に赧くなり、それは私にも感染したらしい。私はごまかすように、「いい時計ね」と言った。

「ゆうべ、お風呂場に忘れて来たのよ。これママのお形見」

型は古いが、華奢な、贅沢な造りで、ただ文字盤に傷があるのが惜しかった。

その時、ユリ子さんは不意に、パパは殺されたのだと言い出した。話が急に飛躍したので、私は眼を見張った。

「誰に?」とつい口に出た。

「ママかもしれない。富田さんだって怪しい」

「女の人の力じゃとても駄目よ、それに動機がないでしょう?」

「だってパパを階段から落せばいいんだから、力なんか要らないわ。あたしの推理では、ママはパパのお部屋にいたんだから、パパの眼鏡をすり代えておくことも出来た、もっと度の強い乱視の眼鏡を置いとけば、パパがそれを掛けて、階段を踏みそこなうこともあると思うわ。でも証拠の眼鏡が粉みじんに割れたらしいから、訴えるたってどうにもならないわね」

「眼鏡ね。でも動機が」

「だってママと富田さんとが、もしも結婚したいのだったらどう? あたし、いつだったか富田さんの暗室にこっそりもぐり込んだら、ママの写真がたくさんあったわ。その中には」と言って声をひそませたから、私は慌てて口を入れた。

「富田さんにはアリバイがあるし」

「そう思う？　あたしはあのアリバイ、不完全だと思うの。講演と実演との間は確かに会場にいた。しかし懇親会になってから、自転車で家まで片道二十分よ、往復四十分、人に気がつかれないように大丈夫抜け出せる筈だわ。お得意の催眠術で他の会員を暗示に掛けておけば、絶対大丈夫よ」

「でもあの雨でしょう、自転車なんかじゃ」と私は富田さんの肩を持った。

「雨だから、途中で人に見られる心配がないのよ」

こうなると、ユリ子さんはなかなか頑固だった。そこで数日後に、私は今度は富田さんを打診に行ったが、その言分を聞いてまたびっくりした。犯人はユリ子さんだと言うんだもの。

「ユリちゃんはね、赤沼さんの催眠術に掛ったことなんか一度もないんですよ。覚醒後の暗示どころか、睡眠中の暗示だって、みんな百も承知でしていたんです。父親を悲しませないために、お芝居をしてみせた、と僕は思いますね。例えばいつか、ママは好きか？　という赤沼さんの質問に、好きだと答えたことがあったでしょう？　あれは考えて言った返事、つまり眠っていない証拠です。ユリちゃんは決して奥さんを好きじゃありませんからね。ところで、あの子は根が臆病だから、もしも催眠術にかかったらどうしようかという不安がいつもある。特に、夜中に落人池に行けなどという命令を受けた場合に、本人が眠っていないんだから、さだめしぞっとしたに違いない。僕が、決して赤沼さんに覚醒後の暗示なんか出来ないと断言したのは、ユリちゃんが掛らないこと、逆に言えば、赤沼さんのは素人芸までも行ってない、全くの独りよがりだったことが、分っていたからです。奥さんだって、赤沼さんの催眠術に掛ったことは一度もない、いつでも掛ったふりをして見せただけだと、僕に教えてくれたことがありますからね。

　ところでユリちゃんは、命令を与えられて、当然それを覚えていただろうから、怖くてしかたがない。万一、自分が知らず識らずに、落人池に行くかもしれないと考えれば、怖いのは当り前ですよ。そこでユリちゃんは、僕が前に、皆のいるところで催眠術の講義をした時に言った、或ることを思い出したに違いない。それはこういう原理です。どんな催眠術師でも、自分で自分の生命に危害を加えるようなことは、他人に命令できない。逆に、それが自分の生命に危険だということを自覚していれば、暗示に掛らない。そこで、この原理に基づいて、ここからは僕の想像ですが、ユリちゃんは非常ドアの先の階段に、紐を横に張った。この階段を下りようとすれば、必ず引掛って転げ落ちる。つまり階段へ出ることを、自分への禁忌《タブー》としたわけです。これだけ用心して、なるべく眠らないように我慢していた。そこに物音がしたから、部屋を出て様子を見に行くと、自分の代りにパパが引掛って下に落ちた様子だから、蒼くなって、紐を片付ける。そこで証拠もなし、ユリちゃんは怖くて言い出せないでいる。ところが僕の意見ですがね。ユリちゃんが悪いわけじゃなく、赤沼さんの生兵法が、自ら招いた災難というものです。あなたはどう思います、鳥飼さん？」

10　私の推理

でも、そんな濡れた紐なんか何所にもなかった、と私は心の中で反撥した。富田さんには好意を持っていたが、可愛いユリ子さんが犯人（たとえ偶然にせよ）だなんて言われると、かえって富田さんが怪しくなった。そこで私は、ユリ子さんと富田さんとの意見を、自分でも考え直してみた。

富田さん犯人説。果してあのアリバイは不完全なんだろうか。会場から自転車で抜け出し、凶行を演じてまた会場に戻り、今度は小林運転手の自動車で帰って来る。十二時の帰宅は、私もその音を聞いた。しかし、自転車を用意したり、片道二十分の雨の中を走ったり、他の会員を催眠術に掛けてアリバイを証明してもらうなんてことは、少々子供じみている。一番の難点は、富田さんがこっそり戻って来た時に、どうしてタイミングよく、先生が階段のあたりに現われたか、という点。千里眼じゃあるまいし、どうしてそんなことが分るものですか。

そこで私がぎょっとなったのは、富田さんが洩らした、「心霊操縦」というのを思い出したからだ。もしもそれと知られずに、先生に暗示を掛けることが出来れば、それは一種の遠隔操縦、現場にいなくても可能な殺人なのだ。例えば、「あなたはユリちゃんが、暗示通り落人池に行くかどうか、ひどく気にしている。では一つ見に行ったらどうです？　あなたは挑戦を受け入れたのだから、負ければ大恥ですよ。非常ドアから出て行って様子を見ておいでなさい。踊場から見廻して御覧なさい。そこで足を滑らせなさい……」これは駄目だ、と私は自分でもおかしくなった。自分の生命に危害の加わるような暗示には、掛らない筈だ。いくら心霊操縦でも、足を滑らせるようには命令できない。そこに何かトリックがなければ。

そこで閃いたのは、奥さんとの共犯説。もしも奥さんが、そこで後から突き落したらどうだろう。でもうまく行くかしら、女の力で。だいいち、どうしてタイミングよく踊場で襲撃できるのか。浴室に隠れて待っているのか。十一時十分に先生が階段に来ることを、あまり仲のよくない奥さんがどうして知っているのか。それとも、富田さんの心霊操縦が、同時に先生と奥さんとを動かして、……この想像はあまりに馬鹿げていた。しかし、この心霊操縦という考えは、ユリ子さんの不完全アリバイ説に負けないほど子供じみていたが、私に薄気味の悪い不安を残した。

奥さん犯人説。度の強い乱視の眼鏡とすりかえるのは、無理。そんなこと位でうまく転げ落ちる筈がない。鈍器で先生を打ち倒すというのも無理。多少の可能性は、他の場所、例えば先生の部屋で、寝ている先生を殺しておいて、現場を動かすことだが、女手で廊下へ運べる筈もないし、血も出るだろうし、だいいち、先生は自分の部屋には鍵を掛けて寝るのだから。（ここに後からの註を入れておく。私は警察の人に、最後的な調査の結果を聞いたが、先生は確かに階段の一番上から転げ落ちたので、四散した眼鏡のガラスが、階段の途中や屍体の下にも落ちていた。また、雨のために正確なことは言えないが、現場の付近に死体を引きずった形跡もなかった）

ユリ子さん犯人説。その紐というのは、果して引掛って落ちて死ぬだけの、確実な凶器だろうか。先生が知らずに引掛ったとしても、右手の雨傘と、左手の懐中電燈とを離してしまえば、手摺にしがみつけるのじゃないかしら。ユリ子さんが、暗示に掛らないために、非常階段に紐を張って自分に警告したとしても、外に出るのには、何も此所を通らなくても、中央階段からロビイに下りればいいことだ。従って、非常階段を禁忌《タブー》にすることが意味のない位は、ユリ子さんにも分っていただろう。

こうして私の推理は五里霧中になり、やっぱり唯の事故だということに落ちついた。しかし、そこで霊感が閃いた、つまり、自分の部屋には必ず鍵を掛けた位の先生が、なぜ、家の外へ出て行こうとしたかということ。雨傘と懐中電燈とを手にして。非常階段は、石だたみを通って、百メートルばかりで離れに通じている。先生がこの階段を下りようとしたのは、こっそり、離れに行こうとしたのじゃないかしら。そこで私は、例の晩、ハツさんが先生を呼んで、廊下でひそひそ話をしていたことを思い出した。問題はおばあさんにある。そこで女探偵である私は、離れへと調査に出掛けて行った。

11　夢遊病

私がおばあさんに、先生はあの晩離れに何か御用があったのでしょう、と言い出した時に、おばあさんの身体はいよいよ小さくなり、その顔色はいつもよりもっと蒼くなった。

「あの晩、大作は此所に来ました」

「え、いらした？　いらっしゃる途中だったんじゃないんですの？」

「十時半頃から十一時まで、大作は此所で私と話をしていました。私はそのことを警察に言いませんでした。言っても始まらないことです」

私の頭の中がくるくる回転した。それでは先生は、階段を下りる時じゃなく、上る時に転げ落ちたのだ。しかし階段を上る時の方が、足を滑らせる可能性はずっと少ないのじゃないだろうか。とそこへ「大作は私が殺したのです」とおばあさんが言った。

私はびっくり屋で、しょっちゅうびっくりしているけど、この時は正真正銘、がんと殴られたような気がした。しかしおばあさんは直に修正した。「殺したようなものです」と。そして私はやっと安心した。此所だけの話だと断ってから、おばあさんはその晩のことを語り始めた。

「何の用だったかは忘れましたが、私はあの晩七時頃、食堂に行きました。ちょうどあなたが食堂のドアをノックして、ユリが居間の方に戻って行くところでね。ユリは慌てたのか、ドアをぴったり閉めて行かなかった、それで大作の話すのが、つい私の耳に聞えて来ました。大作はユリを暗示に掛けて、夜中に池に行かせようとしていました。私はよっぽどその場で大作を叱り飛ばそうかと思いましたが、気を取り直して此所へ帰って来ました。しかしどうにも腹に据えかねたので、ハツを使いに出して、大作に離れに来るように命じました。ただでは来ないと思ったので、ユリの母親が死んだことと関係があるから、とハツに言わせました。私は何としてでも、大作がユリに与えた暗示を取り消させる決心でした。

「大作が来たのは十時半です。皆が寝るのを待っていたので遅くなった、と言訳しました。そこで私は、何度も申してある通り、ユリを催眠術に掛けるのは宜しくない、お前は治療のためと称しているが、それはユリの夢遊病の発作を一層悪くするかもしれない、もしも池にでも落ちたらどうする？　と言ってやりました。大作は、催眠術では決して危いことはないから、と言い張るので、私はとうとう、夢遊病でなら、人を殺す場合だってあり得るよ、と言ってしまいました。

「鳥飼さん、これはどうぞ秘密にしておいて下さい。大作も死んだ今となっては、明るみに出す必要もないでしょう。実は、私の血統には夢遊病の遺伝があるのです。大作は、夢遊病の発作中に、あやまって前の妻を殺しているのです。

「その頃、大作は既にゆかりと親しくなって、夫婦の間が思わしい状態ではなかった、嫁はよく落人池に行って、一人で泣いていたようでした。私はつい息子のひいきをして、あれの苦しみがよく分らず、嫁の我儘とばかり思っていました。

「大作には、子供の頃から夢遊病の発作がありました。しかしいつのまにか直っているものと私は思っていたのですが、或る晩、私は二階の（その頃は二階の、ユリの隣りの部屋に暮していました）窓から表を見て、大作がふらふらと庭を歩いているのに気がつきました。どうしたことかと廊下で待っていると、全然無表情なままで、私がいる側を通りすぎ、自分の部屋に戻って行きました。完全に夢遊病者の歩きかたでした。ところがあくる朝、嫁が池に落ちて死んでいるのが発見されたのです。それは事故ということで済んだのですが、私は気になってならず、嫁の持ち物を調べてみて、こっそり隠してあった日記を見つけ出しました。それには、ゆかりへの嫉妬、夫への不満と共に、夫が時々夢遊病の発作を起すから怖くてならないという記述もありました。

「夢遊病は、赤沼家の凶兆なのです。ユリも小さな時から、その発作がありますしね。大作も自分が怖いので、夜知らないうちに外に出て行かないために、自分の部屋に鍵を掛けるのです。ゆかりと別の部屋に寝るのも、そのためです。催眠術を習ったりしたのも、本来はその病癖を直す目的だったのが、つい深入りしてしまったのでしょう。

「そこでこの前の晩、私は大作に、お前が発作中に嫁を池に投げ込んだのに違いない、と聞かせてやりました。取っておいた日記も見せてやりました。といっても、私はただ、この眼で大作が庭を歩いているのを見、一方では日記を読んで、両方を勝手に結びつけただけですから、確実な証拠があったわけじゃありません。けれども大作は、すっかり参ってしまったようでした。そこで私は、こういう恐ろしいことがあったのだから、ユリに危険な暗示を掛けてはならない、早く帰って、ユリが行く前に暗示を解いてやりなさい、と命じました。そして戻り道に、大作は階段から落ちたのです」

12　夢の終り

晩秋の日の午後おそく、私はユリ子さんを誘って落人池に散歩に行った。あれほど前には厭がっていたのが、素直に一緒に来る気になったというのも、私の感化（それこそ無意識的影響）に違いなかっただろう。私はユリ子さんがかわいそうでならなかった。母親も死に、父親も死んだ。しかも母親は（たとえ夢遊病の発作という、無意識の行動の中でででも）父親に殺され、父親はそのことを知ったショックのうちに、足を踏み滑らせて死んだ。かわいそうなみなし児のユリ子さん。

事件は結局、過去にあったのだ。事件といっても、それは一種の過失にすぎなかったし、今度の事件は、単なる事故にすぎなかった。私は赤沼先生に生理的な嫌悪感を覚えていたことを、心から済まなく思った。かわいそうな人、夢遊病の発作が怖くて、奥さんとも別々の部屋に住み、自分の部屋に鍵を掛けて寝た人。そんな病人と結婚した奥さんも気の毒だし、富田さんも、私に犯人なんかと疑われて大いに気の毒だった。

落人池は枯れ枯れとして、そこに夕陽が射していた。ユリ子さんはじっと池の水を見詰めていた。ママのことを思っているのだろうか。私も次第に感傷的な気分になった。

「そろそろ帰りましょうか？」と私は誘った。

ユリ子さんは腕時計を見て、「まだ五時よ」と言った、それは例の、華奢な、文字盤に傷のある古い型の腕時計だった。夕陽がガラスに反射してきらりと光った。

「あたし、この腕時計をちょうどこの辺で拾ったのよ」と彼女が呟いた。「ママの死んだ二三日あとだったかしら。誰も気がつかなかったなんて不思議ね。ガラスが割れて、針がなくなっていたわ」

それから彼女は、ぽつんと別のことを付け足した。「鳥飼さんが、ママを知らなかったの残念ね」

私たちは池を見下す草むらの中に立っていた。池は向うの方に、丸く明るく光った。私は夢の中にいるような気がした。私の夢は、――この赤沼さんのお宅での数ヵ月間の奇怪な夢は、もう終った筈だった。私は此所を去って行かなくてはならない。けれども、私はユリ子さんを妹のように感じ始めていた。もしもユリ子さんがいてほしいと言うのなら、いつまでも一緒にいてもいいような気がした。決して週給五千円のせいじゃない。そんなことを私は考えていた。ところで夢は終ったのだろうか。赤沼先生の死は事故だったのだろうか。いや、私はまだ、やっぱり、不可解な夢の中にいるような気がする。どうして先生は足を滑らせたのだろう。催眠術は何の関係もなかったのか。私を襲ったあの猛烈な眠気は？　心霊操縦は？　夢遊病は？

私はその時、母校の文化大学の古典文学科に、伊丹英典《いたみえいてん》という助教授がいることを思い出した。この先生は（私はサボって単位を取らなかったけれども）名探偵だという噂が高かった。そこで私は、伊丹先生にこの手記を送って、その御返事を待つことにした。

13　伊丹英典から鳥飼元子への手紙

出来るだけ簡単に、僕の推理を書いてみます。あなたの手記だけを材料にしているのですから、物的証拠にまでは亙りかねます。心理的証拠ばかりかもしれません。そして僕の出す結論は、或いは、あなたのお気に入らないかもしれません。

A　過去の事件

1・赤沼氏の夢遊病は偽装だったと考えます。夫人の日記の中に出て来る発作は、夫人をおびやかし、ゆかり嬢に会いに行くのがばれた場合のための口実。老夫人に廊下で出会った時のは、咄嗟の偽装です。子供の頃のは本当かもしれませんが。

2・夫人と話をつけるという口実で、落人池に誘い出したのか、或いは夫人が嫉妬のためか、傷心のためか、池のほとりに一人で出掛けたのに跡をつけたのか、とにかく赤沼氏は、「池を見下す草むら」で夫人を襲い、池に投げ入れたのです。腕時計がその時落ちました。文字盤の傷は格闘の証拠です。

3・動機は、ゆかり嬢との恋愛と、夫人への憎悪。

4・その後赤沼氏がゆかり夫人と別室に住み、自分の部屋に鍵を掛けるというのも、自ら夢遊病の発作を恐れているかに見せかける偽装です。たとえ鍵を掛けても、夢遊病者なら、当然、明けて出く行くでしょう。鍵を掛けることを、女中までが知っているのも、わざと分らせたことでしょう。夢遊病は、前夫人の殺害が万一人に知られた時のための（現に老夫人に知られています）工作です。但し寝室を別にしたのは、氏が早くもゆかり夫人に厭きたからかもしれません。或いは、眠っている間に、事件についての、寝言でも言いはしないかと恐れたのかもしれません。

5・この殺人は、誰にも知られずにすみました。しかしこれが、次の殺人の原因。

B　今度の事件

1・夢遊病は遺伝しません。ユリ子は夜、戸外をぶらぶらするのが好きなのです。彼女の怖がりかたはお芝居がかっていると思いませんか。落人池へ行かないのは、怖いからではなく、悲しいからです。母親の死んだあとで（三年前のまだ子供の時に）、そこへ行って腕時計を拾っている位です。この怖がりかたが、彼女の偽装です。

2・壊れた腕時計を拾って、彼女は母親が事故、或いは過失によって池に落ちたのではなく、襲撃されたことを知っています。但し誰が犯人であるかは知らない。浮浪人の仕業かもしれない。それが「暗い秘密」です。多少は父親を疑っていたかもしれません。

3・彼女は死んだ母親を熱愛し、父親には少しの愛と多くの憎しみとを感じ、新しいママは憎悪しています。

4・彼女は父親の催眠術には掛っていません。これは富田氏により証明済。掛ったふりをしたのは「少しの愛」のためです。

5・彼女は十時に入浴します。父親の暗示を怖いとは思っていません。(池へ行くのは、彼女には散歩にすぎないから)彼女はお風呂の中で考えます、――「少しの愛」のためにパパを勝たせてやろうか、パパと富田氏との勝負は、彼女次第なのです。そこに雨。「あたし雨の中を裸で飛んで歩くの大好き」そこで裸のまま、腕時計だけをはめて、非常階段から外に飛び出します。しかし表は寒いし池は遠いし。雨に濡れてどうしようかと考えているうちに、同じ階段から父親が下りて来て、離れへ歩いて行き中に消えます。

6・好奇心から彼女は様子をうかがう。茶室ふうの建物ですから、おばあさんと父親の声が洩れて来ます。「お前が嫁を池に投げ込んだのに違いない」彼女は今や、三年越しの秘密、母親を殺した犯人を知ったわけです。

7・彼女は飛ぶように浴室に戻る。湯槽《ゆぶね》にはいろうとして、彼女は腕時計をはめているのに気がつく。この時計の存在が、心理的に重大な要素だと思います。母親が最後まで身を防いだしるしが、文字盤に尚も刻まれています。激情的性格（これは遺伝します）が現われ、彼女は武器を摑みます。

8・武器、それは水道の蛇口につけたホースです。彼女は水道を出し、ホースの先を握り、それをぎゅっと抑えつけて、浴室のドアを薄目にあけて、非常階段のドアが開くのを待っています。父親が片手に、まだ開いた傘と懐中電燈を持ち、ドアを明けてこちら向きになった瞬間、冷たい水が鞭のようにその顔を襲撃します。それは棍棒よりも強力な武器じゃないでしょうか。赤沼氏はあっというまに転落します。

9・彼女は腕時計を外して湯槽で暖まる。上って着物を着ると、非常ドアの錠を閉めて、ドアや廊下を拭く。それでも、「雨が吹き込んだ」ように「濡れて」いるところが残ります。しかし雨が吹き込むほど、ドアが明けっ放しだったことはない筈です。そこで彼女は部屋に戻る。傘も、靴も、服も、雨に濡れたものは一つもありません。ただ彼女は腕時計だけは、浴室に忘れて来ました。そのために、あなたがうろうろして、廊下の「雨水」という決定的証拠に気がつくことになるのです。

10・富田氏も赤沼夫人も、赤沼氏が離れへ行くことを知りません。それを知ることの出来るのは、老夫人、ばあや、ユリ子、の三人だけです。しかし前の二人には、方法も動機も見当りません。

11・富田氏の催眠術の挑戦は、作為的とは思われません。アリバイも作為的とは思われません。心霊操縦は、お説の通り、「子供じみて」います。

12・あなたの「猛烈な眠気」は、夫人の入れたお茶、或いはユリ子のくれたボンボンの中に、睡眠剤が注入されていたと考えるよりも、あなたが「若い」からだと考えた方がよさそうです。

C 忠告
もしも僕の想像通り、ユリ子さんが犯人であるとしたならば、どんな罰がこの未成年者に与えられるべきでしょうか。必要なものは、罰ではなく愛だと、考えることは僕のロマンチシズムでしょうか。僕はあなたがこの不幸な少女のお姉さん代り、出来ればお母さん代りになって、その激情的な面をやさしく導かれんことを希望します。週給五千円は、たとえ老夫人によってもっと増額されたとしても、少しも遠慮する筋はないでしょう。

以上です。

湖畔事件

1、バス終点

文化大学古典文学科の助教授である伊丹英典《いたみえいてん》氏が、二時間もバスに揺られて湖畔の終点に着いた時に、さてどこに湖があるものやら見当もつかないほどの濃い霧が、渦を巻くようにバスの周囲に立ちこめていた。伊丹氏は真先にバスからおりたが、あたりを見廻してやれやれと溜息をついた。それでも霧のなかに、赤いペンキで屋根に観光船案内所と大書した建物の存在が、かすかにそれと見分けられたから、とにかくそちらの方向へ歩き出した。同じバスに乗っていた客は数えるほどで、土地の人らしい日焼した三人ほどの男はすぐに霧のなかに姿を消し、いかにも新婚旅行の途中らしい二人連れが、伊丹氏のあとからくっついて来た。

十月初めの秋休みを利用して北海道の或る都市を訪ねた伊丹氏が、そこで久しぶりに会った旧友から熱心にすすめられてこの湖を見物する気になったのは、いわば旅の気紛れと、それに友達の熱心な口振りについ心が動いたからにすぎない。殆ど人に知られていないこの高原の湖と、そこにあるホテルの風情とが、日本ばなれのした幽玄な趣きを呈しているとまで言われて、では二三日静養して行こうという気になった。旧友はそのホテルの支配人に紹介状を書いてくれた。しかしバスに二時間も揺られているうちに、だんだんに厭気がさして来て、こんなことなら寄り道をせずに東京へまっすぐ引上げた方がましだったと考えるようになった。それに肝心の湖が霧に隠れているのでは、幽玄すぎて、景色のよし悪しも分らず、薄い合オーヴァでは身顫いするほどのうそ寒さである。

「船はじきに出ますか?」

ひっそりとした案内所の奥に、十五六のお下げ髪の女の子がいたので、話し掛けた。

「船は今日は出ません」

にべもない返事で、伊丹氏は思わず眉を釣り上げた。

「出ないって? バスと観光船とは接続している筈だよ」

「定期に出るのは土曜と日曜だけです。今日は金曜日です」

「今日が金曜日ぐらいのことは知ってるよ。しかし僕の貰った時間表にはそんな但し書は出てなかった」

「夏の間は毎日運行します。でももうシーズン・オフですから」

そこに先程の二人連れが、心配そうな顔つきで近づいて来た。

「僕たちはホテルに行くんだけど、他に船はないの?」

「観光船だけです。観光船がホテルにも寄るんです。でも今日は出ません」

「朱実さん、どうしよう?」

良人と見える方が困りきった表情で、女を振り返った。

「なんとかなりませんの?」と女も言った。

「こちら側にも宿屋は一軒ありますよ」

「ちょっと待って下さい」と伊丹氏が言葉を挾んだ。「僕もそのホテルに行くんだが、一つ電話を掛けて聞いてみよう。せめてボートぐらいはあるだろうと思うから」

女の子はぷいと頤の先で電話のあり場所を教えた。

伊丹氏はそこでホテルの支配人を呼び出した。暫く話をしてから、表情の緊張をゆるめて二人連れの方に頷いてみせ、電話を切った。

「モーターボートで迎えに来てくれるそうです。やれやれ助かりました」

「まあよかった」と女のほうが嬉しそうに叫んだ。「此所へ来ようと言い出したのはわたしのプランなんですの。こんなことでホテルへ行けなければ鷹夫さんにだって済まなかったわ」

「なに僕はいいんだよ」

その男は年の頃三十くらいの見当だったが、如何にも気の弱そうな顔立ちをしていた。

「だってせっかくこんなところに来て、ホテルに行けないのじゃあんまりよ。せっかくの新婚旅行なのに」

女は言ってしまってから、思わず第三者の存在に気がついたように顔を赧らめた。しかし鷹夫さんと呼ばれた相手の方は一層どぎまぎした様子で、苦笑しながらベンチに腰を下した。若い女もその隣に掛けて、伊丹氏にどうぞと言った。伊丹氏は遠慮して向かい側にあるベンチに坐り、漫然と二人に話しかけた。

「ひどい霧ですね。僕は此所は初めてなんだが、あなたがたも初めてみたいですね。こういう山奥の観光地というのは俗化してないから珍しいんだろうけれど、こうサーヴィスが悪くちゃたまらない。これでせめて景色でもよければいいが」

「景色はそれはいい筈です」と女が答えた。

伊丹氏はあらためてその若い女を観察した。はきはきした性格らしく、勝気そうな黒い眼と綺麗にルージュを引いた唇をしていた。年はもう二十五六になっているだろう。良人の方は平凡な会社員のように見える。この夫婦は、いずれ奥さんの方が万事につけて亭主の頭を抑えるようになるだろう、と伊丹氏は考え、少々おかしくなった。

そろそろ待ちくたびれて来た頃、湖のほうからモーターの音が近づいた。伊丹氏は立ち上って案内所の手摺を抜けて桟橋へと出て行った。乳色の一面の霧の中から、腹を赤く塗ったモーターボートが、不意に湧き出たように姿を現わした。

「伊丹先生ですか」

まだ二十歳ぐらいの快活そうな青年が、舷側のドアを明けて桟橋にあがると、こちらを向いて訊いた。

「支配人の瀬木さんに頼まれて来ました。他にもお客さんがあるそうですね？」

「待合室の方にいる筈だよ。呼んで来よう」

「ああちょっと待って下さい。もしお宜しければ、あと十分間ぐらいお待ち願えませんか。瀬木さんの坊やたちが小学校から帰って来るので、さっき瀬木さんが学校の方へ電話して急がせていましたから」

青年は腕時計を見ながら、ぴょこんと頭を下げて、待合室の方へ伊丹氏と連れ立って歩き出した。

伊丹氏はこの上待たされるのは御免だと思ったが、乗りかかった舟と諦めてもとのベンチに戻った。二人連れは小声で話をしていて、待つのはちっとも苦にならないらしかった。伊丹氏はその青年をつかまえて、退屈しのぎに尋ねてみた。

「その坊やたちというのは支配人のお子さん？」

「ええ。一郎君と二郎君といって、小学校の五年生と二年生です。どうもやんちゃで困るんですよ」

「すると小学校へ行ってるわけですね？」

「僕が往き復りをモーターボートで運んでやります。なにしろホテルからは湖の上を通る以外に道がないんです。実際ひどく不便なところにホテルをつくったものです」

「すると君は毎日ここまで往復するわけですね？」

「僕はしょっちゅう往ったり来たりです。何しろ交通は僕の手にまかされているんですから」

「するとさっきの女の子はひどいなあ」と言って、伊丹氏は切符売場の奥の方をうかがった。

「観光船以外にはホテルへ行く船はないと言いましたよ」

「ああ香代ちゃんですか。あの子は毎日瀬木さんの坊やたちに苛められるから、きっと意地悪になったんでしょう。僕が三時に迎えに来るまで、坊やたちは香代ちゃんを相手にして、だいぶおどかすらしいんです。あの子たちは殺人狂でしてね」

2、モーターボート

罪のない顔をした二人の子供が、喊声をあげて待合室へ飛び込んで来た。

「中川さん、今日は早いんだね」

「お客さんがあったからね。さあ行こう」

二人とも眼のくるくるした可愛らしい子供で、おどろくほどよく似ていた。まじまじと伊丹氏を見つめて、兄の方が「加害者タイプ」と断定すると、弟は新婚の夫婦を見て、「あの小父さんは被害者、小母さんは加害者。ね、そうだろう?」と言った。

桟橋へ向かって歩きながら、伊丹氏はやさしく尋ねてみた。

「何だい、その君たちの鑑定は? 聞いた人はびっくりするぜ」

「あのね、人はね、誰でも加害者と被害者との二つのタイプに分れると思うんだよ。僕たち新聞に出ている写真を切り抜いて、スクラップブックに貼ってあるの。殺人事件の被害者の写真が一冊、それからつかまった犯人の写真が一冊。そこでね、研究を重ねた結果、誰を見たってどっちかに分類できるのさ」

中川と呼ばれた青年がモーターボートの運転席に坐り、その背後の椅子に一同が腰を下した。青年は直にハンドルを廻し、船はモーターの響きも高く桟橋から離れると、くるりと向きを変えて走り出した。六人から八人くらいまで乗れる大型のモーター船で、屋根は風防ガラスで覆われている。運転席の前のワイパーがひっきりなしに動いていて、霧はいつのまにか小雨になっていた。

「その子たちの言うことは気になさらないで下さい」と青年は言った。

「中川さんは加害者タイプなんだよ」と兄の方が言った。「親切なんだけど、でも中川さんとそっくりの顔をした、三人も人を殺した凶悪犯人がいたんだ」

「いつもは弱虫なんだ」と弟の方が言った。

「君たち、そんなことを誰の前でも言うのかい?」と伊丹氏が訊いた。「怒る人いないかい?」

「香代ちゃんて、あそこの案内所にいたでしょう。香代ちゃんたら怒って僕たちに口を利いてくれないの。手も足もバラバラにされて殺されるタイプなんだ」

「そりゃひどい」と伊丹氏は笑った。「それで君たちは二人とも加害者タイプってわけか。こわいね」

「僕たちは色んな殺人方法を研究してるんだ。完全犯罪てのはむずかしいんだよ」

「まあ君たちはそれでいいけど、どうもその分類は正確じゃなさそうだ。中川君は僕の見るところでは被害者タイプと見えるけどね」

「いやなことを言わないで下さい」と運転席の青年が苦笑した。「僕は殺されるのは厭ですよ。この坊やたちときたら、うしろからポカンと一発やりかねないんですからね」

「そんなのは知能的犯罪じゃない」と兄の方が言った。「だけどね小父さん、ホテルの2号室にいる宮本さんて人なんか、間違いなしの加害者タイプだよ。顔じゅうひげだらけで、眼がぎょろぎょろして、部屋の中に閉じこもったきり獲物を狙っているんだ」

「殺し屋なんだよ」と弟が言った。

「一体誰を殺すんだい?」と伊丹氏が訊いた。

その間じゅう新婚の二人は後ろの席でずっと黙り込んでいたが、「気分が悪いのかい?」と言う男の声に、伊丹氏は思わず振り返った。女は冴えない顔色をして、良人の膝に凭れかかるようにして喘いでいた。

「船に酔ったんですか。もう着きますよ」と中川君が言った。

3、ホテルの中

モーターボートが小さな入江のようになった岸壁に横づけになると、そのすぐ前がホテルの正面玄関になっていた。子供たちが真先に飛び出し、伊丹氏と新婚の二人がそれに続き、中川君はあとに残った。ロビイでは温厚な微笑をたたえた中年の紳士が、子供たちに話し掛けていたが、引き留める間もなく子供等は奥へ駆け込んでしまった。紳士は笑いながらこちらへ近づいた。

「私がここの支配人の瀬木と申す者です。先程は電話で失礼しました」

伊丹氏は友人からの紹介状を手渡した。新婚夫婦が宿帳に記名してボーイに連れられて二階への階段を昇って行ったあとで、伊丹氏はロビイのソファに瀬木氏と共に腰を下し、暫くお喋りをした。

瀬木氏はさっそくこの湖とホテルとの自慢話を始めたが、ちっとも厭味には聞えなかった。湖はさして大きくはないし、原始林の中に忘れられたように埋もれていて、今でも大して人口に膾炙《かいしゃ》しているわけではない。近頃でこそ観光船が出来て遊覧客を集めるようになったが、それも夏の間だけにすぎない。湖はすぐに岸まで山が迫っていて、荒々しい魅力に富み、神秘なほど蒼く澄んでいるし、取り囲む原始林には秋ぐちになると熊が出没する。短い夏を過ぎれば、ホテルはひっそりと自然の一部になってしまう。

「お寂しいでしょう？」と伊丹氏は訊いてみた。

「いや、それほどでもありません。私もホテル業には野心もあったのですが、妻が亡くなってからはどうも引込み思案になって、それでここの話があった時に、渡りに舟と引き受けてしまいました。それに油絵を少し描きますから」

「しかしお子さんがおありなんでしょう?」

「ええ、今のうちは小学校ですから、ここの生活も悪くないんですが、上のが中学にでもはいる頃には何とかしなければなりません。今はけっこう二人とも退屈せずにいるようです」

「モーターボートで一緒にお喋りして来ました。活発なお子さんたちですね」

「どうも活発すぎましてね。いま小さいお嬢さんを連れた未亡人のかたがずっと滞在しておいでなものですから、遊び友達が出来たといって悦んでいます」

「お客さんは?」

「ええ、今頃になるとまるで少ないんですよ。花岡さんというその女のかた、それに宮本さんという、何か書きものでもなさるかたですか、それだけです。もう少しして紅葉の頃になると、またふえるのですが」

伊丹氏はそこで立ち上って、ひとまず自分の部屋へ行ってみることにした。宿帳をつける時に、一緒に来た新婚夫婦の名前が、多分良人の方の手で、書きつけてあった。

丸田鷹夫、会社員、住所は東京、5号室
朱実、妻
そのすぐ前に、
宮本小次郎、無職、住所は東京、2号室

そしてその前に、

花岡優子、無職、住所は北海道S市、6号室

ミチ子、娘

インクの色がそれぞれ違っていた。伊丹氏は記帳を済ませ、三晩泊って月曜日に出発するつもりだと瀬木氏に告げた。ボーイが小さな鞄を持って先に立って案内した。

伊丹氏の部屋は二階の1号室で、階段のとっつきの一人部屋だった。小じんまりした部屋で、窓をあけると、湖の水がすぐ眼の下まで迫っていて、乳色の霧のなかに無気味なほど蒼々と見えた。このホテルは湖の岸壁にそそり立つように建てられているらしく、窓のまわりの壁面には蔦が一面に絡んでいた。霧が晴れない限り湖の様子は見当もつかなかった。

暫く休んでから廊下に出てみた。廊下の左右に部屋があるが、目下の泊り客のある2、5、6号室はどれも南むきの湖の側にあった。廊下の突き当りが開き戸になって、そこを出るとテラスがあり、テラスの端から非常階段が庭へ下りられるようになっていた。伊丹氏はゆっくりとそれを下りた。霧の中で雉子がけたたましく鳴いていた。

こんな霧では散歩もできないな、と伊丹氏は庭の方へ歩いて行きながら考えた。その時、聞き覚えのある子供の声が、ぼんやりと霧にかすんで見える東屋《あずまや》の方から聞えて来た。伊丹氏はそちらの方へ足を進めた。

4、東屋

「ワトソン君、用心して僕のうしろから歩いて来てくれ給え。その足跡が大事な証拠なんだからね」

「ホームズ君、これは変てこな足跡だよ。見て御覧」

「それはあとから。まず屍体を調べなくちゃ」

小さな二人の探偵が忍び足で東屋に近づいて行くのを見ながら、伊丹氏はそのうしろからそっと近づいて行った。このあたりは柔らかい土で、霧にしめっているせいか子供たちの足跡が重なり合って一列に続いている。その横の方に、なるほど、奇妙な足跡が続いている。大人の靴の足跡と小さな丸い輪型とが、互い違いに東屋の方向に向かっていた。

「被害者は短刀で胸を刺されている」とホームズ君が言った。

「即死ですか?」とワトソン君が訊いた。

「いや即死じゃない。ここを見給え、被害者は死ぬ前にここに指で字を書いた。読めるだろう、ジロウと書いてある」

「わあ、僕が犯人か」とワトソン君は悲鳴をあげた。

伊丹氏は立ちどまって（それ以上近づくと発見されそうなので）東屋の中をうかがった。小さな女の子が仰向けに寝ていて、おかしいのを我慢するようなくしゃくしゃの顔をしていたが、寝がえりを打ったはずみに大声を出した。

「あら誰かいるわ」

「ギョッ」と言って一郎君が振り返ったから、伊丹氏も観念した。

「僕は犯人じゃないぜ。ひとつ諸君の探偵ぶりを見学させてくれよ」

「何だ小父さんか。いいよ。証拠の足跡を消さないようにして来るんだよ」

伊丹氏は用心しながら東屋にはいって、ベンチに腰を下した。女の子はまた屍体に戻った。

「死後二時間を経過しています」

「それじゃ僕はアリバイがあるよ、ねえ兄ちゃん。二時間前にはまだ学校にいたもん」

「ワトソン君、落ちつきたまえ。ええと、格闘のあとは見当りませんから、犯人と被害者とは顔馴染だった。ここで二人が話をしている間に、犯人は隠し持った短刀でこの女をズブリと突き刺した。この短刀だ」

そこに落ちていた庖丁をホームズ君が取り上げたが、それは本物の刺身庖丁なので、伊丹氏にはどうも気味が悪かった。声を掛けようとするよりも早く、ワトソン君が叫んだ。

「指紋が消えちゃうよ」

「これは柄が木でできてるだろう。だから指紋は採れないんだ。他に証拠になるものはないかな。よく探すんだ」

二人はちょこまかと東屋の中を探しまわったが、どうやら証拠らしいものは何もなかった。ベンチの前の灰皿に煙草の吸殻が二つ三つはいっていた。ホームズ君はそれを大事そうに紙に包んでしまった。

「やはり手掛りは足跡だけだな。さあワトソン君、そとを調べよう」

二人の子供は表に出て行き、ホームズ君は巻尺を出して足跡の大きさを測った。仰向けに寝ていた女の子はのこのこ起き上ると、伊丹氏の隣に腰を掛けた。

「ああくたびれた。小父さんはホテルのお客さん?」

「そうだよ。君は……花岡ミチ子さん?」

「あら凄い推理。どうして分ったの?」

「なに宿帳を見たんだ。君は学校へは行ってないの?」

「あたし四年生なんだけど、今は病気のあとで休んでるの」と女の子は少し寂しそうな顔をした。

「でも退屈しないわ。今日は飛び切りのトリックを考えたから、一郎君たちきっと迷宮入りよ」

そこに探偵たちが東屋に戻って来た。

「ミッチイ、死んでなきゃ駄目じゃないか」

「もういいのよ。それで分った?」

「うん。この東屋のまわりには、僕たちの足跡を別にすると、一組しかないから、それが犯人の足跡であることは明らかだ。その足跡は靴の跡が一種類と、小さな丸い輪型が一組で、互い違いについている。靴は右の靴で、大人のもの。従ってホームズの推理を以てすれば、これは義足の男が犯人だ」

「ミス・マープルの推理を以てすれば、違うわよ」

「ホームズ君、東屋に来る時の足跡しかないんだよ。出て行く時はどうしたんだろうね？」

「ワトソン君、君は黙ってい給え。そんなことは簡単だ。義足の男は、帰る時はうしろ向きになって、来たときと同じ足跡の上を踏んで行ったのさ」

「そんなことをしたら、足跡が重なっているのが分る筈よ」とミチ子さんが反対した。

「それじゃ、犯人はうしろ向きになって、背中のところで前の足跡を消しながら、あとずさりして行ったんだ」

「信じられないわ。そんなおかしな恰好して歩けると思うの？　犯人がどうやって消えたか、それよ問題は」

伊丹氏が口を切りそうになって、ミチ子さんにたしなめられた。

「駄目よ、大人は。ホームズさんは証拠をもう少し探す必要があると思いますわね」

二人の探偵がまた東屋の外に飛び出して行くと、ミチ子さんは片目をつぶって伊丹氏にウインクした。

「とても難しいのよ、今度の問題は。小父さんには分って？」

伊丹氏はとても分らないという表情をした。そこへ二人の探偵が大声をあげながら走って来た。

「見つけたよ。ほらステッキだ」

「この靴は僕が見つけたんだよ」と二郎君も得意そうだった。

細身のチューリップの木のステッキと、片われの男ものの単靴。その二つが少し先の茂みのところに投げ込んであったという。

「このステッキは2号室のひげ男の持ち物だ」とホームズ探偵が言った。「僕たしかに見たことがある。この靴だって調べればきっと分る」

「すると犯人は？」とミチ子さんが訊いた。

「2号室のお客さ。宮本さんさ」

「じゃ方法は？　どうやって逃げたの？」

「さっき言った通りさ。うしろ向きになって、片足とステッキで歩いたのさ」

「そんな恰好で、来たときの足跡が消せると思うの？　来たときの足跡というのは、被害者のと加害者のと、二組あった筈でしょう？　両方ともうしろ向きで消すなんて、とても無理よ」

ホームズ君はぎゃふんとなって、ミチ子さんの履いている靴を見ながら沈思黙考した。

「迷宮入りだ」とワトソン君。

「待って。この犯人は眠っている被害者をおんぶして東屋に来たんだ。ね、それから殺して、うしろ向きに、最初の足跡を消しながら歩いた。それから怖くなって、靴とステッキを捨てて逃げ出したんだ」

「眠っていた被害者が、指で字なんか書くかしら?」とミチ子さんはにこにこした。

「分んないや」

「僕も分んないや」

めっきの剝げた探偵二人はあどけない声を出した。

「ジロウって書いてあったのよ」

「だって僕にはアリバイがあるもん」

「じゃ教えたげる。被害者ミス・ミッチイはかねて2号室のお客を怨んでいたの。そこでステッキと靴の片っ方を盗んで、自分の靴の上からその靴を履き、もう片足の方は地面を踏まないようにステッキを使って、東屋に来るのよ。ね、それからステッキとその靴を力いっぱい遠くに投げる。それから短刀で胸を突いて死ぬ。犯人は宮本さんということになって、ミス・ミッチイの復讐は死んだあとからなしとげられる」

「ジロウってのは?」と二郎君が訊いた。

「宿帳を見て御覧なさい。宮本コジロウって名前よ、あのひげ男」

「そんなのフェアじゃない」と一郎君は怒った。「自殺なんてひどい」

「でもだまされたでしょう?」とミチ子さんは笑った。
「やれやれ、君たちは頭がいいよ」と伊丹氏は慨嘆した。

5、バア

あくる日の土曜日の朝、目が覚めてまず窓のブラインドを上げた伊丹英典氏は、感動して唸り声を発した。空は青々と晴れ、紺碧の水を湛えた湖がすぐ眼の下から始まり、周囲を取り囲む原始林の影を縁取りにして、しんと静まりかえっている。湖の右側も左側も、岸辺から鋭い斜面をなして山になっていて、湖はまるでサンドイッチのように二つの山の間に押し潰されていた。その湖の中央に小さな島があった。

朝食のあとで、例によって中川君の運転するモーターボートが、一郎君と二郎君とを対岸に運ぶために出発しようとしているところに、伊丹氏はぶらぶらと近づいた。支配人の瀬木氏が、一緒に一まわりしませんかと誘ってくれた。そこで伊丹氏はもっけの幸いと、瀬木氏の案内で湖の見物をすることにした。

子供たちは父親と一緒なので、ばかに大人しかった。その二人を対岸に送りとどけてから、モーターボートは岸辺に沿って湖を一周し、それから島に船をとめて上陸した。その島から見ると、屹立する山が左右に屏風のように控え、正面には蔦の絡んだホテルの壁と赤いスレートの屋根とが、鮮かに水に影を映していた。伊丹氏は大いに感服し、瀬木氏は嬉しそうに笑った。

このホテルには普通のボートも幾艘か備えつけられて、新婚の夫婦の乗っているボートがホテルの前の水上に浮かんでいるのが見えた。伊丹氏がホテルに戻って暫くすると、午前の観光船が着いて、十人ばかりの乗客が下船して来ると、その辺を散歩したりロビイでお茶を飲んだりした。この観光船は、午前は十時に一回、午後は一時と三時とに二回、湖を一周したが、ホテルで中食を取り、午後の船で戻るという客もあった。泊りの客も混っていた。

午後になって、伊丹氏はホテルの裏を散歩してみた。東屋のそばを通り過ぎて暫く行くと、散歩道が二つに分れたが、その何れもが雑木林の中をくぐり抜けていた。しかし道は結局は同じ見晴し台に通じていて、そこからは湖が一望のもとに見渡せた。その見晴し台よりも奥には高い鉄条網が張りめぐらされ、それは万里の長城のようにホテルの裏山を原始林から区切っていた。

伊丹氏が別の道をホテルの方へ戻って来ると、そこは遊園地になっていて、ブランコや滑り台が備えつけられ、鉄の檻があって大きな熊がのっしのっしと中を歩いていた。それを見物しているところに、瀬木氏が現われて声を掛けた。

「凄いのがいますね」と伊丹氏は感心した。

「この裏山づたいには熊が多いんです。それで用心して鉄条網を張ってあるんですが、熊を見たがるお客さんが多いものですから、こうして見本を飼うことにしました」

「檻の中にいても気味が悪いですね。逃げはしませんか」

「大丈夫ですよ。よく馴れています」

熊は暫くこちらを睨んでいたが、やがてコンクリートの穴倉の中へもぐり込んだ。

伊丹氏はそこで自分もまたホテルの1号室にもぐり込んで、夕食までの時間を読書に費した。夕食を取りに食堂へ行ってみると、見知らぬ新顔がふえて食堂は賑かだった。新婚の丸田夫婦が隣のテーブルにいたが、夫人の方は食欲がないように見受けられた。例のミチ子さんは母親と向かいあって、つんと澄ました顔で雛鳥の片股にかぶりついていた。それでも伊丹氏と眼が合うと、素早くウインクしてにっこり笑った。2号室のひげ男というのは、今まで食堂で顔を合わせたことはなかったが、伊丹氏が食堂からロビイへ引き上げる時に、入れ違いに食堂へはいって来た。なるほどビート族まがいの頤髯を生やした男で、頭はまるでお化けのような長髪だった。片目の上にだらりと毛が垂れていた。すれ違いざま、ぎょろりと伊丹氏を睨んだ。

ホテルのバアは、もう書き入れのシーズンが終ってバーテンも引き上げてしまっていたが、支配人の瀬木氏が代りを勤めるというので、伊丹氏も誘われて腰を下した。新しい泊り客が二人ばかり一緒に付き合った。しかし外は素晴らしい月夜だと分ると、その連中は直に出て行った。伊丹氏も内心では湖の空にかかる月というのを眺めたいのは山々だったが、瀬木氏が話相手をほしそうにしているので、つい話がはずんだ。瀬木氏はスイスの或るホテルに二年ばかり見学がてら勉強していたことがあるという。伊丹氏の方も、古典文学の研究にヨーロッパに留学していた頃のことを思い出して、風景の比較やらホテルの違いやら、二人の間に共通の話題は尽きなかった。

そこに姿を見せたのが、5号室の丸田鷹夫という新婚の御亭主だった。

「おや、奥さんと御一緒じゃないんですか?」と伊丹氏は少しからかい気味に尋ねた。

「あの人は頭が痛いといって寝ています。どうも僕ひとりで退屈なものだから」

「さあどうぞ」と瀬木氏がもてなした。「なんぞつくりましょう」

「ハイボールで結構です。せっかくの新婚旅行がこれじゃどうも」

「なに明日になれば奥さんも癒りますよ。あなたがたは恋愛結婚なんでしょうね、勿論?」と伊丹氏が訊いた。

「いや、それが見合いをしたんです」と丸田氏はへどもどしながら答えた。

丸田鷹夫は何やら沈んだ顔つきで、口が重かったが、それでも或る証券会社に勤めていることや、見合いをしたらお互いにすっかり気に入り、半年目に結婚したことなどを、ぽつぽつと話した。しかしそのうちに伊丹氏と瀬木氏とが、ウイスキイの味から探偵小説の品さだめに至るまで、活発に東西文化論へと脱線して行ったので、聞き役の方にまわってしまった。二人は次第にメートルをあげ、丸田氏が、「ではお先きに」と言ってバアを出て行った時にも、大して気に留めていなかった。

そこに「パパ」と言って、突然子供たちがバアにはいって来た。ミチ子さんまで一緒だった。

6、2号室

「どうしたんだ、こんなに遅く？」と瀬木氏が咎めたので、伊丹氏は反射的に腕時計に眼をやったが、何と時刻はもう十時二十分になっていた。

「この小父さんにも聞いてもらわなくちゃ」と一郎君が言った。

「この小父さんは、でも私のトリックが分らなかったのよ」とミチ子さんが言った。

「君たちはこんな夜中まで探偵ごっこをやっているのかい？」と伊丹氏が訊いた。

「早く寝なさい」と気まりの悪そうな顔で瀬木氏が言った。

「僕たちね、しらせることがあったから来たんだよ」と一郎君が言った。

「大変なんだよ」と二郎君が強調した。

「一郎、お前が話しなさい。どうしたんだね？」

「僕たち九時までロビイでテレビを見て、寝に行ったんだよ。すると寝てから暫くして、裏の方で話し声がする。誰だか分らないんだけど、低い声でね、二人いるんだ。どっちも男の声だった。何だか喧嘩でもしてるようだった。けれども暫くしたらまた静かになったから、眠ろうと思ったんだけど仲々寝つかれないんだ」

「誰の声だか分らなかったの？」と伊丹氏が訊いた。

「一人はどうも殺し屋じゃないかと思うよ。あの殺し屋はパラディンの声に似てるんだ」

「殺し屋ってのは2号室のひげ男のことよ」とミチ子さんが注釈した。

「それで三十分ぐらいも経った頃、裏の道を誰かが大急ぎで走って帰って来たんだ。誰だか分らなかったけど、非常階段の方へ走って行った。そこで僕たち起きて、非常階段を二階へ昇ったけど、テラスにも廊下にも誰もいなかった。それでミッチイを起したんだ」

「あたし眠っていたの」

「お母さんは?」

「ママはいなかった。お月見でもしてるんでしょう」

「それから三人でまた非常階段を下りて、裏庭を探して、東屋へ行ってみたんだ」

「足跡を消さないように用心したんだ」と二郎君が言った。

「そしたらね、東屋の中が血だらけなの」

「なになに」と瀬木氏が声を上げた。「それを早く言わなくちゃ駄目じゃないか。誰かそこにいたかね?」

「それが誰もいないから不思議じゃなくって?」とミチ子さんが得意そうに言った。

伊丹氏は瀬木氏をせき立てて、急いで東屋へ行ってみた。子供たちは瀬木氏から来てはいけないと言われて、ぶつぶつ言いながらも子供部屋へ引き上げた。ミチ子さんも、「とても眠れないわ」と言って、一郎君たちと一緒について行った。

表に出てみると、雲の切れ目から月の光が明るく照り渡って、裏庭の中で東屋だけが気味悪くぽつんと静まりかえっていた。昨日と違って、今日は幾人も此所を歩いたに違いないから、とても足跡の区別はつきそうにない、と伊丹氏は考えた。東屋の中は見通しで、誰もいないことは遠くからでも分った。中にはいってみると、血痕が黒々と見えた。

「砂に吸い込まれているから、どの程度の量か分りませんね」と伊丹氏が言った。

「一体誰だろう?」と瀬木氏が酔も醒めはてた蒼白い顔で尋ねた。

「とにかく坊やたちが、2号室の宮本さんの声らしかったと言ってるんですから、行ってみましょう」と伊丹氏はすすめた。

二人が非常階段を昇りつめたところで、テラスのドアが開いて女の黒い影が飛び出した。

「わあびっくりした。花岡さんじゃないですか」と瀬木氏がけたたましい声を発した。

「あの、ミチ子が部屋にいないんですけど」と花岡夫人はおろおろ声だった。

「ミチ子さんなら、うちの坊主どもと一緒に子供部屋にいます」

「何か、……何かあったんですの?」と夫人は声をひそめて尋ねた。

「いや何でもありません」

夫人は疑わしげな眼差で二人を見ていたが、軽く会釈して非常階段を下りて行った。二人はそのあとを見送ってから、廊下へはいった。

廊下は電燈の光のもとに、ひっそりしていた。しかし二人が2号室を目指して歩き始めると、すぐに何所からか泣き声らしいものが聞えて来た。瀬木氏はぎょっとなって、伊丹氏の片腕をつかんだ。

「5号室らしい」と伊丹氏が言った。

それは新婚の丸田夫妻の部屋だった。支配人がとめるよりも早く、伊丹氏はそのドアをノックしていた。ドアが開くまで長い時間が経ったように思われた。そしてドアが細目に開き、丸田鷹夫の顔がのぞいた。

「失礼は承知の上なんですが、ちょっとお話したいことがあって」と伊丹氏は断わり、相手の返事も待たずにドアの内側にはいった。瀬木氏もあとに続いた。

ちらりと見たところでは、朱実夫人はベッドの上に俯伏せになって泣いていた。丸田氏は幽霊のような蒼い顔をしていた。二人ともまだ昼のままの服装だった。

「もう分ったんですか?」と丸田氏が言った。

支配人が何か言いそうになったのを、伊丹氏が急いで牽制した。

「あなたですか?」と訊いてみた。

丸田鷹夫は一層蒼ざめた。

「鷹夫さんじゃないわ」と朱実夫人がしゃくり上げながらベッドの上で叫んだ。

「それで、宮本さんは何所にいるんです?」

「2号室です、あの男の部屋です」

「行ってみましょう」と伊丹氏が言った。

丸田鷹夫は夢遊病者のように、ふらふらと先に立った。肩をふるわせて泣いている朱実夫人を部屋に残して、三人は廊下を進んだ。伊丹氏は2号室のドアをノックし、返事がないので、ポケットからハンカチを出してノッブをまわした。伊丹氏を先頭に、三人は部屋の中に一歩はいると、「あっ」と叫んだ丸田氏の声に、その場に釘づけになってしまった。

伊丹氏の泊っている1号室と同じ一人部屋で、左側にベッドがあった。そのベッドのシイツにも、その手前の床の上にも、血痕がなまなましくついていた。

「どこに消えたんだろう?」と丸田氏が部屋の中を見まわして、凍りついたような声をあげた。

7、5号室

「それはどういう意味です?」と伊丹氏が訊いた。

「さっきはあの男が此所に倒れていたんです」と丸田氏は床の上を指した。「血だらけになって死んでいました」

「死んで? 触ってみましたか?」

「仰向けになっていたんで、肩のところを持って起そうとしたんですが、ぐにゃぐにゃして気味が悪いものだから、すぐ手を放して部屋を飛び出したんです。もう冷たくなっていたような気がする」

「屍体が消えたというわけですね。それは何時ごろ?」

「ほんの十分ぐらい前です」

伊丹氏はどこにも触らないように用心しながら、部屋の中を隈なく探した。枕許の夜卓には読みさしの本があったし、ベッドの足にはスーツケースが置いてあった。洋服箪笥の中にはレインコートと例のステッキがあった。客がちょっと部屋を出たとでもいうような様子で、いくら調べても人一人の隠れる場所はどこにもなかった。

「瀬木さん、とにかくこの部屋から出ましょう。鍵を掛けておいて下さい」

伊丹氏は廊下に出て、丸田氏と共に瀬木氏が下から親鍵を取って来るのを待っていた。瀬木氏が来ると、三人はまた5号室へ戻った。

朱実夫人はもう泣いていなかったが、ベッドに倚りかかって怯えたように良人を見た。良人の方は呆然と椅子に腰をおろした。

「どうしたもんでしょう?」と瀬木氏が言った。「駐在に電話しましょうか?」

「屍体が見つからないんですから、犯罪がほんとにあったのかどうか分らない」と伊丹氏が答えた。

「とにかく丸田さんの話を聞いてからにしましょう。よかったら話してくれませんか」そして付け足した。「どうか初めから聞かせて下さい。東屋のことから」

「僕がバアを引き上げたのは九時少し過ぎです」と丸田氏が話し出した。

「あなた」と朱実夫人が弱々しい声を出した。

「大丈夫だよ。それで部屋に帰ってみると、この人がいないんです。頭が痛くて寝ている筈だから、だんだんに心配になって、テラスに出たり、ボートの乗場へ行ったりして、最後に東屋に行ってみたんですが、そこにあの男がいました。それが変に絡むんです。朱実のことで……。しまいには僕も腹が立って、一発くらわせてやったら、意外にもろくて、ぶっ倒れたんです。僕はとんだことをしたと思い、何しろ朱実がどこに行ったんだか心配だから、見晴し台まで探しに行きました」

「その一発というのは、拳固ですね？」

「ええ。僕は大学時代に拳闘部にいたことがあるもんですから。それで見晴し台に三十分くらいもいたんでしょうか、少し冷静になって、とにかく朱実を探さなくちゃと思い、ホテルに戻って部屋をのぞくと、朱実が泣いているんです。それで僕はまた興奮して、2号室へ行ってみたところ、あの宮本という男が死んでるんでしょう。びっくりして、戻って来て朱実に様子を聞いているうちに、あなたがたが見えたというわけなんです」

「で、奥さんが何かおっしゃったんですか？」

「いや、この人は……」

「わたしが説明します」と朱実夫人がひきつった声で言った。「わたしみんな言ってしまいます。鷹夫さんに黙っていて、本当に済みませんでした。わたし……」

「気にしないで話しておくれ。僕は決して怒らないから」

「わたし、あの宮本さんて人を昔知っていたんです。でも気が合わないのでお付き合いをやめました。一年ぐらい前です。それからはずっとお会いしないで、鷹夫さんと知り合って結婚しました。わたし幸福でした。するとこのホテルに来てみて、宮本さんが泊っていることが分ったんです。わたしどうしようかと思って心配していたら、お手紙を手渡されました。今晩の九時に東屋に来てくれ、お別れにもう一度だけ話したいことがある、というような文面でした」

「お持ちですか、その手紙？」と伊丹氏が訊いた。

「いいえ、破いて棄ててしまいました。わたしそのことを鷹夫さんに言おうかどうしようかと思って、ずっと考えていたんですけど、夜になって鷹夫さんの姿が見えないし、そのうちに九時になったので、決心して出掛けました。しかしどうしても気が進まないので、遊園地のあたりで往ったり来たりしていました。それで結局、東屋へ行ったんですが、血が流れていて誰もいないのです。怖くなって、部屋へ戻ったけど鷹夫さんはいません。それから、昼の間二人で見晴し台に行ったことを思い出して、見晴し台まで探しに行きました」

「僕と行き違いになったんだな」と良人の方が口を挟んだ。

「見晴し台では怖くてしかたがないので、直に戻りました。走って帰って、部屋の中でふるえていました。鷹夫さんが帰って来たので、安心したら涙が出て来たんです」

「大丈夫だよ、僕がついてるから」

「済みません」と言って、朱実夫人はまた大粒の涙をこぼした。

「なるほど。すると奥さんは2号室へは行かなかったんですね？」

「はい」

「凶器らしいものは見ませんでしたか、東屋で？」

「血の痕だけですの」

「御主人の方はどうです、2号室で何か気がつきませんでしたか？」

「さあ。とにかくすっかりあがっちまったものだから」

丸田氏は夫人のそばへ行って、いたわるようにその肩に手を掛けた。伊丹氏は瀬木氏を促すと廊下へ出た。

8、子供部屋

「不思議な話ですね」と伊丹氏は人けのないロビイの長椅子に瀬木氏と共に腰を下した。

「さて、どうしますか？」

「弱りました。ホテルとしちゃしらせたくないけど、警察を呼ぶほかはないでしょうか？」と瀬木氏が尋ねた。「犯人はどうして屍体の始末をしたんですかね？」

「中川君を起して、三人で手分けして少し探してみましょう。何としても2号室のお客が見つからない限り、手の打ちようがありませんよ」

中川君は寝入りばなを起されたらしく、瀬木氏に連れられてロビイへやって来た。話を聞いて眼を丸くしていた。それから三人は手分けしてまずホテルの内部を調べて廻ったが、宮本氏の姿はどこにもなかった。

伊丹英典氏はくたびれて、あとの調査は二人にまかせて一階の廊下を歩いていると、東のはずれにある部屋のドアが細目に開いて、「小父さん」と声が掛った。それは二郎君だった。

「まだ起きていたのかい?」と言いながら、伊丹氏はその部屋にはいってみた。

その部屋はホテルの普通の部屋と同じ構造で、ただ洋服箪笥の前に子供用の小さなベッドが二つ並んでいた。そこに一郎君とミチ子さん、そしてミチ子さんの母親まで一緒に腰を下していた。

「僕たち会議を開いていたんだよ」と一郎君が言った。「でもデータが不足で、何が起ったのか知らないんだもの、小父さん教えてよ」

「いいでしょう?」と二郎君が眠そうな顔で伊丹氏を見上げた。

伊丹氏は初めはごまかしていたが、大人一人と子供三人の攻撃にかかって、とうとう口を割ってしまった。子供たちは真剣な顔つきになって、伊丹氏の話に聴き耳を立てた。

「まさか君たちが犯人じゃないだろうね」と最後に伊丹氏がひやかした。

「ズドン」二郎君が小型のピストルを手品のように取り出して、大声を出したから、伊丹氏も思わずぶるんと顫えた。

「二郎、冗談はおよし」と兄の方がたしなめた。「そこで問題を整理すると……」

「あたしに任せて」とミチ子さんが割り込んだ。「まず殺人現場はどこか。凶器は何か。凶器はどこへ行ったか。誰に機会があったか。誰に動機があったか。それから、屍体はどこへ消えたか。——これだけね?」

「本当の事件というのはむずかしいもんだね」と二郎君が言った。

「あなたたちはちっとも怖くないの?」と花岡夫人が訊いた。

「ちっとも。ママは先に寝てもいいわよ。でもママのアリバイはあって?」

「まあ厭な子。わたしはボート乗場のところでお月見をしていたわ」

「そう。機会のあった人は多勢いるわね、この小父さんは君たちのパパと一緒だったから別として、丸田さんも、その奥さんも、うちのママも、中川さんも、みんな怪しい。けれど動機のあるのは丸田さんと奥さんだけね」

「そんなことときまってないよ」と二郎君が言った。「中川さんは? 中川さんは加害者タイプだからね」

「だって動機がないもの」

「中川さんは身の上話をするのをとても厭がるんだ。だからひげ男がもしもそれを知っていたら……」

「二郎は黙っていなさい」と兄が叱った。「怪しいのは丸田さんかその奥さんか、どっちかだよ。どっちかが嘘をついてるんだ。あの奥さんは加害者タイプだから、きっと犯人だと思うな」

「一郎君の分類はあまり当てにならないわ」とミチ子さんが反対した。「宮本さんは加害者タイプの殺し屋だった筈じゃない？」

「黙ってお聞きよ。あの奥さんが東屋に行くと、宮本さんが殴られて気絶していたんだ。奥さんはかねがね自分を脅迫していた男を見つけて、短刀でぐさり」

「ちょっと待って」と伊丹氏が声を入れた。

「昨日の探偵ごっこでミチ子さんの用意した包丁ね、あれはどうしたの？」

「ホテルの調理場から借りて来たのよ」

「それであとでは？」

「返したと思うわ。そう、確かに返したわ」

「兄ちゃんの推理では、2号室に血の痕があったわけが分らないよ」

「あれは奥さんをかばうために、丸田さんが細工をしたんだ」

「それじゃ屍体はどこへ行ったの？」とミチ子さん。「歩いて行って湖へ落っこちたの？」

「まあ気味が悪い」と花岡夫人。

「あたしは犯人はどうしても丸田さんの方だと思うわ。男の手でなくちゃ屍体の始末ができるものですか。きっと窓から放り出したのよ。窓の下はすぐ湖だもの」

「でもわたしはそんな水音は聞きませんでしたよ」

「ママはお月見でロマンチックな気分になっていたから、音が聞えなかったのよ」

「僕、考えた」と二郎君が言った。「犯人は中川さんだよ。モーターボートで屍体を沖へ運んだんだ。ね、すると音もしないしさ」

「わたしはボート乗場のところにずっといたんですよ」と花岡夫人がむきになって言った。「モーターボートは艇庫にはいっていた筈だし、わたしは船の出るのも、中川さんも、決して見なかったわ」

「要するに屍体がどこへ隠されたかが先決問題ね」とミチ子さんが言った。

「そうのようだ」と伊丹氏。「このホテルは陸地は鉄条網で区切られて、外部との交通は水路以外にはない筈だね。よく探しても見つからないとすれば、湖に沈めたとしか考えられないなあ」

「分った」と一郎君。「人の気のつかないところが一つだけあるよ。盲点ってやつ」

「どこなの?」とミチ子さん。

「熊の檻の穴倉の中さ」と一郎君が得意になって答えた。

9、熊の檻

「そんな危ないことが」と伊丹氏はとっさに言った。「誰がはいれるものか」

「あの熊は馴れているから怖くはないんだよ、小父さん」

「しかし鍵が掛っている筈だろう？」

「だからやっぱり中川さんが怪しい」と二郎君が叫んだ。「中川さんは熊の係りだから、鍵を掛けるのも、餌をやるのも、みんな中川さんだもの」

「行ってみましょうよ」とミチ子さんはもう立ち上っていた。

「しかし穴倉の奥をどうやって調べるんだい？」と伊丹氏は弱音を吐いた。「中川君に調べてもらえばいいだろう」

「駄目よ。中川さんが犯人なら証拠を湮滅《いんめつ》するかもしれないわ」

「ミチ子」と母親がたしなめた。「一体いま何時だと思っているの？」

「行こうよ、みんなで」と一郎君がけしかけた。「僕、強力な懐中電燈を持っている」

とうとう子供たちに説得されて、大人二人がお伴につき、裏口から（そこは二階からの非常階段に近い）外へ出た。もう月はすっかり隠れ、時雨模様の濃い霧が山からひたひたと流れていた。一行は東屋を右手に見ながら遊園地の方へ歩いて行った。一郎君が懐中電燈を照らしながら先頭に立った。

熊の檻の少し前まで来た時に、一郎君が頓狂な声を出した。

「あ、檻の戸があいている」

次の瞬間には走り出し、大人たちがとめる間もなく檻の中に飛び込んだ。コンクリートの穴倉の中へ首を突っ込んで、唸り声を発した。

「熊がいないぞ」

「屍体は?」とミチ子さんが叫んだ。

「そんなもの、ない」

慌てたのは伊丹氏と花岡夫人だった。伊丹氏は自分も檻に飛び込み、穴倉の奥をのぞくと共に、一郎君の手を引張って檻の外へ出た。大人たちの狼狽が三人の子供にも感染したのか、一行はうち連れ立って走り出し、ホテルの裏口へ舞い戻った。伊丹氏はロビイへと皆を連れて行き、急いで瀬木氏と中川君とを探し出した。

全員が集まったところで、伊丹氏が中川君に尋ねた。

「鍵を掛け忘れたとか、檻の戸がひとりでに明くとか、そんなことがありますか?」

「とんでもない。鍵はちゃんと掛けました。誰が明けたんだろう?」

「その鍵はどこに?」

「受付の帳場に、部屋の親鍵と一緒にあるんです。いま見たら、ちゃんとありました」

中川君は生気のない顔をしていた。瀬木氏の顔色は一層蒼かった。
「鉄条網があるんだから、裏山の外へは行かない筈です」と瀬木氏が言った。「とにかく子供たちは寝なさい。夜が明けなくちゃどうにもならない。村の人たちにも加勢してもらって、何とか生けどるなり殺すなりしましょう」

子供たちは言を左右にして寝に行こうとしなかったが、それは連中もどうやら少し怖くなって来たせいらしかった。そこで瀬木氏と花岡夫人が、それぞれ子供を引張って行った。中川君は徹夜は平気だと言って、ロビイに頑張った。伊丹氏は少しの間睡眠を取ることにして、1号室へ引き上げた。

隣の部屋が殺人現場かもしれないと思うと、疲れ切っているのに容易に眠りが訪れて来なかった。事件の謎は比較的浅いと伊丹氏は考えていた。多分、答は一つしかない。もしそうとすれば……。しかし何か分りそうでいて分らないものが、頭の中で渦を巻いていた。僕もだいぶ頭が悪くなったなあ、と氏は嘆いた。嘆きつつひとり寝《ぬ》る夜の、とか何とか呟くうちに、やがてぐっすりと、細君の夢などを見ながら眠ってしまった。

10、ホテルの中

瀬木氏に揺り起されて、目を覚ました時は午前五時だった。伊丹氏はあくびをして起き上った。その間に瀬木氏は窓のブラインドを上げ、落ちつかない様子で狭い部屋の中を往ったり来たりしていた。

「村の駐在の飛田《とびた》巡査に来てもらうことにしました。さっき中川君がモーターボートで迎えに行きました」

「あれから何ぞ分りましたか?」

伊丹氏は窓へ行って湖の様子を眺めた。もう夜はすっかり明けて、今日の好天気を約束するような明るい日射が、湖の上に射していた。

「いや全然、屍体も熊も行方不明です。トンダさんが、——これは駐在の飛田さんのことですが、子供たちの口癖がうつってしまって、——そのトンダさんが町から警察を呼ぶ筈です。それから村の青年たちが熊狩りの応援に来る筈になっています」

「忙しい一日になりますね」

「暗い日曜日ですよ」

伊丹氏は窓から表を眺めながら、訊いてみた。

「あの中川君という青年はどういう人ですか?」

「あれは私には遠縁に当るんですが、戦災孤児でしてね。一時はぐれてしまい困ったもんだったのですよ。私が引き取って此所で一緒に暮すようになってから、昔の仲間とも手が切れたし、仕事も真面目にやるようになりました。根は善良な、気の弱い男です。何ぞ不審な点でも?」

「いや、そういうわけじゃありません。ちょっとお尋ねしただけです。どうやら帰って来たらしいですよ」

湖の中央の島の陰から、小さな点のように見えたボートが次第に近づいて来た。二人はそこで部屋を出、階段を下り、ロビイを横切って、玄関の前の岸壁のところでボートの着くのを待ち受けた。

飛田巡査というのは、いかにも好々爺らしい年寄りで、にこにこしながら瀬木氏と長々と挨拶を交した。ロビイで事件の説明を聞きながらも微笑を絶やさなかった。現場を一応見てまわりたいというので、瀬木氏と伊丹氏とが案内に立ち、中川君はロビイにいて、早起きの客が外に出ないように見張っていた。東屋と熊の檻とを調べてから、一行は非常階段をのぼって二階へ行き、親鍵を使って2号室へはいった。

「おや、この部屋は電燈を消して行きましたかね?」と伊丹氏が呟いた。

「記憶なんてあやふやなもんですな」と瀬木氏が言った。

トンダさんは凝固した血の痕を見ていた。それから部屋の中を見て廻った。

「もし宜しければ、このスーツケースの中をちょっと見たいんですが」と伊丹氏が頼んだ。

東京の大学の先生だという紹介がどうやら権威を裏づけたらしくて、トンダさんはあっさり「いいでしょう」と言うと、掛金の指紋を消さないように注意しながら、それを開いた。中からはパジャマの寝衣、下着、ジャケツ、靴下、本三冊、小型の国語辞典、時刻表、肝臓の薬、ヴィタミン剤、などが出て来た。

「何をお探しです？　凶器ですか？」と瀬木氏が訊いた。

「凶器は窓から投げればちょっと分りませんな」とトンダさんが言った。「屍体だって分るかどうか。とにかくこの湖は水死体のあがったためしはないのだから」

「いや、ちょっと考えたことがあって」と伊丹氏は言葉を濁した。

一行はまた部屋の鍵を掛けて、ロビイへくだった。中川君がそろそろ起き出して来た客と押し問答をしていて、瀬木氏が加勢に加わった。飛田巡査は受付の電話で長々と話をしていた。伊丹氏は宿帳を調べ、昨日の泊り客が五人いることを確かめた。

七時になって食堂が開かれたが、ホテルの全体に一種の不安な空気が漂っていた。5号室の丸田夫妻は食堂に現われなかったので、ボーイが食事を運んだ。二人とも食欲は全然なさそうだとボーイは報告した。

「今日は日曜日ですからなあ」とトンダさんが伊丹氏にこぼした。「町からバスで二時間、ジープでとばしても一時間以上はかかる。本署から何人来てくれるか」

対岸の観光船案内所から電話が掛って、中川君がモーターボートで、警察の出迎えに行ったのが九時だった。やって来たのは刑事が二人、鑑識課員が一人で、いずれもあまり機嫌のよさそうな表情ではなかった。トンダさんと瀬木氏とが事情を説明している間に、伊丹氏はちょっと姿をくらまして、5号室に丸田夫妻を訪ねた。

「お二人とも元気ですか?」

ちっとも元気でないことは、憔悴した二人の顔色からも分った。それでも丸田氏の方は無理に微笑をつくろうとしていた。

「いま刑事が来ました。そこでその前に僕がちょっと忠告をしに来ました。聞いて下さい。あなたがたは新婚早々で、お互いにまだ気心の分らないところがあるでしょう。それでお互いに相手を疑っているかもしれない。しかしまた、夫婦となってこんな事件にかかりあえば、相手への愛情から、かばうということもあり得る。つまり疑うからかばうんですね。夫婦というのは、とにかく何よりもまず信じ合うことです。疑わない、従ってかばう必要もない。自分の見たこと、したことは正直に言う。決して嘘は言わない。いいですね。なに苦しいのも一時《いっとき》の辛抱ですよ」

それだけを言うと、伊丹氏はさっさと部屋から飛び出した。夫婦は顔を見合せた。

11、裏山

二人の刑事と一人の鑑識課員とが活発に行動を開始している間に、午前十時の観光船が、大勢のお客の他に、鉄砲や道具を持った村の青年たちをホテルへ運んで来た。この青年たちは裏山で熊を見つけることと、湖の水を浚って屍体を見つけることとの、大事な役割を二つも背負わされて皆々張り切っていた。

ロビイの中は騒然となっていた。どのお客も熊狩りの見物に行きたがって、トンダさんが声を嗄らして制止していた。伊丹氏は中川君の姿が見えないのであちこち探しまわり、調理場の入口で子供たちに取り囲まれているところを発見した。

「中川さん、いいかい、殺しちゃ厭だよ。きっと生捕りにするんだよ」と一郎君が頼んでいた。

「約束してよ」と二郎君が念を押した。

「約束するよ。そら、これが餌さ」

中川君は両手にバケツを下げていて、その中には甘藷がいっぱいつまっていた。伊丹氏を認めると、「行きましょう」と言った。

ミチ子さんが伊丹氏の片腕にぶら下るようにして、こっそりささやいた。

「あの熊はきっといないわよ」

「どうして?」と伊丹氏は上半身を屈めて訊いた。「鉄条網の先へは行けないよ」

「きっと犯人が鉄条網を切って、熊を逃したに違いないわ。熊の背中に屍体を乗っけたのよ。そうすれば熊は遠い山の中に行ってしまうから、屍体はもう決して見つからないの」

「誰がそんなあぶない真似をするのだろうね? 熊がおとなしく背中を向けて待っているかね」

二郎君も側へ寄って来ると、やはりひそひそ声で言った。

「きっと熊が屍体を食べちゃったんだ」

「熊は人間を食べたりなんかしないわよ」とミチ子さんが怒って言った。

「だから犯人は安心して熊の背中に……」

伊丹氏は議論をしている二人を残して、中川君のあとを追い掛けた。一郎君はまだ纏わりついておせっかいを焼いていた。

裏庭に勢揃いして、いよいよ出発ということになった。一行は中川君、瀬木氏、トンダさんと村の青年たち八人、刑事で、これに伊丹氏が瀬木氏の顧問格というので行を共にすることになり、ホテルの客たちの羨望の眼で見送られた。中川君はバケツを両手に下げ、瀬木氏と四人の青年たちが鉄砲を持ち、残りの連中は網やロープを持っていた。出掛ける前に中川君が一場の訓辞を垂れたが、二十そここの青年とは思えないほどの権威のある話し振りだった。

「この熊はよく馴れていますから、多分餌でつれば連れ戻せると思います。どうか熊を驚かせたり、怒らせたりしないで、そっと遠巻きにして下さい。いよいよ誰かがやられそうだという時以外は、決して銃を撃たないで下さい。お願いします」

裏山の雑木林の中を、一行のあとについて用心しいしい登りながら、伊丹氏はびくびくして冷汗をかいていた。氏はもともと生来の臆病者で、こんな危険な冒険なんか内心ではまっぴら御免だった。それが時の勢いで、凶暴な熊といつ正面衝突するか分らない命の瀬戸際と来ている。

「やあ面白くなりましたなあ」

不意に背中から呼びとめられて、飛び上るほど驚いた。見るとベレエ帽にジャンパア姿の男で、首からカメラをぶら下げている。

「君は誰です？　どうして此所へ」

「僕はS新聞の記者で寺田といいます。偶然さっきの観光船で遊びに来たんですが、凄い特ダネにありつけましたよ」

「しかし君、危険ですよ。お客さんはホテルに罐詰の筈だが」

「新聞記者たるもの、抜け駆けはお家芸です。ときにあなたは伊丹先生でしょう？」

「僕は伊丹ですが」

「文化大学助教授伊丹英典先生、かねがね名探偵との噂の高いかたですね。一つ今度の事件の推理をお聞かせ願えませんか」

「君、今はそれどころじゃないですよ。熊の奴が……」

「丸田という男が窓から屍体を放り出したんですか？」

「そんな筈はない。誰も水音を聞いた人はいません」

「しかし男手でなくちゃ屍体は動かせないでしょう」

「必ずしもそうじゃありません。例えば朱実夫人。夫人は九時の約束の時間まで、自分の部屋で寝ていたことになっている。その間に、モーターボートを東屋の横手の岸壁に持って行くだけの時間がある……」

「運転ができるんですか、あの夫人は？」

「自動車の免許証を持っている女の人は近頃では大勢いますからね。モーターボートぐらいわけはないでしょう。それで東屋の屍体にロープを巻きつけて、モーターボートで引張れば楽に湖まで運ぶことが出来ます。あとはボート乗場に夕涼みの客がいなくなった頃、艇庫へ戻しておけばいいのです」

「なるほど、それが真相ですか？」

「とんでもない。女手でも屍体の始末ができるという一例ですよ。とにかくこんな話をするより、熊退治の方が大切です。もっと急ぎましょうや」

新聞記者は髭剃りあとの青々とした顎のあたりを撫でまわして、もう一度「なるほど」と唸った。伊丹氏はそれまでどうやら気が紛れていたが、またぞろ冷汗を流し始めた。「見つかったぞ」と遠くで誰かが叫んだ。

伊丹氏は走り出した。木立の間に大きな熊のいるのが見えた。その前に、片手にバケツを下げた中川君が腰を屈めて立っていた。他の連中は木を楯に取って遠巻きにしていた。

「よしよし、さあおあがり」と言いながら、中川君はバケツをそっと地面の上に置いた。

熊は怪訝そうな表情で、右を見たり左を見たりして、のっそのっそとバケツの方に近づいた。まるで玩具の熊みたいだ、と伊丹氏は考えた。熊はバケツの中に首を突込んで、甘藷をむしゃむしゃ食べ始めた。ロープを持った青年が二人ほど近づき、中川君が熊の首に手早くそのロープを巻きつけた。熊は首を起し、うるさそうに中川君の顔を見た。伊丹氏が両の拳を握りしめていると、隣でさっきの新聞記者がさかんにパチパチと写真を写していた。度胸の据った奴だ、と伊丹氏は感心した。

その間に、熊はよほど腹がへっているらしくてまたバケツの中に首を突込み、前肢でバケツを引繰り返して残り少なくなったのを地面の上に放り出し、それを端から食った。中川君は懸命に熊のからだにロープを巻きつけていた。熊は甘藷を全部片づけると、なおも物ほしそうに中川君の方へすり寄って来た。中川君はさっと後ろに下ると、もう一つのバケツを手にして少しずつ後退した。ロープを握った青年たちが、熊のからだを引張った。熊は引張られるからではなく、自分がそのバケツの中身をほしいから歩くのだと言わんばかりに、のそのそと動き出した。熊の後方でロープを握っていた青年たちは、ずるずると引摺られて行くように見えた。

遊園地の檻に着くまでの間は、まさにスリルの連続だった。熊は途中で二度ほど機嫌が悪くなり、前肢を上げて立ち上った。月の輪がくっきりと見えると、如何にも獰猛そうでどうなることかと思われた。無事に檻の中におさまった時には、一同はもうへとへとになっていた。

12、食堂

伊丹英典氏が食堂へはいって行った時に、食事時間はもう終りに近く、瀬木氏が警察の連中と一緒にテーブルを囲んでいた。ほかのテーブルはがらあきで、客の大部分は人気者の熊を見物に押し寄せていた。ちょうど午後一時の観光船が着いたところで、表はひどく騒がしかった。伊丹氏は瀬木氏のいるテーブルに誘われた。氏が食事におくれたのは長距離電話を掛けていたためだった。このホテルを紹介してくれた旧友に調査を頼んで、その結果はあとからしらせて来る筈になっていた。

「それで何か分るんですか？」と瀬木氏が訊いた。

「ええ、犯人がね」と伊丹氏は答えた。

「よく分らん事件ですなあ」と刑事の一人が言った。「調べてもさっぱり手掛りがない。丸田鷹夫が犯人に違いないのだが」

「湖を浚《さら》えるのは骨が折れるぞ。とんだ日曜日だ」と一人がぼやいた。

伊丹氏は黙々と食事をし、瀬木氏は不安そうにそれを見守っていた。ボーイが現われて、電話が掛って来たと伊丹氏に報告すると、「ちょっと待って下さい」と言い棄てて、氏は大急ぎで帳場へ飛んで行った。その電話は長かった。それを切ると、伊丹氏は子供部屋へ行った。

「一郎君」

「小父さんか、僕たち会議中なんだ」

「熊が屍体を食ったかどうかを研究しているんだろう？」と伊丹氏はひやかした。

三人の子供たちは口々に叫び声をあげた。

「小父さんは今ちょっと忙しいんだ。そこで頼みがあるんだが、例のスクラップブックね、それを見せてくれないか」

「オーケイ」

「加害者タイプの方だ。その中で2号室のひげ男に似ている犯人というのはどれ？」

一郎君は得意満面で、たくさん貼りつけた新聞写真の切抜きの中から、一枚の凶悪犯人の顔を指し示した。

「うん、ありがとう。ちょっと借りて行く」

子供たちがもっと説明を聞こうと押しかけるのを、するりと身をかわすなり、伊丹氏は帳場に飛んで行き、対岸の観光船案内所に電話を掛けた。香代ちゃんが出ると、熱心に話をした。何だかひどく下手《したで》に出て、御機嫌を取り結んでいた。それから食堂へ戻った。

「何か分りましたか？」と瀬木氏が急いで訊いた。

「この人に見覚えは？」と伊丹氏は例のスクラップブックの写真を見せた。

「え、前科三犯の殺人犯人、これが今度の？」と瀬木氏が眼を丸くした。

「いやいや、この男に似ている誰かですよ。覚えはありませんか、さっき熊狩りの時にさかんにカメラをいじっていた新聞記者と？」

「さて、私はもう夢中だったものだから」

「そいつが犯人ですか？」と刑事の一人が立ち上った。

「いや、今説明します。犯人なんて言っておどかしたけど、殺人犯人はいないんです。つまり一種のいたずら、それも半分は僕をからかおうという魂胆から出たと、僕は睨んでいます。もっと早く気がつけばよかったんだが、僕も頭が悪くなりましてね」

「早く教えて下さい。一体どういうことなんです？」と瀬木氏がせき立てた。

「皆さんは最近売り出しの推理小説家で、佐々木武蔵というのを御存じですか？」

「ああ知ってますよ」と刑事の一人が言った。「実生活で気に要らない奴を、紙の上で殺すのが愉しみだとぬかした野郎でしょう」

「まさにね、それが2号室の客ですよ。宮本小次郎というのは本名でね、どうもおかしな名前だから、もっと早く分ってもよかったんですが」

「一体どういうことなんです？」

「宮本小次郎は丸田さんの奥さんの昔の恋人だった。朱実さんですが、その人に振られて一念発起して推理小説家になった。このホテルのことを朱実さんから聞いていて、此所に仕事をしに来ていた。朱実さんは新婚旅行の途中、あこがれの湖にやって来た。そこで宮本は少々悪質のいたずらをして、朱実さんの御亭主の腰を抜かさせてやろうと計略をめぐらしたんです。とにかく鍵を無断借用して、熊の檻の鍵をはずしておいた。しかし戸を開いたのはもっとあとでしょう。そして九時に朱実さんを東屋に呼び出した。どういうふうにするつもりだったのかはよく分りませんが、予想に反して朱実さんではなく御亭主の方が現われ、口論のすえ一発くらわされた。恐らく鼻血でも出したんでしょう。宮本はやっと自分の部屋へ帰ったが、ここでも鼻血がとまらなかった。そこへまた御亭主が来たから、死んだ真似をしておどろかしてやる。相手が逃げ出したので、たちまち新しいいたずらの計画を立てた。僕をからかってやろうという推理小説家らしい茶目っ気もあったに違いない」

「先生とは知り合いなんですか?」と刑事が訊いた。

「そうじゃありません。しかし向うは僕を知ってましたからね。宮本がそれからどこに隠れたか、どうも子供部屋じゃないかと思うんです。あそこの洋服簞笥のなか。子供部屋はちょっとした盲点ですからね」

「一晩じゅうですか?」と瀬木氏が心配そうに訊いた。

「いや、僕等が熊の檻を調べに行った間に、もっと安全な場所に移った筈です」

「どこです、それは?」

「2号室、つまり彼の部屋ですよ。彼は自分の鍵を持っていた。電燈も点いていた。今朝あの部屋は電燈が消えていたでしょう。あれは無意識に消したんですね」

「そうするとあのひげは？」

「夜中に剃り落したんです。あれは芸術家気取りの無精ひげでね。それにあの長髪、あれは鋏でいい加減に切り落して、ベレエ帽を深くかぶってごまかしたんですね。上衣には血がついただろうから、代りにジャンパーを着込む。そこで暁方に、要る物と証拠になりそうなものだけを持って裏山へ逃げ込む。もっとも一足お先に熊が逃げている筈だから、ちょっとは怖かったでしょうが、人に見つかる心配はありません」

「その要る物ってのは何です？」

「原稿ですよ。宮本の部屋には原稿の類は何もなかった。しかし彼は書き物をしに来た筈でしょう、とするとポルトフォリオか何かを持っていたに違いない。人の書いた原稿なんか盗んでも始まらないから、これは自分で持って行ったなと気がついたんです。万年筆やインクもなかった。万年筆は商売道具ですから、胸ポケットなんかに差すよりテーブルの上にあってしかるべき代物ですからね」

「それから奴はどうしました？」

「あとは簡単、熊狩りの時に観光船で来たような顔をして現われました。新聞記者と称してね。僕はひげ面のときに一度会ったんだが、熊でびくびくしていたから、まるで気がつかなかった。それで一時の観光船で引き上げました。敵ながら鮮かなものですよ。長い間ホテルに滞在していたから、新聞記者に化けても、よく知っている人、例えば子供たちなんかには顔を合さないようにして、ホテルから消え失せたというわけです。今日が日曜日だということ、つまり観光船が出て、お客も多いということが計算にはいっていたんです」

「それじゃ無銭飲食の宿泊料の踏み倒しだ」と瀬木氏が悲鳴をあげた。

「すぐに手配します。とんでもない推理作家だ」と刑事が立ち上った。

「僕がさっき電話で連絡しておきました」と伊丹氏が言った。「しかし佐々木武蔵は流行作家だから、踏み倒す気はないと思いますよ。一体どういう罪になるんでしょうかね」

「だいたい先生も怪しからん。なぜもっと早く言わんのです?」と刑事が怒った。「あなただって業務執行妨害ですぞ」

「済みません。すっかり分ったのはついさっきなんです。それに香代ちゃんという、向う岸の案内所に勤めている娘さんが、宮本からの手紙をことづかっているそうです。三時の観光船で届けてくれるでしょう」

13、子供部屋

三時の観光船では、香代ちゃん自身が現われた。さっき電話で香代ちゃんが手紙をことづかっていると分った時に、伊丹氏はさっそくモーターボートを差し向けると言ったのだが、この頑固者の小娘は、新聞記者との約束で三時の船でなければ届けない、と言い張って、とうとう伊丹氏を負かしてしまった。

「伊丹さんてあなた？」

「ああ僕だよ。お世話さま」

香代ちゃんは何だか疑わしそうな顔をしていたが、封筒を取り出して伊丹氏に渡した。その周囲を瀬木氏やトンダさんや刑事連中が取り囲んだ。文面は次のようだった。


「伊丹英典先生、観光船の甲板の上で急ぎこの手紙を書きます。僕が誰だかお分りになりましたか。あなたの烱眼《けいがん》ならどうも見抜かれたのじゃないかと思いますが、先程の新聞記者（お蔭さまで決定的瞬間をたくさん撮らせていただきました）すなわち湖の底に沈んだ筈の屍体です。

「僕は一時の観光船で逃げ出し、接続のバスで町へ帰ります。このバスは二時間かかります。バスが町へ着き次第、警察へ行って事情を説明しますが、ちょうどその時刻に（つまり三時の観光船に託して）この手紙がお手許に届くように計らいます。つまり先生がこの手紙を見る前に事件の謎を解いたら、僕はバスを下りるや否や御用となるわけです。ちょっとした知恵くらべという次第です。

「僕のトリックは御想像にまかせます。しかしトリックらしいトリックは殆どありません（これは最近の推理小説の傾向です）。動機を重視するのも最近の傾向ですが、僕は振られたとはいいえ、朱実さんにすっかり参っていたんです。あの丸田って亭主が面憎いのも当然じゃありませんか。あんな馬鹿力の持主とは知りませんでしたが、彼女のボディガードとしては申し分ないでしょう。

「朝飯と昼飯抜きで腹がへりました。態のやつがうまそうにイモを食っていたので、腹の虫がグウグウ鳴りました。これは決定的証拠なんだが、伊丹先生気がつきましたかね。

「PS、お金を同封しますから支配人に渡して下さい。宿賃を踏み倒したと思われちゃ僕の沽券にかかわります。敬具」

伊丹英典氏は丸田夫妻の部屋を訪ねて、夫婦は如何にあるべきかについて教訓を垂れた。しかし抱き合っている二人を見れば、そんなおせっかいをしなくても、二人の愛情がこまやかでこの後も円満だろうということは、た易く想像できた。

一方その間に、子供部屋では次のような会話が進行していた。

「あんたたち、まだ知らないんでしょう？」と香代ちゃんが言った。

「生意気言ってる。香代ちゃんだって知らないだろう」と一郎君が言った。

「知ってるわよ。いま聞いて来たもの。この事件には犯人はいないのよ」

「犯人のいない推理小説なんてありませんよ」とミチ子さんが反発した。

「犯人はいても被害者がいないのよ。どう分る？　犯人がすなわち被害者なのよ」

「誰さ、それ？」と二郎君が訊いた。

「考えなさい。あたしその人とお話をしたわ。お小遣いをくれたわよ。ハンサムな人。ここの名探偵なんかより、よっぽど人相がよかったわ」

「誰さ、それ？」と二郎君が同じ言葉を繰返した。

「教えたげようか。伊丹って人」

「あの小父さんが犯人なの？」

「バカ。名探偵の方よ」

「あたしそんなの信用しないわ」とミチ子さんが言った。「あんな頭の悪い人」

「犯人は誰さ？　早く教えろよ」

「あんたたちが死んだと思ってる人よ」

「ひげ男だろ。あの人は殺されて湖に沈められたのさ」

「ひげなんかなかったわよ。あたし会ったんだから」

「幽霊に会ったんだね、兄ちゃん。ひげ男はもう死んでるんだからね」

「そうさ」と一郎君

「そうよ」とミチ子さん。

「どうしてなの、なぜ死んでるの？」

香代ちゃんは次第に怖くなったらしく、お下げの先がぶるぶると顫えていた。

「なぜって僕たち三人でひげ男を殺したからさ」と一郎君が澄まして言った。

赤い靴

1　松本博士の訪問

　文化大学古典文学科の助教授である伊丹英典《いたみえいてん》氏のところへ、高等学校時代の旧友松本博士から電話がかかって来たのは、夕食後のひと時を、伊丹氏が奥さんと世間話に興じている最中だった。「どういう風の吹き回しだ」などと伊丹氏がからかうのに、松本博士の方は、「すぐにも会いたいのだが、これから訪問してもいいか」とひどく緊張した切口上で尋ねて来た。

「僕の客嫌いも、相手が君じゃしようがない。待っているよ」

　電話が切れると、奥さんはさっそく小言を言い始めた。

「あなたみたいに無愛想な口を利いて、失礼ですわよ。松本先生て、お偉いんでしょう?」

「大したことはないだろう。国立中央病院の内科に勤めているんだが、腕前の方は僕は知らん」

「だって博士よ」

「博士が何だ」と伊丹氏は、まるで夏目漱石のような口を利いた。「松本とは高等学校の寮で、同じ釜の飯を食った仲だから、こんな口の利きかたはお互いさまだ。僕の方が身体の具合が悪いから相談に行くというのなら分るが、奴の方から話があるとは不思議だ。まさかギリシャ語の質問でもあるまい」

「きっとあれよ」と言って、奥さんは意味ありげににっこりした。

「あれ？　ふふん、あれはもう駄目だ。世はまさにハードボイルドの時代となって、僕みたいな安楽椅子探偵《アームチエア・デテクチヴ》の活躍する幕はないよ」

「御謙遜ね」と奥さん。

伊丹氏は茶ぶ台の上に広げっ放しの夕刊を片づけながら、「しかし新聞の社会面というのは賑やかなもんだね。交通事故に凶悪犯罪、にせ札、全くいやになっちまうな。頭を使うような事件なんかちっとも起らない」

「この女優さんの自殺っての、可哀想ね」と奥さんが話題を見つけた。しかし伊丹氏は一顧も払わず、「早くその辺を綺麗にしておかないと、もうお客が来るぞ」とおどかした。

「せっかちさん」

しかしお客は奥さんがびっくりするほど早く到着した。伊丹氏と同じ年頃の筈なのに、頭髪はやや薄く、額は禿げあがり、押しも押されもせぬ名医と見えた。もっとも伊丹氏はたかが私立大学の助教授で、鶴の如く痩せているのに、松本氏は医学博士、中央病院内科副医長で、あひるのように肥っていた。むかし学生の時分に、松本氏の渾名はまさに「あひる」だったが、さすが口の悪い伊丹氏も、奥さんの前で使うのは遠慮した。

「どうしたんだい、久しぶりじゃないか」

「実は折入って君のアドヴァイスをほしいと思って」

「お門違いじゃないのか。僕の専門はギリシャ語とラテン語だぞ」

「もう一つの専門の方だ。それ位のことは僕みたいな者でも知ってる。知恵を貸してくれ」

「なんぞ事件でも起ったのか。そう言えば、中央病院で何かあったたな」

「わたし思い出したわ」と奥さんが頓狂な声を張り上げた。「さっき女優さんが可哀想だって言ったでしょう。あの人の死んだのがたしか……」

「そうなんです」と松本博士が憮然たる声を出した。「葛野葉子が死んだのは、うちの病院なんです」

「しかし自殺なんだろう?」と伊丹氏が訊いた。「新聞にはそう出ている」

「そのことなんだが、君は新聞はよく読んだかい?」

「ざっと見ただけだ。細君みたいに、家庭欄から新聞小説まで読むほど暇じゃない」

「まあ」と奥さんは一睨みして、お茶の支度に立って行った。

そこで松本博士が事件の説明を始めた。

「僕は六階病棟の責任を持たされているんだが、ここは個室ばかり並んだ、いわば上等のお客さんがはいっているんだ。内科の患者も外科の患者もいる。葛野葉子は六一二号室にいて、外科の患者だったから僕自身は関係がないのだが、一応六階は僕の管轄だから、問題があれば僕のところに来ることになっている」

「どんな問題なんだね? 新聞だと明日がお葬式だそうだが」

「葛野葉子は一昨夜、夜中の二時か三時ごろに、窓から飛び下りて自殺した。夜中のことで誰も気がつかずに、朝の五時の検温に行った看護婦がベッドがからなのを発見した。下はコンクリートの中庭でね、勿論即死だった。頭蓋骨の骨折で、死因には何等不審な点はなかった」

「窓は普通は閉めてあるんだろう。それにそんなに大きな窓なのかい？」

「窓は明けられる。こう陽気が暖かくなって来ると、患者によっては窓を明けて寝るんだ。飛び出そうと思えば、充分に飛び出せる」

「そんなら問題はないだろう。たしかあの女優さんは、自動車事故で怪我をしたんだったね。フロントグラスで顔を切ったとか書いてあったな。再起不能というので世をはかなんだんだろう」

「そうだ、警察もそう見ている。発作的に飛び出したとね。しかし遺書がないんだ。そしてその代りに妙なものがあった」

お茶の仕度を整えて来た奥さんに、

「君はちょっと遠慮しろよ」と伊丹氏が言った。

「いやどうぞ。奥さんの方が映画界のゴシップに詳しいかもしれませんからね」と博士が真面目な顔で言った。

「まあ」と叫んだところを見ると、これは図星だったらしい。

松本博士は出されたお茶の方には見向きもしないで、黒い革の鞄から一冊の小型ノオトを取り出した。

「御承知のように、病室はいつも満員で空室ができるとすぐに次の患者を入れる。そこで葛野さんの部屋を片づけていて、看護婦がこれを発見したんだ。それもマットレスの下からだ。遺族が蒲団や荷物を持って帰った時には、誰も気がつかなかった」

「遺族というのは？」

「夫だけだ。光星昭徳《あきのり》という映画界の人間だ。プロデューサーなんだろう」

「あら、わたし葛野葉子は独身だとばかり思っていましたわ」と奥さんが言った。「あの人、天涯の孤児だという、たしか思い出の記みたいなものを読んだ記憶がありますけど」

「夫があることは秘密にしてあったんでしょうね。しかし孤児だというのは本当でしょう。身寄りは誰もいないらしいのです」

「それで不審な点というと何だね？」と伊丹氏がせっかちに訊いた。「そのノオトがどうかしたのか？」

「うん。看護婦が見つけて僕のところへ持って来た。で、読んでみた。すると自殺ではないんじゃなかろうかという気がし出した。君の意見を聞いて、これを警察へ持って行くかどうか、きめようと思うんだ」

「どれ拝見」

伊丹氏はその小型ノオトを手に取り、最初の頁を開いてみた。

「日記だね」

「自動車事故のあったのが三月三十日、これは四月の十三日から始まっている。病院でつけていたものだ。とにかく読んでみてくれ給え、それから意見を聞こう」

2　葛野葉子の日記

四月十三日

わたしは昔から理由のない恐怖感におびやかされることがあった。それは子供の頃からだった。しかし今は、理由のある恐怖を感じている。それでこんな日記をつけてみようという気になった。家計簿とか日記とか、こんな面倒くさいものはわたしは昔から嫌いだったし、今でも嫌いだ。しかしことはわたしの命に関わっているのだから、面倒くさいなどと言ってはいられない。

理由のない恐怖の方を先に書いておこう。例えばこういうことがある。さっきわたしは窓のところへ歩いて行って、外を眺めていた。晩春の澱んだような空気は我慢がならない。息がつまりそうな気がする。一つには顔じゅうにぐるぐる繃帯を巻かれていて、眼と鼻と口としか出ていないのだから、気持の上でも空気が足りないように感じるのかもしれない。窓の外は中庭で、向うの三階建ての旧館の先に、ネオンの輝いている街が見えた。それと共に、東の空に、今しも赤い爛れたような月が昇って来るところだった。満月にもう二三日という位の、少し端のかけた、気味の悪い赤い月。ここから見渡すと、まるでパノラマのように、広々とした視界の上ににたにた笑っている月がかかっていて、わたしを呼んでいるようだった。わたしはぞっとなって眼を引いた。ベッドに横になって眼をつぶった。それでも赤い月はわたしの眼のなかにこびりついて、どうしても消えようとしない。

その時、誰かが廊下を歩きながら、口笛を吹いているのが聞えた。その口笛のメロディが、わたしには聞き覚えがあった。……「赤い靴」なのだ。かすかな口笛が遠ざかった。わたしはベッドから跳ね起き、ドアを開いて廊下を見渡した。夕方の、まだ面会客が大ぜい廊下を通る時分なのに、廊下には誰もいなかった。白衣の看護婦さんが一人、歩いているだけだった。わたしは神経が少しどうかしているのかもしれない。

こういうのは理由のない恐怖に違いない。窓から見た赤い月、廊下から聞えて来た童謡のメロディ。しかし、私が赤い色を怖がるということを知っている人間が、わたしをおびやかしていることは確かなのだ。そっちの方は理由のある恐怖だ。ただそれが何のためなのか、わたしにはちっとも分らない。分らないだけに怖いのだ。

わたしが赤い色を怖がることは、Aも知っている。付け人の初ちゃんも知っている。マネージャーの角間さんも知っている。いや、もっと沢山の人が知っている筈だ。わたしの書いた子供の頃の思い出を読んだ人なら。わたしのところにお見舞を持って来てくれる人たちがたとえそのことを知らなくても、初ちゃんがちゃんと処分してくれる。わたしの病室には赤い花は一つもない。赤いガウンとか赤いスカーフとかは、絶対に禁物だ。

そして今日の午後、わたしがこの日記をつける気になったような、怖いことが起った。わたしは面会謝絶にしているから、初ちゃんが、来た人の名前と品物だけを取り次いでくれる。しかし大勢の見舞客の中には、名も告げないで帰るような、うれしいファンもいる。ところでその品物は、初ちゃんがリボンのかかった綺麗な包装紙をほどいてみると、ルイ王朝時代の作かとも思われるような、古いモザイクの宝石箱だった。それは実に見事なもので、まあ素敵、とわたしが声を出して叫んだぐらいだった。しかし誰がくれたものか、初ちゃんにも分らなかった。どうやら看護室にことづけて、その人は帰ってしまったらしかった。

どうして中を開くのだろうと、わたしは仰向けに寝たまま、その宝石箱をいじくり、細工を調べてみた。すると小さなポッチを発見した。わたしはそれをぱちんと開き、同時に、あっと叫んだ。箱の中から赤い液体がたらたらとわたしの白いパジャマの胸にこぼれ落ちた。わたしは箱を放り出し、初ちゃんが看護婦さんを呼び、大騒ぎになった。かけつけて来たなかに、B先生もいた。「これは赤インキか何かですよ」と言ってB先生はやさしい笑顔を見せた。「たちの悪いいたずらをするものね」と言って、看護婦さんたちはややそねむような眼でわたしを見た。わたしの真蒼な顔は繃帯にかくれて見えないのだから、この人たちはわたしの恐怖に気がつかなかったに違いない。

わたしが怖かったのは、その赤い、血のような液体のせいばかりではなかった。それも勿論、わたしには気絶しそうになる程の恐怖だったが、その箱の中から一枚の名刺が（赤く染まって）こぼれ落ちたのだ。わたしはその上の文字を読み、そして手の中に、誰にも見られないように、素早く握りつぶした。それにはこう印刷してあった。

Happy birthday to you.

平凡な誕生日用の名刺、そのほかには何の文字もなかった。

騒ぎがおさまり、わたしは着替えをし、手を洗い、その赤い名刺をちぎってトイレに捨てた。そしてわたしは寝てから考えた。わたしの誕生日は、戸籍の上では四月の二十三日、つまり十日先になる。しかし本当は今日、十三日なのだ。どういうわけで届出がおくれたのか、亡くなった父か母かが十三日は縁起が悪いというので延ばしたのか、わたしは知らない。しかしわたし自身でさえ、そんなことは今日まで、もう何年もの間、すっかり忘れていた。誰だって誕生日の贈り物は二十三日にくれるにきまっていた。

さて、誰が知っているのだろう、今日が本当のわたしの誕生日だということを。Aは知っている。わたしは夫にそれを話した覚えがある。B先生も知っている。こんな病院でBさんに会えるなんて奇跡のようだった。むかしわたしたちがお互いに仄かに愛し合っていた頃、わたしはそれを話し、あの人は毎年（わたしがAと結婚したことを知るまで）四月十三日にプレゼントをくれた。それから……。初ちゃんは知っている。角間さんも多分知っているだろう。それから……。わたしは誰かにそれを喋ったに違いない。しかし誰に？

くたびれた。もう寝よう。

四月十四日
宝石箱のいたずらの意味が、わたしには少しずつ分って来る。あれはわたしへの明らかな脅迫なのだ。赤い液体は血のようにわたしの胸にしたたり落ちた。

なぜあの大騒ぎの時に、B先生が部屋に来たのだろうとわたしは考えた。B先生は、六階病棟の担任だが、内科だから直接わたしと関係はない。そしてわたしと会うことを避けているように見える。Bさんはわたしのことを怨んでいるのだろうか。わたしをあんなに脅かすほどに？

もしBさんがわたしを殺したいほど憎んでいるのなら、とても簡単だ。当直の晩に、夜中に眠っているわたしにちょっと注射でもすればいいのだ。お医者さまなら毒薬のことはいくらでもご存じだろう。

しかしBさんがそんなことをする筈はない。あの人はまだ独身だと看護婦さんが言っていた。わたしだってあの人が嫌いになったわけじゃない。わたしはAにスカウトされて不本意ながら映画に出演し、不本意ながらスタアになり、そして不本意ながらAと結婚した。と言えば、嘘になるだろうか。スタアの生活なんて空しいものだ。

ではAは？　わたしは顔の傷がどの程度のものなのか知らない。わたしは繃帯を取った時の自分の顔を見たことがない。しかしもう再起できないだろうことは分っている。顔がめちゃめちゃになった美人スタアなんて意味がない。「大したことはありません。元通りになりますよ」と外科のK先生はおっしゃるけれど。

Aが近頃SSに夢中になっていることは確かだ。それはわたしが事故に遭う以前からのことだ。Aはもうわたしにあきて、SSと結婚したいと思っているに違いない。わたしがこの怪我のために失脚すれば、あの人にとってわたしの存在理由なんかまったくなくなるだろう。しかしそのために、こんなひどい悪戯をするだろうか。SSならしかねない。あの人はわたしのライヴァルなのだから。しかしわたしの本当の誕生日を知っている筈はないし、それにわたしをおどかしたからって何も得はしないだろう。

わたしを憎んでいる人は、他にももっといるのかもしれない。ただわたしにはそれが誰だか分らない。

四月十六日

昨晩また、遠くで「赤い靴」の口笛が聞えた。わたしは自分の耳がどうかしているのかと思った。副室にいる初ちゃんを呼んで、二人で廊下に出てみたが誰もいなかった。初ちゃんには聞えなかったそうだ。

わたしはあれから色々と考えてみた。あの宝石箱の件は単なる厭がらせなのか、それとも脅迫なのだろうか。そしてわたしは、わたしの怪我――自動車事故の――そのものが、既にわたしを殺そうとして試みられたものではなかったろうかと、考え出した。もしそうだとすれば。

四月十八日

昨晩も、眠る前に口笛が聞えた。そして寝てからもっと恐ろしいことが起った。

わたしはうなされて目を覚ました。枕許のスタンドをつけて時計を見ると二時半だった。わたしは怖くて、きっと浅い眠りしか取れなかったに違いない。わたしは何だか空恐ろしい気持でベッドの上に半身を起した。その時、かたんかたんという、ごくかすかな音、――足音のようなものがした。それは廊下ではなく、すぐそばで、病室の中で、聞えるような感じだった。枕許のスタンドは、ベッドのまわりだけを明るく、副室との境や入口の前のスクリーンのあたりを暗く翳らせていた。そしてわたしの眼は、床の上に、二つの赤い靴が、靴だけが、ゆっくりと歩いているのを見たのだ。その二つの靴は、透明人間がはいてでもいるように、交る交る、かたんかたんと動いていた。

わたしはきゃっと叫んで、蒲団の上に俯伏せになった。「初ちゃん、初ちゃん」とありたけの声で叫んだ。初ちゃんが寝ぼけた声で返事をし、副室の襖を明けて病室にはいって来るまで、わたしはベッドに俯伏せになって顔を隠していた。「どうなさいました?」と初ちゃんが訊き、わたしは顔を起して、床の上に何もないことに気がついた。わたしは初ちゃんに命じて病室の中を探させ、自分もガウンを引掛けてベッドの下まで覗いてみた。入口のドアはしまったままだったし、廊下には誰もいなかった。「きっと夢でも御覧になったのですよ」と初ちゃんは慰めた。
色のついた夢を見ることはある。しかしあの二足の赤い靴が夢だったなんて、そんなことがあり得るだろうか。

四月十九日
昨日は何も起らなかった。Aがちょっと見舞に来た。わたしが主演する筈だった映画『東京の恋』は、順調に撮影が進んでいると言った。代役に駆け出しの新人を使ったそうだけど、そんなことでうまく行くかしら。

四月二十日
昨晩、また「赤い靴」の口笛を聞いた。わたしはもう気にしないことにしようと思う。きっと看護婦さんの中に、あの童謡の好きな子がいて、時々吹くのだろう。偶然というだけで、わたしの神経が少し参っているのだろう。わたしはこの口笛のこと、それに夜中に見た赤い靴のことを、誰かに相談したい。初ちゃんでは相手にならない。Aだって本気にはすまい。Bさんに言えれば一番いいのだけれど、Bさんは内科だから診察には来てくれない。外科のK先生に明日にでも話してみよう。今晩もまたかしら、わたしは夜が怖い。

四月二十一日

K先生に傷のことを訊いた。「一度見せて下さい」と頼んだが、「すっかりよくなってから」とだけで、また繃帯。先生は大丈夫ですよの一点張りだけれど、フロントグラスの破片を顔に浴びたのだから、すっかりよくなるとか、傷が消えるとかいうのは、先生の気休めの言葉だと思う。

口笛のことは言えなかった。気にする方がおかしいと言われればそれまでだ。なぜそれがわたしにとって怖いのか、その理由を説明することは難しい。つまり理由のない恐怖なのだ。夜中に見た靴のことにしたって、やっぱり幻覚だと言われそうだ。初ちゃんでさえ本気にはしていないのだもの。

四月二十二日

いつもは夕食後にこの日記をつけるのだが、今日は急いでこれを書いておきたい。(今、午前十一時)

昨晩、というより明けがた近い午前四時ごろ、また赤い靴を見た。うなされて目を覚ましたが、窓がどうした具合か少し開いていて、風がはいって来た。わたしはスタンドをつけると同時に、二足の赤い靴が、かたんかたんと床の上を歩いているのを見た。幻覚では決してない。わたしはいつまでもそれを見続けていた。いや、いつまでもというわけにはいかない。わたしはすうっと気が遠くなるような気持になり、ふと気がついた時は、もう靴はなかった。顫えながらベッドから下り、副室の初ちゃんを起しに行ったが、初ちゃんはすやすや眠っていたので、起すのはやめた。看護婦さんを呼ぶことも考えたが、呼んだところで何と説明したらいいのだろう。「事故で頭が変になっているのよ」などと陰口されるだけが落ちだろう。

誰がわたしを脅かしているのか。ひょっとしたら。しかしそんなことは考えられない。

四月二十三日、午前

今日はわたしの満二十四歳の誕生日だ。勿論、戸籍の上での。Aだけはしかたがないが、わたしは今日も、誰にも会わないつもりだ。こんな繃帯のぐるぐる巻きの顔を、人に見られるのは厭だ。

わたしはスタアの生活にちっとも未練はない。Aがわたしを見つけさえしなければ、わたしはただのBGで、Bさんと結婚することもできたのだ。Bさんはわたしを怨んで、虚栄心の強い女だと思っているだろう。そうじゃないのよ。でももうこんな顔になって、Bさんだって心の中ではきっといい気味だと思っているに違いない。

四月二十四日

昨晩、とうとう一番恐ろしいことが起った。九時半ごろ、つまり消燈時間の少し前、わたしは一人でトイレに行った。初ちゃんは夕食後、用足しに出かけていて、十時までには帰って来る筈になっていた。

トイレは、廊下に出て、看護室の方向とは反対側の、廊下を右にそれたところにある。わたしが廊下をまわると、そこに向うむきに、一人の女の人が壁に倚りかかっていた。

真赤な外套、真赤な靴、真赤なベレエ、わたしの最も怖がる赤いものずくめの恰好、——しかもそれが、その後ろ姿が生き写しなのだ。

「姉さん」とわたしは口の中で叫び、しかも声というよりは呻きのようなものの洩れて来る口を、必死になって抑えた。姉さんは死んでいる。とうに。わたしがこの眼で見た通りに。

その女は振り返った。まさに姉だった。すっかりふけて、三十四とは（姉はわたしより十も年上だった）思えないほど、おばあさんじみていた。しかしそれは姉に違いなかった。

わたしは眼がくらくらし、壁に身体を支えた。そして次の瞬間に、もうその女の姿はなかった。わたしは身動きもできなかった。

「葛野さん、どうしました?」と声を掛けたのは、折から来かかった馴染の看護婦さんだった。わたしは今ここで、赤い外套の女に会ったから、探してみてくれと頼んだ。その看護婦さんはトイレを調べたり、非常口を見たりした。非常口はこちら側から錠がかかっていた。あとは便所の横手の階段だけ。上へ昇れば屋上で、彼女は屋上を見に行き、わたしは階段から下の方を覗いて見た。しかしその女の姿はどこにもなかった。

要するにわたしの幻覚ということになるのだろう。初ちゃんが、わたしが部屋に帰るのと同時ぐらいに表から戻って来たが、一階から此所までの間で、そんな女には会わなかったと誓った。

幻覚だろうか。するとわたしは二度も幻覚を見たことになるのだろうか。

四月二十五日

わたしは怖くてならない。こんなことってあるのかしら。姉は空襲の時に確かに死んだ。そのことは疑いはない筈だけれど、ひょっとしたら助かって。いいえ、そんな筈はない。こうなったら自動車事故のことも書いておかなければならない。わたしは誰にも言わなかったけれども、考えてみるとそれがすべての発端なのだ。

もしもう一度姉の亡霊が出て来たら、わたしはきっと気が違うだろう。それを考えると夜も眠られない。誰かわたしを助けてくれないかしら。

事故が起ったのは三月三十日だった。思い出すのさえ怖い悪夢のような記憶だ。あれは夜になってから、幾十日かぶりで雨の降った日だった。わたしはHさんが羽田から立つのを見送りに、愛用のMGで出かけた。わたしはいつも一人で運転する。Aは用があって行かれなかったし、初ちゃんは連れて行かなかった（あの子はそれに車に酔うから、MGには乗せない）。Hさんは北極廻りのSASで十時に出発だった。見送り人は大勢で賑やかだった。そしてわたしが帰り道の京浜国道を、気持よく一台また一台と追い抜きながら飛ばして行くうちに、雨がぽつぽつと降り始めた。そして雨脚は急にはげしくなって来た。わたしはスイッチを押してワイパーを始動させた。それはゆっくりと動きはじめた。

3　読後の印象

「おや、このあとはどうしたんだ？」と伊丹氏がノオトから眼を起して訊いた。

「御覧の通り破いてある」と松本博士が答えた。「それも不思議のうちだがね。時にどう思った、これを読んで？　君の印象を聞こうじゃないか」

「うむ」と伊丹氏は唸った。「それでこの女優さんはいつ死んだんだって？」

「昨日の朝、発見された。昨日はつまり二十六日だ。この日記の最後の日付の次の日だ」

「すると二十五日の夜中に、この赤いものずくめの女がまた現われて、彼女を窓から突き落した、とこう君は考えるわけか？」

「伊丹君、それじゃ君もこれを信じるのか？　この赤い靴とか、亡霊とかいう奴を？」

「まあちょっと考えさせてくれ。それでこの女優さんの遺体は、本人に間違いなかったのかい？」

「間違いというと？」

「つまりね、葛野葉子は入院して以来ずっと顔に繃帯をしていた。面会謝絶で、夫と付け人のほかは殆ど人と会っていない。とすると、もしやこれは替玉ではないかとも疑えるわけだ。つまり葉子の代りに、他の女が顔に繃帯をされて突き落されたという場合だ」

松本博士は磊落な笑い声を立てた。

「名探偵というものは、なるほど懐疑的な人種なんだな。君は病院で人が死んだ場合に、顔の繃帯も取らずに霊安室に送ると思うかね。そういうことはちゃんと調べた。本人に間違いない。遺体は解剖させてもらい、毒物を呑まされていないことも証明された。要するに、窓から落ちて死んだということだ」

「顔の傷はどうだった？　どの程度だった？」

「これは外科の木村先生の手当がよくてね、まず殆ど完全に傷が残らない程度に癒るはずだった。ただ木村先生が慎重な上に、患者が悲観的に考え込んだために、再起不能だと錯覚したんだな。自殺とすれば本当に気の毒だった」

「しかしこのノオトは自殺しようとする人間の書いたものじゃないね」と伊丹氏は確信ありげ

に言った。「この女優さんはスタアの座に恋々としていない。そんなに悲観しているようでもない。ただ一種の病的な心理状態にある。そこが問題なのだ。それに、日記の最後のところが破かれているというのも、自殺とすれば変だね。当然ここのところが遺書の代りをつとめる筈だからね。寧ろこれは他殺で、犯人がその部分を破り取ったと見る方が自然かな」

そこへ、それまで黙っていた奥さんが鶴の一声を入れた。

「どうせ取るのなら、なぜノオトごと持って行かなかったのでしょう？」

「まさにそこだ」と伊丹氏は叫んだ。「君も近頃はなかなか賢くなった。助手の久木君の代りぐらい勤められるぞ」

「ひとを馬鹿にして」と奥さんは睨んだ。

「夫婦喧嘩はあとにしてくれ給え。とにかく僕はこれで失礼する。ノオトはあずけて行くから、明日ひまなら病院まで来てくれないかね」

「うん、今晩考えてみよう。自殺だとすると、辻褄の合わんようなところもあるしね」

夫婦は玄関まで松本博士を送って行ったが、帰りしなに、靴の紐をむすび終った博士は顔を起して、あっと驚くような捨てぜりふを述べた。

「そうそう、一番大事なことを忘れていたよ。窓から飛び下りたその遺体は赤い靴をはいていたんだ」

4　病院での調査

その翌日、伊丹英典氏は講義のない日に当っていたので、研究室の助手の久木進君を連れて、中央病院へ出かけた。この久木助手というのは、ひそかにワトソン氏を以て任じている位なので、無精な伊丹氏はもっぱら久木助手を足の代りに使うことにしていた。足と言って悪ければ、片腕の代りに。

往きの車の中で、伊丹氏は問題の重点をかいつまんで説明した。つまりこういうことになる。

1・葛野葉子は自動車事故で顔面に負傷し、副室つきの六一二号室に入院した。付け人の初ちゃんというのが副室にいた。

2・彼女は窓から飛び下りて死んだ。自殺と信じられている。赤い靴をはいてた。

3・交通事故の負傷は大したことはなかったのに、彼女は再起不能と信じていた。夫の光星昭徳の他は殆ど人に会わなかった。

4・B先生という昔の恋人が、六階に勤務していた。

5・マットレスの下に、ノオトにつけた日記が発見され、そこでは誕生日の贈り物にはじまり、「赤い靴」の童謡の口笛、夜中にひとりでに動く赤い靴、及び赤ずくめの恰好をした女のことなどが書かれていて、彼女は殺されそうな予感におびえていた。

6・日記の最後の、交通事故の部分が破り取られている。それはどこへ行ったか。

7・もし他殺だとすれば、犯人はなぜノオト全部を持って行かなかったか。

「それは先生、簡単ですよ」と久木助手は、伊丹英典氏のお株をうばって、事もなげに推論した。

「交通事故には何かトリックがあった。あるいはそこに犯人の名前が書いてあった。しかるに前半は、犯人にとって必要なムードがあるからわざと残して行ったんですよ」

「何だい、そのムードとやらは?」

そこで久木君は得意然と鼻をうごめかした。

「先生は、その日記の中の赤い靴で、何か思い出すことはないんですか?」

「赤い靴はいてた女の子……って童謡だろう。それからアンデルセンの童話か、映画にもなったっけ。それから……」

「そういう文献学的データよりも何よりも、葛野葉子自身が書いた思い出の記ですよ、題はまさに『赤い靴』だった」

「知らんね。そう言えば、細君も何だかそんなことを言っていたっけ」

「先生は俗事にうといからな。こいつはですね、『女性新潮』に半年ばかし前に出て、一躍彼女をインテリ女優として印象づけたものですよ。素直な文章で、亡き姉を偲ぶといったものですがね」

「そいつは知らなかった。ぜひ読んでみよう。で、その内容と今度の事件と関係があるんだね?」

「僕もよく覚えていませんが、そのお姉さんというのは、いつも赤ずくめのスタイルだったらしいですよ」

車が中央病院に着くと、折から午前の、外来患者の診察時間で、待合室のあたりは薬のできるのを待ちかねている人たちが、大勢ベンチに屯《たむろ》していた。そこは旧館で、長い廊下を歩いて行くと新館になり、そこの曲り角に無人式のエレヴェーターがあった。二人はそれに乗って六階のボタンを押した。他に客はなかった。

「エレヴェーターを利用しても、人には知られないで済むわけだ」

しかし六階でおりると、そこはエレヴェーターの正面が看護室になっていたから、その前を素通りすることは難しかった。伊丹氏はそこの看護婦さんに、松本博士への来意を告げた。博士は目下外来診察の最中で、暫く待ってくれるようにと言われた。

伊丹氏は久木君を連れて、廊下をぶらぶらと六一二号室の方へ歩いて行った。そこには新しい患者がはいっていたから、中を見るわけにはいかなかった。その先で廊下は右に曲り、突き当りが非常階段の入口、左手がトイレ、その横は普通の階段になっていた。久木君は命を受けて階段を屋上へと昇って行った。伊丹氏はトイレの中を調べてから、階段を降りて行った。一階まで同じ構造で、氏はくたびれて一階からまた無人エレヴェーターで六階に戻った。看護室の前の椅子に坐って、しばらく考え込んでいた。

久木助手の報告によれば、屋上から旧館へ出る非常階段があるとのことだった。

「人に見られずに出入りすることは、夜中ならばとても簡単なのだ」と伊丹氏は言った。

「下へ降りて行っても、好きな階で非常口を明けて外へ出ればいいんだからね」

「先生は、その日記に出て来る女を亡霊だとは思わないんですね」

「うん。この日記は、全部が嘘であるか、あるいは全部が本当であるかのどちらかだ。嘘だとすると、これは葉子が自分で書いたか、あるいは犯人が書いたかのどちらかだ」

「先生は他殺説ですか?」

「まだ分らんよ。しかし犯人がこれを書いてマットレスの下に入れておいたという可能性はまずない。第一に、それならもっと厭世的な文章になるだろうし、日付の点なんかで食い違うこともあろうし、最後を破くということの意味がなくなる」

「それに筆跡鑑定をすれば分りますね」

「うん。『女性新潮』とやらの文章を読めば、文体の上からでも分るだろうよ」

そこへ松本博士が、エレヴェーターから転り出て、あひるのように小走りに歩いて来た。

「待たせて済まん。どうも午前中は忙しくてね」

「いや君の手を煩わすことはない。婦長さんでも紹介してくれればいいんだ」

「結論はどう出た?」と小声で博士が訊いた。

「まだデータが不足なんだ。もう少し調べさせてくれ。時に葛野葉子のお葬式は今日だったね？」

「今日の午後三時からだ」

「忙しいだろうけれど、君もお線香をあげに行かないかね。僕はちょっと顔を出してみたい。そこで関係者を教えてもらいたいんだ」

「いいだろう」

松本博士が婦長さんにどんな紹介をしたのか、近眼の眼鏡を掛けた、人のよさそうなおばさんという感じの婦長さんは、伊丹氏にも久木君にもひどく愛想がよかった。

伊丹氏はまず、六一二号室と同じ構造で、現に空いている病室はないだろうかと尋ねた。運よく六二二号室があいていて、二人はそこへ案内された。廊下に面して磨り硝子のついたドアがあり、そこをはいると一メートル平方ぐらいの空間があって、右手は壁、左手は病室への木製のドア、突き当りが副室へのドアになっていた。病室へのドアの方は磨り硝子で、今は開けっ放しになっていたが、白い布を張った二つ折りのスクリーンが、奥にあるベッドを隠していた。病室は広くて、突き当りの壁の前にベッドが横に置かれ、その頭の方に窓が、足の方に洗面台があった。窓は広くて、左右に開き、ブラインドが下りるようになっていた。窓の高さは腰ぐらいから上で、下の壁のところをスチームの管が通っているので、窓から飛び出そうと思えば、そこが踏み台になるためにさして難しくはあるまいと思われた。

「どうも無用心な気がしますね」

「でもおはいりになるのがお加減の悪い人ばかりですから、そんなことは考えもしませんでした」と婦長は弁解した。

窓の反対側は壁になって、洗面台や洋服箪笥などがある。そして壁と天井との間に、空気抜けの横に長い窓があり、半分ほど開いていた。副室との境は日本風の襖で仕切られ、そこは一段高くなった四畳半の畳敷きだった。

伊丹氏はざっと調べ終ると、廊下を戻って看護室の隣にある処置室へ行った。そこは目下のところ誰も使っていなかったので、伊丹氏は悠々と椅子に腰を下し、婦長さんに最近の勤務表を見せてもらいたいと頼んだ。婦長さんがそれを取りに行ったあとで、久木助手は落ちつかない顔つきで質問した。

「先生、これから一体何が始まるんです?」

「なに、簡単なことさ。口笛の主を見つけようというだけさ」

しかしこれはなかなか簡単ではなかった。看護婦さんの中で、誰か口笛の上手な子はいないか? それを聞いた人は?――特にこれこれの晩に。伊丹氏はリスト(それは日記から要点を書き取ったものだった)を見ながら、やさしい声で一人ずつ質問した。

「これは勤務とはまるっきり関係ないんだよ。誰だって口笛ぐらいは吹くさ。しかしこれはとても大事なことなのだ」

先生は女の子には実にやさしいな、と思いながら、久木助手は伊丹氏の応対ぶりを眺めていた。そして遂に夜勤の看護婦で、その晩の同僚が廊下で口笛を吹いていたと言うのにぶつかった。

「でもわたしが教えたなんて言われたら、きっと久ちゃんに怨まれるわ」

「そこは大丈夫だ。うまく訊くから、その久ちゃんとやらを呼んでくれないか」

久ちゃんという看護婦はこの日は非番で寮にいたが、松本先生のお呼びというので直ちに駆けつけた。まだごく年の若い、眼のくりくりした、大人しそうな看護婦だった。

「まあ楽にして下さい。僕は松本君の友達でね、この前自殺したスタアのことで、原稿を書こうと思っているんですよ」

久木君はあきれて口を抑えていた。先生が新聞記者やトップ屋の真似をしたって、ちっとも似合いはしない。

「あの葛野葉子は可哀そうな人でね。時にあなたは『女性新潮』という雑誌を読んでいますか?」

「いいえ、あたしの読むのは……」

伊丹氏は大急ぎで久ちゃんの口を封じた。

「いやそんなことはどうでもいい。葛野さんは誰からも親切にされず、可哀そうに世をはかなんで自殺したんです。あの人には肉親もなかったし、映画界なんて、もう役に立たないとなったスタアには冷淡ですからね。でもあなたは、そっと、あの人に親切にしてあげたんじゃないですか？」

「ええ」と言ってから、彼女はどぎまぎした。「でも言わない約束なんです」

「しかしあの人も死んじゃったんだから、もう話してもいいでしょう。子守唄をうたってあげたんでしたね？」

「童謡なんです。葛野さんのお好きだという。それも口笛でいいんでした」

「もう少し詳しく。一体誰です、それを頼んだのは？」

「夜勤の時に、廊下を歩きながら、そっと、赤い靴はいてた女の子……って童謡を口笛で吹いてやってくれって頼まれたんです。それを聞くと、あの人安心して眠れるって話でした。だからわたし、夜勤の晩だけでなく、昼勤の日でも夜になってから看護室に遊びに出かけて、廊下でそっと吹いてあげました。でもかえって、小さい頃のことを思い出して、悲しい気持になったのかもしれませんわねえ」

「ひとつ初めのところから話して下さい」

「葛野さんは顔に怪我をしたので、誰にも会いたがらない。だからせめて、気持だけでも、というお話でした。妹は意地っぱりで会ってくれないからって、とても寂しそうでした。だから身寄りがないわけじゃないんですのよ」

　久木助手が何か言い出しそうになるのを、伊丹氏は慌てて制した。

「いつでした? どんな恰好の人?」

「いつだったかしら。何でも今月の十日すぎです。四時の勤務を終って、看護婦寮に帰る途中を呼びとめられたんです。赤い合オーバァを着ていました」

「年は?」

「さあ、三十四五か、もう四十に近いのかしら。葛野さんの素顔は見たことがないけど、写真とはよく似ていましたわ。姉妹だとすぐに分りました」

5　日記の残りの部分

その看護婦が部屋を出て行くと、久木助手は愉快そうな大声を出した。

「これで分った。やっぱり亡霊は実在しているんですね。それにしても先生の誘導訊問はうまいものだ」

「しかしその姉さんというのは死んでいるんだよ。そうなんだろう、葛野葉子の手記とやらによると?」

「それは誰かが化けたんでしょう。もっとも死んだという証拠があればの話だけど」

「その思い出の記をぜひ読みたい。さっきの看護婦さんが読んでないところを見ると、そんなに有名な話でもないようだ」

「『女性新潮』は程度が高いんです。だから葛野葉子はインテリだということになったんです」

「インテリか。……君ね、こういう可能性もあるんだ。その赤いオーバーの女は葛野葉子の変装だったってね」

「ええ?」と久木君は飛び上った。「しかし怪我が?」

「彼女は繃帯を取ってみた。大した傷じゃなかったから、メイキャップをすれば充分にごまかせる。そして一人二役をやり、脅迫されているふりをし、目指す相手を夜中に病室へ呼んで、頭をぶんなぐって気絶させる。その顔に繃帯を巻きつけて窓から落す、……どうだい?」

「うまい。あり得る。で相手は? 殺されたのは?」と久木君は食いつきそうな眼をして尋ねた。

「ところがこの仮説は成り立たないんだ。病院で屍体を調べて、本人に間違いないとさ」

「何だ、そんなことですか」

その時ドアがノックされて、松本博士がもう一人白衣の医者を連れて部屋にはいって来た。

「やあ御苦労さま」と博士は言って、連れを紹介した。「これが馬場君、つまりあの日記のB先生だ。さっき会った時に君の話をしたら、何と馬場君が事件の鍵を握っているのさ」

「鍵?」とさしもの伊丹氏も少し動転した。

「じゃこの人のところに、日記の残りが行っていたのか?」

「えらい」と松本博士が唸った。「よく分ったな」

「単なる勘だよ。馬場先生、どうしてそれが手にはいりました？」

それはまだ三十前後の、内気そうな感じのする医者だった。彼は手の中にある封筒を、乱暴に扱えばすぐにも散ってしまいそうな開き切った花のように、神経質にそっと握っていた。

「昨日、看護室に置いてあったんです。看護婦の気がつくのがおそくて、それに差出人の名前もないものだから、午後になって僕の手に渡りました。誰が書いたのかはすぐに分りました。しかしもうあの人の死んだあとだったのです」

「とにかく拝見しましょう」と伊丹氏は言って、その封筒を受け取った。表には「馬場先生、親展」とあり、裏には何の文字もなかった。中味はまさに、例の日記の続きだった。

……わたしは相変らずのスピイドで走っていたが、雨は急激にどしゃぶりになって来た。そして不意にわたしは、前方の道が、ヘッドライトに照らされて赤く滲んだように見えることに気がついた。どうしてなのだろう、わたしの前方が、ぞっとするほど真赤なのだ。わたしは怖くなり、スピイドをおとすために低速ギヤに切り換えた。他の車が一台ずつわたしを抜いて行った。一台だけ、いつまでもわたしのMGと並んで走る車があった。わたしはつい、何の気なしにそちらを見た。幻覚だったのだろうか、その車には赤いオーバァを着た姉が乗っていた。わたしは身をよじるようにし、ブレイキを踏んだ。その車は真赤な視野の中に消えて行った。次の瞬間、わたしのハンドルは傾いていた。

もうこんなことを書いている時間はない。わたしは怖くてならない。

馬場さん、御免なさい。わたしはあなたを愛していました。わたしは間違った道を歩きました。でも今でも愛しています。わたしが死んだ時に、本当に涙を流してくれるのは、あなたひとりでしょう。

「なるほど」と伊丹氏は言った。「あなたは昨日これを受け取った。そしてこれを遺書だと思ったわけですね？」

「そう思いました。覚悟の自殺だと」

「するとこの前半は？　これは自動車事故の原因について書いてある。怖くてならない、とも書いてある。変に思いませんでしたか？」

馬場医師は首をうなだれた。

「さっき松本先生から、不審の点があるから伊丹先生に調べていただいているとお聞きするまでは、そんなことは考えなかったんです。僕はあの人とは、あの人が二年前に映画界にはいるまでは、長い間親密にしていました。結婚する気でいたんです。素直な、やさしい人でした」

「じゃ、怨みましたね？」

「それは少しは口惜しく思いました。しかし病院づとめの医者じゃ給料もたかがしれていますから。あの人もタイピストで会社勤めをしていたから、当分共稼ぎでやろうなんて、二人で相談したこともあるんです」

「そうですか」と伊丹氏は考え込んだ。「あなたは今月の十三日、つまり葛野葉子の本当の誕生日におかしな贈り物があった時に、病室に駆けつけたんでしたね？」

「僕はそれまで、彼女の見舞に行くのが怖かったんです。何といっても気の毒な事故だし、向うも会うのは厭だろうと思って。あの日は、昔なら当然プレゼントをする日だと思って、気にしていました。そこへあの騒ぎです。びっくりして飛んで行きました」

「中味は赤インキですって？」

「赤インキでした。しかしあの人はだいぶおびえていた様子です」

「心当りはありませんかね、それを贈った人に？」

「いや全然。僕でないことだけは確かです。僕はこの二年間の彼女の生活については、何も知りません」

「そうですね」と伊丹氏は頷いた。「三時からお葬式だそうですから、あなたも一緒に行きませんか」

6　『赤い靴』

そろそろ昼食の時間だったので、四人は連れ立って地下の食堂へとエレヴェーターで降りた。途中で伊丹氏はこっそり久木助手の耳もとに口を持って行った。

「君の親父さんは今でも署長かい？」

「いや少し出世して、今は警視庁で、第一方面本部長です。そろそろ勇退させられそうです」

「それは都合がいい。電話番号は知っているね。ちょっと電話を掛けたいんだ」

地下の食堂はひどく混んでいたが、伊丹氏は一階の待合室にある電話ボックスでさんざん長話をしてから現われたので、三人の食事はあらかた終っていた。

「どこに電話したんだね？」と松本博士が訊いた。

「今にわかる。時は金なりだから」

それ以上、伊丹氏は説明しなかった。

「先生、僕が不思議なのは、葛野葉子のその手紙を誰が馬場先生に届けたかったってことです？」

と久木君が質問した。

「誰だと思う？」と伊丹氏は訊き返した。

「本人は死んでいるんだから。とすると犯人ですか？」

「もし犯人なら、交通事故の部分は要らないわけだろう。最後の馬場先生あてのところだけあれば、立派に自殺のための遺書で通るのだ。そうすれば、日記のそれまでの部分、つまりノオトそれ自体を奪い取った方が利口だ。僕はこう思う、犯人は日記のあることを知らなかったね。そして葉子は、気がせくままに、最後の一頁を破いて、封筒に入れた。ノオト全部は封筒の中にははいりきらないからね」

「なにかそこに意味があるんですか?」と久木君が訊いた。

「この手紙は切手を張って出したわけじゃない。いいかい、葉子には殺されるかもしれないという予感があった。だから万一の時には、彼女の切実な気持をせめて馬場先生にだけは伝えたいと思った。しかし、その予感は間違いで、本当は何でもないのかもしれない、という気持だって心の底にはあった筈だ。そうなれば騒いだだけ恥を掻くようなものだ。そこで、……どうすると思う?」

久木君ばかりでなく、松本、馬場の両医師も首をひねった。伊丹氏はひとりライスカレーをぱくつきながら、無造作に説明した。

「彼女は多分、初ちゃんのハンドバッグかなにかに、その封筒を入れたんだと思うよ。初ちゃんがそれに気がついた時に、もし葉子が生きていれば、こんなものがありましたと彼女に報告するだろうし、もし死んでいれば、宛名通りに馬場先生に届けるだろう。初ちゃんは付け人だから、馬場先生との昔のロマンスも知っていたに違いないと思う。とにかく初ちゃんに訊いてみれば分るさ」

「そうですよ、先生。その初ちゃんというのが最も疑問の人物ですよ。いつも副室にいたんだから、何かに気がつかなかった筈はない」

松本博士も久木助手の意見に賛成した。

「ひょっとすると、その初ちゃんというのが犯人じゃないか。彼女ならどんな細工でもできただろう」

伊丹氏はにやにや笑い、

「君も探偵に鞍替えかね」とひやかした。

四人は食堂をあとにして、六階へ戻った。看護室から婦長さんが出て来ると、大封筒に入れた一冊の雑誌を伊丹氏に渡した。

「いまお使いの人が、これを先生にって届けて来ました」

「ありがとう。これが問題の古雑誌だよ。さっき出版社に大至急持って来てくれと頼んだのだ。一つみんなで読んでみよう」

四人はまた処置室にはいり、伊丹氏が椅子に掛けて目次を調べた。各界の婦人たちの、少女時代の思い出が特集されていた。その中から、伊丹氏が葛野葉子の『赤い靴』の載っている頁を開くと、残りの三人は中腰になって、うしろからその頁を覗き込んだ。

子供の頃の思い出です。それは決して懐しいとか恋しいとかいうような思い出ではありません。わたしは文章を飾って、それを美しくつくり直そうなどというつもりはありません。それが本当のことである以上、しかたがないと思います。一番いいのは、こういうものを書かないことなのでしょう。でもお引き受けした以上は、ありのままに書いてみたいと思います。

わたしは姉と二人で、中国筋のK市にいました。戦争中のことです。両親は、母がわたしを生むとすぐに亡くなり、父はその二年ばかり後に亡くなりました。わたしたちは唯一の身寄りであるK市の叔父のところに引き取られました。姉はわたしより十も年上で、その頃女学生でした。わたしは幼稚園に行くか行かないかの年頃で、姉はまるで母親代りの感じでした。

こういうふうに言うと、二人きりの姉妹は当然仲がよかったと思われるでしょう。それが違うのです。姉は奇妙にわたしを憎んでいて、陰気な方法でわたしを苛めるのです。例えば、夜寝る時にわたしたちは同じ部屋でやすむのですが、わたしを寝つかすためにする姉の話というのは、きまって怖い話ばかりでした。夜中になると、昼の間は死んでいる洋服とか帽子とか靴とかが、生き返って動きまわるとか、赤い蚊に血を吸われると、その人の血は水になってしまうとか、猫は夜中に人間の言葉で話をするとか、そのほか色々です。わたしは怯えて、それでも怖いから、一心に早く眠ろうと努力するのでした。ですから、怖い時はふつうならなかなか寝つかれない筈なのに（子供のせいもあって）わたしはかえって早く眠る、ということもあったのでしょう。わたしは大きくなって怪談なんかも知りましたけど、姉が日常的な材料でわたしにしてくれた寝物語ほど、怖い話にはぶつかりませんでした。それには、姉の真剣な、どうしても嘘とは思われないような表情も、あずかって力があったのかもしれません。

今から思えば、姉にはどこか普通でないところがあったような気がします。それは赤い色に対する、殆ど病的なほどの愛着です。赤い帽子、赤いリボン、赤い洋服、赤い靴、いいえもう何もかも赤いものずくめなのです。しかし問題は赤い靴でした。

赤い靴をはいて踊り続ける童話がありますね。姉はその話をわたしに聞かせ、部屋の中でバレエ用の赤い靴をはいて、踊り始めるのです。それはいつまでも、決して、終ろうとしません。わたしが泣き出すと、踊りながら巧みに片脚をあげて、手の先で靴を脱ぎます。そして両方の靴をとると、やっと止るのです。それは如何にも、赤い靴のために無理に踊らされているという感じでした。

姉は両親に可愛がられて育ち、小さい時からバレエを習っていました。わたしが生れてから両親が死に、次第に環境が惨めになって行ったので、わたしを憎んでいたのかもしれません。戦争が始まってから、赤い外套なんかを着たというので、姉は学校でひどく叱られたようです。そんな恰好で表へは出られなくなり、紺のモンペに防空頭巾といういでたちが当り前になってから、姉は二階の自分の部屋に閉じこもり、そこで（もうそろそろ身体に合わなくなりかけた）赤い外套や赤い帽子を身につけて、気を紛らしていたようです。わたしはそういう光景を見物させられました。そして赤い靴をはいて踊るのを、怖いながらも、魅せられたように見詰めていました。

赤い靴はいてた女の子
　異人さんに連れられて行っちゃった

姉はこの童謡をよく歌いました。（それも勿論、こっそりとです）しかしわたしには、そのやさしい童謡が怖くてならず、かならず、耳を抑えたものです。それは姉のこういう言葉とも関係があるのです。「――ちゃんにも赤い靴はかせてやろうか。死ぬまで踊るんだよ。踊るまいと思っても駄目なのよ」そして姉は実演して見せるのでした。

終戦の年の春、各地で大空襲が相継いで起り、わたしたちのいたK市も（こんな山の中の町は安全だとみんな安心していたのですが）やられました。その晩、姉はわたしと一緒に、二階の部屋にいました。姉は例のように赤ずくめの恰好でした。すると警戒警報さえまだ出ないうちに、猛烈な爆撃が始まり、わたしたちの家はあっという間に火の海に包まれてしまいました。下から叔父がわたしたちを呼ぶ声が聞えます。二階はすっかり燃え出して、赤い焔がもう天井を這っています。

わたしはその時小学校の二年生でした。日頃訓練されているので、すぐに頭巾をかぶって逃げようとしました。「――ちゃん、さあ踊ろう。赤い火の踊りを踊ろう」と姉は言って、わたしの腕をつかみました。

姉は気が狂ったのです。

「姉ちゃん、早く逃げようよ。大変だよ」とわたしは叫びました。

姉は顔をゆがめ、「一緒に踊ろう」と言って、平気で立っているのです。わたしは摑まれた腕を振り払い、階段口へと走り出ました。

「逃がさないよ。一緒に踊るんだ」と声だけがあとを追いかけて来ました。

わたしは気をうしない、叔父に連れられてやっと安全な場所まで避難できたらしいのですが、叔父はその時のひどい火傷で、じきに亡くなりました。姉は勿論助かりませんでした。

わたしのはそういう思い出なのです。怖い、暗い、厭な思い出です。そして今でも、赤い靴への恐怖はわたしの記憶にこびりついているのです。

7 初ちゃんとの一問一答

三時から撮影所で行われるという葬儀に、伊丹英典氏は少しおくれて行くからと松本博士に断わって、久木助手を連れてM署へと車を走らせた。

「先生、少しは目星がつきましたか?」と心配そうに久木君が訊いた。

「少しとは見くびったね」と伊丹氏はうそぶいた。

「あの『女性新潮』の手記が鍵さ。鍵さえ分ればあとは簡単だ」

しかし伊丹氏は車が着くまで、額に皺を刻んだまま沈思黙考の体だったから、先生の「簡単」というのも、どうも怪しいものだと久木君は睨んだ。

久木進君の父親の久木警視長が紹介者であるせいか、M署では伊丹氏は丁重に迎えられた。

「私は捜査課の者で、山本と言います」と案内に出たひどく背の高い刑事が自己紹介をした。

「折口初子さんにはこちらで待ってもらっています」

久木君はさてはと思って伊丹氏の顔を見たが、その顔には心配そうな翳こそあれ、得意の色は微塵もなかった。だだっ広い控え室に、地味な洋服を着た若い女が一人、ぽつねんと待ち侘びていた。

「あなたが葛野さんの付け人の初ちゃんですね？」と伊丹氏は、例によって女性向きのごくやさしい声を出した。

「はい。一体どんな御用なんでしょうか。三時から葛野先生の告別式が始まりますので、わたしそれに出たいと思っているんですが」

「葛野さんは本当に気の毒でしたね。あの人はあなたに辛く当ったりなんかしなかった？」

「ええ、本当にいいお方でした。付け人なんて、普通なら犬か猫みたいにこきつかわれるんです。けれども先生は親切で、思いやりがあって……」

初ちゃんという娘はもう涙ぐんでいた。ごく平凡な顔つきだが、気立てはよさそうに見えた。バッグからハンカチを出して眼もとを抑えた。それから急に心配そうに顔を起した。

「わたし、どうしてこんなところに連れて来られたんでしょうか？　病院の先生が何やらお訊きになりたいとか」

「僕は松本博士の代理で、こういう者です」と言って、伊丹氏は名刺を差し出したが、文化大学の助教授は刑事さんよりも信用があると見えて、初ちゃんは少しばかりほっとしたような顔になった。

「とにかく時間があまりありませんから、大急ぎで、大事なことだけ訊きましょう。打明けて言えば、我々は葛野さんが殺されたものと考えています。だから一つ助けてもらいたいのです」

初ちゃんの顔は見る見る蒼ざめた。

「ではやっぱり？」

「ほう、あなたも疑っていたんですか？」

「わたし、葛野先生が交通事故以来、何かに怯えていらっしゃることだけは分っていました。口笛のことや、夜中に赤い靴を見たという話や、変な女に会ったという話や、……でも、わたしには信じられませんでした」

「口笛は聞えたでしょう？」

「はい、二三度。でもそれを言うと先生が怖がると思って、先生の気の迷いだと思わせるようにしていました」

「交通事故のときは、あなたも羽田へ行ったんですか？」

「いいえ、先生がＭＧに乗るときはお伴しません。わたし少し車に酔うので」

伊丹氏は腕時計を見、それから質問のピッチをあげた。

「てきぱきと答えて下さい。まず、葛野さんの死んだ朝のことから。夜中に何が起ったか全然知りませんか？」

「わたしいつも昼の疲れのせいか、ぐっすり眠るんです。看護婦さんに、大変よ、と言って揺り起されるまで、何も気がつきませんでした」

「それから」

「まるで嘘としか思えませんでした。先生のお身体はどこかへ運ばれて、わたしは副室で一人で泣いていました。光星さん――これは葛野先生の御主人です――から、あとのことはこっちでするから、うちへ帰って休みなさい、と言われたので、お宅の方へ戻りました」

「あなたは葛野さんの、――つまり光星さんの家に、住み込みで暮しているわけですね？」

「はい」

「それからどうしました？」

「わたしもともとあの光星さんという人が好きじゃないのです。あの人は佐山さくらという人気スタアといい仲だって噂まである位で、葛野先生に対しては冷たかったと思います。わたしは先生の付け人だし、もうこうなっては何の御用もないし、それに病院での光星さんの態度と来たら、とても横柄で、お前なんかもう用はないというふうでしたから、その日、兄の家へ移りました。兄はテレビの仕事に出ています」

「なるほど。それから次の日、つまり昨日は？」

「昨日、ふとハンドバッグを明けてみて、馬場先生あての封筒があるのに気がつきましたから、きっと先生がお入れになったのだと思って、病院の受付へ置いて来ました。お通夜に出ようと思ったんですけれど、お通夜だかパーティだか分らないようなばか騒ぎになるだけだと思い、そのまま兄のところにいて、遠くから拝んでいました。でも今日のお葬式にはぜひ出たいんです」

伊丹氏はしばらく黙ってから、こういう質問をした。

「葛野さんが死んだと分ったあとで、あなたは誰か映画界の人に会いましたか？　これは大事な点だからよく考えてから答えて下さい」

折口初子は確信をもって答えた。

「光星さんだけです。他の人には誰にも会っていません」

「そうか」と伊丹氏は一人で頷いていた。

「いやどうもありがとう。もう暫くここで待っていて下さい」

そう言うなり、伊丹氏は山本刑事に合図をして、そそくさと部屋を出て行った。久木助手はあとに残されて、しかたなしに初ちゃん相手に世間話を始めたが、相手は沈んだ顔つきで、いっこうに話に乗って来なかった。

8　撮影所葬

M署で手間取って、伊丹氏と久木君とが警察の車を借りて撮影所に向かった時は、もうだいぶおそかった。

「先生、少しは教えて下さいよ。さっきの質問は、あれは何のためなんです?」と久木君が訊いた。「僕にはもっと他に大事な点があると思った」

「どんな?」

「例えば動機ですよ。付け人というのは、スタアの引き立て役だからいつも軽んじられている。だから劣等感に悩まされて、スタアに復讐したいという気持もあるでしょう。それに、ついてるスタアが死んだとなったら、すぐにも兄さんの家へ移ったというのがくさいじゃありませんか?」

「君は初ちゃんが怪しいと思うのかい?」

「怪しくはないですか?」

伊丹氏はそれには答えず、運転手に向かって、「君、ちょっとワイパーを動かしてみてくれませんか?」と頼んだ。

運転していた警官は怪訝な顔をしながら、それでも言われた通りにボタンを押すと、運転席と助手席の前のワイパーが、扇型に動き始めた。

「もう宜しい」

「先生、これは一体何の真似です?」と久木君が面くらって訊いた。

「例の交通事故だがね、あれは羽田の帰り道の京浜国道で、雨が降り出した時刻に起った。道の前方が真赤になった、と日記に書いてあったね。それはワイパーに仕掛けがあったとしか思われない」

「ああそうか」と久木君は唸った。

「それまではずっとお天気つづきだった。そしてMGは葛野葉子の愛用車だ。もしワイパーに赤い固形絵具を仕掛けておけば、いつかは、つまり雨が降った時には、それが溶けて流れ出す。三月三十日の晩、お天気が少しずつ崩れて、夜半から雨が降るとの天気予報で、それが珍しく当った。ワイパーが動き出すと、雨にまじって絵具がフロントグラスに沁み出したんだな」

「どうしてそれに気がつかなかったんでしょうね?」

「とにかくスピードを落した。すると、それまで尾行して来た犯人の車が横に並んだ。葉子はそこに姉らしい人物を見て、手もとが狂う。と、まあこんなことだな。彼女は急ブレイキを踏み、車は雨に濡れた道路でスリップした。そこで彼女は頭をフロントグラスに突込んで怪我をしたんだが、幸いにして大した傷じゃなかったのだ」

「すると犯人は殺しそこなったわけですね？」

「うん。しかし怪我をさせれば、それだけでも成功だった。絵具の方は雨ですっかり流れる、自分の車はどんどん突走る。あとに証拠というものはない」

「そうか。これが同じ犯人だとすれば、留守をしていた初ちゃんではないわけか」

「分ったかい？ 犯人はその晩、羽田へ見送りに行った連中の一人さ」

「彼女の夫は用があって羽田へは行かなかった、とたしか書いてありましたね」

「犯人は女だよ。これは明々白々」

そういう話をしているうちに、車は漸く撮影所に着いた。時刻は既に三時半をすぎていた。車の降りぎわに、伊丹氏は運転手と久木君とに何やら命じた。

葛野葉子の葬儀は撮影所葬ということで、広場に花輪を飾り、大きな肖像画を花の中に埋めて、即製の祭壇の前で行われていた。社長以下、幹部の弔辞はあらかた済んで、今しもブラスバンドが葬送行進曲を奏でるなかを、焼香する人たちが長い列をなしていた。伊丹氏等もその列に加わった。

焼香を済ませると、伊丹氏は目ざとく松本博士と馬場医師とを見つけ出して、その側へ歩み寄った。博士は頷いて、祭壇のすぐ近くに立っている光星昭徳の方へ、うち連れ立って歩いて行った。

「御愁傷に存じます」と伊丹氏は神妙な挨拶を述べた。

「ええと、どなたでしたっけ?」と相手は訊き返した。

亡くなった女優の夫という人物は、如何にも仕事の虫のような、四十がらみの眼の鋭い男で、夫としてよりは、撮影所の重要なプロデューサーとして、この場に臨んでいるという趣きを見せていた。

「ああお会いになったことはありませんでしたかね」と松本博士が紹介した。「こちらは外科の伊東君、こちらが内科の馬場君」

「馬場先生の方は存じていますが」と光星氏は疑い深そうに言った。「外科はたしか木村先生の担当でした」

「木村君は手の離せない手術があるので、私が代りに参りました」と伊丹氏は言ってのけた。

二人の本物の医者がその場から離れても、伊丹氏は側にくっついたきりだった。

「なかなか盛大な葬儀ですね。警察の人たちも来ているんですか?」

「警察?」と相手は怪しんだ。

「これは失礼。他殺の疑いがあるとかで、警察が動きそうな気配があるとか聞きました。何か恋愛沙汰でもあったんですかね」

「ばかばかしい。葉子は私にとっては金の卵を生む鶏ですからね。傷だって、先生も御存じのように大したことはなかった。佐山さくらとの噂だって根も葉もないことですよ。どうも映画界というのはゴシップばかり早くてね。恋愛沙汰といえば、あの馬場とかいう医者は、葉子の昔のこれですよ」

「へえ、それは知らなかった。しかし佐山さくらは美人ですねえ」

その言葉が耳にはいったのか、その女優は二人の側へ近づいて来た。

「なにかわたしのお話？」

年はもう二十八九になっているだろう。葛野葉子と人気を二分するだけの、あふれるような魅力があった。

「私は今度の映画は、佐山さんが主演するのだとばかり思っていました」と、どちらに言うとでもなく伊丹氏は呟いた。

「今度って？『東京の恋』ですの？」

「そうでしたかね。どうも医者というものは世事にうとくて」

「わたしは葛野さんの代りなんか真平よ」と佐山さくらは貫禄を示した。

「あれはもうクランク・インしていましてね。新人で葉子に顔立ちの似た子がいたので、それを使いました。有望な子ですよ。あそこにいます、葉山茂子。私がデパートの玩具売場で見つけた子ですが、『東京の恋』できっとスタアにしてみせます」

それは祭壇の写真の顔とよく似た、しかし年はまだ十八九ぐらいの細おもての女優だった。

他の連中がお喋りなどしているのに、先輩スタアの死を悲しむように、ひとりだけぽつねんと立っていた。

「葛野さんのマネージャーだった人はどうなるんですか？」と伊丹氏はプロデューサーに訊いた。

「あなたはなかなか詳しいんだな。角間君はもう葉山茂子のマネージャーになっていますよ」

視線がそちらに向いたせいか、角間というあまり風采のあがらない男は、こちらの方へ歩いて来た。伊丹氏は大急ぎで、用意した大事な科白《せりふ》を述べた。

「そういえば、葛野さんの付け人だった人を見かけませんね」

「人情のない女だ」と光星氏は吐き出すように言った。

伊丹氏は少しばかりその場所から遠ざかり、角間マネージャーが光星氏と話しているのを見ていた。あれで、自分が誰だかあの男に分るだろう。中央病院の外科の医師だと信じるだろう（それに伊東先生は実在の人物だった）と伊丹氏は計算していた。それから、最後の、最も大事なお芝居に取りかかった。

伊丹氏は、葬儀が終って人が散りかけた頃に、巧みにマネージャーに話しかけ、人目に触れないセットの蔭に誘い込んだ。

「角間さん、私は中央病院の外科医ですが」

「ああ存じていますよ。さっき光星さんに聞きました。何か御用ですか？」

「これは絶対内密にお願いしたいのです。あなた一人、胸の中にたたんでおいて下さい。宜しいですか」

相手の男は好奇心に眼を輝かせたが、次の瞬間、伊丹氏の一言で真蒼になった。

「葛野さんは生きています」

「そんな馬鹿な」

「しいっ。葛野さんは殺されそうな予感がして、あの晩、初ちゃんという子と入れかわって寝ていたんです。犯人は、顔じゅう繃帯をして寝ていた初ちゃんを、葛野さんと間違えて、窓から突き落したんですよ」

「そんな馬鹿な」と相手は繰返した。

「嘘じゃありません。今日だって初ちゃんは来なかったでしょう。病院でも遺体が初ちゃんだってことは気がつかなかった。ただ何よりの証拠に、葛野さんを私が現に診ているんですからね。ショックで熱を出して動けないでいます。中央病院の六二二号室に、ちゃんと入院しているんですよ」

9　中央病院六二二号室

その晩、中央病院六階の処置室に、伊丹氏と久木君とが二人とも白衣を着て控えていた。

「先生、これは一体何の真似です？」と久木君が訊いた。

「今晩の宿直は、内科の馬場先生、外科は伊東先生、つまり僕だ。本来の宿直は馬場さん一人でいいんだが、僕がここにいないと困ることがあるんでね。本物の伊東先生にもその旨通じてある」

「すると、仮に今晩その伊東先生というのが殺人をおかしても、アリバイがあるという寸法ですね」

「そうなるかね」

伊丹氏は悠然と構えているように見せかけていたが、実のところ先生の神経はだいぶ苛々しているようだと久木君は見ていた。彼には何のことやらさっぱり分らなかった。

「じゃ僕は何者です？」

「君は僕の護衛さ。まあいてもいなくてもいい人物さ」

「それはひどい」と久木君は抗議した。「これでも僕は、撮影所ではだいぶ聞き込みましたよ」

「それはありがたい。聞かせてくれ給え」

「あの光星昭徳ですが、仕事にかけては辣腕家で、スタアづくりの名人らしいです。それに女優さんに手を出すのも早いらしい。佐山さくらにお熱いことは間違いありません。葛野葉子に較べると佐山さくらの方がグラマーですからね。役どころも違うし。光星説では、スタアは消耗品で、いいところ三年もてば成功なんだそうです。撮影所では評判は悪くない。仕事熱心だから、女優に色目を使うのなんか問題じゃないらしいです」

「佐山さくらは？」

「これはアメリカ育ちの二世だそうです。光星がスカウトしたんだそうだが、前身はよく分らないんです。ねえ先生、まさか葉子の姉さんというのが佐山さくらなんじゃないんでしょうね？」

「彼女はグラマーだと言ったろう。葉子の方は純情型美人だよ。顔も似ていない」

「顔のメイキャップはお手のものでしょう。その姉さんは空襲では死ななかった。戦後GIと結婚してアメリカへ渡った。食いものが違えば、スタイルから顔かたちまで、別人のようになることもありますよ。僕の従姉もニューヨークに住んでいるけど、送って来た写真を見ると……」

「ストップ。それで車はどうだった？」

「これは刑事さんのお役目でしたがね。誰でも自家用を持っていますね。ベンツからトヨペットまで、新人の葉山茂子でさえ持っています。つまりスタアたらんとする者は、たとえ借金をしてでも自家用車を持つべしということですね。はやっているんだなあ」

「君も車がほしければ、スタアと結婚するんだな」と伊丹氏はひやかした。

その時、ドアがノックされ、看護婦さんが顔を出した。

「伊東先生、お電話です」

「ありがとう」

久木君は、先生がしゃあしゃあとして出て行くのを呆れて見送った。伊東先生は看護室の電話で、小さな声で相手と話をした。

「はい伊東です。ああ困りますね。電話じゃ無理ですよ。……ええ明日ぐらいには公表せざるを得ないんじゃないですか。……今のところ私だけです。木村君？　ええ木村君も知っています。しかしこれは秘密ですからね。一体あなたは誰に聞いたんです？……そんな筈はないんだがなあ」

処置室に戻ると、伊丹氏はにやりと笑った。

「誰からでした？」久木君が訊いた。

「佐山さくら」と先生はぽつりと答え、「どれ回診に行って来よう。君は待ってい給え」と命じた。

ますます呆れている久木君を残して、伊丹氏（ではなく伊東先生）は馬場先生のうしろにくっついて、各病室を廻った。「お変りはありませんか？」と尋ねるごく月並な回診だった。ただ六一二号室だけ、伊東先生はさりげなく部屋の中まではいって、それが六二二号室と少しも違わない構造であることを確かめた。回診が更に進んで六二二号室まで来ると、伊東先生は先に立って病室へはいった。

「お変りはありませんか？」

ベッドには顔じゅうに繃帯を巻いた女の患者が寝ていた。枕から首を少し起して頷いた。回診が終ると、馬場先生は宿直室へ寝に行き、伊東先生は処置室へ戻った。久木君はじりじりして部屋の中を歩きまわっていた。

「一体何ごとが始まるんです？　罪ですよ、じらすのは」

「うん、教えようか。実は六二二号室に葛野葉子がいるんだ。今晩、犯人が彼女を殺しに来る手筈なんだ」

久木君のびっくりした顔は見ものだった。

「しかし」と絶句してしまった。

「そうさ、小細工なんだが、犯人が引っかかればいいがね」

「死んだのは葛野葉子に間違いないと、先生はたしかおっしゃった」

「勿論さ。しかしそれが本人だったと知っているのは、ごく少数の病院関係者だけだ。松本君、木村先生、伊東先生、それに看護婦さんが数人。何しろ顔が繃帯でかくれているんだから、もしかしたら、と誰でも思うだろう。それに撮影所なんてところは、秘密の話というのほど早く流れるんだからね」

十時の消燈時間が過ぎると、廊下は薄暗くなり、病室の中はどこも真暗になった。伊丹氏は久木君と共に、六二二号室へ行き、そっと副室へはいった。そこには山本刑事があぐらをかいて坐っていた。

「御苦労さまです」と伊丹氏はねぎらった。

「まだなかなかですよ」

「なに、こういうのには馴れています」と相手は平然たるものだった。

伊丹氏は病室のベッドに歩み寄って、やはり小声で呼びかけた。

「初ちゃん、心配することはちっともないんだからね。眠ってくれた方がいいんだよ」

「でもわたし、怖くて」と患者は呟いた。

「大丈夫、副室に三人いる。安心して、眠れたら眠りなさい」

それからの夜は長かった。副室の三人は、病室との仕切りの襖に小さな穴を明けて、そこから代る代る覗いていた。病室の中は、磨り硝子のドアから洩れて来る廊下の明りだけで、ぼんやりとベッドの白いカバーが暗がりに浮かんでいた。

十二時が過ぎ、一時が過ぎた。

久木助手はそろそろ眠くなって来た。襖の端にもう一つ穴を明け、そこから時々室内を眺めていたが、何の変化も見られなかった。そんなに予想通りに行くかしらん、と内心では伊丹先生の腕前に疑問を抱きはじめていた。

二時が過ぎた。病院の中はすっかり寝しずまって、ひっそりかんと物音ひとつ聞えなかった。と、かすかにかちりという音がした。入口のドアが開いたらしい。続いて、内側のドアがそっと開く音がした。

久木君は小さな穴に片目をくっつけた。すると眼の前いっぱいに、真暗いものが覆いかぶさった。はっと思った瞬間に、それは遠ざかり、ベッドの白いカバーがまた眼に映った。人影は暫くその横手に立っていたが、やがて窓の方へ動き、そっとその窓を開いた。それから何やらもぞもぞしていた。

不意に視野の中が赤くなった。久木君には、それがどういう仕掛けなのかさっぱり分らなかったが、二つ折りのスクリーンと壁とに真赤な色が焰のようにきらめいた。そして赤いベレエをかぶり、赤い外套を着た一人の女が、ベッドの上の布団を足の方からそっとめくって、患者に靴を（まさに赤い靴だった）はかせていた。患者は声を立てて起き上った。

「さあ起きなさい、姉さんが迎えに来たのよ」と気味の悪い声が呟いた。

「よし」と叫んで、伊丹氏が襖を開けようとした。

しかし襖は、外側から楔《くさび》でもはめこんであると見えて、びくともしなかった。久木君はさっき、自分の覗いている穴の前に、人影が覆いかぶさったことを思い出した。「しまった」と叫んで、彼は入口の方の木製のドアを押したが、これまたしっかりと締まっていた。

三人は力を合せて襖に体当りした。猛烈な音響がとどろき、三人は身体ごと、一段低くなった病室の床の上へ転がり落ちた。見ると白い繃帯の女と赤い外套の女とが、組んずほぐれつ格闘していた。

山本刑事が二人を引き離し、伊丹氏が電燈のスイッチを捻った。眩しいような電燈の下のその女の顔は、四十近い顔のようにメイキャップしているとはいえ、新進スタア葉山茂子に紛れもなかった。組み合せたレンズがくるくる回転する小さな発光器が、ベッドの足に置かれて、赤い光線を依然として壁やスクリーンに投射していた。

10　伊丹英典氏の説明

「やれやれ驚いたよ」と、松本博士が一口ビールを飲むごとに繰返した。

翌日の晩で、伊丹夫妻のところに、松本博士と久木助手とがお客に来ていた。博士はビールがまわってだいぶ御機嫌の様子だった。

「結局どういうことだったのかね？」

「動機は非常に簡単なんだ。あの新人の女優さんは光星氏にスカウトされたが、その特徴はあくまで葛野葉子に似ている点にあった。そこで葛野葉子が健在である限りは、容易にスタアの座につけないことが分った。僕等にはよく分らない心理だが、病的な成功欲というのもあるんだな。そこで葉山茂子は（だいたいこの名前まで葛野葉子の真似というか、模造品というか、そういう感じだからね）、その茂子は、葉子の自家用車のワイパーに仕掛けをして、いずれ彼女が怪我でもすればと狙っていたのだ。ここで大事なことは、葉子が『女性新潮』に例の『赤い靴』を書いたことだ。これが犯人の一切のトリックのもとなんだ。この車の仕掛けは、なにも殺そうと思ったわけじゃなくて、半分は悪戯気分だったのかもしれない。手でも足でも、とにかく葉子が怪我をしたら、『東京の恋』の主役が自分に廻るだろうことは、光星プロデューサーからも聞き出していたんだろうよ。

そこで葛野葉子は、女優にとって一番大事な顔に怪我をした。悪戯は成功し、主役も貰った。ところがそこで、葉子の傷は大したことはなくて、いずれは撮影にも出られるくらいの、ごく軽いものだということが、茂子に分ったのさ。このままでは元の木阿弥とあって、彼女は次第に新しい計画を進めた。気のよさそうな看護婦さんを一人籠絡して、赤い靴の童謡を口笛で吹かせる。それでおどかしておいて、今度は赤い靴を出して見せる」

「そこですよ」と久木君が口を入れた。「どんなふうにしたんです?」

「いや、僕もどういう仕掛けなのか、実はだいぶ考えたんだがね。多分こんなことかと想像していたら、ちゃんと証拠の品が出たらしい。つまり彼女はもとデパートの玩具売場にいた。近頃は乾電池を使った玩具がいろいろ出まわっているだろう。豚のコックさんが片手に持ったフライパンをぽんとあげて、中にはいった目玉焼を裏返すような奴さ。熊がのそのそと歩いて行って、時々上体を起して唸るなんてのもある。彼女はそういうのを靴の中に入れて、面白い玩具をつくったんだ。いや実に器用なものさ。靴の底に小さな車がついていて、そろそろと動く。それが時々、爪先を起して、かたんと音を立て、また前進するんだ。そういう靴が二つ。夜中に見ていたら、誰でも気味が悪くなることは確かだ」

「しかし先生、それじゃ犯人はその場にいたわけですか？」

「彼女は車を持っていた。夜中に撮影の方で身体があいたら病院へ行く。表からはいって、旧館から新館の屋上に出れば人には見つからない。だいたいあの外套は、表は赤いウール地で、裏は薄鼠のレインコートなんだ。ベレエはハンドバッグに入れられるから、いざという時まではレインコート姿で、人に見つかってもちっとも怪しまれないのさ。病室のドアは開いていて、更に次のドアがあり、更に二つ折りのスクリーンがある。ドアのところに隠れているわけさ。まずそっと窓を明け、風を入れ、葉子が目を覚ますのをそこで待っているんだ」

「しかしその時見つかるかもしれんぞ」と松本博士が訊いた。

「その時はもう赤ずくめだから、気がつけばつくでいいのさ。葉子がトイレの横で見かけたのも、犯人の計算外だったのかもしれないな。そしてドアの陰から、二つの赤い靴を動き出させる。細い紐かなんかをつけておいて、相手がぼうっとなった隙に、たぐりよせて逃げ出すんだ」

「なるほど。それで最後は？」

「心理的に充分におどかしてから、姿を現わし、赤い靴をはかせて、お前は死ぬまで踊るんだと脅迫してみろよ。ドアの方には、赤い光線がぎらぎらしていれば、どうしても窓の方へ逃げ出して行くさ」

「しかし先生、それは成功したんでしょう？」と久木君が訊いた。「どうしてもう一度ひっかかったんでしょう？」

「そこが問題だね。犯人にしてみれば、確かに葉子を殺したつもりなのに、やっぱり疑心暗鬼を生じたんだね。ひょっとしたら？　……つまりそこがこっちの狙いだった。何しろ証拠がちっとも残っていなかったんだからね。初ちゃんが協力してくれて助かったよ」

「そうすると犯人の失敗はどこにあるんです？　というより名探偵の着眼点は？」

「葛野葉子の書いた日記、これさえなければ完全犯罪さ。葉子が自分から犯人を告発したようなものだ。しかし彼女は『赤い靴』という文章を書いたために、自ら墓穴を掘ることになったんだから、可哀そうだった」

「で、先生は？」

「単純なことさ。幽霊は年を取らない筈だ。これは万古不易の真理だよ。ところがあの幽霊は、葉子によく似た顔立ちで、しかもちょうど十ぐらい年が上ということだった。それは犯人にとってはしかたがなかったのだ。もしも死んだ時のお姉さんの年、つまり十八ぐらいのままで現われたとしたら、それは実際の犯人の年と同じで、素顔同然なんだから、じきにばれてしまうだろう。分ったかい？」

「なるほどね」

聞いている連中は、半分感心したような、半分馬鹿にされたような顔をした。そこで伊丹英典夫人は、次のように言って亭主をやりこめた。

「あなたみたいな臆病な人なら、幽霊を見ただけでベッドから落っこちて、首の骨を折っていたわね」

そして一同は大声で笑った。

女か西瓜か（A riddle story）

照りつける暑い日射に曝されて、三人の中学生が腹這いになってお喋りをしていた。水に濡れた肌を、風に吹かれながらこんがりと焼くのは気持がよかった。その上波の音と、水浴びをする人たちのざわめきと、遠い松風の響きとが、子守唄のように単調に聞えて来たから、ともすれば睡たくなった。

「ビーチパラソルというのは必需品なんだな、必ずしも見栄というだけじゃないな。こんなに暑くっちゃ日射病になりそうだよ」

雄ちゃんが白い歯を見せて笑った。

「君みたいな黒んぼが今さら日射病になるもんか」と西川君は相手にしなかった。「ハジメ君なら別だけどさ」

ハジメ君と呼ばれた子は、三人の中では一番花車《きやしや》に見えた。手も足も細くて、胴体がひょろ長かった。彼はさっきから顎を突き出して前の方を見たきり、仲間には返事をしなかった。そこで二人も一緒にそっちの方を眺めたが、その恰好は甲羅を乾した亀が三匹、一斉に首を延したようだった。

「ああいう奴が一つほしいな」と雄ちゃんがまた言った。

すぐそこの先に緑と黄とを鮮かに縞模様にしたビーチパラソルが、海からの風をいっぱいに吸い込んで開いていた。それは松林の方を背にして、海に向けて立てられていたから、三人の中学生の位置からは見ようとしなくても中が見えてしまった。中では二人の男女が坐りこんで西瓜を食べていた。

「うまそうだな」と雄ちゃんが言った。「畜生め、のどがからからだ」

「ハジメ君がいやに熱心に見てると思ったら、あの西瓜かい?」と西川君がひやかした。西川君は何かと言ってはハジメ君をからかう癖があったが、食いしん坊の理由でひやかされたのでは沽券に関わるので、ハジメ君も急いで弁解した。

「僕はあんな西瓜なんか、何とも思ってないよ。ただね、あれ何所から出て来たのかと思って」

「何所からだって、どういう意味だい?」

「手品みたいだった、だってさっきまでは確かにあんな西瓜は見当らなかったんだからね」

ビーチパラソルの中は見通しだった。胸板の厚い日焼けした男と、水着の肩の白い肌が目立つ小柄な若い娘と、小さなボストンバッグと、二人の手にしている西瓜の切身と(そういえば細身のナイフ、というよりも庖丁に近い奴が、二人の足許に落ちていた)——他には何もなかった。

「砂の中に埋めておいたんだよ、それを掘り出したのさ。何もびっくりすることはないさ、びっくり君」

「何を」

ハジメ君はこのびっくり君、或いはびっくり小僧という渾名が大嫌いだった。小僧という封建的な呼称は勿論気に入らないが、びっくり君というのだって人を馬鹿にしたものだ。確かに彼はびっくりしやすいたちだった。学校の教室でも、先生の説明が腑に落ちないと、思わず眼をぱちくりする。すると生徒たちがどっと笑ってハジメ君は立往生をする始末だ。

ハジメ君は猛然と西川君に飛びかかり、二人の身体が砂浜をごろごろと転がった。雄ちゃんが慌てて止めにはいった。二人はやっと喧嘩をやめたが、そうなると汗まみれになった身体に砂がついて身体中がこそばゆい。西川君は飛び起きると波打際の方へ走って行った。雄ちゃんもあとを追い掛けた。ハジメ君だけはふうふう息を吐きながら、それでも暑いのを我慢して依然として腹這いになっていた。彼の関心はどうしてもビーチパラソルの方に惹きつけられて、そこから眼が離せなかったのだ。

中にいる男女は、西瓜を食べ終って（一体みんな食べちまったんだろうか、半分ぐらいは残してあるんだろうか、――砂の上に西瓜の皮が散らばっていたが、半分の切身はここから見えなかった）しきりに低い声で話をしていた。残念ながら二人の話は聞き取れなかったが、女の方は笑っていたし、男の方は彼女をせっせと口説いている様子だった。ただ仲のよいアヴェックだ。しかし本当に、あの西瓜は何所から出て来たんだろう。

男の方はギャング映画の主人公に似ていて、筋骨逞《たくま》しく、目の玉のぎょろっとした、如何にも知性のないという顔つきだった。太い腕、毛むくじゃらの胸、ぴたっと撫でつけた髪、すこぶる感じが悪い。女の方はまだ若い。水着の下のぴちぴちした身体、それでいてどこかおどおどした、小柄の、気の弱そうな娘だ。あれは男の方がきっと無理やりに連れ出したのだ。誘惑したのだ（西瓜で？　――まさか西瓜ぐらいじゃ誘惑されないな、とハジメ君は真面目に考えた）。きっとドライヴして来て、泳ぎの間に、自分の手先になれと相談を持ち掛けるつもりなのだ（ハジメ君は恋愛小説よりは探偵小説の方を遙かに愛好する中学生だったので、その空想はlove-affairよりもただのaffairの方に向いがちだ）。「今晩どこそこの別荘に押し入る、お前は見張りだ」（見張りなら女の人でなくてもいいし）「あそこの別荘の若旦那をたらしこめ、その隙に己が」（もしも僕がその若旦那だったらいいんだけどな）「お前は今晩己と一緒にいたことにするんだ、誰に訊かれてもそう言うんだぞ」（つまりアリバイをつくるんだ）

しかし女の方は小さな声で笑っていたから、どうもハジメ君の空想とは一致しなかった。脅迫されているのなら、もっとびくびくしてもいい筈だ。だいいちこんな人出の多い海水浴場でなら、逃げ出そうと思えばすぐにも逃げられる筈なのに。やっぱり何でもないのかな。しかしそれにしては（ハジメ君は自分の勘というものを信用していた。試験だって、彼がやまを掛ければきっと当るのだ。雄ちゃんなんかいつも教わってばかりいる位だ）男の方の態度に、どこかふてぶてしい、犯罪的な、気味の悪い空気がついて廻っている。そこには何かある。顔を俯向かせるようにして横眼で相手を見るその見かた。女の投げ出した脚を撫でているその手つき、そして此所までは決して聞えて来ないその話しかた。

不意に男が立ち上ったから、びっくり君は眼をぱちぱちさせた。見つかったかしらん。しげしげと人のビーチパラソルの中を覗き込んでいたのだから、どやされたってしかたがない。飛び起きて海の方へ走って行くか。しかし男はハジメ君の方は見向きもせずに、せっせとビーチパラソルのすぐ前の砂を掘り始めた。両手で掘るだけではまだるっこくなったのか、パラソルの蔭の、女の足許に落ちていたナイフを持って来て、それでせっせと砂を掘った。濡れた砂が小脇に次第に盛り上って行った。

何だ西瓜をまだ埋めてあるのかな、と、ハジメ君は考えた。食いしん坊だな、一体幾つ西瓜を持って来たんだろう。男はせっせと砂を掘りながら、女に声を掛けた。女は笑いながら側に寄って、自分でも両手で砂を掻き分け始めた。そして依然として笑いながら、身体を横にして掘った穴の中に寝た。

何だい馬鹿にしてる、とハジメ君は声に出して溜息を吐いた。何でもなかった。犯罪でもなく、宝探しでもなく、西瓜でもなかった。女は砂の中に横になり、男はせっせとその身体を砂で埋め出した。女は首だけ砂から出して、身体をすっかり砂の中に埋められ、きゃあきゃあ言っている。あの二人はつまり遊んでいるだけなんだ。仲のいい恋人どうしなのだ。

ハジメ君は飛び起きて、逸散に波打際へ飛んで行った。水を蹴立てて走ると、沖へ向けてぐんと身体を投げ出した。それから抜手を切ってどんどん泳いで行った。身体に水が沁みて心地よい。水平線の入道雲の方を目指して泳ぐうち、詰らない空想なんかみんな消し飛んでしまった。

いい加減泳いでから振り返ると、砂浜の上に点々とビーチパラソルが花のように咲き、水着の男たちや女たちが蟻のように歩き廻ったり寝そべったりしているのが見えた。雄ちゃんと西川君はどうしただろう。彼は尚も水の上をあちこち見廻して、やっと友人たちらしい姿を認め、ゆっくりその方向へ泳いで行った。

三人の中学生は泳ぎ疲れてから、また砂浜の上の元の場所へ戻った。さっきのビーチパラソルの手前側に、三人揃って腹這いになって寝た。ハジメ君はその時、例の男が黒眼鏡を掛けて、すぐ側に立って彼等を見下しているのに気がついた。

「君たち西瓜を食いたくないか」とその男がにやりと笑って言った。

「有難いな、僕のどがからからだ」と雄ちゃんが嬉しそうな声を出した。「でも悪いな」

「構わんよ、君等にやるよ。ほらあそこにある」

ビーチパラソルの前に、半分砂に埋もれて、大きな西瓜が置いてあった。

「本当にくれるの？」と西川君が懐疑的な声で訊いた。「かつぐんでしょう？」

「いや本当さ。君たちさっきも物欲しそうに僕等を見ていたじゃないか、涎を垂らしてさ」

「あれ知ってるんですか？」と雄ちゃんが頓狂な声を出した。

「千里眼さ」と男は言った。「もう僕等は食い飽きたから、あれはあげるよ。なかなかうまい西瓜だ」

「しめた」と雄ちゃんが飛び起き、西川君もむっくり起き直った。ハジメ君は行動の迅速という点では、いつもびりだ。

「ただ食っても曲がないだろうから、君たち三人で西瓜割りでもやるさ。ほらこれがナイフ、これをうまく突き刺した子が沢山貰うということにしたら面白いぜ。とにかく愉快に遊びな」

「そいつは面白いや。眼隠しして歩いて行って、やっと突き刺すんだね。足で蹴飛ばしちゃったらアウトだよ」

「そんなことしないで仲良く食べようよ」とハジメ君が言った。

「ナイフなんかで西瓜割りするのは危いよ」

「大丈夫さ」と雄ちゃんが受け合った。「みんな見てるんだから、危険なことなんかないさ。やろうよ、西川君」

「やろう。びっくり君もやるんだろう？　厭かい？」

「厭じゃないけどさ」

「眼隠しの手拭あるかな」と雄ちゃんがせっかちに言った。「小父さん、手拭貸してくれないか？」

しかし相手の男は泳ぎに行ってしまったものか、もう三人の側にはいなかった。ナイフだけが足許の砂の上に落ちていた。細身の、先のよく尖った、鋭いナイフが陽光を受けてきらきら光った。

「手拭がなくっちゃ駄目だな」

「いいさ、眼をつぶってやろうよ。フェアプレイで行くって約束してさ」と西川君が言った。

「君のフェアプレイ大丈夫かな」と雄ちゃんは常に懐疑的だ。

「馬鹿にするない。それで勝った人が半分、あとは四分の一ずつ、でいいだろう。ハジメ君それでいいね?」

「うん」

「僕は西瓜一つ位ひとりでも食えるな」と雄ちゃんが威張った。

三人がじゃん拳をして、雄ちゃん、ハジメ君、西川君の順序にきまった。

「食いしん坊が一番とはあきれたもんだ」と西川君が悲観して叫んだ。

「一発必中さ」

ハジメ君はその間もぼんやりしていて、雄ちゃんが手にナイフの柄を握り、しきりに西瓜との距離を目測しているのを、まるで西部劇の一場面でも眺めるように見ていた。彼の頭の中では何かしら奇妙な予感のようなものが、くるくる走り廻った。しかしそれが何だかは自分でも分らなかった。

「眼をつぶったよ」と雄ちゃんが叫んだ。「始めるよ」

雄ちゃんはずしん、ずしんと砂を踏んで歩き出した。五歩、六歩。距離のちょうど半分ぐらいのところで足並が遅くなった。七歩、八歩。何か得体のしれないものが、それを見ているハジメ君の頭の中に浮んだが、それは形をなすまでに至らなかった。九歩、十歩。そこは、西瓜の置いてある少し手前だった。もうあと二歩くらい。雄ちゃんはためらいながら、もう一歩前に出た。

「あっ」とハジメ君が叫んだ。

雄ちゃんは足許目掛けてナイフを突き刺した。しかしそれはほんの一足だけ手前すぎた。ナイフは空しく砂の中に突き刺さった。

「アウト」と大きな声で西川君が叫んだ。「さあ今度は君だ」

雄ちゃんが、ラッキョウの皮を全部剝き終った猿のような残念そうな顔つきで、こちらに歩いて来ると、ハジメ君の手にナイフを渡した。ハジメ君は眼を大きく見開いて、ビーチパラソルの手前に、半分ほど砂に埋れて置いてある西瓜をじっと睨んだ。雄ちゃんの足で十二歩なんだから、僕の方が背が高い以上、まず十歩でいいわけだな、と彼は無意識に考えた。さっき頭に浮んだ気味の悪いことは何だったろう。大きな、うまそうな西瓜。そうだ、あの西瓜は一体何所から出て来たんだろう。さっき僕が泳ぎに行く前には見当らなかったのに。

「早くやれよ。そんなに目測ばかりしてちゃ狡いぞ」と西川君がたまりかねて声を掛けた。

「どっちにしても僕は四分の一か」と雄ちゃんが悲しい声を出した。

ハジメ君は眼をつぶった。すると不意に暗闇がどっと押し寄せた。網膜は真昼の光を滲ませてぼんやりと明るかったが、しかしそれは何ひとつ見えない暗闇に違いなかった。西瓜も、ビーチパラソルも、砂浜も、空も、松林も、人影も、みんなあっという間に消え失せた。その代りに不安な予感が一息に彼を取り巻いた。

ハジメ君は決心して歩き出した。足の裏のこそばゆいような熱い感触。一歩、二歩、三歩、四歩、五歩、六歩。

ひょっとしたら、と彼は考えた。足が遅くなった。しかし大股に、七歩、八歩、そして九歩、十歩。

そこだ。間違いはない。このすぐ足の下だ。握りしめたナイフの柄が汗でぬるぬるしている。明るい暗闇の中にも汗が沁み込んで来る。僕が間違っているのか、それとも僕等がみんな騙《だま》されているのか。

「早くやれよ」と西川君の声が聞えた。それで決心がついた。ハジメ君は眼を開いた。光が溢れて眼がくらくらする。と、大きすぎる西瓜、化物のように巨大な西瓜、……いやそれはビーチパラソルだった。中には誰もいない、日蔭になった砂の上に食べ散らかした西瓜の皮や種子が点々としている。そしてすぐ足許に、半分ほども砂に埋められて、真丸い、食欲をそそる、みずみずしげな西瓜。ああぼくの推理に間違いがなければ……。

「どうした？」と雄ちゃんが叫んだ。

ハジメ君はくるりと振り向いた。真蒼な顔をして、その手からぽとりとナイフが落ちた。二人の友達はすぐに駆け寄って行った。ハジメ君は顔じゅう大粒の汗にまみれ、「びっくり」をそのまま擬人化したように大きな目玉を剝いていた。

「日射病だ」と雄ちゃんが診断した。

「西瓜割りに緊張しすぎたんだ」と西川君が指摘した。

しかしハジメ君は顫える指の先で、砂に埋もれた問題の西瓜を指し示した。

「びっくりしちゃいけないよ」と低い声で言った。

「びっくりは君じゃないか」と西川君が抗議した。

ハジメ君は相手にしなかった。「よく聞いてくれよ」と言って、二人の顔をまじまじと見た。その真剣さが二人にも感染した。

「一体何さ?」

「いいかい、さっきこのビーチパラソルには二人いただろう? 西瓜を食べながら男の人と女の人とが。男の方は今さっき黒眼鏡を掛けて、僕たちに西瓜割りをやれと言ったね、それもナイフで。一体その人はいま何所にいる?」

「泳ぎに行ったのさ」と雄ちゃんが答え、あたりじゅうを見廻したが、砂浜にも海の上にも人ばかりいてとても見分けがつかなかった。

「女の人は?」

「分りっこないよ、こんなにたくさん人がいるんだもの」

「あの黒眼鏡の男が僕たちを騙したんだよ、もう何所にもいないよ、逃げちまったんだ」

「びっくり君の言うことはさっぱり分らない」と西川君が促した。

「もっと論理的にやってくれよ」

「つまりこうなのさ」とハジメ君はいよいよ興奮して、少しどもりながら話し始めた。「さっき君等が泳ぎに行ったあと、僕はずっと見ていたんだ。すると黒眼鏡の男が、もっともその時はまだ黒眼鏡を掛けていなかったが、此所に穴を掘って、女の人の身体をすっかり砂の中に埋めたんだ。首だけ出させてね。僕もそれから泳ぎに行ったんだけど、その間に、大変なことが起ったんじゃないかと思うんだ。つまり西瓜をね」

ハジメ君が息を詰まらせて絶句したが、賢い西川君はたちまちに相手の答えを推察した。

「君は、君は、その男が中身を刳り抜いた西瓜を、女の人の頭にかぶせたというのかい?」

「ぴたりそうなんだ。ほら、ちょうど女の人の頭がすっぽりはいる位の大きな西瓜じゃないか」

「でもこんなにたくさん人がいるんだぜ」と西川君がやや冷静を取り戻して言った。

「誰も注意なんかしてやしない。かえってこんな人の多いところの方が、完全犯罪が可能なんだよ。たとえ人が見たって冗談半分に遊んでるとしか思えないだろう」

「殺しちゃったの?」と雄ちゃんも真蒼になって叫んだ。その声があまり大きかったので、三人のまわりに人が寄って来た。雄ちゃんは砂の上に落ちているナイフを見、食い散らかした西瓜の皮や実や種子を見廻した。何と血のように赤い。

「そうじゃないと思う」とハジメ君が雄ちゃんの恐怖を打消した。「女の人は半分窒息しかかって、西瓜をかぶせられているだけだと思う。そこがあの黒眼鏡の男の狡いとこさ。人殺しの犯人になるのは僕たちなんだよ」

「ぎょっ」と言って西川君まで蒼くなった。「そうすると……」

「そうなんだ。僕たちはこのナイフで西瓜割りをするように、うまくそそのかされただろう。僕等の誰かが結局は西瓜にナイフを突き刺す、と同時に女の人を殺してしまう。黒眼鏡の男はとうに逃げてしまっている。何て巧妙な犯罪なんだろう。つかまるのは僕たちさ」

三人のまわりを今はぎっしりと人ごみが囲んだ。――「殺されたんだ」――「女だそうだ」――「ほら血の痕が見える」――「犯人はまだ子供だとさ」――「警察は何してるんだ」――「早くパトロールを呼べ」そんな声が四方八方を取り巻いた。

「この西瓜の中に女の人の頭がはいっているんだね」と雄ちゃんが言った。「早く助けなければ、本当に窒息して死んじまうよ」

しかし誰も動き出さなかった。

「ハジメ君の番だったんじゃないか」と西川君が金切声を出した。

「ハジメ君がやらなくちゃ」

ハジメ君は遂に決心した。悪知恵の発達した犯人の裏を掻いて、可哀想な女の人の生命を助けるのは、この僕、通称びっくり君だ。しかしこれからは誰だって僕のことをそんな渾名では呼ばないだろう。と、得意になったにも拘らず、何とも奇妙なほど、彼の両手はぶるぶる顫えた。黒山の人だかりの中央で、彼はその顫える両手に力を入れて、重たい西瓜をおっかなびっくり持ち上げた。

サンタクロースの贈物（A X'mas story）

1

「ねえや、ぼくつまんないなあ」とポコ君が嘆息した。

「さあもう早くお休みなさい。パパさんに、早く寝るってお約束したんでしょう。せっかくよくなったのに、また苦いお薬を飲まされるのは厭でしょう？」

二階の子供部屋の中で、ポコ君は寝衣姿のまま、窓の側に立ってカーテンの間から外を覗こうとしていた。部屋の中はガスストーヴがついていて暖かだったし、その上に掛けた大きな洗面器の中ではお湯が煮えたぎって白い湯気をあげていた。

「だって今日はクリスマス・イヴじゃないか。特別の日じゃないか」

「でもポコちゃんはお風邪を引いたんだから、しかたありませんわ。そんなに駄々をこねないの」

子供は詰らなそうに、クリスマス・トリーの側にいるねえやの方を見上げ、それからまたくるりと窓の方を向いた。しかし爪先立ちをしてもやっと窓枠に届くだけの背丈しかなかったし、たとえ足台を持って来たところで、窓硝子は湯気に曇っていたから外を見ることは出来なかっただろう。

「ねえやはどうしてそんなに僕を寝かしつけたいの？」と逆襲した。

ねえやはちょっと赧くなり、「どうしてってことはありません。子供は早く寝るものです」と大いに威厳を示した。それから側へ来てそっと子供の肩を抱いた。

「ちょっと表を見せてよ」とポコ君が甘えた。

さっきから、表通りの商店街でひっきりなしに掛けている『ジングルベル』のレコードの響きが、気をそそるように部屋の中へまで忍び入っていた。ねえやは困った坊やという表情をし、カーテンを引き、窓硝子を少し開いて、ポコ君を両手で抱き上げた。冷たい夜の空気が騒がしい街からの雑音と共に、さっと流れ込んだ。暗い庭の向うに通りがあり、その通りを抜けたところは商店街で、明るい燈火のもとを大人たちが浮かれたり騒いだりしているだろう。

「さあもういいでしょう?」

ねえやは邪険にポコ君を床の上におろした。子供は抱っ子をしてやるにはもう重すぎたし、ねえやは早いところ逃げ出したくて少々気をくさらせていた。子供を寝台へ連れて行った。

「『きよしこの夜』も聞えたねえ?」

「ええ、でももうおしまいの頃よ」

その讃美歌は幼稚園から聞えていた。ポコ君が窓の外を覗いてみたかったのも、本来はポコ君がねえやと一緒に今晩行ける筈だった幼稚園のクリスマスのことが、気になってどうにも寝る気にならなかったからだ。幼稚園はすぐ通りの向う側にあった。みんな歌ったり踊ったり、サンタクロースからお土産をもらったり……。それなのにポコ君だけは寝かされるなんて。

窓硝子を締めると、『きよしこの夜』の可愛らしい子供たちの合唱ももう聞えなくなった。その代り高らかな『ジングルベル』だけは、宵のくちの騒々しい街の雰囲気を伝えて、気をそそるように此所まで侵入して来た。

「ぼくつまんないや」とまた嘆息した。

「幼稚園のクリスマスに行けなくっても、ポコちゃんが明日の朝お目めを覚ましたら、サンタクロースが素敵なプレゼントを持って来てくれますよ。その方がよっぽど愉しみよ。ね、早く寝ましょうよ」

子供はまだ寝台に腰掛けたまま、両足をぶらぶらさせて、小さな豆電球がきらきら輝いているクリスマス・トリーの方を眺めていた。

「何をくれるだろうな?」

「さあ何かしら、ポコちゃんは何がほしいの?」

「ぼく? そりゃほしいものは沢山あるよ。電気機関車だって、自動車だって、ジェット機だって、人工衛星だって。でも本当に一番ほしいのは……」

「もう沢山」とねえやは口を入れた。「さあもうお休みなさい。明日の朝のお愉しみよ」

子供は不承不承に寝台に横になった。ねえやは蒲団を掛けてやり、にっこり笑った。ポコ君のお相手は全く骨が折れる。

「ねえや、サンタクロースって本当にいるの?」と子供は薄目を開いて尋ねた。

「いますとも」

「ほんと？　パパが嘘をついているんじゃない？」

「サンタクロースはちゃんといます。ポコちゃんが眠っている間に贈物を持って来てくれるのよ。だから早く眠らなくちゃ」

子供はまた溜息を吐き、そっと眼を閉じた。ねえやもまた溜息を吐いた。可哀想なポコちゃん、お母さんがいないから私に甘えてばかりいる。旦那様も早く再婚なされればいいのに。

ねえやはドアの側のスイッチを捻って天井の明りを消した。クリスマス・トリーの色さまざまな豆電球がきらきら光って、子供部屋の中に夢のような淡い光を漂わせた。遠くの方のジングルベルは一層その音色を高くしている。ねえやは廊下へ出るとそっとドアを閉じた。

2

さあ忙しい。ねえやは大急ぎで階段を下りると、台所に隣り合った自分の三畳間へと飛び込んだ。もうねえやじゃない、ポコちゃんのお相手はもうおしまい。今や彼女は正子という名前を持つ一個の立派な人格だった（もっともまだ成年に達していないというのは残念だったが）。ほら彼が「正子さん」と呼んでいる。思わずあたりを見廻したがそれは空耳《そらみみ》だったらしい。それでも正子は急いで台所のお勝手口へ行き、そっと外を覗いてみた。彼はまだ来ていない。ついでにばあやの部屋の気配もうかがってみる。ばあやは風邪気味だというのでもう寝てしまっている。旦那様はお留守、従って正子は今や天下晴れて自由だった。正子がこれから彼に会うとしても、それは彼女のお勤めとは無関係の、彼女の自由意志のあらわれなのだ。何てぞくぞくするような気持なんでしょうね、ボーイフレンドとこんなふうにして会うなんて。まるでジュリエットみたい。そして正子はお勝手の中でにっこり笑った。

彼と識り合ったのは割合に最近のことだ。彼は或る大学の学生で、すぐそこの幼稚園にアルバイトに来ていた。そこでポコちゃんのお伴をして正子が幼稚園に行くうちに、いつしかすっかり仲良しになってしまった。しかし正子のお休みは月に一日しか取れなかったから、今迄にまだデートらしいデートもしたことはない。今晩は幼稚園でクリスマスの催しがあり、正子のボーイフレンドはサンタクロースの扮装をして、子供たちにお土産をくばる役目になっていた。そのついでに、正子にも素敵なプレゼントをくれると言ってくれた。勿論そんな場合だから、二人はゆっくり話し合うことも出来ないだろう、と悲観していたら、ポコちゃんが風邪を引いて出掛けるわけにはいかなくなるし、旦那様は会があってお帰りが遅くなることが分ったものだから、正子は昨日彼に速達を出して、幼稚園のクリスマスには行かれないけれど、私の方に会いに来てくれても大丈夫、と通知した。ポコちゃんの風邪のお蔭で、どうやら久しぶりにゆっくり会えそうな見込だったから、正子がさっきからそわそわしていたのも無理はない。彼女はお勝手から自分の部屋へと往ったり来たりし、ばあやの寝息をうかがい、表の気配に耳を澄ませ、とうとう待ちあぐんで、勝手口から庭へ出た。

表は身を切るような寒さだった。『ジングルベル』が商店街の方からひっきりなしに聞えて来た。鋭いサイレンの音がその間を縫って走った。大勢の人が、この晩を面白おかしく愉しんでいるだろう。酔っぱらったり喚いたりしている人、札束を切っている人、敬虔なお祈りを捧げている人、それからもう眠ってしまった子供やお年寄、そして私のように恋人を待っている娘。夜風がどんなに冷たくても、彼女の若々しい心臓は元気に鼓動していた。

表門まで行き、そのくぐり戸を明けるやいなや、正子はびっくりして声をあげた。

「あら、もう待っていらしたの？　そんな恰好で」

全く、そんな恰好というのがぴったりだった。白い縁取りをした赤い帽子をかぶり、同じ赤い色の外套を着たサンタクロースが、正子の声に振り返ったが、その顔は真白い口ひげと長い顎ひげとに覆われて、眼ばかりぱちくりさせていた。背中には白い袋を型通り背負っていた。華かな表通りから横にはいったこのあたりは、人通りも少くしんとしている。サンタクロースは門燈の下に立って、さっきから道路の右と左とをしきりに眺めていたところだった。

「お勝手口を明けておくからって、私速達に書いておいたはずだけど？　さあ早くいらっしゃい。外に出ると本当に寒いわねえ」

正子はサンタクロースの手を引くと、急いでくぐり戸の中に連れ込み、裏口の方へ引張って行った。その間にも浮き浮きした声で喋り続けた。

「今晩は本当にチャンスだったわ。旦那様はお留守だし、お帰りはきっと夜中過ぎよ。ばあやさんたらもう白河夜船、だから二人でゆっくりお話が出来るわ。でもね、お願いだからあまり大きな声は出さないで頂戴。ばあやさんが目を覚まそうものなら大変。あなたを家に入れて、お話なんかしていたことがばれでもしたら、きっと旦那様に言いつけられてどやされるにきまっているわ。だからよくって？」

二人は勝手口から正子の部屋へ通った。サンタクロースは大きな声どころか、さっきから一言も口にしなかった。まるで白いひげの間には口が無いみたいだった。眼ばかりぎょろぎょろさせて正子の方や台所の方を見廻していた。

「大丈夫よ、ばあやさんはぐうぐう寝てるんだもの。とにかく楽にしていて頂戴。夜は長いんだからゆっくりお喋りをしましょうよ。私お茶を入れて来るからちょっと待っててね」

そして正子は『ジングルベル』を口笛で吹きながら、陽気に台所に立って行った。

3

こいつは驚いたぞ。よっぽどそそっかしい女中だ。

サンタクロースは一人きりになると、肩の袋を下して畳の上にどっかと坐り込んだ。それから袋の口を少し開いて中を覗いてみると、ひげの間でにやにや笑った。何とうまく行ったものだ。どうしておれ様はこう頭がいいんだろう。

一世一代の智恵だ、と彼は得意然と考えた。彼は（申す迄もなく稀代の大泥棒、兇悪なる犯人である）この晩、つまり一年でたった一ぺんしかないクリスマス・イヴを当て込んで、巧妙な犯罪を計画した。この晩は誰も彼もが浮かれ気分で、店という店は繁昌し、通りという通りには酔漢が溢れている。それも仮面をかぶったり、サンタのお面をつけたり、風船を手にしたり、色んな恰好をした奴等が千鳥足で歩く上に、爆竹は鳴る、テープは飛ぶ、女は騒ぐというごったがえしだ。そこで彼は、最も人の出入の激しい大衆食堂に眼をつけて、時機到来とばかり今晩その支配人室に忍び込んだ。忍び込むといってもしごく簡単、酔っぱらいの真似をしてふらふらと紛れ込むと、あとはお定まり、ピストルで支配人を威かして有金残らず袋の中に詰め込む。さて彼が智恵のあるのはそこからだ。相手がすぐさま一一〇番に電話するだろうことは百も承知で、店の裏手の路地に逃げ込むと、そこの芥箱《ごみばこ》の中にかねて隠しておいたのがサンタクロースの衣裳一式。大急ぎでマントを着、付けひげを生やし、帽子をかぶり、札束を白い袋に入れ直して背中にかつげば、誰が見ても広告くばりのサンタクロースとしか見えない。加えるに近所のキャバレーのちらしまで用意しておいたのだから、まさに変装の達人、見えざる人ちゅうの見えざる人だ。そこで悠々と人込の中を、ちらしなどを配りながら、次第に現場から遠ざかった。

と、そこまでは計画が図に当った。問題はいつ何所でこの変装をやめてもとの恰好に戻るかだ。彼は横手の暗い通りにそれ、ここら辺で脱ぎ捨てようかとあたりを見廻し思案の最中に、何と頭の悪い女中につかまえられて、このお屋敷の中に連れ込まれたというわけ。

しかし彼は頭脳の明晰な大泥棒である。腰を下して三秒と経たないうちに、たちまち今さっきの女中の言葉が頭の中で閃いた。これこそ職業的関心というものだろう。つまりこの広いお屋敷の中には眠っているばあやと、あのか細い女中との二人きりしかいない。旦那様とやらはお出掛けらしい。とすれば彼は宝の山にいるようなものだ。あの女中はどうも人違いをしているらしいから、金めの物をさらってドロンすれば、明日の朝までは気がつくまい。いざとなればこのピストルでちょっと威かしてやれば腰を抜かすだろう。

次の瞬間に、サンタクロースは身軽に立ち上るとさっそく部屋を飛び出した。階段を昇って行き、まず手近の部屋のドアをそっと押し開いた。

「サンタのおじさん、本当に、来てくれたのねえ」と部屋の中からいきなり可愛らしい声がした。

4

「あら何所へ行ったの？」

お茶とお菓子とをお盆の上に取り揃えて、正子が台所から自分の部屋へ戻ってみると、サンタクロースの影も見えない。「おトイレかしら、でも何所だか私に訊かなければ分らない筈なのに」と彼女が首をひねっているところに、自分が今来たその同じ台所から、サンタクロースが現れた。

「待たせたねえ、正子さん」

「あら不思議、あなたお勝手にいたの？」

「だって裏からはいれって君の速達にあったじゃないか」

サンタクロースは白いひげのある口をもそもそさせてそう説明した。お盆の上の紅茶から湯気の出ているのを見詰めながら、「すごく手廻しがいいなあ」と感心して、手を延した。その手を正子が思わず摑んだ。

「ちょっとちょっと。あなたなのね？」

「どうしたっていうのさ、もちろん僕だよ。ああこの恰好か。幼稚園でサンタクロースを勤めたから、いっそこのまま来て正子さんにプレゼントをあげた方が感じが出ると思ってね。しかし仲々よく似合うだろう？　子供たちみんな大悦びさ。そこでプレゼントだけど……」

「ちょっと待って。お喋りねえ」

「お喋り？　いつだって僕はこの位は喋るよ。僕は自動車会社に就職がきまったって、この間正子さんに教えてあげたでしょう。あの会社にはいると最初のうちはセールスマンをやらされるんだってさ。だからお喋りも芸のうちだ」

「だけどさっき迄は……」

「来年のクリスマスには自動車の一台くらいプレゼントしてあげるぜ。しかし今年はアルバイト学生の身だからそうはいかない。詰らない品物だけど勘弁してくれるね。これでも色々考えたんだけどね……」

「待ってよ、あなたいつ此所へ来たの？」

「いつ？　しっかりおしよ。今じゃないか」

「今って、あなたうちの門のところで私に会って、それから此所まで一緒に来たわねえ？」

「冗談じゃない。今ひとりで来たとこだよ。門からはいり込む時はちょっとおっかなびっくりだった。パトロール・カーが走り廻っていて、僕がこんな変な恰好だものだから、お巡りが厭な眼つきで睨むんだからね。一体どうしたのさ？」

「あなたがあなたなら、さっきのサンタクロースは誰だろう？」

正子はみるみるうちに真蒼になって倒れかかった。

「誰かいるのかい？」とサンタクロースも口ひげを顫わせた。

「それがいるのよ。私ぼんやりして人違いをしたわ。そう言えばさっきのサンタクロースはちっとも口を利かなかったし」

「何所にいるんだい、そのサンタクロースは？」

「あら大変だ。ひょっとしたらポコちゃんのとこじゃないかしら」

そう言ったなり彼女は後をも見ずに部屋を飛び出した。最早一個の人格は消え失せて、ねえやが階段を昇って行った。そのあとから、赤い帽子に赤いマントを着たサンタクロースが、慌てて追いすがった。

5

「そりゃサンタクロースはいるさ」とサンタクロースは言った。

「本当だね。ぼくね、少しばかり嘘かもしれないと思っていたんだよ。幼稚園でお友達といろいろ相談をしたんだけど、本当にいるって言う子はとても少ないんだ」

「お前は信じる方かね？」

「ぼく？　ぼくも実は困っていたんだ。だってぼくがいるって言うと、みんなが、ポコちゃんは小さいからね、赤ん坊だからね、って言ってぼくを馬鹿にするんだもの」

「ふん、怪しからん餓鬼どもだ」

「餓鬼って何、おじさん？」

「お前はポコちゃんって名かい？」

「ああそうだよ」

寝台の上にちょこんと坐って、ポコ君は実在するサンタクロースと対面していることですっかりいい気持になっていた。風邪がなおって今度また幼稚園に行ったら、彼はこの得がたい経験をお友達に話して聞かせることが出来るだろう。小さい子供、つまり赤ん坊は、夜中に眠ってしまうからサンタクロースの来たのにも気がつかない。しかし彼ポコ君は、ちゃんと眼を明けて、絵に描かれている通りのサンタクロースに会い、お話までもしたのだ。

「だけどぼく、やっぱり分らないこともあるんだよ。だってサンタのおじさんは、となかいの引く橇《そり》に乗って、煙突の間を抜けてはいって来るんだってね。うちには煙突なんかないもの、それでどうして来られるんだろう?」

「そりゃ段々に仕来りが変ったのさ。いつ迄も旧式じゃいられねえさ」

「そうか、じゃとなかいの橇に乗るわけじゃないのね?」

「そんなものは時代おくれさ」

「煙突も要らないの?」

「当り前だ」

サンタクロースは思わず喚いた。彼は子供とこんな悠長な会話を交してはいられない。パトロール・カーはぞくぞく集まって来ているだろうし、非常線はとうに張られているだろう。このお屋敷でついでにもう一働きしようと欲ばったのは、頭のいいおれ様にも似合わない軽はずみだ。さっさと逃げ出さないと、さっきの女中が騒ぎ始めでもしたら大変だ。

「それでおじさんは、一体何を持って来てくれたの?」とポコ君が訊いた。

6

ドアがさっと開いてねえやが子供部屋に飛び込んだ。

「ポコちゃん」と半分もう泣声で。

「ねえや、ほら、本当のサンタクロースだよ」

しかしポコ君は、そう得意になって教えたあとで、今度はびっくりして飛んでもない大声を出した。

「あらあら、またサンタクロース！」

しかしびっくりしたのは今迄そこにいたサンタクロースの方だった。びっくり箱が開いたように、ねえやのあとから、自分の姿かたちと寸分違わないサンタクロースが、ドアの中へぴょんと飛び込んで来たのだから。

「わあ面白いね、サンタクロースが二人もいるなんて」

ポコ君は夢中になってそう叫んだが、それから眼をぱちぱちさせて、

「でもねえや、二人いる筈はないねえ」と気がついた。

ねえやは寝台の上に身体を投げ出すようにして、しっかとポコ君の手を握り締めていた。

「ポコちゃんは夢を見ているのよ。さあ早く寝んねしましょう。あなたたちは出て行って」

「駄目だよ。サンタのおじさんは一人きりだから、どっちかが間違いなのよ」

「おれは本物だよ」と最初のサンタクロースが渋い声で言った。

「僕は……」と二番目が言いかけたところに、ねえやが大急ぎで口を入れた。

「こっちの方が本物よ、正真正銘のサンタクロースよ。ね、そうでしょう?」

ねえやにしてみれば、これが彼女のボーイフレンドだとよばれようものなら、ポコ君がパパに何と言わないものでもない。そんなことになったら大変。顫えながらせっせと恋人に目配せをした。

「本当なの?」とポコ君。

「本当とも。僕はまじりっけなしの、一流の、何所に出しても恥ずかしくないサンタクロースです。国内のみならず海外に於いても広く認められています。一流のメーカー品は結局はお得です。安物を買っちゃいけません。流線型で、上品で、見るからに芸術的で……」

「素敵だね、まるで最新型の自動車みたいなサンタクロースだね」

「サンタクロースは自動車になんか乗って来るんじゃねえ、空を飛んで来るんだ。なあポコさんや」と最初の方のサンタクロースが言った。

「そうだよ、どうもあとの方が嘘のサンタみたいね」

「いや、僕の方が本物だよ。現に僕は子供たちに今まで贈物を配っていて、やっとこの家に着いたんだからね」

「それじゃぼくにも持って来てくれた？」

あとの方のサンタクロースは、そこでぎっくりして身をよじった。そのかすかな気配を子供はじきに看て取った。

「サンタのおじさんなら、きっとぼくの一番ほしいものを持って来てくれた筈さ。さあ早く頂戴よ」

困ったように、サンタクロースはもう一人のサンタクロースの顔を見た。そこへ助け船を出したのはねえやだった。

「でもポコちゃん、サンタのおじさんは子供たちが眠っている間に、そうっと贈物を置いて行くのよ。お目めの明いている子供のとこには置いて行かないの。だからポコちゃんが眠ってから、きっといいものを置いて行って下さるわ。ポコちゃんは早くお寝んねしなくちゃ」

「それもそうね」と子供は納得した。「それじゃぼく寝るから、みんなで歌をうたって」

二人のサンタクロースは同時に深い溜息を吐いた。

「『ジングルベル』を歌いましょうね」とねえやが言った。

そこでバスとテノールとソプラノからなる合唱が狭い子供部屋の中に響き渡った。それはどんな天使でも耳を傾けて一緒に歌いたくなるような、優しい合唱だった。

7

合唱が終らないうちに、子供はもうすやすやと寝息を立てていた。

「あなたは誰なの？」と正子は（再び一個の人格に戻って）訊いた。

「お前さんたちは、どうやら好い仲らしいね」とサンタクロースはせせら笑った。

もう一人のサンタクロースは赧い顔をしたが、どうも口ひげや顎ひげのせいで、それは相手にさとられずに済んだ。しかし正子の方はぐっと踏みこたえて、相手に逆襲した。

「あなたが誰であれ、ポコちゃんにした約束だけは果して下さい。贈物をあげるって言った以上、本当にあげて下さい。この子は本当にサンタクロースを信じているんですから」

「おれは何も持っちゃいねえよ」と最初のサンタクロースがそっけなく言った。

「弱ったな。僕だって正子さんのために買って来たものしか持っていないんだよ」と二番目のサンタクロースが言った。

「二つなんか要らないのよ。一つだけ、何でもいいからポコちゃんに贈れば済むのよ。どっちが本物のサンタクロースでも構わないの。ただサンタクロースが本当にいるってことが、この子のために大切なのよ」

その時、階下で玄関の呼鈴が鳴り渡った。

「大変、旦那様のお帰りだわ」と喘ぐような声で正子が言った。

「しまった、デカかもしれん」とサンタクロースが口の中で呟いた。

「お勝手口から逃げて」と言いざま、まず正子が子供部屋を飛び出した。あとの二人も泡を食って階段を駆け下りた。しかしそのうちの一人が、大慌てに慌てながら、子供部屋に引返したことを、先に立った正子はちっとも知らなかった。

8

ねえやが子供部屋にはいって行くと、ポコ君は寝衣のまま部屋の中を歩き廻っていた。

「ポコちゃんお早よう。もう起きていたの？」

「うん、やっぱり電気機関車だった。これはきっとパパがくれたんだ。ところがもっと素敵なもの、本当はぼくがほしくてほしくてたまらなかったものがあったよ。ねえや、何だか分る？」

「さあ何でしょうね」

「ほら、これ」

ねえやは思わずきゃあと言った。ポコ君が重たそうに両手で抱えるようにして、こちらに狙いをつけているもの。

「これ本物の保安官のピストルさ。ぼく玩具じゃない本物のピストルが、ほんとは一番ほしかったの。でもパパはいけないって言うんだもの。やっぱりサンタクロースは偉いや。子供の本当にほしがっているものをちゃんとくれるなんて。パパなんか駄目さ。親切なサンタクロースがぼく大好きさ」

「ポコちゃん」

「ぼく分った。サンタクロースって二人がかりでお仕事をしているんだね。子供たちが沢山いるから、みんなに贈物を配って歩くのはとっても大変なんだ。きっと間違えて、ぼくのところに二人とも来ちゃったのね」

「ポコちゃん、お願いだからそれをねえやに見せて頂戴」

重たすぎて、ややもすればポコ君の両手の掌の間から落っこちそうになるピストルの上に、窓のカーテンの間から洩れて来る朝日の光が火花のように射し込んだ。

地球を遠く離れて

――作・船田学

地球連合政府一月一日特別発表——

月プラトー基地に於て、かねて木星探検を準備中であった宇宙船「オーロラ」号は、準備完了次第、未知の惑星に向けて出発することに決定した。

我々は数年来、既に月基地から、数十回にわたって、木星に向かって無人ロケットを飛ばして自動観測を試みたが、いずれの場合も失敗に帰したことを認める。ロケット内のラジオ活動は送信を中止し、一切の電波は杜絶《とぜつ》してしまった。無人ロケットが火星軌道を越えたことは明らかであり、しかも火星は既に宇宙船によってしばしば観測かつ着陸されながら、今までに何等の危険を伴ったことがなかった以上、これらロケットが、火星軌道と木星軌道との中間にある、小惑星ゾーンに於て、予期せざる原因によって、行方不明となったことは明らかである。

連絡が跡絶えたのみでなく、自動的に、木星を一周して帰還すべき日数を過ぎた後に於ても、月基地のレーダーは、木星方面に何等の痕跡を発見し得なかった。従って今までの実験が、すべて、不可解な理由によって、失敗に帰したことは認めざるを得ない。その理由に、小惑星ゾーンに於て、無人ロケットが小惑星に衝突したなどということは、考えられない。無人ロケットは優秀なレーダー装置を備え、星間物質に対する防禦設備と、原子弾の自動発射による安全装置とが働くようになっているから、事前に衝突を避け得た筈である。木星の引力計算があやまっていたというようなことも、考えられない。無人ロケット自体が優秀な性能を持つことは、過去に於ける火星・金星・水星への航行がこれを証明している。従ってこの失敗理由は、一日も早く突きとめられなければならない。地球型惑星に関しては、我々は既に、火星にまで我々の宇宙船を着陸せしめることが出来た。とすれば、今や、大惑星を研究するためには、まず木星に対する観測が、焦眉の急であり、太陽系征服のための次の重要なポイントである。木星探検が停滞していることは、地球人にとって、甚だ不名誉と称せざるを得ない。

このような事情にかんがみ、地球連合政府は、月基地宇宙観測所の要請を入れて、宇宙船「オーロラ」号の出発を許可することとした。

過去の惑星探検が、すべて数次にわたる無人ロケットの観測をすませた後に、絶対安全の見きわめをつけて、宇宙船を派遣したのにくらべれば、今回の「オーロラ」号が、やや危険とも見える探検に出発することは、我々も承知している。しかし無人ロケットによる完全な失敗は、現在の科学水準では説明不可能であり、科学の進歩、ひいては地球人の平和のためには、手をこまぬいているに忍びないものがある。ここに於て、遂に乗組員による宇宙船が、地球科学の名誉のために、最新の設備をととのえた上、未知の領域に飛び立つこととなった。詳細は月基地宇宙観測所から、逐次発表される筈になっている。

月プラトー基地宇宙観測所二月十日発表——

宇宙船「オーロラ」号は、二月十三日十八時十五分（地球標準時間）、木星へ向けて出発する。乗組員は、観測所次長ミンク博士の指揮下に、操縦士、観測士、栄養士及び通信士の、計五名である。これらの乗組員は、すべて優秀なエクスパートの中から選ばれた。

宇宙船は月基地からの電波操縦により航行するが、連絡が杜絶した場合には、独立して航行するに充分の、原子核エネルギーによる操縦装置を備えている。太陽発電、食料合成、酸素還元等のあらゆる設備を内蔵している。

我々はこの探検が必ず成功することを確信する。もしこの試みに少しでも危険なところがあれば、我々は五人の科学者を、未知の惑星へ送るようなことを、考える筈もない。これはあらかじめ充分に計算され、熟慮された結果の決断である。宇宙船は火星への航行に用いられているものよりも、格段に優秀な性能を持っている。

とはいっても、この度の探検が、全く不安なしに挙行されるわけではない。宇宙船も、その乗組員も、すべて地球科学最高の技術と知能とを以て組織されているとはいえ、無人ロケットの数十回にわたる完全な失敗は、これを否定することが出来ない。宇宙観測所は、その責任を痛感するものであり、「オーロラ」号が、必ずやこの失敗の原因を突きとめ、所期の任務を果して、基地に帰還することを信じて疑わないものである。

出発は目睫に迫り、準備は完全に整えられている。これにより、地球は木星を新しく隣人として迎える日も近いであろう。

月基地二月十三日発表——

宇宙船「オーロラ」号は、予定時間通り、十八時十五分、木星に向けて出発した。

月基地三月二十六日発表——

宇宙船「オーロラ」号は、火星軌道を越え、小惑星ゾーンへ突入した。乗組員は全員何等異常なく、通信は規則的に行われつつある。

なお、三月二十日、二十二日、二十五日に、小惑星B二八三番、E五〇五番、F九四番の異常燃焼を観測したが、「オーロラ」号とは何等関係はない。「オーロラ」号及び宇宙観測所は、右の異常燃焼について、原因を追求中である。

月基地三月二十八日発表——

宇宙船「オーロラ」号は何等異常を見ない。「オーロラ」号は、爆発した小惑星についての、満足すべき原因を、いまだ発見し得ない模様である。

月基地四月三日発表——

宇宙船「オーロラ」号のレーダー装置は、予期の如く優秀であり、小惑星ゾーンにある星間物質は、小なるものは破壊し、大なるものは迂回して、航行しつつある。船体にも乗組員にも、何等異常を見ない。

但し、小惑星の異常燃焼は相継いで起り、今日までに、三月二十七日（C三〇八番）、二十九日（G七七二番）、三十一日（F八六番）、四月二日（A二八〇番）、それぞれ爆発後消滅した。原因は依然不明。

月基地四月四日発表——

宇宙船「オーロラ」号は依然異常なく航行中。頻発する小惑星の異常燃焼に伴い、万一の危険を避けるために、「オーロラ」号に帰還命令、或いは火星への退避命令を出すことになるかもしれぬ。

月基地四月四日十六時三十分発表——

宇宙船「オーロラ」号の定期電波送信は、小惑星ゾーン方面の宇宙騒音のため、本日十六時（地球標準時間、実際には約十二分二十秒のおくれを予定）の送信を欠いた。

月基地四月十四日発表——

宇宙船「オーロラ」号は、四月四日以降、依然として応答がない。火星観測所に於ても、何等の痕跡をも発見し得ない……。

⁂

二月十五日十時――

「オーロラ」号は順調に航行しつつある。既に地球から見る月ほどの大きさに、地球は空間の遙かに小さくなった。通信士としての僕の任務は、今のところ全く単調そのものだ。あと一月ばかり、火星軌道を越えるまでは、何等危険なことはないだろう。前世紀の人間なら、三万トン級の汽船のデッキチェアで、太平洋を渡っているとでも言うところか。もっとも三万トンだったか五万トンだったか、僕はよく知らない。昔は万事のんびりして、ゆっくり海を渡ったものらしい。だから地球という奴もだだっ広くて、国と国とが戦争したりしたのだろう。今のように地球が狭すぎると、どうやったら戦争なんてものが可能なのか、全く想像することが出来ない。モスコウからニューヨークまで三十分かからずに行けるのだし、だいいち、国際結婚というか混血というか、こんなにどこの人間も地球人としての自覚を持ってしまった以上、昔の国家的観念とやらは、持ちたくても持てやしない。科学上の秘密なんてものは、どうせ筒抜けにきまっている。戦争を起したくても、国というのが単に地域的区別にすぎない上、その住民が多少ずつとも混血しているのだから、戦争のための理由が全くない。ところで完全な平和というのも、実は少々退屈だ。火星見物や水星見物に行きたがる奴が多すぎて、旅行許可を公平なクジ引きできめるというのも、地球人が退屈しているいい証拠だ。ところでこの「オーロラ」号の乗組員たちも、御多聞に洩れず退屈している。

「……全く不安なしに挙行されるわけではない。宇宙船も、その乗組員も、すべて地球科学最高の……」と先ほどの食事時間に、ジムが月基地の公式発表を暗誦してみせた。

「威張るんじゃない。何が最高なものか。クジ運がよかっただけさ」と観測士のイワンが口を入れた。

「電波操縦技術がこう発達しちまうと、僕なんか名目は操縦士でも、大してすることなんかありはしないんだ。ミンク博士が指令席の制御盤さえ睨んでいれば、機械の方は、月基地の宇宙観測所で指令する通りに動いてくれるんだからな。基地の方で気が変って、木星は止めにして天王星にするとでも言い出したら、我々は言いなり放題、哀れなものさ。とはいうものの、こう安全きわまりなくちゃ、退屈でやりきれないや」

「君でなくてもよかったんだよ。どうして操縦士を女にしなかったんだろう？　その方が退屈しのぎによっぽどましだ」

僕もそこで、「女の方がクジ運が悪いのかね」と言った。そこへ、

「あたしは？　あたしが退屈しのぎにいいとでも言うの？」と攻撃して来たのが、栄養士のア

ンナだった。いつのまにか、温室からのドアを明けて、ケビンの中へはいって来た。

「君は地球科学最高の知能だよ」とジムが公式発表の文句を繰返した。

「そうよ。勿論。だいいち、あたしがいなかったら、乗組員はみなさん餓死よ。よく覚えていらっしゃい」

「やれやれ、とんだ栄養士を乗せて来たものだ。この分じゃ、航行の間じゅう、ひっきりなしに威張られるぜ」とジム。

「僕だって温室管理くらいは出来るさ」とイワンが言った。

「じゃやって御覧なさい。人工食糧の生産も出来て？」

「喧嘩はやめにしよう」と僕が仲裁した。

「今からこれじゃ先が思いやられる。アンナに御馳走をつくってもらわなくちゃ、ますます退屈だよ、ねえジム？」

「どうせ生キャベツと固形エネルギー食だろう、御馳走でもなかろうよ」とイワンが追いかけて悪口を言った。

「要するに、早く小惑星ゾーンへ行けばいいのだ」とジムがあくびを嚙み殺して言った。

「観測所の発表には含みがあるよ、――全く不安なしに挙行されるわけではない、か。誰が無人ロケットの行方を知らんや、だ」

その時、指令席から、ミンク博士が大声で我々に命令した。

「通信時間。操縦士交替せよ」

ところで、僕はこういう乗組員たちの会話を、思い出しては僕の声でミクロコーダーに吹き込んでいる。これも僕が退屈している（ジム同様に）証拠かもしれない。ところが、このことは、僕にとって少しばかり意味があるのだ。

僕の任務は通信士で、八時間おきに月基地へ通信を送るのだが、航行の記録を取るのも僕の仕事の範囲内だ。記録はミクロコーダーに吹き込む。二十四時間しゃべり続けても、掌にはいる位の小さなテープにはいってしまうのだから、しゃべるたねさえあれば、退屈はしないだろう。ところが記録すべき内容が貧弱で、すこぶる単調ときているから、僕はこんな余計なこと、つまり乗組員の口喧嘩まで吹き込んでおく気になった。

そこで僕は自分の興味と勉強とを兼ねて、すべてこの記録は、日本語という古い言語で、吹き込むことにした。勿論、今では地球語というものがあって、フランス語とか、ドイツ語とか、ロシア語とか、英語とかは、大学の言語学部にでも行かなければ使われない。特に日本語というのは難解だし、言語学部の中でも、アジア語科の一部門を占めるにすぎない。一つには日本文化というのが大した遺産を二十一世紀まで残さなかったから、日本語の方も、人気がないのだろう。地球語が生れながらの日常語になってしまったせいか、ここ二三年来、前世紀の国語を覚えようとする言語ブームを生じたが、僕に言わせれば、これは反地球的なんて悪口を言うべき筋のものじゃない。大へん有益な趣味だ。と、こう僕が息まくのも、テレヴィの懸賞番組

「翻訳教室――あなたにこれが訳せますか?」で、見事に八カ国語の翻訳をやってのけて、一等を取ったせいかもしれない。

ところで、とりわけ僕が日本語を好んで、この記録を日本語で吹き込んでいるというのも、僕が日本人のせいなのだ。百年前に地球連合政府が出来てから、国際結婚という奴が地球的ブームになった。しかし日本人というのは、ナショナリズムの殻を尻尾につけていて、割合に血の純粋性を保ったらしい。僕はだから、殆ど純粋な日本人なのだ。そのために日本語に対して、奇妙なほどの愛着があるのだろう。しかもこれは、やってみればなかなか面白い言語だ。何しろニュアンスがあって、ジムやイワンと地球語でぱさぱさした会話を取り交したあとでは、つまらない口喧嘩でも、日本語に翻訳して、ミクロコーダーに保存しておく気になるというものだ。

二月十八日十時――

「オーロラ」号は順調に航行しつつある。このあたりは、既に火星への航行で、誰しも経験がありすぎるほどあるから、それで食事時間に顔を合せると、みんな退屈だ退屈だと、一つ覚えみたいに言うのだろう。ミンク博士だけが指令席に残り、我々四人は、ケビンの片隅で、アンナお得意の生キャベツをばりばりいわせながら、地球や月にいた時とまるで同じ調子で、最近の流行とか宇宙論とかに花を咲かせている。ところで僕は少しずつ気がついて来たのだが、誰しalso決して口ほどに退屈してはいないのだ。食事時間以外は、それぞれ専門の研究に取り組んで、少しでも時間を有効に使おうとしている。ついでだから、乗組員たちの横顔をここで簡単に紹介しておこう。

まず船長のミンク博士だが、実はこの人については僕もよく知らない。プラトー基地の宇宙観測所次長で、地球科学最高の頭脳を持つと言われている。例えば、宇宙船による航行が長くなると、乗組員を最も疲れさせる重力の問題も、この人が解決した。現在の宇宙船の内部は、部屋の中が人工重力によって支配されているから、地球上にいるのと、格別の違和感を感じない。前世紀には、重力のない船室内で、身体を紐でくくって動き廻ったそうだが、その頃の人間は、軽業まで覚える必要があったとは気の毒だ。もっとも、宇宙航行には、どうしても乗組員が運動不足になるから、我々も時には、気密服に身を包み、原子ピストルを手に、船の外の宇宙空間に散歩に出かけることはある。が、これも愉しみというよりは、単に運動のためだ。この前ジムと一緒に出かけた時に、二人でレスリングをやって遊んだが、手応えがないから楽じゃない。取っ組んでくるくる廻っているうち、気がついたら、宇宙船からとんでもなく離れてしまったのにはぎょっとした。

ところでミンク博士にとっては、人工重力なんかほんの片手間にすぎない。博士は原子力エンジンの大家で、現在のプルトニウムやルビジウムをエンジンの燃料に用いることは、博士によって実行された。宇宙船の設計も、博士の案になるものだ。しかし博士が現在最も熱心に研究しているのは、大惑星の木星や土星を覆っているメタンガスの大気である。これを原子力エンジンに用いれば、太陽系外の宇宙へと自由に航行する宇宙船を、建造できるかもしれない。現在の毎秒一〇〇ないし二〇〇粁の速度では、時間がかかりすぎて、とても太陽系の外へなど飛べはしない。光波の何倍かの早さが必要なのだ。

ミンク博士は、大部分の時間を、指令席に頑張っている。混血の具合はよく分らないが、複雑なヨーロッパ系だろう。何しろ僕は必要な話以外は、あまりしたことがない。眼光鋭く、口は重い。頭の中で何を考えているのか、えたいの知れない人物だ。年もとっているし、動作ものろい。人工重力を発明したのも、全く自分のためだったろう。こいつがなければ、ミンク博士のようなぶきっちょな人は、ケビンの中を一足も歩けないだろう。

その他の乗組員は、みんな若くて元気溌剌としている。操縦士のジムは、アメリカ人にイタリアかスペインの血が多分に混っている。彼は電波操縦法の大家で、今までは月基地で、火星むけ宇宙船を指揮していたのだが、今回の木星行きには、進んで志願して来たのだ。ということは、月基地からの電波操縦が必ず故障を起して、この宇宙船が自分の力で飛ばなければならなくなりそうだということを、どうやら勘づいてのことらしい。しかし万一そういうことになったら、ジムがこの船の操縦士だということほど、我々に安心の行くものはないのだ。ミンク博士にしてもジムにしても、宇宙航法の理論と実践とに関しては、まさに地球の誇りなのだ。と、こんなにほめてばかりいては、イワンやアンナに気の毒だ。この二人もその意味では、決して人後におちるものじゃない。イワンは観測士だが、このロシア人と蒙古人との血が多分にまじった青年は、少々懐疑的なペシミストだが、大学の宇宙部を一番で出た秀才で、特に小惑星を専攻していた。我々の「オーロラ」号が、木星に近づくためには、どうしても小惑星ゾーンを通過しなければならないし、今までの数十回の無人ロケットの失敗が、すべてこの空間で起ったことを思えば、彼の専門が大いに我々の助けになるかもしれないのだ。

ところでイワンは、レーダーに関しても研究が深く、彼の発明になる、超高速度計算機と自動的に組み合わされた原子砲が、小惑星ゾーンを通過するのに、重要な意味を持って来るだろう。レーダーといっても、音波によるのでは高速で迫って来る隕石には間に合わないから、光波を使って観測する機械だ。これもまた、我々の生命をあずかってくれる代物だ。

栄養士のアンナは、インド人と中部ヨーロッパ人との混血で、宇宙船の中のたった一人の女性だが、本人は女性扱いをされると御機嫌が悪い。我々の宇宙船は太陽光線による温室を備えつけ、ここに栽培されている植物は、炭酸ガスを吸収して酸素を排出するという、第一の役目と、宇宙線による異常成長によって、ふんだんに我々の食糧になるという、第二の役目とを持っている。この温室は、アンナの管理するものだから、例えば、パセリは好きだがセロリは嫌いだなどと言おうものなら、アンナに手きびしく叱られる。固形食糧や人工栄養なども彼女の専門で、一杯の水でも、彼女の許可なしには飲めないのだから、その権威は増大する一方だ。

僕は先ほど、退屈なのでケビンから温室へと出かけて行った。というのは、温室いっぱいに緑色に茂っている植物や野菜を眺めるのは、何といっても地球的で愉しいからだ。極度に切りつめて設計された宇宙船の中では、どっちを向いても計機ばかりで、殺風景きわまりない。地球的なのはこの温室の中だけ、というのが、僕が温室へ出かける口実だが、アンナに言わせると、「あたしが地球的なんでしょう?」

ところで温室へはいってみると、アンナの姿が見えないから、水槽の方へ廻ってみた。これも、炭酸ガスを除いて酸素の飽和した空気を得るための設備だが、海藻のゆらゆらしている間を、彼女が完全な裸になって、魚のようにもぐっているのには驚いた。

「ちょっと水泳をやっていた」と、出て来ても平気なものだ。「狭いから、じきにガラスにぶつかって、瘤《こぶ》をつくっちゃった」

「早く着たまえ」と眼をそらせてすすめるのに、苺の畑に腰を下して、「少し日光浴をしてからね」と、裸のまま胸を抱いて、太陽の方に背中を向けている。「ここにお坐んなさい」

僕は隣に坐って、横眼で肉付のいい体を睨みながら、「ミンク博士にばれたら怒られるぜ」と注意した。

「いいのよ。温室はあたしの管轄だもの」

「しかし宇宙線の作用ということもあるぜ。とんでもない赤ん坊が生れるかもしれないぜ」

赤ん坊なぞというのは、女性に向かって少しばかり失礼な言い草だが、アンナは平気で、

「放射線じゃあるまいし、宇宙線は無害有益よ、この苺だって」と言いながら、足許の畑から

粒のいい苺を三つ四つもぎ取って、口の中へ放り込んだ。「こんなに成長が早いのも、みんな宇宙線の影響よ。あなたもお上んなさい」

僕もその苺をありがたく頂戴したが、彼女がいつまでも着物を着ようとしないので、早々に退散することにした。僕が腰を起した時に、彼女が訊いた。

「あなたは裸体主義者じゃないの?」

「あんな下劣なもの」

「ふん、流行おくれね」とアンナは笑った。

「僕は前世紀語は十二ヵ国語ばかり出来るんだぜ」

「そんなこと自慢にならないわ。あたしは裸体主義の方が、健康的・宇宙的だと思う。あなたのは懐古趣味的・地球的よ」

そこで僕は逃げ帰ったが、通信装置を据えつけた自分の座席についても、まだ胸がどきどきしていた。何しろ彼女は、自分の意見を主張するために、僕の前に両手をひろげて立ち上ったのだから。彼女にとっては、地球的というのは、どうも反動的ということと同じらしい。

三月十五日十時——

「オーロラ」号は順調に航行しつつある。火星軌道へもだいぶ近づいた。

この頃は、誰も忙しいらしくて、食事時間もそそくさと済んでしまう。観測士のイワンをつかまえて、僕は次のような話をした。

「君とミンク博士とは、近ごろはしょっちゅう一緒にいるようだが、指令席で何をしているんだい？」

「君とアンナとが温室に一緒にいるほどでもないさ」と言って、彼は少し笑った。「僕等は、僕が観測、先生が計算を、受け持っているんだ」

「何の？」

「小惑星だよ。僕等はいま、小惑星の精密な軌道図を作製しているのだ。何しろ今迄でも十万ばかりの小惑星が分っているのだから、こいつらの軌道を測定して書き込むのは、並たいていの仕事じゃないのだ。しかしこいつをもとに航行図を作っておかなければ、昔の人間が、海図なしで、暗礁の多い海峡を通るようなもので、危険きわまりないからね」

「君の原子砲というのは、そのための用意じゃないのかい？」

「小さな隕石はいいさ。しかし平均直径三〇粁の小惑星が五万以上もあるんだから、どんなに小さくても小惑星と名のつく奴は、迂回して航行した方が安全だろう。もっともこれは先生の意見だ」

「先生って、君はミンク博士に教わったことがあるのかい？」

「先生は大学附属の、太陽系研究所で特別講義をしているからね。人気のある講義だ。もっともしょっちゅう脱線するから、それで人気があるのかもしれないな。宇宙意志論なんてのは面白かった」

「何だい、それは？」と僕は訊いた。

「地球は地球の意志を持っている、木星は木星の意志を持っている、太陽系は太陽系の意志を持っている。そして宇宙は宇宙の意志を持っていると言うのだ。それは永遠の創造、完全な調和といったものだ。熱量とか重力とかの調和が、より完全なものを目指して、他の天体との関係に於て成立し、それらはすべて常に創造され、常に成長しつつある。人間なんて生物は、この無限の宇宙空間にあっては、単なる一現象にすぎないし、大昔のプラトンという男が言ったように、洞窟の中で影を見ている囚人にすぎない。従って、もしも人間が、むやみと好奇心を起して、宇宙意志にそむくようなことを起せば、その結果は推して知るべしと言うのさ」

「しかし人間は、大いに平和的だぜ。戦争もなくなったし。宇宙を征服しようというのは、単なる好奇心だけじゃないし」

「征服なんておこがましいことを言うから、先生にやられるのさ。人間の分らないことは山ほどあるんだ。だいいち、この小惑星ゾーンだって、果して何があるやら」

僕はこの話をしたあとで、観測窓から外を覗いてみたが、暗黒の宇宙空間をじっと見詰めているうちに、宇宙意志とか完全調和とかいう言葉が、実感を以て迫って来た。たしかに星の間には、一種の階調的な音楽の流れがある。光波が飛びかい、宇宙線が流れ、何万光年の向うにある恒星も、小っぽけな太陽系の惑星も、ひとしく空間を飾っている。太陽は白熱した光波を送って、宇宙船の中の我々の生命を守っている。地球を遠く離れて、このような永遠に沈黙に閉された空間の中にいても、太陽発電機は我々に真昼の光を与え、適切な温度を与え、有益な植物を成長させ、かつ希望をもたらすのだ。

「何を感心しているの？」と、そこへ現われたのがアンナだった。僕は宇宙意志論を受け売りしてやった。

「それだったら、地球人は地球だけでおとなしくしていろ、ってことにならないかしら。あたしに言わせれば、宇宙は地球人を待っている。だいたい二十一世紀も末になって、まだ木星へも行けないなんて恥ずかしいわ。土星も、天王星も、海王星も、冥王星も、要するにこと大惑星に関しては、さっぱり分っていないのでしょう。地球型惑星を征服したからといって、金星や火星なんて、兄弟みたいなものじゃないの。大惑星のように、水素とかメタンとかアンモニアとかが酸素の代りをしている惑星こそ、動物と鉱物ぐらいの違いのある、お他人さまなのよ。そういう惑星の探検こそ、地球意志とでも呼ぶべきものよ」

「大した鼻息だ。ときに君も温室に閉じこもって、誰も寄せつけないようだが、相変らず裸体運動かい？」

「バカにしては困る。あたしは忙しいのよ。あたしは目下、宇宙線による植物の異常成長を研究中なの」

「君はいつか、宇宙線は無害有益といったっけ」

「そうよ、植物に与える効果はもう実験済なの。ところが動物実験をしてみたいんだけど、材料がバクテリア程度しかなくて困っているの。もしあたしの仮説が正しければ、これからの人間はおどろくほど長生きも出来るし、子供の成長もずっと早い筈なのよ」

「ふうん。どうだろう、僕たちが結婚して、その子供で実験してみたら」

これが僕の軽率というもので、アンナはたちまち御機嫌を悪くして、「バカにしないでよ」と言ったきり、温室へ引き下った。そこで僕はまた観測窓から外を眺め、星の音楽に耳を傾けながら、結婚して子供ができるのも、常に膨張し創造する宇宙の意志にふさわしいことだと考えた。


三月二十日十二時――

十時になると、このミクロコーダーに日本語で記録を吹き込む僕の日課が、今日は二時間ほどおくれた。僕は僕で、これで相当に忙しい。一日三回の月基地への送信に、空間位置の報告、観測の結果などのデータを纏めておかなければならない。アンナとお喋りばかりしているわけではない。

ところが今日の八時の通信に、イワンの観測した小惑星B二八三番の爆発の模様を、詳しく送っていたので、いつもとは比較にならないほど時間を使った。そしてこの観測結果は、我々一同に奇妙なショックを与えた。小惑星はすべて、嘗て爆発し四散した惑星(火星軌道と木星軌道との中間に位した)の残骸と考えられている。従っていずれも小さく、大気は存在せず、自転している。その太陽光線を受ける面が自転に伴って移行するために、多くの小惑星は周期的に変光する。ところがB二八三番は、今日の四時三十五分から約五分間にわたって、異常燃焼を持続した。これは変光といった性質のものではない。その明るさは、我々が宇宙船から眺めている太陽の明るさの、何百倍かに達した。イワンが今も測定を続けているが、この爆発はどうも重水素の核反応であるように思われる。しかしどうして、死滅した固体であるB二八三番が異常燃焼をしたのだろうか。その地表にはごつごつした岩しかない筈なのだ。こうした疑問が我々を憂鬱な気分にした。万一、爆発のすぐ近くを我々の「オーロラ」号が航行していたとすれば、高熱のあおりをくって、ひとたまりもなく燃え上るだろう。そこでミンク博士の命令で、ジムとアンナと僕とは、共同で宇宙船外壁の冷却装置を強化することになった。博士とイワンとは指令席に坐ったきり、観測と測定とを続けている。こっちの三人は、冷却液を循環させるパイプを増設した。しかし異常燃焼する小惑星との距離が近すぎれば、こんな泥縄《どろなわ》ではとても役に立たないかもしれない。

「宇宙意志は邪魔者を嫌うのかな」と僕は冗談を言った。

「偶発よ、偶然に爆発したのよ。いちいち気にしていてもつまらないわ」

「死滅した天体が爆発するなんて、あり得ないことだ」とジムが言った。

「じゃ何だと思うの？」

ジムはむっつりしてアンナの問に答えなかった。全く不思議な現象だ。僕だって納得のいく説明なんか持ち合せていない。が、僕にしてもジムにしても、このことで気味の悪い予感を感じていた。小惑星ゾーンで、新星が生れたなどという観測は、今までに一度だって聞いたことがない。

ジムの御機嫌がこのところずっと悪い。最初はミンク博士と交替で、指令席の制御盤を睨んでいたのだが、博士がイワンと二人で小惑星地帯の観測を始めてからは、彼は邪魔者あつかいだ。僕が、「宇宙意志は邪魔者を嫌うのかな」と言った時に、彼がむっとした顔をしたのも、その言葉が気に障ったからだろう。彼はそこで、イワンのお株をうばって、光波レーダーによる、小惑星との衝突を避けるための自動操縦を研究している。しかし何となく元気がないようだ。乗組員一同、現在、少々ショック状態だが、アンナ一人は例外だ。彼女は偶発説で、気にもとめていない。

三月二十三日十時——

小惑星E五〇五番が、昨日二十三時十七分三十秒に爆発、約十分間燃焼を続けた。その三日前のB二八三番と全く同じ現象だった。この方は空間から完全に消滅したらしく、何等の破片さえ観測されない。E五〇五番も、同じ運命を辿るものと思われる。しかし幸いに遠隔距離にあるから、「オーロラ」号は何等の影響を受けなかった。

「あれも偶然かね？」と僕はアンナに訊いた。

「そうよ。小惑星どうしが衝突したのよ。大して珍しいことでもない」

「今度は衝突説か。ミンク博士にでも聞いたのかい？」

「自分で考えた。だって他に考えられないでしょう？　何かうまい解釈がある？」

そこへジムが口を入れた。

「宇宙意志が厭がらせをやっているんだよ」

ジムはもともと明朗な性質で、ひねくれたことを言うがらではない。ミンク博士をバカにしたようなその言いかたに、僕はびっくりして、「ミンク博士が、そのうちに正式な報告を月基地に出すだろうから、当分は待つほかはないさ」と、どっちつかずの返事をした。たしかに、指令席の二人は、夢中になって度かさなる爆発の原因調査に取り組んでいた。

しかしパイプの増設作業を一休みして、アンナが温室に野菜を取りに行ったので、僕もお伴をしてのこのこついて行ったら、そこで彼女は意外なことを教えてくれた。

「ジムはあなたのことをやいているのよ」

「やいてる？　ジムは君が好きなのかい？」

「そうらしい。あたしたちが温室に一緒にいると、ジムはきっと御機嫌が悪くなるもの」

「地球的だね。君はどうだい？」

「あたしは平気よ。あたしは地球的じゃないから」と彼女は涼しい顔で答えた。

三月二十六日十時——

「オーロラ」号は火星軌道を越えて、いよいよ小惑星ゾーンへはいった。もう退屈なんかしてはいられない。ミンク博士が、珍しく乗組員に訓辞を垂れた。

「小惑星については、我々はまだ多くのことを知らない。最も大きなR二十一番ケレスは、半径三九〇粁ほどあり、小さいのは隕石なみに無数にあるだろう。我々が測定して航行図に書き込んだのだけで、一万以上もある。これらの破片が、原始惑星の破裂によって生じたものとすれば、測定不能なほど小さな、宇宙塵のような状態、或いはガス雲のような状態になって、我々の行手の空間に瀰漫しているかもしれない。諸君も御承知のように、我々の知っている小惑星の質量をすべて合せても、月の質量の約十分の一ぐらいにすぎないのだから、これらがすべて原始惑星の分裂した結果だと考えれば、非常に大きな部分がそこに不足している。それらの破片はどこへ飛び去ったか。もしいまだに、小惑星ゾーンに残っているとすれば、宇宙塵かガス雲の状態で残っているものとしか考えられない。私の見るところでは、無人ロケットの失敗は、この宇宙塵と関係があったのではないか。それを我々は、我々の危険に於て、観測するつもりでいる。

「我々のレーダー装置による原子砲は、小さな星間物質は清掃しながら航行し得ると思う。小惑星は迂回する。我々のコースは、特にカークウッド空隙を縫って行くように、あらかじめ綿密に計測されているから、集中した小惑星群の間に突入する恐れはない筈だ。しかしこれから後、万一に備えて、月基地からの電波操縦は、我々の自主的操縦に切り換える。これは操縦士の任務になる。観測士は更に綿密に小惑星の軌道計算をたしかめ、コースの変化に責任を持つこと。通信士と栄養士とは、レーダー装置による自動発射活動を管理すること。私は全般にわたって注意を怠らないつもりだ。

「先日来、小惑星の異常燃焼が頻発し、昨日は、またF九四番が爆発した。これらの原因は、今までのところ、私には不可解だ。しかし近距離から観測できるのだから、何とか諸君と共に原因を突きとめてみるつもりでいる」

ミンク博士のこの訓辞は、一種の武者ぶるいじみた効果を、乗組員一同に与えた。我々はいまや宇宙空間のただ中にあり、しかも目標の木星はまだまだ遠い。

四月三日十時――

たしかに今までのところ、イワンの発明になるレーダー装置は、精妙な働きを示している。僕とアンナとが観測窓から眺めていると、宇宙船の前方遙かなところで、原子砲が自動的に隕石を撃破するのは、なかなかの壮観だ。アンナなんか、テレヴィを見る子供のように、声をあげて悦んでいる。

問題は、このような隕石の数がもっとふえて来たならということだ。今のように、ごく稀に飛来して来るのなら、レーダーでも大丈夫だろう。しかし、もしも宇宙塵の密集した空間に突入した時に、原子砲がその全部をあやまたず破砕できるだろうか。それも光波なみの速さのうちに。

小惑星の異常燃焼は、相変らずやまない。それが奇妙に一日おきに起る。三月二十五日、二十七日、二十九日、三十一日、四月二日というふうに。昨日のA二八〇番のは、特に猛烈な爆発だった。約二十分にわたって、我々の前方の空間を燃え上らせた。距離は遠いが、そのために「オーロラ」号のコースが、曲げさせられたほどのものだ。

「冗談ごとじゃなくて、宇宙の悪意といったものを感じないか?」とジムが訊いた。

「悪意なんてものがある筈もない。少し宇宙意志にこだわりすぎてやしないか」

「いや。こいつは決して偶発的なものじゃないぞ。我々は、初めて宇宙船でここまで来て、小惑星の爆発に立ち会った。しかしこいつは、地球や月からだって、充分に観測できるほどの大爆発だぜ。どうして僕たちは、今まで一度も知らないですまして来たのだろう? 答は極めて簡単だ。なかったんだ。今までは、小惑星が爆発するなんてことはなかった。『オーロラ』号がやって来たから、始まったことだ。『オーロラ』号と爆発との間には、密接な関係がある。とすると……」

「何だい、おどかすなよ」

ジムは黙り込んだ。ミンク博士が指令席から立ち上って、こちらに歩いて来た。

四月四日十八時――

急激に、我々は不安な状況の中に落ち込んだ。今日の八時の定時通信を済ませた後に、ミンク博士の命令で、我々は座席に身体を固定し、「オーロラ」号はその針路を変更した。小惑星S八五番の軌道を避けるためだ。

このことで、ジムとミンク博士との間に少々気まずい場面が起った。「オーロラ」号の針路は、今までの計測の結果では、S八五番と接触するわけではない、至近距離に近づくとはいえ、計算上では影響はない筈だった。そこでジムが異議を申し出たのだが、ミンク博士は大事を取って、針路を変更したのだ。

しかし、そのために今までの航行表が新しい修正を余儀なくされた。そして博士とイワンとが、高速度計算機で懸命に計算を続けている間に、それまで、ごくたまにしか飛来して来なかった隕石が、急に数を増し、我々の原子砲は連続的に活動を開始した。それを避けるために、ジムが更に少しばかり針路を変えた。僕は座席に凭れて、観測窓から外を睨んでいたが、殆ど十秒おきくらいに、閃光が暗黒の空間を花火のように彩った。

その時、アンナが急に悲鳴をあげた。

「ジム、太陽が見えなくなって来たわ」

僕は驚いて太陽の方角を振り向いたが、最も輝かしく空間に浮んでいた円球が、いつの間にかその輝きを失って来ていた。そして同じ方向の星座の星の光も、次第に薄れ始めた。

「ミンク博士、太陽の方角を見て下さい」と僕も大声に叫び、操縦士のジムを残して、我々はぎょっとするような不安の中で、次第に光を薄くして行く星空を眺めた。

「これは暗黒ガス雲とでもいうべきものだ」とミンク博士が重々しい声で言った。

「太陽光線が宇宙船まで届かなくなったら、あたしの温室はいっぺんに駄目になってしまうわ」とアンナが叫んだ。

あたしの温室とは、彼女の本音だろう。これが普段なら、僕にとってひやかす材料に持って来いなのだが、今は僕も、刻々に濃くなって行くガス雲の幕を、じっと眼で見守っていた。

「あたし、温室を人工発電に切り換えて来る」と言って、アンナは温室へ走って行った。

イワンがミンク博士に呼び掛けた。

「こんなガス雲の中へ閉じこめられたら、一大事です。とにかく針路を変えて脱出しましょう」

「しかし、これ以上変えたら、せっかくカークウッド空隙を縫うように針路を取って来ていたのが、危険な小惑星軌道に接触することになる」と博士が答えた。

「しかし先生、そのカークウッド空隙というのも、本当に安全なんでしょうか?」とイワンが更に尋ねた。「僕は段々に心配になって来たんですが、カークウッド空隙というのは、なるほど小惑星の存在しない、空隙をなした空間には違いありませんが、それは地球や月からの観測の結果で、かえって、隕石やガス雲や細塵なんかは多いんじゃないでしょうか。つまり観測不能な星間物質が、この空隙を占めているんじゃないでしょうか？」

「それは私も考えてはみたが」

「ジムが二回ほど針路を変えたからといって、まだ我々はカークウッド空隙の中にいる筈ですよ。予定コースから大して外れているわけじゃありません。それなのに、こういうことになって来たというのは」

「僕は予定コースの方が安全だったと思いますね」とジムが言った。「電波操縦で木星の衛星まで行けるように、僕は充分に研究しておいたつもりですがね」

「君は、私が針路を変えたのが不満なのかね？」と博士が訊いた。

「そうですよ。イワンは少し思いすごしをしているんだ。このコースは、練りに練ったあげくに決定したもんじゃありませんか」

「それはそうだ。しかしジム、小惑星S八五番の軌道が……」

「しかし大丈夫こいつは接触しない筈なんですよ、航行図を見れば、その差は……」

「それは違うのだ。初めは大丈夫の筈だった。それが例の小惑星の異常燃焼、特にC三〇八番とF八六番との爆発の結果、このS八五番の軌道が少し動いたのだ。イワンと私とが、計算してみた結果、五日後の、四月九日十五時三十五分二十秒に、この小惑星は『オーロラ』号と接触する」

「どうしてそれを、今まで僕に教えてくれなかったんです？」とジムが唸った。「僕は操縦士じゃないんですか？」

「私はなるべく、諸君を不安な気持にはしたくなかったのだ」とミンク博士は冷静な声で言った。

「イワン、君は知っていたのか？」とジムが訊いた。

「ここ十日ばかしの間に、既に七個の小惑星が爆発した。そのために重力関係が変って、周囲の小惑星の軌道がみんな歪んでしまった。僕は計算に夢中になっていたから、いま先生に言われるまではぼんやりしていたが、予定コースを航行していたんじゃ、我々の軌道はずっとおびやかされるんだ」

ジムは相変らずむっとしていたが、それは一種の恐怖を含んだものだったに違いない。

「航行図は、至急に訂正する」とミンク博士がとりなすように言った。「操縦はいよいよむずかしくなるが、君の腕を信頼しているよ」

そこで僕も、「ジム、むかっ腹を立てる時じゃないぞ」とたしなめた。

そこへ声をあげて温室から戻って来たのが、アンナだった。

「ますます濃くなって行くわ。温室の中から見たところじゃ、星の光なんか全然通さないほど、濃厚なガスよ」

我々もそこで、また観測窓の方を首を揃えて見守ったが、さっきまで、一種の薄明状態の中でぼんやり光っていた太陽も、今は完全に遮蔽され、視野の殆ど全部が暗黒に閉されていた。宇宙船の進行方向で、原子砲が隕石を破砕する時の閃光が、殆ど唯一の光と言えた。

ミンク博士は直に反対側の窓へ走り、我々もそれに倣って、こちら側の視野を探り、ぎっしりと空間を埋めた星の燦きを見て、少しばかり安心した。しかし既にガス雲は、次第にこちら側をも取り巻き始めていた。

「針路を少し変えますか？」とジムが訊いた。

「通信士、このガス雲はレーダーには反応しないのか？」とミンク博士が訊いた。

「原子砲と自動操作になっていますから、固体以外には反応しません」

「それでは観測士と二人で、予備レーダーを改良して、ガス雲の反応を調べられるようにしてくれ給え。私は航行図を修正する。栄養士は私を手伝う。操縦士はそれまで、今のままの針路を取っていてくれ給え」

それからの数時間、我々は誰もが夢中になって作業を続けた。その間に暗黒ガス雲は次第に濃厚さを増し、我々の宇宙船を四方から取り巻き始めた。ガス雲反応レーダーが完成すると、「オーロラ」号は針路を変え、加速度を増すことにした。

「先生」とイワンが呼び掛けた。「さっきのカークウッド空隙の問題ですが、今までこの空間にだけ小惑星が発見できなかったというのは、結局、多量の星間物質が、その代りにあったということなんですね？　我々は実地に観測したわけですね？」

「それは確かにそうかもしれない。火星軌道と木星軌道との間には、一個或いは数個の惑星に相当するだけの質量が存在する筈だから、小惑星を全部合せただけでは質量が足りないとすれば、当然、それが宇宙塵かガス雲の状態で存在することは、理論上、推測できた。しかし、初めからそれを見込んでしまったのでは、木星へ航行する軌道というものは、成り立たないのだ。どんなコースを飛んでも危険なのだ」

「小惑星か、しからずんばガス雲かというわけですか。それで、現にこういう状況になっても、やっぱり木星へ行くんですか？」

ミンク博士は我々を見廻した。我々は無言のまま博士を見返した。

「諸君に異議がなければ、前進することにしよう」

その間に、暗黒ガス雲の濃度も、その中に含まれている隕石の数も、我々をおびやかすことをやめなかった。そして、僕が通信装置の方へ戻った時に、一段と絶望的な状況が、我々を待ち受けていた。

「や、月基地からの通信が……」と僕は叫んだ。

「何と言ってる？」と博士が訊いた。

「全然聞えません。杜絶してしまっています」

「そんなことが？　こちらから送信してみたまえ」

僕は機械が故障したのかと思い、大急ぎで調べてみた。しかし異常な騒音がはいるばかりで、月基地を呼び出すことは出来なかった。

「駄目です。全然反応がありません」

「基地からこちらへ届かないとすると、こちらの方のも向うへ届かないわけだな」

「つまり我々は迷子になってしまったんです」と僕は嘆息した。

「ガス雲が、月基地との間を遮っているのだ。恐らくガス雲が強力な宇宙騒音を発していて、我々の無電を吸収してしまうのだろう。針路を変えて、何とか連絡を回復しよう」と博士は言い、ジムに針路変更を命じた。

僕はまた通信装置にしがみつき、ジム以外の三人は航行図を覗き込んだ。

「ガス雲にすっかり取り囲まれてしまったら、もう天体観測も出来ず、現在の位置も分らなくなりますね」とイワンが、胆の冷えるようなことを言った。


四月五日十時——

「オーロラ」号は、今や暗黒ガス雲のただ中にいる。通信は依然として回復しない。

今までのところ、我々はレーダーを頼りに、少しでもガス雲の稀薄な方向へ向けて突破しようと試みたが、それは結局成功しなかった。イワンの予言した通りに、天体観測も出来なくなったから、航行図に針路変更や速度変更を書き込み、それによって修正された軌道を計算した。

前世紀のプロペラ飛行機が、濃霧の中に飛び込んだ時には、きっとこんな有様だったのだろう。

しかし、果してその計算が正確かどうか。もし少しでも狂っていて、原子砲の能力以上の小惑星にでも衝突しようものなら、我々は一たまりもない。観測窓の外は黒い幕を覆ったようになり、原子砲が隕石を破砕する時の爆発光だけが、無気味に暗闇をつんざく。

「先生」とイワンが口を利いた。

気が滅入っているから、誰かが話を始めるのは嬉しいのだが、イワンの話はいつもぞっとしない。今度も心細いことを言い始めた。

「先生、このガス雲は我々を追い掛けて来るといった気がしませんか？」

「うむ」

「何しろ昨日から、ガス雲の稀薄な方へ、つまり安全な方へと、針路を取った筈なんですよ。それなのに、ちっとも抜け出せないんですからね」

「君はこのガス雲が質量と重力とを持っていると言いたいのだろう？」

「そうです。こいつは我々の宇宙船と、一緒になって移動しているような気がします」

もしイワンの言う通りに、宇宙船とガス雲とが、相互の引力で引き合って動いているものとすれば、我々は永久にこの黒い幕の中から逃げ出せないだろう。

「加速度をもっと増したら、どうなんですの？」とアンナが訊いた。

「これ以上早くなれば、原子砲の自動操作が間に合わなくなる。寧ろ速度を遅くしたい位なのだ」と博士が答えた。

「博士、これには何か悪意が働いているんじゃないですか?」と意外なことを言い出したのは、ジムだった。

「悪意とは?」

「小惑星の爆発は、結局のところ原因不明ですね? ところがその結果、我々は針路をおびやかされ、それを変更したために一層危険な状況にはいり込んだ。とすると、小惑星の爆発は、我々を危険に追いやるための、或る意志が働いているということになりませんか?」

「また宇宙意志か」と僕が口を挟むと、

「僕は哲学的な議論をしているんじゃないぞ」とジムが反駁した。「僕は知能と理性とのある生物を、仮定して言ってるのだ」

「その生物が我々を危地に追いつめたというのかい?」と僕は訊いた。

「小惑星の爆発にしても、このガス雲にしても、ほかに説明がつくかね?」

僕は沈黙し、ミンク博士も口を利かなかった。

四月五日十六時――
危険は一層増大して来た。もしこのガス雲が我々と同じ方向に進んでいるのなら、隕石もまた同じ方向に飛んでいるわけだから、レーダー装置から洩れた隕石に、我々がぶつかる恐れは少くなったと言える。その代りに、我々は宇宙船の正確な空間位置を測り得ないのだから、いつ、小惑星と衝突しないとも限らない。僕が改良した予備レーダーを使って、周囲を測定してみたところでは、今ではあらゆる方角に、一様に濃厚なガス雲を感じるだけになった。観測窓から外を眺めていると、時々、小さな爆発光が浮びあがる。それは我々の原子砲が活躍した場合もあるが、レーダー装置の効力範囲外で、隕石と隕石とが衝突したことを示すものに他ならなかった。そういう観測を重ねた結果、次第に、「オーロラ」号を取り巻いた濃密なガス雲は、宇宙船と共に、毎秒何百粁かの速度で移動しつつあるとしか思われなくなって来た。

「どうしても抜け出せないのかしら?」と小さな声で、アンナが僕に訊いた。

「ミンク博士でさえも、うまい知恵が浮ばないんだから、どうにもならないさ」

「あたしたち、こうして小惑星とぶつかるのを待っているわけ?」

「君だけ助けてあげるってわけにはいかないんだよ」

アンナは僕を睨み、通信装置の上に屈みこんで、機械をいじり始めた。

「通信は全然駄目だ。宇宙騒音がひどくてね」

「昔ふうにモールス符号でもやってみよう」

彼女はマイクの方は見向きもせずに、キイを叩き出した。僕はその細い指先が、しなやかにキイを打つのを眺めていた。

そのうちに、僕はこの僕の生命も、このアンナの若々しい肉体も、暗黒の宇宙空間ではかなく消え失せてしまうのだと考えて、少々感傷的になった。

「今だから言うんだけどね、アンナ」と僕は優しい声で呼び掛けた。

アンナはちらっと僕の方を見、「知らないわ」と先廻りし、それから意地の悪いことを口にした。

「あなたのお説教を聞くぐらいなら、宇宙騒音でも聞きましょう」

彼女はレシーヴァーを耳に当て、相変らず指の先で、通信機のキイを玩具にしていた。彼女の叩いているのは、昔ながらのS・O・Sだった。僕はそういう彼女を可愛らしく感じた。そこでもう一度、初めからやり直すことにした。

「今だから言うんだけどね」

「ふだん言えないことを、みんなが生きるか死ぬかって時に言い出すなんて、卑怯よ」

僕はあっけに取られた。アンナは猛烈な勢いで一息にそれだけ喋ると、レシーヴァーを外し、「あたし温室を見て来る」と言い捨てて部屋を飛び出した。

何て女だろう。僕はがっかりし、どうせ小惑星にぶつかってしまえば、打明けても打明けなくても同じことだと考えながら、彼女の置いて行ったレシーヴァーを耳に当てた。それはほんのりした彼女の暖かみを、まだ残していた。何て早く気の回る女だろう、僕がろくろく言い出さないうちに。しかし、彼女の方でもその気があったからこそ、ああも早く勘づいたのかもしれない。とすると……。そこで僕は、温室へ彼女が走って行ったのは、このケビンではいつ邪魔がはいるかもしれないから、温室で二人きりで話そうという意味じゃなかったかしら、と考え出した。この危急存亡の秋《とき》に、温室の野菜なんか問題じゃない筈だ。

「オーロラ号……」

しかし温室へ行って彼女に打明けたところで、いつまでこの宇宙船が無事でいるやら。

「オーロラ号……」

そこで僕は、はっと夢から覚め、レシーヴァーの中から聞えて来る微かな声に、思わず身顫いした。

「オーロラ号、オーロラ号……」

僕はケビンの中、及び温室に通じる非常ベルを鳴らし、レシーヴァーをスピーカーに切り換え、マイクに向かって叫んだ。

「こちらオーロラ号、こちらオーロラ号……」

全員が僕の方へ駈けつけて来た。温室の戸を明けて、アンナが心配そうな顔で飛びついて来るのを、僕は手で押しとめた。

「どうかしたの?」と彼女は上ずった声で訊いた。

「何だ?」と同時に、ミンク博士も声を掛けた。

「月基地と連絡がつきました」と答えて、僕はマイクにしがみついた。

「こちらオーロラ号。はい、こちらオーロラ号。もしもし、月基地ですか?」

暫くの間は雑音が続いた。僕は痛いほど掌を握りしめた。

「オーロラ号へ指令。オーロラ号へ指令」

「はい、聞えています」

「オーロラ号へ指令。電波自動操縦へ切り換えよ、当方より操縦す。当方より操縦す……」

「もしもし、月基地ですか?」

「電波自動操縦へ切り換えよ。当方より操縦す……」

「もしもし、もしもし……」

しかしもう聞えて来るのは、雑音ばかりだった。通信は完全にそこで切れてしまった。我々は顔を見合せた。

「ジム、自動操縦に切り換え給え」とミンク博士が命じた。

「あれは、本当に月基地だろうか?」とジムが不思議そうに独り言を呟いた。彼はぽかんとしてその場を動かなかった。

ミンク博士は彼の様子をじっと眺めていたが、自分で指令席の方へ歩いて行った。

「先生は本気で電波操縦に切り換えるつもりなんだな」とイワンが小声で言った。「どっちにしたって、オーロラ号は眼かくしをされたまま、惰性航行をしているだけだから、似たようなものだが」

「それはそうさ」と僕も言った。「しかし、もしも本当に電波操縦が可能だとすれば、そいつが我々を窮地から救ってくれるかもしれないからな」

「君は通信士のくせに、あれが月基地からの指令だと真面目に思い込んでいるのか?」とジムが乱暴に訊いた。

「それは僕だって自信はないさ」

「だってあれ、地球語だったわよ」とアンナが註釈した。「だから月基地以外には考えられないじゃないの」

「月基地から通信が届くというのも、おかしいし」とイワンが答えた。「しかも電波操縦をしてくれるというのも、変な話さ。そんなことは、地球科学の実力以上だ。ミンク博士にだって、この暗黒ガス雲から逃げ出す手段が見つからないんだからね」

「じゃ今のは何所でしょう?」とアンナが訊いた。「当方より操縦す、って言ったわね」

「悪意ある生物、地球以外の天体に住む何等かの生物だよ」とジムが言った。

「バカバカしいわ、そんな考え」と彼女が強気なところを見せた。

「先生は今の通信を信用しているらしいが」とイワンが言った。「なにか根拠があるんだろうか?」

「溺れる者は藁をも掴むということがあるからな」とジムが皮肉を言った。

その時、指令席から振り向いて、ミンク博士が大声で我々に呼び掛けた。

「電波操縦装置は働いている。オーロラ号は針路を変えたよ」

「それは何を意味するんです?」とジムが訊き直した。

ミンク博士はただ首を振っているばかりだった。

四月六日十時――

八時の定時通信を、僕は例の如く試みてみたが、応答はなかった。「オーロラ」号は、依然としてガス雲の中を航行しつつある。あれ以来、電波操縦の管理の下に、「オーロラ」号は二度ほど針路を変更した。

四月六日十八時――

十二時十五分に、また例の怪しい通信があった。

「オーロラ号へ指令、オーロラ号へ指令。乗組員は座席につけ。加速度変更。ショックに注意せよ、ショックに注意せよ……」

耳を疑うという言葉があるが、我々はそれぞれ座席に身体を固定させながら、この出どころ不明の指令に対して、互いに顔を見合せた。これが月基地からでないことは、もう疑いを容れなかった。しかし誰が、地球語によって、我々に指令を発し得るというのだろう？　それは如何なる善意なのか、それとも悪意なのか？

「オーロラ号へ指令。全員、ショックに注意せよ……」

僕は通信装置の前の座席につき、交る交るレーダーと観測窓の外とを見た。急激に加速度が加わり、僕はうしろざまにクッションに押しつけられた。しかしスピーカーは、相変らず「ショックに注意せよ」を繰返した。そのまま時間が過ぎて行った。

やがて予備レーダーが我々の前方の空間に対して、活発に動き出した。それは原子砲の有効範囲を遙かに越えていたが、そこにガス雲よりも更に確実な天体が、急速に近づきつつあることは確実だった。

「航行図で計算してみたところでは、我々は小惑星B八番のパラスに接近しつつあるんじゃないでしょうか？」とイワンが訊いた。

「多分そうだろう」とミンク博士は平然と答えた。

「のんびりしている時じゃない」とジムが怒鳴った。「電波操縦なんかにまかせておいたら、我々は自滅するだけだ。針路を変えよう」

ジムは座席から立ち上りかけ、博士は、「いかん」とたしなめた。

「しかし博士、これじゃみすみす自殺行為ですぜ」

博士はゆっくりと首を振った。レーダーは高速度で近づきつつある天体を、明瞭に捕捉した。

「あなたは気が狂ったんだ。絶対に月基地からじゃない指令なんか信用して、墓穴を掘るだけだ」

その間も、スピーカーはゆっくりと指令を繰返していた。「乗組員は座席につけ。ショックに注意せよ……」

ジムが座席を離れようとしたのと、急激なショックとは殆ど同時だった。僕は物凄い勢いでクッションに引繰り返り、ケビンの天井が頭上に落下して来るのを感じた。そして瞬間に、観測窓の外が、眼のくらめくほど明るく燃え上った。やられた、と思った。そして僕は気を喪ってしまった。

気がついた時に、一種異様な不快感で頭がくらくらしたが、直にそれに馴れた。ケビンの中を見廻してみると、誰もが座席の中でぐったりと死んだようになっている。僕は非常用のブランディの壜を取り出して、まずアンナのところに駈けつけ、彼女の唇にブランディを含ませた。正気に復った時の彼女の最初の言葉は、「あら、まだ死んでないの?」だった。それから、彼女と一緒に、あとの三人の介抱をした。ジムは頭を打ちつけたらしくて、刺戟剤を注射する必要があった。

しかし、まだふらふらしている我々一同の眼をはっきりと覚まさせたのは、アンナの次のような叫びだった。

「ガス雲から抜け出しているわ、見て御覧なさい」

観測窓の外には、星座をちりばめた、懐しい夜空がひろがっていた。我々は、輝かしい太陽も、小っぽけな地球も、前のようにまたこの眼で見ることが出来た。

「一体どういうわけかしら?」とアンナが誰にともなく訊いた。

「オーロラ号は小惑星パラスのごく傍を通過した」とミンク博士が説明した。「恐らくその時に、我々を取り囲んでいたガス雲は、パラスの重力に引かれて、取り残されたのだろう」

「もしも我々の針路なり、パラスの軌道計算なりが、少しでも狂っていたら、必ず衝突したわけですね？」とジムが言った。

「危い話だ」と僕も口を入れた。「これでみると、オーロラ号を電波操縦してくれた生物とやらは、恐るべき知能を持っていることになりますね」

「奴等はやりそこなったのだ」とジムがぽつりと言った。彼の眼に燃えている暗い焔が、敵意なのか恐怖なのか僕には分らなかった。


四月七日十時——

我々は再び、晴れわたった宇宙空間を、木星へ向けて航行しつつある。月基地との通信は依然回復しない。

ミンク博士とイワンとが正確な観測をした結果、「オーロラ」号は、初めの針路を遙かに外れていることが分った。この針路は、多くの小惑星の軌道と交わっているが、今さらカークウッド空隙に針路を戻すだけの勇気は、我々にはなかった。しかしガス雲に較べれば、今の方がよほど安全なので、我々は次第に元気を回復し、アンナの栄養食も咽喉を通るようになった。

ところが、それも束の間で、スピーカーから例の通信が聞え始めたのだ。

「オーロラ号、オーロラ号へ指令。前方に濃厚なる宇宙塵のガス雲あり。針路を双子座ベータ星へ向け転進せよ。前方空間は危険につき、双子座ベータ星へ向け転進せよ……」

「そんなバカなことは信じられない」とジムが怒鳴った。「この指令は、我々を何所かへ誘導するつもりなのだ」

「針路を変えれば、木星からはずっと外れてしまうわね」とアンナが言った。

ミンク博士は航行図を調べ始め、僕はガス雲用の予備レーダーを検査してみたが、前方にそれらしいものを発見し得なかった。

「私はこの指令に従うつもりだ」と博士は重々しい声で呟き、指令席に坐った。

「しかしこの指令は不思議だね」とイワンが独り言のように呟いた。「電波自動操縦でやればいいのに、なぜ方向を示して我々に操縦させるんだろう？　その方がよっぽど誘導しやすいだろうに」

「きっとお手並を拝見したいんだろうよ」とジムが吐き出すように答えた。

「この次にはまた別の指令があるだろう」とミンク博士が指令席から声を掛けた。「私はそれに従うつもりでいる。小惑星ゾーンにはいり込んでから、私は自分の無知なことをはっきり知った。我々の力では、最早どうにもならない。とすれば、この指令を信用するか或いは死か、どちらかだ」

「逆に月へ戻ったらどうなんです？」とジムが反駁した。「前方は危険だというんだから、ここで後戻りさえすれば、安全なんでしょう」

「いや、恐らくガス雲は、この小惑星ゾーンの中には、至るところにあるに違いない。戻ることは一層危険だろう」

「要するにこの宇宙生物は、我々に警告を発して、近寄らせまいとしておどかしているんですよ。これから先、何が始まるか分りませんぜ」

「我々は地球人で、嘗て地球人以外の、知能ある生物を知らない。我々の尺度で、この生物を測ることは出来ない」

「気違い沙汰だ」とジムは叫んだ。「僕は御免だ」

「しかし船長は私なのだ」と博士はきっぱりと言った。


四月八日二十三時——

新しい指令は簡単なものだった。

「オーロラ号は、小惑星アリンダに着陸せよ。アリンダは木星軌道に近づきつつあり。オーロラ号は、小惑星アリンダに着陸せよ……」

我々は顔を見合せて、この指令を聞いた。ジムの恐怖は我々にも感染していたが、彼の言う宇宙生物とやらに、こうはっきり命令されると、ぞっと背筋が寒くなった。「おいでなすったな」とジムが呻いたが、全くそんな感じだった。

「アリンダについては、充分に観測してあります」とイワンがミンク博士に説明した。「小惑星R三八番、これは前世紀からアリンダの名で知られている、アルベルト群の特異小惑星の一つで、彗星に似た軌道を持ち、地球軌道の外側から、木星軌道の内側まで、四・〇二年で公転しています。我々が現在の針路で直進すると、明後日の三時頃、その重力圏にはいる筈です」

「アリンダなんて名前を、どうして知っているのかしら?」とアンナが訊いた。「地球でなければ通用しない名前よ、これ」

「双子座ベータ星だって同じことさ」と僕は答えた。「何でも筒抜けなんだ。逃げも隠れも出来ないということさ」

そこへミンク博士が口を入れた。

「諸君は悪くばかり解釈しているが、小惑星アリンダは、現に木星軌道へ近づきつつある。そこに着陸することは、アリンダ自体が急速に我々を木星に運ぶということになる。そうは考えられないかね?」

「宇宙生物の善意によってですか?」とイワンが訊いた。

「その方法だけが、ガス雲を避けて、木星に近づく唯一のコースかもしれない」

「どっちにしても言われた通りにする他はないさ」と僕は言った。「宇宙意志の現われだと考えるさ。ねえ、ミンク博士、そうでしょう?」

「元気を出すことだ。我々はこの謎を解き明さなければならないからな」と博士は言った。

四月十日十二時——

「オーロラ」号は、小惑星アリンダの表面に無事着陸した。我々は観測窓から、夢中になってあたりを眺め廻した。それは我々のよく知っている月によく似て、岩石の峨々たる死滅した世界だった。隕石の衝突がよほど多いと見え、周囲の山々は、鋸のようにギザギザに研ぎすまされていた。木星が黄ばんだ楕円形をなして夜空に懸り、特有の縞模様が、斜めに黒く浮んでいた。その周囲に、四大衛星が明るく輝いていた。

「お迎えの人はいないようね?」とアンナが言った。

「人《ひと》と来たね、ジムふうに宇宙生物と言ってもらいたいね」

「一体、どんな生物なんでしょう?」と彼女は眼を輝かせた。女というものは、やたらに好奇心を持ちたがり、そいつが直に恋愛感情じみて来るのだ。

「先生、とにかく外に出て、この表面を調べてみませんか?」とイワンが言い出した。「何か重要な発見があるかもしれないし」

「それに退屈しのぎにもなるし」と僕も口を合せた。「あたしも行くわ」とすかさずアンナが叫んだ。

「君は駄目だ、危険かもしれないからね。僕とイワンとが下見をして、その上でみんなで下りることにしよう。博士もそれでいいでしょう?」

「ちょっと待て」と冷たい声でジムが遮った。「君等は事の重大さがしっかり頭に来ていないのだ。我々はこの宇宙船の中にいるからこそ安全なのだ。ここにさえいれば、いつでも逃げ出せる。しかし一足でも表に出たら、どんな罠をしかけてあるかもしれん。よく考えてみろ、僕は知らんぜ」

「大丈夫だよ」とイワンが答えた。「見渡す限り無生物の世界だ。君は少しノイローゼだぜ」

彼は平気な顔で気密服を着込み始めたので、僕もジムの注意を無視することにした。

「原子ピストルを忘れないように。それに隕石が多いから注意し給え」と博士が言った。

「引力も少いし、あまり遠くまでは行かないように」

「あたしも行く、女だからってバカにしてもらいたくないわ」とアンナが叫び、気密服を着始めた。

「何もそういうわけじゃないさ」と僕は押しとめたが、泣き出しそうなほど緊張したその表情は、僕の自惚か知らないが、彼女が僕の側を離れたくないことを示しているようだった。そこでイワンと僕とアンナとの三人が、三重の防御壁を通り抜けて、宇宙船の外に出て行った。

——日十時

今日が何日であるか、もう僕はよく知らない。時間だけは腕時計で分るが、それが何になろう。我々の運命は、大きく変ってしまった。携帯用ミクロコーダー装置だけは持って来たので、せめてこの記録を残しておく。

我々三人が、あまり身軽に動けるのを面白がって、宇宙船からひどく離れた距離まで歩いて来ていた時だった。アンナが気がついて、思わず悲鳴をあげたのだ。

「あら、オーロラ号が……」

宇宙船は、それまで星明りの下で、銀色に輝いて静止していたのだが、僕が振り返るや、その後尾から赤っぽいガス噴射が閃いた。と思った瞬間には、もう垂直に、夜空の中に消えていた。まるで嘘のように、眼を凝した時には、その姿はもう完全に見えなくなっていた。あっという間もなかった。

「誰かこっちへ来るわ」と続けて彼女が叫んだ。

茫然としていた我々は、宇宙船がそれまでいた場所と、我々とを結ぶ線の上を、気密服を着た仲間の一人が、飛ぶように走って来るのを認めた。喘ぎ喘ぎ近づいたのを見ると、それはミンク博士だった。僕等は博士を介抱して、ジムが博士を原子ピストルでおびやかして下船させた後、宇宙船を操縦して月基地へ飛び去ったことを知らされた。

「ジムは気がふれた」と博士は悲しげに呟いた。「月まで帰れる筈もないのに。あの男は私が、宇宙生物とやらのスパイだと思い込んでしまった」

「スパイですって?」と僕は驚いた。

「安心しなさい。私は地球人だし、地球人の名誉を持っている」

確かに我々もまた名誉だけは持っていた。しかし小惑星アリンダの表面に置きざりにされた我々四人は、これが絶望的状況であることをよく承知していた。気密服の酸素ボンベは、そしてアンナが持って来た固形食糧は、十日や二十日は我々を生かしておくだろう。しかしその後は？

こうして日が過ぎて行った。僕はもうアンナに、「今だから言うんだけどね」とは言わなかった。僕はうとうとしながら、この素晴らしい宇宙、木星とその衛星とが輝き、銀河が空を縦断し、恒星がまばゆく永遠の光を放っている、この凍りついた空間を、嘗てない感激を以て眺めていた。地球を遠く離れて、今こそ僕は、宇宙意志というものを理解した。これは常に創造し、常に発展して行く宇宙なのだ。微小な地球の生物の意志など、その前にあって何だろう？

……しかし、我々を待っていたのは死ではなかった。

「あれは何？　ほら、あそこよ」

狂気のようにアンナが叫び、眠りかけていた僕を突き飛ばした。そして僕は、今までに見たこともない形をした宇宙船が、しずかに、我々の方向へ舞い下りて来るのを見た。眼の錯覚ではなかった。それは新しい現実だった。

「宇宙生物」とイワンが言った。

確かに、それは地球人以外のものの発明した宇宙船だった。どんな乗組員が、その中から現われて来るのか。我々の知らない宇宙の謎が、今や眼の前で解けようとしているのだ。

「行ってみよう」とミンク博士が言った。

そして我々四人は、折から着陸した宇宙船の方へ、吸いつけられるように歩いて行った。

素人探偵誕生記

初めに自分のことを紹介しなければならぬ。というのは、近頃は探偵小説ブームとやらで、探偵文壇、純文学作家の隠し芸、および新人諸君から、雲のごとく作品が現われているようだから、新人といっても三年前から僅かに短編六つしか物せず、うち五編をまとめて一冊の単行本しか出さなかった僕の名前なんか、大して人が知るはずもないと思うからである。

加田伶太郎というのは、もちろんペンネームで、本名は白状する必要もないが、私立の文化大学のフランス文学科の教師である。それがつまり僕のことだが、教師としてどう見ても優秀な点をつけられないことは、怖い先生だというので学生の評判もかんばしくないし、専門の業績や翻訳も殆どないことでも明らかだろう。それというのが僕は人間が趣味的で、へぼカメラに凝り、へぼ碁に凝り、へぼ絵に凝り、映画演劇シャンソン古典音楽いたらざるはないから、肝心のフランス文学に大して時間をさくことができず、そのうえ貧乏であるから参考書も買えず、文化大学の方も貧乏で研究室の図書購入費もすこぶるけちである、とすれば、いつまで経っても僕が鳴かず飛ばずで勉学にいそしめないのも当然の話だ。加えるに僕の最大の悪癖は、探偵小説という魔女にいつしか魅入られたことで、つい毎晩のように寝床で遅くまでページをめくっているから、細君には叱られる、あくる日の授業では学生の質問に答えられない、そこでおのずから御機嫌が悪くなり学生に当り散らすわけ、恐れ憚かられるのも無理からぬ次第である。

研究室というものは、前の晩に下準備をさぼった教師が、休み時間に百科辞典などを繙《ひもと》いてくそ勉強をするものだが、僕のように甲羅を経ると、ままよとばかり（というのは例によって夜遅くまで魔女と付き合っていたから）行き当たりばったりに教室でごまかす算段になる。ついでにその方法を述べておけば、まず学生に当てて向うが訳読の最中にこっちも一心に考える。単語の意味などは学生が教えてくれるから安心だが、少々こっちにも分からぬところが出て来ると、他の学生をつかまえて、君、そこはどう思う、とやる。そのうちに学生どうしがああでもないこうでもないと紛糾する。その間、充分にこっちの頭を冷やして、さて、おもむろに、ここのところはA君のは違っている、B君のが正解と言えばいいのだ（ただしこれはうまく行った場合）。そういうわけだから、研究室の休み時間にも悠々たるもの、同僚や助手を前にして、僕がゆうべ読んだアーネスト・ブラマーの探偵小説では、なんと探偵が盲なのだ、いったい盲がどうやったら犯人を当てられると思うかね、などと始めるから一同思わず傾聴する始末。あげくのはて、加田伶太郎先生は、フランス文学科よりも探偵小説科の教師にこそふさわしい、文化大学にそういう科がないのは、実に残念だ、という声があがりだした。学長がそれと知ったら、僕をくびにしはしないかと、じつは少々心配しつつある。

ところで、話は三年前にさかのぼるが、僕のこの評判がいやに高くなって、とんだ注文が舞いこんで来た。折しもS社から週刊雑誌が出はじめた頃で、うまく行くか行かないかの瀬戸際だったが、その週刊誌の編集部員が、福永武彦の紹介状を持って僕の家に乗り込み、あなたは何でも外国の探偵小説を一日に一冊ずつ読むそうだが、それをうまく翻案して、週刊誌二回分の原稿にしてくれ、という命令である。僕が目をぱちぱちさせたのも無理はないだろう。

ここで福永について一言すれば、この男は古くからの僕の親友で、頑固に純文学にしがみついたなり、売れもしない小説をひねくりまわして書いている物好きな文士だが、僕とはすこぶる気が合っている。というのも、福永の最大の趣味的欠点がやはり探偵小説で、なかなか読み上手でもあれば批評家でもある。そこで僕らが顔を合わすと、探偵小説の月旦が始まり、甲論乙駁はてしない有様。しまいに二人が声を揃えて言う台詞は、近頃は向うにも傑作は少ないね、と、ましてやわが国には面白いのがないね、という二種類で、僕が、どうも技癢《ぎよう》を感じるじゃないか、と言ったら、彼はにやにや笑った。

その福永の紹介状で持ちこまれた話だから、僕もすかさず反撃して、僕なんかその任じゃない、なぜ福永にやらせないんです、と訊いてみたところ、答に曰く、福永さんは記憶力が悪くて、読んだ探偵小説は一晩たつときれいに忘れてしまうんだそうです。だから翻案するような面白いのを一つも思い出せないと言うんですが。

うまいことを言いやがる。そこで僕もむきになって、記憶力がさっぱりなのは僕も自信がある、と奇妙な論理を振りまわし、昨日も道で先輩の教師に出会って、先生お散歩ですか、と挨拶したら向うが変な顔をしたので、不思議に思ってあとでよくよく考えてみたら、それは研究室の小使さんだった、というような例を、たちどころに二つ三つあげた。しかるに編集部員は平気な顔で、翻案がだめなら創作でも結構です、と言う。僕がぐっと詰まると、相手は猛烈な勢いでしゃべりだした。近頃の探偵小説にろくなのはありませんよ、読むだけでほくそえんでいるのは卑怯ですよ、加田さんは技癢を感じると言ったそうじゃありませんか、それとも陰弁慶の空威張でとても書けませんかね、等々。

さては福永の奴、すっかり敵がたにまわってこの編集部員をけしかけたな、と思ったが、そのうち野心がむらむらと起って、とにかく考えましょう、という返事をした。

さて、この野心というのが曲者である。僕は大学の貧乏教師でとんと文学的野心もないし、同人雑誌などという青くさい物に手を染めた経験もないが、どうも探偵小説となると話が別だ。ちょっと余技に探偵小説を書きますというのは、人聞きもよければ洒落てもいる。これは外国の話だが、向うではあっと驚くような人物が趣味として探偵小説を書いている。思い出しただけでも（いくら記憶力が悪いといってもそれくらいは思いだすが）イギリスのローマンカソリックの大僧正、ロナルド・ノックス猊下《げいか》は『陸橋殺人事件』を物し、売れっ子の新聞記者E・C・ベントリーは、評論家チェスタートンの『ブラウン神父』の向うを張って『トレント最後の事件』を物し、中学校長エドマンド・クリスピンは『消えた玩具屋』を物し、オクスフォード大学英文学教授マイケル・イネスは『ハムレット復讐せよ』を物した。本職の探偵小説家よりも、こうした素人の余技の方が、よっぽど新鮮で面白いというのは、彼らが悠々たる遊びの精神に徹していたからであろう、と考え始めると、何だかむずむずしてくる。作家が余技に探偵小説に手を出すというのなら、イギリスにフィルポッツあり、わが国に坂口安吾ありで、大して目新しくもないが、わが国でフランス文学の教師が傑作を物した例は聞いたことがない。ひとつ、やってみるかなと思った時には、編集部員の思惑どおり、罠に引っかかっていた。

それからの苦心談を順を追って書いてみよう。

はじめはペンネームである。もちろん本名で発表してもいいわけで、何も僕が探偵小説を一つ物したからといって、文化大学の学長がやたら僕をくびにするはずもない。しかしどうせ趣味的な悪戯をするのなら、他人が知らずに悪口を言うのを、にやにやして相槌を打つなんぞは乙だ。これは、なるべく人を食ったペンネームに限る。外国の例を見ても、S・S・ヴァン・ダインが、実は、美術評論家W・H・ライトであり、バーナビイ・ロスが実はエラリー・クイーン、そのクイーンが実はF・ダネイとM・リイとの二人組であるというふうに、あっと驚くところに、これまた探偵的な面白味がある。僕は統計を取ったことがないが、世界中の探偵小説の半分はペンネームで書かれているのではないかしらん。

そこで半日をつぶして、まず自分の名前を製造にかかった。それをアナグラムで行くつもりで、やたらに原稿用紙にローマ字を書き散らした。アナグラムというのは、文字の書き換えである。例えばそのうまい例に、モーリス・ルブランの作品に、ドン・リュイス・ペレンナと呼ぶスペイン貴族が活躍する。この人物はアルセーヌ・リュパンその人の変装だが、実は初めから作者は手のうちを見せているのだ。Luis Perenna を入れ換えれば Arsene Lupin となる。この式を真似するつもりで僕の考え出したのが、加田伶太郎（Kada Reitaro）つまり「誰ダロウカ」（Taredaroka?）である。ほんとうは、もう一つ本名を織りこんだ素敵な奴も考えたのだが、あまりに人を食っているというので編集部の採用するところとならなかった。

次に探偵の名前だが、その前に根本方針として、本格で行くか、ハード・ボイルドで行くかという大問題がある。僕はだいたいにおいて本格物の方が好きだったのだが、一九二〇年代の傑作をのぞいて、近頃みたいにハード・ボイルドの全盛時代となれば、あんまり流行を毛嫌いするわけにもいかず、そのうちだんだんに馴れてきて、結構これが面白くなって来た。香の抜けたブランディのようなディクソン・カーより、さっぱりしたウィスキーソーダの味のメースンもののほうが健康にも宜しい。これは心理学的に言っても、僕という学校教師が、引っこみ思案で腰の重い人間だから、やたらタフで馬力のある弁護士や私立探偵に、欲望充足を感じさせられるのかもしれない。それはさておき、本格物がかくも退潮時にある時、一つこちこちの本格探偵小説を物すというのは、痛快でもあれば野心的でもある（と、われながら興奮してきた）。そこで絶対に名探偵が必要ということになった。

名探偵もポオのデュパン、ドイルのホームズ以来あまりに大勢いて、一人一人を区別するだけの特徴を持たせることがむずかしい。そこで次第に無理をする。ブラマーのマックス・カラドスが盲だというのは、既に僕が研究室で威張った通りだが、バーナビー・ロスのドルリー・レーンは聾でしかも世界最高のハムレット役者と来ている。クレートン・ロースンの大メルリーニは奇術師だし、ドロシー・セイヤーズ女史のピーター・ウィムジイ卿は大貴族だし、アガサ・クリスティ女史のミス・マープルはおしゃべり婆さんである。もう、新しみはとても見つかりそうにない。そこで僕は、いっそ僕、つまり文化大学の教師を、名探偵のモデルたらしめることにした。それも、フランス文学では少々頼りないから、ぐっと箔をつけて古典文学科助教授に任命した。探偵が先生だという先例には、T・S・ストリブリングのポジオリ教授があるが、この方は犯罪心理学の専攻で肩書も教授だし、いわば専門家である。僕の名探偵はまったくの素人で、僕に似て引っこみ思案で、のこのこ出て歩くのは嫌いと来て、夜遅くまで探偵小説に読みふけっては奥さんに叱られるような、愛すべき男である。

次に名探偵の名前は、やはりアナグラムで行くことにして伊丹英典（Itami Eiten）と名づけた。つまり「名探偵」（Meitantei）である。漢方医みたいだがいたしかたない。こんなことで遊んでいたらまる一日つぶしてしまった。

さて肝心のプランである。

古来、探偵小説の傑作は、本格物ならトリックが第一の要素になる。そのほか、発端のサスペンスとか、犯人の意外性とか、推理の明快とか、やたらに注文が多い。一方にはノックスの十則とか、ヴァン・ダインの二十則とか、ああしてはいかん、こうしてはいかん、と面倒な制約がある。僕はいちいち覚えてはいないし、調べる根気も持ち合せていない。ただフェアプレイで行くことはもちろんである。そうなると本格物は、しきりに行きづまったと悪口を言われるだけあって、トリックも使い尽されたし、犯人の意外性も、もう大抵のことでは読者が驚かなくなっている。探偵が実は犯人だったとか、記述者が犯人だったとか、犯人が一ダースもいたとか、この手は二度と使えない。書く方も次々と知恵をしぼって、しまいにはパット・マガーのように、被害者が誰だか分らない小説や、探偵が誰だか分らない小説を書くようになる。

しかし優秀な作品は、トリックの独創性を抜きにしても、その小説にだけ独特の奇妙な魅力、僕がひそかにみそと名づけたものを持っているものだ。そして結局、その小説が後々まで印象的であるとすれば、それはこのみそのせいであろう。少しばかり例をあげてみよう。

(1) フリーマン・クロフツの『樽』では、みそはあの面倒くさい時間表にある。なんでもあの時間表は少し間違っているそうだが、あんな丹念なことをして悦ぶのは、律義なクロフツ氏以外にはない。しかし同時に、あのきたならしい樽が読者の目にしょっちゅうちらちらしているのも、読者を印象づける大きな理由の一つである。つまり視覚型なのだ。

(2) ウィリアム・アイリッシュの『幻の女』では、みそは「死刑執行前百五十日」に始まり、「死刑執行後一日」に終る各章の日付である。と同時に、南瓜に似たオレンジ色の帽子をかぶった女が、実在するごとく幽霊のごとく、浮かんだり消えたりするのも、容易に忘れられない魅力である。これまた視覚型。

(3)　S・S・ヴァン・ダインの『僧正殺人事件』になると聴覚型になる。「誰がロビンを殺したか」というマザーグースの童謡が気味の悪い余韻を残している。

(4)　同様に、アガサ・クリスティの『そして誰もいなくなった』でもやっぱり童謡。しかもこの作品は、絶海の孤島で登場人物が全部殺されてしまう、という奇妙な筋を持っている。

(5)　イーデン・フィルポッツの『闇からの声』でも、みそは発端の不気味なささやき声にある。これまた聴覚型。

(6)　ハーバート・ブリーンの『ワイルダー一家の失踪』では、古い伝説の通りに人が失踪する。不可能型である。

(7)　ヘレン・マクロイの『暗い鏡の中に』では、二重人格像が現われる。

(8)　T・B・オサリヴァンの『憑かれた死』では、主人公は三ページ目にピストルで撃ち殺される。と、その犠牲者は幽霊となって、犯人を探すのだがこれが幽霊にもさっぱり分らない。

(9)　バーナビー・ロスの『Yの悲劇』では、被害者の書いた探偵小説のプランが紹介される。これは現に実行されつつある殺人事件のプログラムなのだが、犯人たるべき男はとうに死んでいる。これも不可能型である。なお三幕悲劇の形式をとっているのも、みそに違いない。

(10)　なんと言っても不可能型はディクソン・カーの独壇場で、古伝説、怪談、催眠術、ありとあらゆる神秘的な手を使っているが、やはり彼の専売特許は密室にあるだろう。ただしみそもこうなると少し黴が生えてくる。

ざっと代表的なみその例をあげてみたが、問題は自分のためのみそをつくることだ。これさえきまれば、あとは何とかなる。そこで大いに頭をしぼり、考えついたのが、素人探偵が何人もいて、それぞれ勝手な推理をするが、最後に名探偵伊丹英典氏に名をなさしめるという、まるで僕が大学の演習で用いているのと同じ方法である。A君B君C君それぞれの知恵は、最後に加田伶太郎先生の鶴の一声にはかなわない、という経験を利用する。これはフェア中のフェアプレイで、読者に材料を全部提供してあるのだから、完全な作者からの挑戦小説であろう。

これをさらに押し及ぼすと、話の中に話があるという、アラビアンナイト的二重構成が要求されて来る。すなわち一つの探偵小説的な謎の事件があり、ここでは名探偵が登場しないから謎は未解決のまま残される。つまり迷宮事件として話は終ってしまう。そこで更に、この話を聞いた四人の人物（伊丹氏を含めて）が推理を競い合うというお膳立だ。そこで迷宮事件の方は戦争中の話、枠をなす部分は時を現在にとって、マルセイユから日本へ向かう貨物船の中を舞台に、名探偵は留学を終って目下フランスより帰国中ということに仕立てた。何しろ僕は一度も日本を離れたことのないぼんくら教師だから、せめて僕の分身なりと洋行させようという魂胆だ。他の登場人物はそこで自然に、船長と事務長と船医ということになった。船医が昔の経験を物語って、一座の一人一人が推理を試みる次第だ。

それからが肝心かなめのお話となる。トリックを如何《いかが》なすべきか。僕は躊躇なく密室を選んだが、これはやはり（いくらディクソン・カーの悪口を言っても）かねて本格物は密室に始まり密室に終ると信じていたからに違いない。それに密室破りの独創的トリックを一つだけ発明していたからである。だいたい容疑者が幾人もいて、その一人一人に犯人の可能性があるというのは、探偵小説の公式みたいなもので、その大部分は、誰にでもピストルを撃つ機会があったが、ただ極め手が見つからない、というだけの平凡な筋立だ。読者をはらはらさせるには足りるが、じっくり考えこませることはできない。僕のプランは、どの人物にとっても不可能だが、そのうち、よく考えると逆に誰にでも可能になる、しかしまた考え直すと、それが一つ一つ不可能なことが分る、という、いとも複雑な仕掛なのだ。

　密室を三階の一室にする。殺人の予告を受け取った一家の主人が鍵を掛けて部屋に閉じこもる。船室を摸した小部屋で、丸窓が一つあるばかり。隣の部屋に学生が見張る。二階の階段に秘書が見張る。二階の寝室に奥さんがいる。一階の部屋におばあさんがいる。家の外の庭の中に、奥さんの昔の恋人が潜んでいる。と、これだけ顔を揃えて予定どおりに殺人が行なわれるのだから、容易ならぬ大事件である。これが一人一人について誰にも不可能で、後では誰もが怪しくならなければならないとなれば、張りめぐらした伏線はすこぶる錯綜する。作者の僕でさえ頭が痛くなる有様だから、あとで福永がこれを読みながら、分ったぞ、これは全員が共犯だ、と叫んだものだ。

　ところで作中にもう一つみそを加え、それでスリルを増すことにした。殺された主人の、奥さんに対する殺人計画プランをわざと発見させたことである。少々『Yの悲劇』に似ているが、

『Y』の場合にはメモの通りに事件が進行するのに対して、僕のでは真犯人がメモの裏をかいて、事件が起る。だから真似というわけではない。

肝心の密室トリックでは大いに苦労をした。というのはかねて発明しておいた名案が、実際にうまく行くかどうかは神のみぞ知るで、実験不可能と来ているから、これで殺せるかな、いや、こんなことじゃ死なないな、などと深夜に独り言を言っては、細君から、気味が悪いからよしてよ、と叱られた。しかし探偵小説なんて、奇想天外なところが面白いので、なまじリアリズムなんて言わないほうがいい。

最後に題名だが、これは『完全犯罪』と名づけた。すでにベン・レイ・レッドマンや小栗虫太郎にこの題があるが、僕のも劇中劇の部分は完全な迷宮事件なのだから、僭越ということもなかろう。

という次第で書きあげたら、予定の週刊誌二回分が三回になってしまった。そこで編集部員に原稿を渡すに際して、第二回までが問題編、第三回が解決編だから、一つ犯人探しの懸賞にしてくれませんか、と申し入れた。僕の原稿料の半分出してもいい、と口からすべったほど自信満々だったが、うちの雑誌は発行部数四十万ですよ、一割返答が来ても四万通、一分でも四千通、それを調べてくれますかね、と逆襲されて諦めた。たかが四十枚の試験答案でもくたびれるのだから、千や万の単位では御免こうむりたい。

さて原稿を書いている間も、はじめての経験で実に愉しかったが、雑誌が出てみると痛快無比である。編集部には作者の名前は絶対秘密と申し渡してあるから、知っているのは福永武彦ぐらいのものだ。そこで研究室などで、今度のS誌の探偵小説は面白いね、君読んだかい、などとやる。人が褒めれば少々けちをつける。人がけなせば持ちあげる。生来のあまのじゃくも、だんだん御機嫌がよくなって、そのうちに自分が名探偵のように錯覚される。古典文学の権威のような気もしてくる。ところがたまたま、伊丹英典氏はギリシャ語ラテン語の大家らしいのに、作中で僅かにergo《エルゴ》（カルガ故ニ）と一言洩らすだけだとは学がなさすぎる、と批評された。とんだところで馬脚を現わすものだ。

さて自慢話は味気ないもの、雑誌の出た初めは、講義中に学生がひそひそ話をしていると、さては加田伶太郎の噂をしているのかと気をまわし、文化大学に探偵小説科が創設されればさしずめ僕が主任教授だろうなどと暗に持していたが、無名の新人のうちこそ評判もよかったものの、ジャーナリズムの秘密はざるの中の水のごとく洩れて、僕の本名がばらされるにおよび、なんだいたかが知れてる、長編でも書かなければ奴の手の内はもう分った、とすっかり見くびられた。そのあと注文に応じて短編を五つばかり製造したが、もうみそもなければ取っておきのトリックもない、いつのまにか風船玉のようにしぼんで元のフランス文学教師に戻ってしまった。

この話からも教訓を抽き出せば出せないことはない。つまり探偵小説は素人でも書ける、ただし一作だけは。その一作のみそさえ面白ければ、加田伶太郎ぐらいには行けるだろう。ただこの一作は、本当を言えばやはり長編で勝負すべきもの、その意味では、僕もまた驚くべきトリックを発明し、とびきりのみそをこねて、一作かぎりの長編を書かないとも限らない。もっとも今のところは書くより読む方がよっぽど楽だから、もっぱら、近頃はとんと傑作がないね、と高見の見物にまわっているが。

某月某日

某月某日

日課の午後の昼寝をむさぼっていると、猛然たる大音響。それやったぞ、とさっそく飛び出した。残念ながら今日は朝から浅間山のあたりは雲に覆われ、この分では噴煙も見えないかと諦めていると、沖天高く、雲の切れ目に蒼空が覗いているところに、みるみる真黒な噴煙が層をなして昇って行く。大したことなしと見きわめて家の中に引上げ、さて暫く経つうちに、トタン屋根にパタンパタンと落ちて来るものがある。雹が降って来たかと見守ると、何とこれが小石の雨。天地晦冥、小鳥も虫もぴたりと啼きやみ、さあ降るわ降るわ、大きなのは腕時計ぐらい、小さいのは小豆ぐらいのが、降ったり跳ねたり、硝子窓にぴしぴしと当る音が凄まじい。山鳴りもしきりと続く。そのうちに、砂礫と雨雲とが摩擦されて電気を生じたのか、たちまち大雷雨となって、ゴロゴロピシャン、雨は雨でさっき降った小石を押し流す勢い。じきに停電して、これが深更に至る。

某月某日

庭に出て、先日の浅間山の小石をひろう。噴火の直後に、営林署に勤める人が石尊山のあたりへ仲間を探しに行ったところ、両手でかかえる程の大石がごろごろしていて、そこに雨が当ると、石の熱気にシュウシュウと水蒸気を上げていたから、恐れをなして舞い戻ったそうだ。僕のひろった小石もまだ生暖かいような気がするくらいだ。

某月某日

噴火の被害は行方不明一人ということだが、雷に会った人の話を聞いた。停車場の先の別荘にいた若い御夫婦が、テラスに椅子を並べて仲良く雷見物をしていた。旦那さんは敷居のレールにスリッパを乗せ、奥さんは御主人の肩に手を掛けていると、たちまち眼の前の樅《もみ》の木に雷が落ちた。それがレールに感電して、お二人はもんどり打ってテラスの上に投げ出され、旦那さんは一晩じゅう半身不随、奥さんの方は片腕だけ不随になったそうだ。家じゅうの電球はこっぱ微塵、ソケットやコンセントのある箇所は壁に大穴が明いたというから、被害甚大というべきだ。

このあたり、信濃追分の里は雷の名所で、僕なんかも二階の雨戸を一枚あけて雷見物は欠かさない方だが、これからは少しつつしむことにしよう。命あっての物だねである。

某月某日

別荘の人たちがそろそろ引上げ始めたからだいぶ閑散となった。散歩に出掛けても、もう誰にも会わない。オミナエシやワレモコウが一面に茂って、尾長がギャアギャアと喚いている。浅間山の山肌が白っぽく変色しているが、これは噴火のときの灰がつもったためらしい。そういえば我が家の前の小川は、あれ以来すっかり濁って、いまだに水が澄まない。たしか噴火の翌日、川っぷちを歩いていたら、水の澱んだ草の間に傷を負った小さなハヤが身をくねらせていた。石に打たれたものと見える。この小川で魚の姿を見かけるなど嘗てないことだ。

夜になると、草ひばりのすだく声が絶え間もなく四方に聞える。これは夏も終ったしるしだ。

今日は散歩しながら水引草を取って来て花瓶に活けた。今晩はきっと冷えるだろう。

「某月某日」〔昭和36年9月「小説新潮」加田伶太郎名にて〕

P+D BOOKS ラインアップ

親友　川端康成　●川端文学「幻の少女小説」60年ぶりに復刊！

虫喰仙次　色川武大　●戦後最後の「無頼派」、色川武大の傑作短篇集

小説 阿佐田哲也　色川武大　●虚実入り交じる「阿佐田哲也」の素顔に迫る

記憶の断片　宮尾登美子　●作家生活の機微や日常を綴った珠玉の随筆集

幼児狩り・蟹　河野多恵子　●芥川賞受賞作「蟹」など初期短篇6作収録

ウホッホ探険隊　干刈あがた　●離婚を機に別居した家族の優しく切ない物語

（お断り）

本書は１９７０年に桃源社より発刊された加田伶太郎全集を底本としております。
あきらかに間違いと思われるものについては訂正いたしましたが、
基本的には底本にしたがっております。
また、底本にある人種・身分・職業・身体等に関する表現で、現在からみれば、
不当、不適切と思われる箇所がありますが、著者に差別的意図のないこと、
時代背景と作品価値とを鑑み、著者が故人でもあるため、原文のままにしております。

福永武彦（ふくなが たけひこ）
1918年（大正７年）３月19日―1979年（昭和54年）８月13日、享年61。福岡県出身。1972年『死の島』で第４回日本文学大賞受賞。代表作に『草の花』『忘却の河』など。作家・池澤夏樹は長男。

P+D BOOKS

ピー プラス ディー ブックス

P+Dとはペーパーバックとデジタルの略称です。
後世に受け継がれるべき名作でありながら、現在入手困難となっている作品を、
B6判ペーパーバック書籍と電子書籍で、同時かつ同価格にて発売･配信する、
小学館のまったく新しいスタイルのブックレーベルです。

加田伶太郎 作品集

2017年5月14日　初版第1刷発行
2023年1月25日　第4刷発行

著者　福永武彦
発行人　飯田昌宏
発行所　株式会社　小学館
〒101-8001
東京都千代田区一ツ橋2-3-1
電話　編集　03-3230-9355
販売　03-5281-3555
印刷所　大日本印刷株式会社
製本所　大日本印刷株式会社
装丁　おおうちおさむ（ナノナノグラフィックス）

ISBN978-4-09-352301-1

P+D BOOKS